PANINI BOOKS

AUSSERDEM VON PANINI ERHÄLTLICH:

The Art of *Star Wars: The Clone Wars*
Frank Parisi, Gary Scheppke
Hardcover mit Schutzumschlag, ISBN 978-3-8332-2035-7

Star Wars: THE CLONE WARS
In geheimer Mission Band 1 – Das Breakout-Team
Ryder Windham – ISBN 978-3-8332-2245-0

Star Wars: THE CLONE WARS
In geheimer Mission Band 2 – Piratenfluch
Ryder Windham – ISBN 978-3-8332-2246-7

Star Wars: THE CLONE WARS
Du entscheidest Band 1 – Der Weg des Jedi
Sue Behrent – ISBN 978-3-8332-2247-4

Star Wars: THE CLONE WARS
Du entscheidest Band 2 – Schlacht um Teth
Sue Behrent – ISBN 978-3-8332-2248-1

Star Wars: DARTH VADER – Aufstieg und Fall
Ryder Windham – ISBN 978-3-8332-1655-8

Star Wars: OBI-WAN KENOBI – Leben und Legende
Ryder Windham – ISBN 978-3-8332-1877-4

Star Wars: LUKE SKYWALKER – Eine neue Hoffnung
Ryder Windham – ISBN 978-3-8332-2034-0

Star Wars: REBEL FORCE Band 1 – Im Fadenkreuz
Alex Wheeler – ISBN 978-3-8332-1878-1

Star Wars: REBEL FORCE Band 2 – Die Geisel
Alex Wheeler – ISBN 978-3-8332-1938-2

Star Wars: REBEL FORCE Band 3 – Der Attentäter
Alex Wheeler – ISBN 978-3-8332-1939-9

Star Wars: REBEL FORCE Band 4 – Unter Beschuss
Alex Wheeler – ISBN 978-3-8332-2031-9

Star Wars: REBEL FORCE Band 5 – In der Falle
Alex Wheeler – ISBN 978-3-8332-2032-6

Star Wars: REBEL FORCE Band 6 – Der Aufstand
Alex Wheeler – ISBN 978-3-8332-2033-3

Nähere Infos und weitere Bände unter:
www.paninicomics.de

STAR WARS™

Sammelband

DAS VERMÄCHTNIS DER JEDI
DAS GEHEIMNIS DER JEDI

Jude Watson

Zwei Romane in einem Band

Inklusive der bisher unveröffentlichten Kurzgeschichte

„Der letzte Meister“

PANINI BOOKS

Die Deutsche Bibliothek – CIP-Einheitsaufnahme
Ein Titeldatensatz für diese Publikation ist bei der
Deutschen Bibliothek erhältlich.

*Dieses Buch wurde auf chlorfreiem,
umweltfreundlich hergestelltem Papier gedruckt.
In neuer Rechtschreibung.*

Titel der amerikanischen Originalausgaben:
„*Star Wars*: Legacy of the Jedi",
„*Star Wars*: Secrets of the Jedi", and exclusive short story
"The Last One Standing" by Jude Watson.

Übersetzung: Dominik Kuhn
Redaktion: Mathias Ulinski, Holger Wiest
Chefredaktion: Jo Löffler
Umschlaggestaltung: tab indivisuell, Stuttgart
Satz: Greiner & Reichel, Köln
Druck: GGP Media GmbH, Pößneck
Printed in Germany

2. Auflage, Februar 2012
ISBN 978-3-8332-1875-0

www.paninicomics.de
www.starwars.com

Inhalt

Das Vermächtnis der Jedi 7

Das Geheimnis der Jedi 241

Der letzte Meister 441

STAR WARS™

DAS VERMÄCHTNIS DER JEDI

Jude Watson

PANINI BOOKS

Kapitel 1

Der Korridor war leer. Die beiden 13-jährigen Jungen blieben vor der geschlossenen Tür stehen. Im Jedi-Tempel gab es zwar Schlösser, doch sie wurden nur selten benutzt. Es gab keinen Grund dafür. Es gab nichts zu verstecken. Nichts war verboten. Der Ehrenkodex der Jedi ließ es jedem offen, die Privilegien des Pfades der Jedi zu genießen und dessen Herausforderungen anzunehmen. Und es wurde vorausgesetzt, dass die dafür notwendige Disziplin auch im Privatleben vorhanden war.

Daher wurden auch keine Regeln verletzt, wenn man ohne Aufforderung das Zimmer eines anderen Jedi betrat. Zumindest keine, die ausgesprochen oder niedergeschrieben waren. Und doch wusste Dooku, dass es falsch war. Es war nicht *furchtbar* falsch. Aber eben falsch.

„Los", sagte Lorian. Niemand wird es erfahren."

Dooku warf seinem Freund einen Blick zu. In Lorians Gesicht war angespannte Erwartung zu erkennen. Die um seine Stupsnase verteilten Sommersprossen sahen aus wie eine Sternenkonstellation. Er hatte warme, übermütige Augen von dunklem Piniengrün mit braunen Sprenkeln, die wie ein von Sonnenlicht durchfluteter Wald anmuteten. Lorian hatte schon seit ihrem siebten Lebensjahr immer wieder kleine Unternehmungen vorgeschlagen und er hatte Dooku auch dazu überredet, die Entsorgungstunnels zu erkunden. Dieses Abenteuer hatte Dooku um eine stinkende Tunika und einen gesunden Respekt vor Abwasserentsorgung reicher gemacht.

„Abgesehen davon ist er dein Meister", sagte Lorian. „Es würde ihm nichts ausmachen."

Es stimmte, dass Thame Cerulian Dookus Meister war. Der angesehene Jedi-Ritter hatte ihn in der vergangenen Woche auserwählt. Dooku war gerade dreizehn geworden und er war erleichtert, dass er nicht länger darauf warten musste, ein Padawan zu werden. Er hatte allerdings noch keine Zeit gehabt, Thame kennen zu lernen. Sein zukünftiger Meister befand sich draußen am Outer Rim, um noch eine letzte Mission zu vollenden, bevor er seinen Padawan annehmen würde. Dooku war stolz, dass er von einem solch legendären Meister erwählt worden war.

Die Frage war nur: Konnte er dieser Legende auch gerecht werden?

Er musste ihr gerecht werden. Und wenn er einen Blick in Thames Privatunterkunft werfen würde, könnte er vielleicht einen kleinen Vorteil erhalten.

Er nickte Lorian zu und drückte auf den Öffner. Die Tür glitt beinahe lautlos zur Seite und Dooku ging hinein. Doch wenn er einen Hinweis auf den Charakter seines Meisters erwartet hatte, so wurde er enttäuscht. Thame besaß eine schmale Liege, die an die Wand geschoben war. Am Fußende lag eine ordentlich zusammengelegte Bettdecke. Auf einem ansonsten leeren Tisch stand ein Datendisplay. An der Wand hingen keinerlei Laserbilder oder Hologramme. Weder auf dem Tisch noch auf dem kleinen Nachttisch standen persönliche Gegenstände. Nur eine Glaskaraffe mit einem Stöpsel. Das durchsichtige Gefäß und die graue Decke waren die einzigen Zeichen, dass hier überhaupt jemand wohnte.

„Warte mal", sagte Lorian. „Ich habe etwas gefunden."

Er ließ seine Finger über einen fast nicht wahrnehmbaren Spalt in der Wand gleiten und drückte einen versenkten Knopf. Die Wandabdeckung über dem Schreibtisch glitt zur Seite und gab den Blick auf mehrere Regale frei. Sie standen voller Holobücher.

Dooku beugte sich nach vorn, um die Titel zu lesen. Er wusste, dass Thame Historiker war, ein Experte auf dem Gebiet der Jedi-Geschichte. Dooku hatte die meisten dieser Titel noch nie zuvor in seinem Leben gesehen. Es waren Bücher über Galaktische Geschichte, Biografien, Abhandlungen über die Naturwissenschaften der verschiedenen Atmosphären und Planetensysteme. Es war eine beeindruckende Sammlung.

Lorian tat die Bücher mit einem verächtlichen Blick ab. „Er müsste doch eigentlich im Tempel genug gelernt haben. Ich kann es kaum erwarten, die Galaxis zu bereisen und endlich etwas zu unternehmen."

Dooku zog ein Holobuch ohne Titel oder Autorennamen heraus. Er schlug es auf und begann zu lesen.

Es ist wichtig, zunächst zu meditieren, um den Geist vorzubereiten. Manche leiden beim ersten Anblick an Übelkeit oder Schwindel. Aber in erster Linie muss man sich auf die Auswirkungen der Dunklen Seite auf den Geist vorbereiten, vor allem die Jungen und Schwachen. Albträume und dunkle Visionen können die Folge sein und noch Jahre andauern …

„Das ist eine Anleitung für den Umgang mit dem Sith-Holocron", sagte Dooku beinahe flüsternd. Er sah das Holobuch vorsichtig durch.

„Der Sith-Holocron?", fragte Lorian. „Aber niemand darf den Sith-Holocron betrachten."

„Das stimmt nicht. Den Jedi-Meistern ist es gestattet. Es interessiert bloß nicht viele. Die meisten Jedi-Ritter glauben, dass die Sith ausgestorben sind und niemals zurückkehren werden. Mein Meister allerdings nicht." Dooku betrachtete das Buch. Er hatte ein flaues Gefühl im Magen, so als würde er den Sith-Holocron selbst betrachten. „Er glaubt, dass eine Zeit kommen wird, in der die Jedi wieder gegen die Sith kämpfen müssen."

„Steht in dieser Anleitung, wie man den Sith-Holocron öffnet?", fragte Lorian, jetzt voller Interesse.

Dooku betrachtete mit klopfendem Herzen eine Displayseite nach der anderen. „Ja. Es stehen Warnungen und Anweisungen drin."

„Das ist ja so galaktisch", murmelte Lorian. „Mit Hilfe dieses

Handbuchs könnten auch wir an den Sith-Holocron herankommen!" Er sah Dooku mit leuchtenden Augen an. „Wir wären die ersten Padawane, die das schaffen!"

„Das dürfen wir nicht!", sagte Dooku, den der Vorschlag erschreckte.

„Warum nicht?", fragte Lorian.

„Weil es verboten ist. Weil es gefährlich ist. Weil wir nicht genug wissen. Weil es eine Million gute Gründe gibt."

„Aber es würde doch niemand etwas davon erfahren", sagte Lorian. „Du könntest es schaffen, Dooku. Du hast eine bessere Verbindung zur Macht als jeder andere Padawan. Das weiß doch jeder. Und mit Hilfe dieses Holobuchs würdest du es schaffen."

Dooku schüttelte den Kopf. Er stellte das Holobuch wieder ins Regal zurück.

„Das wäre phantastisch", sagte Lorian. „Du könntest die Geheimnisse der Sith herausfinden. Wenn du die Dunkle Seite wirklich kennen würdest, würdest du ein besserer Jedi-Ritter werden. Yoda sagt, dass wir das Böse nicht bekämpfen können, wenn wir es nicht kennen."

„Das hat Yoda nie gesagt."

„Na ja, es klingt aber so, als hätte er es sagen können", meinte Lorian. „Und es stimmt. Geht es in der Ausbildung im Tempel nicht genau darum? Wir lernen doch nur, damit wir vorbereitet sind. Wie sollen wir uns auf eine Begegnung mit dem Bösen vorbereiten, wenn wir es nicht einmal begreifen?"

Typisch Lorian, dachte Dooku. Was er sagte, klang vernünftig, auch wenn er einen gerade dazu anstiftete, die Regeln zu übertreten.

Dooku sah das Holobuch noch einmal an. Es war verlockend. Und Lorian hatte den Nagel auf den Kopf getroffen, indem er Dookus geheimsten Wunsch ausgesprochen hatte: der beste Padawan aller Zeiten zu werden. Er wollte seinen neuen Meister beeindrucken. Konnte der Sith-Holocron ihm diesen Wunsch erfüllen?

„Wir werfen nur einen kurzen Blick drauf", sagte Lorian. „Denk doch mal nach, Dooku. Die Jedi sind die mächtigste Gruppe in der Galaxis. Und wir könnten die Besten der Besten sein."

„Ein wahrer Jedi denkt nicht in solchen Kategorien", sagte Dooku missbilligend. „Wir sind die Hüter des Friedens."

„Auch Friedenshüter brauchen Macht, wie jeder andere auch", gab Lorian zu bedenken. „Wer hört denn schon auf sie, wenn sie keine Macht haben?"

Lorian hatte Recht, auch wenn er sich nicht so ausdrückte, wie es sich für einen Jedi auf dem rechten Pfad gehörte. Ja, die Jedi *besaßen* Macht. Sie benutzten das Wort nicht in diesem Zusammenhang, doch es passte. Lorian war sich dessen bewusst und scheute sich nicht, es auszusprechen. Jedi waren in der ganzen Galaxis bekannt. Sie waren nicht gefürchtet, aber respektiert. Sie wurden von Senatoren und von Regierungen um ihre Hilfe gebeten. Wenn das keine Macht war, was war es dann?

Der Beste der Besten sein. War es nicht genau das, was er erreichen wollte?

„Thame ist ein hervorragender Ritter", fuhr Lorian fort. „Ich könnte mir vorstellen, dass du seiner würdig sein möchtest. Wenn ich einen Meister hätte, würde ich mich so gut wie möglich vorbereiten, bevor wir den Tempel verlassen würden. Ich würde ihn nicht enttäuschen wollen."

„Ich werde ihn nicht enttäuschen, wenn ich mein Bestes gebe", sagte Dooku. „Und das ist alles, was ich tun kann."

Lorian ließ sich mit einem Stöhnen auf Thames Liege fallen. „Jetzt klingst *du* wie Yoda."

„Geh da runter!", zischte Dooku, doch Lorian hörte nicht auf ihn.

Er starrte die Decke an. „Mich hat niemand auserwählt."

Dooku hielt die Luft an. Da war es also, dieses große, unausgesprochene Etwas zwischen ihnen. Er, Dooku, war von einem Jedi-Ritter auserwählt worden und Lorian nicht. Dooku war als einer der Ersten erwählt worden. Und seitdem hatten die beiden Jungen jeden Tag darauf gewartet, dass ein Jedi-Ritter Lorian auswählen würde. Sie wussten, dass viele ihn beobachtet und auch ernsthaft in Erwägung gezogen hatten. Und doch hatten sie jedes Mal einen anderen erwählt. Und weder Lorian noch Dooku wussten, weshalb. Dooku war Lorian in Sachen Kampfeskünste und Verbindung mit der Macht immer voraus gewesen, aber Lorian war ein brillanter Schüler voller Hingabe. Es war undenkbar, dass Lorian nicht auch bald erwählt werden würde.

„Es wird geschehen", sagte Dooku. „Geduld ist dazu da, um geübt zu werden."

Lorian drehte sich um und sah Dooku mit leerem Blick an. „Genau."

Dooku wünschte, er hätte seine Worte ungesagt machen können. Sie waren so ... richtig. Ein Jedi-Meister würde sie sagen, aber doch nicht ein bester Freund. Doch in Wahrheit wusste er gar nicht, was er sagen sollte. Das Warten war schwer, doch alles würde sich zum Guten wenden.

Lorian zog die Knie an und sprang vom Bett auf. „Also, entscheide dich. Sehen wir uns den Sith-Holocron an oder nicht?"

Dooku beugte sich nach vorn, um die Falten auf dem Bett seines Meisters zu glätten. Thame hatte alles, was er sich von seinem Meister gewünscht hatte. Das durfte er nicht gefährden. Nicht einmal für seinen besten Freund.

„Nein", sagte er. „Wir würden in ernste Schwierigkeiten geraten, wenn man uns ertappen würde."

„Du hast dir doch sonst nie Sorgen darüber gemacht, ob dich jemand ertappt", sagte Lorian.

Weil ich auch noch nie so viel zu verlieren hatte. Doch das konnte er nicht aussprechen. Wenn er es tun würde, würde das nur wieder deutlich machen, dass Lorian keinen Meister hatte.

Dooku spürte Lorians Blick auf seinem Rücken, als er gebeugt über dem Bett stand, um die Decke am Fußende glatt zu streichen.

„Wenn du es ohne das Risiko erwischt zu werden tun könntest, würdest du es tun", sagte Lorian. „Also ist die Tatsache, dass es nicht erlaubt ist, nicht der wahre Grund, weshalb du es nicht tust. Vielleicht bist du einfach nicht der wahre Jedi, für den du dich hältst."

Er schlenderte zur Tür. „Ich wollte dir nur sagen, dass mir das aufgefallen ist."

Kapitel 2

Jetzt, wo Dooku seine offizielle Ausbildung im Tempel abgeschlossen hatte, war es ihm gestattet, seinen Tagesablauf selbst zu gestalten. Obwohl von ihm erwartet wurde, weiter zu lernen und sich Kampfesübungen und körperlicher Ertüchtigung zu widmen, so war er durchaus auch dazu angehalten, seinen Freizeitbeschäftigungen nachzugehen. In der kurzen Zeit zwischen den letzten offiziellen Unterrichtsstunden und dem Beginn der Padawan-Ausbildung waren die Jedi-Meister nachsichtig mit ihren Schülern und ließen ihnen die Freiheit, sich ein wenig herumzutreiben.

Dooku wachte früh auf. Seine Unterhaltung vom Vortag mit Lorian beunruhigte ihn. Er beschloss, zum Saal der Tausend Quellen zu gehen, um ein wenig im Grünen zu spazieren und seinen Geist von der Melodie des Wassers beruhigen zu lassen. Es war ein großartiges Gefühl, selbst über seine Zeit verfügen zu dürfen. Er wusste, dass diese Tage bald wieder vorbei sein würden und so hatte er sich vorgenommen, jede einzelne Sekunde zu genießen. Und er würde es auch nicht zulassen, dass eine kleine Meinungsverschiedenheit mit seinem Freund ihm alles verdarb.

Als er den Korridor betrat, nahm er sofort eine Veränderung war. Dooku war manchmal nicht sicher, ob die Macht oder seine Intuition am Werk waren – dazu fehlte ihm noch die Erfahrung. Doch jetzt wusste er sofort, dass sich die Atmosphäre im Tempel verändert hatte. Unter der Ruhe schien etwas zu kochen, eine Aufregung, die er mühelos spürte.

Vor ihm standen ein paar Schüler beieinander. Dooku ging zu ihnen. Er erkannte Hran Beling, einen gleichaltrigen Mitschüler. Hran war ein Vicone, eine kleine Spezies, die nur einen Meter groß wurde.

Dooku musste die Schüler nicht einmal fragen, worüber sie sprachen. Hran sah mit zuckender Nase zu ihm hoch. „Hast du schon gehört? Der Sith-Holocron wurde gestohlen!"

Dooku war von Natur blass, doch jetzt spürte er, wie das Blut aus seinem Gesicht wich, und er war sich sicher, dass er so weiß wie das Gewand eines Mediziners aussah. „Was? Wie?"

„Das weiß niemand", sagte Hran. „Es könnte ein Eindringling im Tempel sein."

Einer der jüngeren Schüler senkte seine Stimme zu einem Flüstern. „Was wäre, wenn es ein Sith ist?"

Falten legten sich um Hrans Augen. „Ja, was dann?", fragte er ernst. „Er könnte sich überall hier in den Fluren bewegen. Könnte überall sein. Was wäre, wenn er jetzt hinter dir stünde?" Hran stöhnte erschrocken auf und zeigte hinter den jungen Schüler, der zusammenzuckte und sich mit tanzendem Padawan-Zopf umwandte.

Die anderen brachen in nervöses Lachen aus. Dooku lachte nicht mit. Er wandte sich mit klopfendem Herzen ab.

Es gab keinen Eindringling. Dessen war er sich sicher.

Dooku ging schnell zu Lorians Unterkunft. Das ‚Nichtstören'-Licht über Lorians Tür leuchtete auf, doch Dooku drückte trotzdem auf den Öffner. Die Tür war verschlossen.

Er presste den Mund an den Türspalt. „Lass mich rein, Lorian."

Keine Antwort.

„Lass mich rein oder ich gehe sofort zum Ratssaal", drohte Dooku.

Er hörte das Klicken des Schlosses und die Tür glitt zur Seite. Das Zimmer war dunkel. Die Sonnenblende ließ kein Licht hinein. Dooku trat ein und die Tür schloss sich hinter ihm. Es war vollkommen dunkel, bis auf ein Hologramm-Modell der *Caravan*, eines Sternkreuzers, den Lorian entworfen hatte. Er flog auf einer endlosen Kreisbahn durch das Zimmer.

Lorian saß in einer Ecke, so dicht an die Wand gepresst, als wollte er darin verschwinden. Seine Hände baumelten zwischen den Knien und Dooku sah, dass er zitterte.

„Du hast ihn gestohlen."

„Ich wollte es nicht tun", sagte Lorian. „Ich wollte ihn mir nur ansehen."

„Wo ist er?"

Lorian zeigte mit dem Kinn auf die gegenüberliegende Seite des Zimmers. „Spürst du ihn?“, fragte er flüsternd. „Mir ist so schlecht ...“

„Weshalb hast du ihn mitgenommen?“, fragte Dooku in scharfem Tonfall. Seine finsteren Gesichtszüge ließen ihn jetzt älter wirken, als er war. Schweißperlen tropften von seiner Stirn. Er spürte die dunkle Energie des Holocrons. Allein zu wissen, was sich hinter ihm in der dunklen Ecke des Zimmers befand, ließ ihn zittern.

„Ich war im Archiv. Ich hatte ihn in den Händen. Da kam jemand und ich habe den Holocron schnell unter meinem Mantel versteckt. Dann bin ich weggelaufen.“ Lorian schauderte. „Ich wollte ihn wieder zurückbringen, aber ich kann ... ich kann ihn nicht noch einmal anfassen, Dooku. Ich hatte nicht erwartet, dass es so sein würde.“

„Was hattest du denn erwartet?“, fragte Dooku ärgerlich. „Ein lustiges, kleines Abenteuer?“

„Ich muss ihn zurückbringen“, sagte Lorian. „Du musst mir helfen.“ Dooku sah ihn ungläubig an. „Ich sagte doch schon, dass ich mit dieser Sache nichts zu tun haben will.“

„Aber du musst mir helfen!“, schrie Lorian. „Du bist mein bester Freund!“

„Du hast dich selbst in diese Sache hineinmanövriert“, sagte Dooku. „Steck ihn einfach wieder unter deinen Mantel und bring ihn zurück.“

„Allein schaffe ich es nicht, Dooku“, sagte Lorian.

Dookus Blick ruhte auf Lorians zitternden Händen. Er zweifelte nicht im Geringsten daran, dass Lorian allein nicht dazu in der Lage war.

„Bitte, Dooku", bat Lorian.

Dooku blieb keine Zeit zu antworten, denn plötzlich öffnete sich zischend die Tür. Oppo Rancisis, Jedi-Meister und angesehenes Mitglied des Rates, stand im Türrahmen.

„Bist du krank, Lorian?", fragte er freundlich. „Einigen Meistern fiel auf, dass du …" Seine Stimme verstummte. Dooku spürte, wie sich die Atmosphäre im Zimmer veränderte, so als wäre die Schwerkraft plötzlich stärker geworden. Er spürte, wie sie auf ihm lastete.

Oppo Rancisis starrte ihn an. „Ich spüre eine Erschütterung der Macht", erklärte er.

Sie waren unfähig, etwas zu sagen.

Oppos Blick wanderte durch das Zimmer. Dann drehte er sich plötzlich um, ging in die Ecke und hob den Holocron auf. Er schob ihn vorsichtig in die tiefe Tasche seiner Robe.

Dann drehte er sich um und sah die beiden Jungen an.

Lorian stemmte sich mit dem Rücken gegen die Wand und stand auf.

„Es war Dookus Idee", sagte er.

Kapitel 3

„Der Rat wird euch beide sehen wollen“, erklärte Oppo Rancisis streng.

„Aber ich habe gar nichts ...“, begann Dooku, doch Oppo Rancisis hob die Hand. „Was auch immer du zu sagen hast, wird vor dem Rat gesagt. Dort wird die Wahrheit gesprochen.“ Er drehte sich um und ging hinaus.

„Dooku, hör mir ...“, begann Lorian.

Wut stieg in Dooku auf. Er konnte seinem Freund nicht einmal in die Augen sehen.

Er rannte blindlings hinaus und den Korridor entlang. Er hatte keine Ahnung, wohin er lief. Er hatte so viele Zufluchtsorte im Tempel – eine Lieblingsbank, einen Platz an einem Fenster, einen Felsen am See – konnte sich aber nicht vorstellen, dass ihm einer dieser Orte jetzt Ruhe vermitteln würde. Sein Herz war so voll schwarzen Hasses und Bitterkeit, dass er daran zu ersticken glaubte.

Sein bester Freund hatte ihn verraten. Während all der Jahre im Tempel hatte er sich immer auf Lorian verlassen können. Sie hatten gemeinsam Scherze gemacht und Geheimnisse miteinander geteilt. Sie hatten sich aneinander gemessen und sich gegenseitig geholfen. Sie hatten gestritten und sich wieder versöhnt. Die Tatsache, dass ihn diese Person hatte verraten können, schockierte Dooku so sehr, dass ihm übel wurde.

Er wusste nicht, wie er diesen Tag überstehen sollte. Irgendwie verbreitete sich die Nachricht, dass sie beide erwischt worden waren. Schüler sahen ihn von der Seite an und gingen schnell an ihm vorüber. Jedi-Ritter, die ihn nicht kannten, betrachteten ihn aufmerksam, wenn sie ihm begegneten. Dooku wollte zu Yoda gehen, um ihm alles zu erklären, doch er wusste, dass Yoda nur wiederholen würde, was Oppo Rancisis schon gesagt hatte. Er würde so lange leiden müssen, bis der Rat der Jedi Zeit haben würde, sie anzuhören.

Dooku hatte weder Appetit noch die Nerven, zu den anderen in den Speisesaal zum Abendessen zu gehen. Er blieb in seinem Zimmer. Als die Korridore schließlich in dem kühlen blauen Licht glommen, das die Schlafperiode im Tempel anzeigte, fühlte er so etwas wie Erleichterung. Zumindest würde er während der nächsten Stunden nicht unter Beobachtung stehen.

Er konnte es kaum erwarten, vor dem Rat zu stehen. Er konnte es kaum erwarten, die Wahrheit zu sagen. Er wusste, dass die Meister ihm und nicht Lorian glauben würden. Ein Jedi-Meister war in der Lage, die Wahrheit zu erkennen. Lorian würde mit seiner Lüge nicht ungeschoren davonkommen und Dooku würde Gerechtigkeit widerfahren.

Er löschte das Licht und legte sich mit klopfendem Herzen auf sein Bett. Er stellte sich vor, wie deutlich er sprechen würde. Er würde die Wahrheit sagen – die ganze Wahrheit. Er würde erzählen, wie Lorian versucht hatte, ihn zu verleiten. Er würde erzählen, wie er es abgelehnt hatte und wie Lorian ihn unter Druck gesetzt hatte. Die Vorstellung, dass Lorian bestraft werden würde, erfüllte Dooku mit großer Zufriedenheit. Eine Rüge wäre sicherlich nicht genug. Vielleicht würde Lorian sogar aus dem Jedi-Orden ausgeschlossen werden.

Da öffnete sich seine Tür mit einem Zischen. Er hatte sie nicht abgeschlossen. Und bis jetzt war das auch nicht nötig gewesen.

Lorian trat in das dunkle Zimmer. Dooku schwieg. Er hoffte, dass seine Verachtung besser wirken würde als Worte.

Lorian setzte sich ein paar Schritte vom Bett entfernt auf den Boden.

„Ich hatte meine Gründe, das zu sagen, was ich gesagt habe", erklärte Lorian.

„Deine Gründe interessieren mich nicht."

„Du begreifst überhaupt nichts!", stieß Lorian hervor. „Dir fallen die Dinge einfach in den Schoß! Du denkst nie über andere Leute nach oder darüber, wie sie leiden. Du sagst mir immer nur, dass ich mir wegen meiner Wahl zum Padawan keine Sorgen machen soll. Wie soll ich mir denn keine Sorgen machen? Die Zeit läuft mir davon! Du hast gut reden. Dich hat man ja sofort auserwählt."

„Also gibst du mir die Schuld?", zischte Dooku. „Hast du Oppo Rancisis deshalb angelogen?"

„Nein", sagte Lorian. „Und ich gebe dir für nichts die Schuld, außer dafür, dass du nicht einmal versuchst, meine Gefühle zu verstehen. Wir sind anscheinend die besten Freunde, dabei hast du es nie, nie auch nur versucht. Du denkst an nichts anderes als an dein eigenes Vergnügen und deinen eigenen Erfolg."

„Verschwinde aus meinem Zimmer", sagte Dooku.

Anstatt zu gehen, streckte Lorian sich auf dem Boden aus. Er senkte die Stimme. „Verstehst du denn nicht, Dooku? Ich stecke in Schwierigkeiten. Ich brauche deine Hilfe. Ich weiß, dass ich einen Fehler gemacht habe. Ich hätte den Holocron nicht mitnehmen sollen. Aber ich war verzweifelt. Ich dachte mir, wenn ich etwas Besonderes zu bieten hätte, wenn ich etwas wüsste, was außer mir niemand weiß ... Verstehst du denn nicht, weshalb ich das will?"

„Nein", sagte Dooku. Dabei verstand er genau.

„Wenn der Rat herausfindet, dass ich es war, könnte man mich von den Jedi ausschließen."

„Du übertreibst, wie üblich", sagte Dooku herablassend. Aber hatte er nicht dasselbe gedacht?

„Für mich steht jetzt alles auf dem Spiel", sagte Lorian. „Du hingegen wurdest bereits von dem großen Thame Cerulian erwählt. Und nicht nur das. Meister Yoda hat persönliches Interesse an dir. Auch der Rat beobachtet dich. Sie wissen, dass du eine außergewöhnlich starke Bindung zur Macht hast. Dir werden sie vergeben. Vor allem, weil sich dein Meister für die Sith interessiert. Du könntest sagen, dass du Nachforschungen anstellen wolltest."

Lorians verzweifelte Stimme drang aus der Dunkelheit an Dookus Ohren. „Ich war in Panik, als Oppo Rancisis hereingekommen war. Ich hatte meine Zukunft vor Augen und ich hatte Angst. Man könnte mich aus dem Jedi-Orden werfen. Was soll ich dann tun? Wohin soll ich dann gehen?"

„Das hättest du dir überlegen sollen, bevor du den Sith-Holocron gestohlen hast."

„Ich weiß, dass ich nicht um eine solch große Sache bitten sollte, aber wen außer meinen besten Freund könnte ich darum bitten? Denn was auch geschehen ist, du bist noch immer mein bester Freund." Lorian hielt kurz inne. Einen Moment hörte Dooku nichts als ihrer beider Atem. „Wirst du mich decken?"

Dooku wollte wie wild „Nein!" brüllen, doch er konnte nicht. Er wusste nicht, ob Lorian wirklich aus dem Orden verstoßen werden würde, ging aber nicht davon aus. Doch es geschah Lorian Recht, dass er sich jetzt Sorgen darüber machte.

Seine Bestrafung würde schwer werden, vor allem, weil er versucht hatte, zu lügen und die Sache zu vertuschen. Doch Lorian hatte Recht – Dooku war ein Liebling der Jedi-Meister. Er wusste, wie er die Geschichte so erzählen könnte, dass er höchstwahrscheinlich nur eine Rüge bekommen würde. Er würde sie in dem Glauben lassen, dass es nur Wissensdurst gewesen war, ein Bedürfnis, seinen neuen Meister zu beeindrucken. Sie würden ihm glauben.

Dooku wusste nicht, was er sagen sollte. Er war nicht darauf vorbereitet zu lügen, doch er konnte es seinem Freund nicht abschlagen. Also sagte er nichts und schließlich schliefen die beiden Freunde ein.

Kapitel 4

Dooku wachte noch vor Sonnenaufgang auf. Er blieb in der Dunkelheit liegen, horchte in die Stille und wusste, dass Lorian irgendwann in der Nacht gegangen war. Dooku lag auf dem Rücken und hatte das Gefühl, das Gewicht der Luft zu spüren, so als würde sein Freund auf seiner Brust sitzen.

Er wollte noch nicht aufstehen und starrte die Wände an, beobachtete, wie sich die Dunkelheit langsam in ein silberfarbenes Grau verwandelte. Irgendwann konnte er die Umrisse seiner Möbel erkennen. Die Lampe neben seinem Bett begann zu leuchten, wobei sie langsam heller wurde. Es war das Signal aufzuwachen. Dann erschien ein holografischer Kalender und leuchtete vor seinem Gesicht in der Luft. Normalerweise war dieser Kalender voller Termine und Unterrichtsstunden gewesen. In letzter Zeit hatte Dooku morgens nur einen leeren Kalender erblickt. Der würde sich bald mit Missionen füllen.

Er starrte den Holokalender an und dachte über seine Zukunft nach. Sie war gesichert. War er deshalb zu überheblich gewesen und hatte er daher die Ängste seines Freundes nicht erkannt?

Er starrte den Kalender lange an und dachte über alles nach, als ihm plötzlich klar wurde, dass in dem Kalender der ganze Tag markiert war. Dooku setzte sich auf. Die Verfolgungsübung in der Stadt! Sie fand heute statt! Und nicht nur das, jetzt sah er auch, dass Lorian und er nach der Übung vor den Rat der Jedi gerufen waren.

Die Übung war eher als kameradschaftlicher Wettkampf gedacht und nicht als ernsthaftes Training. Alle älteren Schüler – die, die entweder gerade als Padawane erwählt worden waren oder die Ausbildung im Tempel absolviert hatten – waren dazu aufgefordert gewesen, sich einzuschreiben. Sie wurden in zwei Teams aufgeteilt und mussten einander durch einen Teil von Coruscant in der Nähe des Tempels verfolgen. Dabei mussten sie ihre Tarnkünste, ihren Listenreichtum und alle erlernten Überwachungstechniken einsetzen. Dooku und Lorian hatten sich eine Woche zuvor eingetragen.

Dooku schwenkte die Beine über die Bettkante. Durften Lorian und er überhaupt noch teilnehmen?

Er zog sich schnell an und nahm sein Trainings-Lichtschwert. Dann ging er in den Korridor, wo er Yoda ein paar Meter entfernt sah. Yoda nickte zum Gruß.

„Zur Suchübung du gehst?“, fragte Yoda.

„Ich … ich weiß nicht, ob es mir gestattet ist …“, stotterte Dooku.

Yoda legte den Kopf zur Seite. „Eine Verpflichtung du eingegangen bist. Ein Padawan du bist. Und daher die Antwort, die du suchst …"

„Ich gehe hin", sagte Dooku schnell und lief los. Er hatte gerade noch Zeit genug, etwas Obst zum Frühstück zu holen, bevor sich die Schüler draußen vor der Landeplattform versammelten. Er fragte sich, ob Lorian wohl den Mut haben würde, hier aufzutauchen.

Lorian stand am Rand der kleinen Gruppe vor der Außenplattform. Er fühlte sich sichtlich unwohl und vermied es, zu dicht bei der Gruppe oder zu weit davon entfernt zu stehen. Die Kapuze hatte er so tief ins Gesicht gezogen, dass sie seine Augen überschattete. Dooku stand auf der gegenüberliegenden Seite, ebenfalls abseits der Gruppe. Niemand beachtete sie. Wie auch immer die Gerüchte gelautet haben mochten, sie waren wohl verstummt und die Schüler dachten jetzt an nichts anderes als den bevorstehenden Wettkampf.

Die kühle Morgenluft trieb das Blut in ihre Wangen und der Wind peitschte ihre Roben umher, während sie aufgeregt miteinander plauderten. Dooku spürte die vereinte Macht, die die Gruppe miteinander verband – energiereich, unkonzentriert, aber stark.

Einen Moment schien er neben sich zu stehen. Das passierte ihm von Zeit zu Zeit. Dann hatte er plötzlich das Gefühl, losgelöst zu sein und über seinen Schulkameraden zu schweben.

Wie jung wir alle sind, dachte er vergnügt. *Eines Tages wer-*

de ich auf all das zurückblicken und mir solch einfache Dinge wünschen wie eine Übung im Tempel an einem kühlen Morgen.

Einen Augenblick fühlte er sich besser. Eines Tages würde das Problem mit Lorian keines mehr sein. Es würde ein winziger Punkt sein, ein Moment des Rauschens, etwas, das aus einer bemerkenswerten Karriere voller Missionen verschwunden war.

Dann traten Yoda und Oppo Rancisis aus dem Tempel. Der sah Dooku nur kurz an, doch es reichte, um Dooku unsanft wieder auf den Boden der Tatsachen zurückzuholen. Seine Stimmung sank plötzlich, als er daran dachte, dass er noch heute vor dem Rat der Jedi stehen würde.

Die Schüler verstummten, als Yoda näher kam. Er stellte sich in die Mitte der Gruppe und nickte den vertrauten Gesichtern freundlich zu. Er hatte sie schon gekannt, als sie noch Babys gewesen waren, und hatte sie als Jünglinge unterrichtet.

„Ihr wisst, dass ihr macht eine Übung, an der jedes Jahr teilnehmen die ältesten Schüler", sagte Yoda. „Verfolgung in der Stadt dieses Jahr es sein wird. Dies ist eine Aufgabe, an die erinnern ihr euch müsst. Ernst, aber auch leicht nehmen ihr sie müsst. Versuchen zu siegen ihr werdet; wenn ihr verliert, ihr euch freuen vielleicht mögt."

Die Schüler lachten bei Yodas Aufzählung von Gegensätzen und hantierten mit ihren Trainings-Lichtschwertern. Sie konnten es kaum erwarten anzufangen.

„Und jetzt die Regeln", sagte Oppo. „Ihr werdet in zwei Teams zu zehn Schülern aufgeteilt. In ein paar Sekunden wird auf euren Datapads die Farbe eures Teams aufleuchten. Jedes Team hat einen anderen Startpunkt. Das Ziel für die Teams ist es, bis Sonnenuntergang eine Muja-Frucht von einem der Obstverkäufer auf dem Markt der Planeten zum Tempel zurückzubringen. Teammitglieder können nur durch eine leichte Berührung mit einem Lichtschwert ausgeschaltet werden."

Die Schüler lächelten. So leicht die Übung auch klang, sie würde in Wirklichkeit viel schwieriger ausfallen und das wussten sie.

„Ihr müsst euch an den Stadtteil halten, der auf euren Datapads markiert ist. Wer die Linie überschreitet, wird disqualifiziert. Habt ihr das verstanden?"

Die Schüler nickten, konnten ihre Ungeduld jedoch kaum noch verbergen. Alle kannten die Regeln.

Yoda nickte und ließ die Schüler damit wissen, dass sie ihre Aufregung vor ihm nicht eine Sekunde lang hatten verbergen können, so sehr sie sich auch bemühten. „Vielleicht warten ihr solltet, bis höher die Sonne steht ...", sagte er augenzwinkernd.

„Nein, bitte nicht, Meister Yoda!", riefen die Schüler im Chor.

„Ah, also zu Teams ihr jetzt werdet. Auf eure Datapads sehen ihr müsst."

Die Schüler griffen nach den handflächengroßen Datapads an ihren Gürteln. Dookus Display leuchtete blau.

„Blau und Gold die Mannschaftsfarben also sind", sagte Yoda. „Und die Kapitäne die folgenden sind: Dooku für Blau und Lorian für Gold."

Verwundert sah Dooku erst Yoda und dann Lorian an, dessen Gesicht ebenso viel Überraschung zeigte wie sein eigenes. Weshalb hatte man sie als Kapitäne ausgewählt? Vielleicht wäre das gestern Morgen noch anders verlaufen. Gestern, als man sie noch nicht des Diebstahls eines Sith-Holocrons verdächtigte. Gestern früh, als sie noch normale, angesehene Padawane gewesen waren.

Dooku hielt sein Datapad fest und dachte noch immer über Yodas Worte nach. Die Logik der Jedi hatte er noch nicht ganz durchschaut, so viel war sicher.

„He Dooku, aufwachen!", sagte Hran Beling grinsend und zupfte am Ärmel seiner Tunika. „Ist es dir noch zu früh?"

„Die Jedi-Meisterin Reesa Doliq wartet", sagte Galinda Norsh barsch. „Lasst uns anfangen."

Da bemerkte Dooku, dass die Mitglieder des Goldenen Teams gerade an Bord eines Transporters gingen. Er lief den anderen Blauen hinterher, um ihr Fahrzeug zu besteigen. Reesa Doliq lächelte den Schülern zu, als sie sich an Bord drängten.

„Es ist genug Platz für alle", sagte sie. „Macht euch keine Sorgen, ich habe euch in kürzester Zeit an eurem Startpunkt abgesetzt. In der Zwischenzeit könnt ihr eure Strategie besprechen."

Die beiden Transporter hoben ab. Dooku bemerkte, dass jedes einzelne Mitglied des Blauen Teams ihn anstarrte und darauf wartete, dass er endlich etwas sagte. Immerhin war er der Anführer.

Er räusperte sich und sah auf sein Datapad. Auf dem Display

erschien eine Karte des Stadtviertels, in dem sie sich bewegen würden. Dooku kannte es recht gut. Das Viertel bestand aus Senatsgebäuden, ein paar breiten Straßen, die er ebenfalls recht gut kannte, und dem Markt aller Planeten, der auf einem großen Platz vor dem Senatskomplex abgehalten wurde. Da er ein viel versprechender Schüler im Fach Diplomatie war, hatte er an besonderen Kursen für Verfahrensweisen des Senats teilgenommen und daher hatte er genügend Gelegenheiten gehabt, die Gegend um den Senat zu erkunden.

Dooku verschaffte sich einen schnellen Überblick über die Karte, versuchte Straßen, Gassen und Raumstraßen zu lokalisieren. Es musste alles koordiniert werden und er musste sich eine Strategie ausdenken. Am besten wäre es, wenn sie sich verteilen würden und jeder Schüler eine Muja-Frucht mitbringen würde. Das würde ihre Gewinnchancen erhöhen.

Aber weshalb?, dachte Dooku plötzlich. Lorian würde genau das von ihm erwarten, weshalb sollte er es also tun?

„Unsere Startkoordinaten liegen auf der Nova-Ebene", sagte Galinda. „Das ist gut. Dort gibt es viele Gassen, in denen man sich verstecken kann. Und die Gravschlitten und Lastentransporter werden Versorgungsgüter für den Markt entladen. Die können wir als Deckung benutzen." Sie warf über Dookus Schulter einen Blick auf die Karte.

Hran Beling nickte. „Wir könnten den Schnellsten unter uns auswählen, um die Frucht zu holen."

„Sie werden die Obststände höchstwahrscheinlich überwachen", sagte Galinda. „Wir müssen zuerst dorthin."

„Vielleicht auch nicht", murmelte Dooku, den Kopf über die Karte gesenkt.

„Hast du eine bessere Idee?", fragte Hran.

Dooku gab keine Antwort. Er dachte nach. Was würde Lorian von ihm erwarten?

Er würde davon ausgehen, dass ich als Erstes so schnell wie möglich eine Muja-Frucht hole. Er würde davon ausgehen, dass ich drei Padawane losschicke, um die Frucht zu holen, und dass ich sie mit den anderen beschützen würde. Und wenn keiner von ihnen es schaffen würde, würde ich noch einmal zwei schicken.

Er sah wieder die Karte an.

„Haben wir jetzt einen Plan oder nicht?", fragte Galinda ungeduldig.

Dooku schaute endlich auf. „Ja", sagte er. „Wir holen keine Muja-Frucht."

Die anderen sahen ihn skeptisch an. Dooku lächelte nur. Er würde sie schon dazu bringen, auf ihn zu hören. Er würde sie dazu bringen, seiner Strategie zu folgen. Denn eines wusste er ganz sicher an diesem Tag: Er musste gewinnen.

Kapitel 5

„Weshalb sollten wir uns gleich am Anfang hinauswagen, um die Frucht zu holen?", fragte Dooku sie. „Warum überlassen wir diesen Versuch nicht dem Goldenen Team und schalten sie einen nach dem anderen aus? Vielleicht verlieren wir dabei ein paar Teammitglieder, aber auf keinen Fall so viele wie sie. Wenn man etwas unbedingt haben will, wagt man auch mehr. Und dann, wenn kein einziges Mitglied des Goldenen Teams mehr übrig ist, spazieren wir einfach über den Markt, holen uns eine Frucht und gehen zurück zum Tempel. Ganz einfach."

„Vielleicht, wenn wir es schaffen, sie alle auszuschalten", sagte Galinda. „Aber was ist, wenn es einer von ihnen schafft und zum Tempel zurückkehrt?"

„Das wäre kein akzeptables Ergebnis", sagte Dooku. Er klang so kühl, dass die anderen unwillkürlich Blicke austauschten. Dooku hatte schon früh gelernt, dass er keinen Zweifel aufkommen lassen durfte, wenn er Sicherheit ausstrahlen wollte.

Galinda war jedoch noch immer skeptisch. „Aber von wo sollen wir unsere Überwachung vornehmen? Auf dem Markt gibt es nicht viele Möglichkeiten, sich zu verstecken. Und wir müssen das ganze Areal im Blick behalten."

„Auch dafür habe ich einen Plan", sagte Dooku.

Er stand auf, als der Transporter landete. Ihm fiel auf, dass die Meisterin Doliq ihn neugierig beobachtete. Er steckte sein Datapad zurück an den Gürtel. „Mir nach", sagte er zu den anderen.

Er sprang von der Ausstiegsrampe und ging vor den anderen her durch die verschlungenen Straßen zum Senatskomplex. Sein Gang war so entschlossen, dass ihn keiner der anderen zu fragen wagte, wohin er ging.

Als sie bei dem riesigen Gebäudekomplex angekommen waren, führte er sie in einen Turbolift und fuhr mit ihnen zu den unteren Büro-Etagen hinunter. Er hatte eine absolut narrensichere Strategie, die lediglich auf seiner Überzeugungskraft basierte und darauf, inwieweit einer seiner Freunde bereit war, die Regeln weiter auszulegen als üblich. Er hatte gelernt, dass es manchmal besser war, durch die Hintertür zu kommen, vor allem, wenn sein Gegenspieler erwartete, dass er den direkten Weg wählen würde. Überzeugungskraft und Irreführung funktionierten oft besser als Kämpfe.

Als sie eine Tür erreichten, drehte sich Dooku zu den anderen um. „Wartet hier. Es dauert nicht lange."

Er öffnete die Tür und ging hinein. Eine große, dünne Kreatur mit einem wedelnden Antennenpaar und hellgelben Augen saß vor einem Datenschirm. Das Wesen sah auf, erblickte Dooku und tat plötzlich so, als würde es zittern.

„Dooku! Oh nein! Bist du gekommen, um mich wieder bloßzustellen?"

„Ganz und gar nicht, Eero." Dooku lächelte. Sein erstes Treffen mit dem Senatsassistenten Eero Iridian hatte zwar ihre Freundschaft besiegelt, allerdings nicht auf die übliche Art und Weise. Dooku hatte damals an einem Seminar über die politische Geschichte des correlianischen Systems teilgenommen. Eero hatte eine Arbeit vorgelesen, die er zu diesem Thema verfasst hatte, und Dooku hatte die Hand gehoben, um ein paar Punkte zu korrigieren, die seiner Meinung nach nicht richtig gewesen waren. Eero hatte sich damals nach allen Regeln der Kunst gegen die Kritik des Neulings verteidigt, doch eine schnelle Recherche in den Jedi-Archiven hatte Dooku Recht gegeben.

Eero hatte sowohl seinen Vater – einen Senator – als auch seinen Vorgesetzten beeindrucken wollen. Doch stattdessen war er vor allen bloßgestellt worden. Trotzdem war er nach dem Seminar zu Dooku gegangen und hatte ihn gefragt, ob er interessiert wäre, seiner Studiengruppe beizutreten. Dooku hatte ihn zwar empfindlich getroffen, doch er wollte auch von ihm lernen. Also war Dooku eine Zeit lang Mitglied der Gruppe gewesen und so waren Eero und er Freunde geworden. Eeros Vater war mächtig und Eero wollte unbedingt in dessen Fußstapfen treten. Dooku bewunderte, wie zielgerichtet er studierte – und er bewunderte die Tatsache, dass Eero seine Arbeit als Senatsassistent so ernst nahm.

Natürlich war das nicht der Grund für seinen heutigen Besuch.

„Du musst mir einen Gefallen tun", sagte Dooku.

„Was immer ich für dich tun kann", gab Eero zurück.

„Ich brauche deine Code-Karte für den Transportkorridor auf der C-Ebene", sagte Dooku.

„Das geht nicht", erwiderte Eero knapp.

Dooku sagte nichts. Er wartete nur ab.

Eero fummelte an einer seiner biegsamen Antennen. „Okay. Wofür?"

„Für eine Padawan-Übung", antwortete Dooku. „Ich muss das Überraschungsmoment nutzen und von diesem Korridor hat man einen vollständigen Überblick über den Markt der Planeten. Außerdem gibt es da einen Ausgang mit einem Turbolift direkt hinunter auf die Marktebene. Wir können den Korridor als Basis benutzen."

„Aber der ist dem Senatspersonal vorbehalten."

„Deshalb brauche ich deine Zugangskarte", sagte Dooku geduldig. Dooku erinnerte sich, dass Eeros Schwäche als Student darin bestand, dass es ihm schwer fiel, verschiedene Fakten zusammenzufügen und einen Schluss daraus zu ziehen. Er sah das Zögern auf Eeros Gesicht. Vielleicht sollte er ihm zum Ausgleich ebenfalls einen Gefallen anbieten. Immerhin war dies der Senat.

„Ich werde dir mit der tolfranischen Akte helfen, die dir so viele Schwierigkeiten bereitet", bot Dooku ihm an.

Eero schien unsicher zu werden. „Ich könnte Hilfe brauchen.

Aber ich könnte auch Schwierigkeiten mit der Sicherheitsgruppe des Senats bekommen, wenn ich dir meine Code-Karte gebe. Das könnte in meiner Personalakte landen. Andererseits ist diese tolfranische Akte auch extrem wichtig für meinen Vorgesetzten …" Eero begann jetzt wie wild an beiden Antennen zu fummeln. Er wickelte sie um den Finger, bis sie in Spiralen wieder absprangen. „Okay", sagte er schließlich, wobei er hörbar ausatmete. Er warf Dooku die Code-Karte zu.

„Ich bringe sie dir noch heute Abend zurück", sagte Dooku, der sich schon auf dem schnellsten Weg nach draußen befand.

Jetzt habe ich dich, Lorian. Mich schlägst du nicht.

Der Plan funktionierte perfekt … zumindest eine Zeit lang. Dooku und sein Team hatten von einem Fenster in einem Lagerraum einen hervorragenden Blick auf die Muja-Verkäufer. Sie konnten den belebten Markt im Auge behalten und sie sahen, dass die Mitglieder des Goldenen Teams mehrere Beobachtungsposten eingerichtet hatten. Sie warteten darauf, dass Dooku zuschlug. Doch Dooku wusste, dass Lorian vom Blauen Team einen aggressiven Erstschlag erwartete. Auf diese Weise begann Dooku nämlich normalerweise einen Lichtschwertkampf. Doch wenn man für einen solchen Zug bekannt war, konnte das auch verräterisch sein. Es war besser, eine andere Taktik zu wählen. Lorian hatte keine Ahnung, dass auch er eine typische Taktik besaß. Wenn er einen Kampf zu verlieren drohte, machte er absichtlich einen weiten Schritt nach links und wirbelte hinter seinen Gegner. Dadurch gewann er wertvolle

Sekunden, um wieder zu Atem zu kommen und sich zu sammeln.

Dooku schickte die Mitglieder seiner Gruppe paarweise los. Sie kommunizierten via Comlink miteinander. Von ihrem höher gelegenen Spähposten konnten sie die Ausweichmanöver des anderen Teams genau beobachten und so mit Leichtigkeit ihre eigenen Teammitglieder leiten. Auf diese Art und Weise schalteten sie einen Goldenen nach dem anderen mit einer leichten Berührung des Lichtschwerts aus. Die Treffer wurden auf allen Datapads registriert.

Sie würden gewinnen. Lorians Team hatte bisher nur geschafft, ein einziges Mitglied des Blauen Teams zu treffen, doch die Blauen hatten fünf Goldene ausgeschaltet.

Dann musste Lorian jedoch herausgefunden haben, wie sie vorgingen.

Plötzlich sah Dooku, wie zwei Mitglieder des Goldenen Teams Richtung Turbolift liefen. Da sie ihn nicht öffnen konnten, benutzen sie ihre Seilkatapulte, um an der Glasröhre hochzuklettern. Sie würden einen Weg hinein finden. Es blieben noch drei Mitglieder des Goldenen Teams übrig. Wäre Dooku an Lorians Stelle gewesen, hätte er versucht, sie an einem Ausgang in einen Hinterhalt zu locken.

Vielleicht würde Lorian eine Muja-Frucht holen, während er vor ihm davonlief.

Nein, dachte Dooku. *Lorian kennt den Senat auch gut. Er wird denken, dass er mich hier schnappen kann.*

Nur für den Fall der Fälle bellte Dooku einen Befehl für seine beiden Teammitglieder auf dem Markt in seinen Comlink. „Bewacht diesen Obstverkäufer. Wir müssen den Beobachtungsposten verlassen." Er wandte sich an die übrigen sechs Mitglieder seines Teams. „Lasst uns hier verschwinden."

Die Teammitglieder rannten aus dem Lagerraum. Es gab nur noch einen anderen Weg nach unten: über den Turbolift, der zur Haupthalle des Senatsgebäudes führte. Dooku dachte angestrengt nach, als der Turbolift nach unten schoss. Lorian hatte ebenfalls an Seminaren im Senat teilgenommen. Er kannte das Gebäude sogar besser als Dooku. Lorian schnüffelte gern an Orten herum, an denen er nichts verloren hatte. Sollte er bis jetzt nicht gewusst haben, dass dieser Turbolift zu nur zwei Ausgängen führte, würde er zweifelsohne in diesem Augenblick versuchen, sich kundig zu machen. Es würde ein Leichtes sein, sich Zugang zu einem Plan des Senatsgebäudes zu verschaffen und es in Erfahrung zu bringen.

Dooku streckte die Hand aus, drückte einen Knopf und brachte den Turbolift damit zum Stehen. „Wir steigen nicht aus", sagte er zu den anderen. „Wir gehen nach oben."

Er sprang hoch und balancierte auf dem Geländer, das innen an der Kabinenwand angebracht war. Er öffnete die Luke für den Notausstieg an der Decke und kletterte hoch. Über ihm lag eine Tür, die auf die Senatsebene führte. Ein Trainings-Lichtschwert hatte zwar nicht die Kraft eines richtigen Lichtschwerts, es konnte jedoch höchstwahrscheinlich die Metalltür über seinem Kopf durchschneiden.

Er stieß sein Lichtschwert durch das Türblatt und führte es

am Rahmen entlang. „Galinda, Hran, ich brauche Hilfe", rief er nach unten, während er arbeitete.

Die beiden Padawane zwängten sich durch die Öffnung und kamen ihm mit ihren Lichtschwertern zu Hilfe. Nach wenigen Minuten hatte sich das Metall weit genug nach hinten geschält, damit sie hindurch passten.

Sie krochen durch die Öffnung. Dooku sah einen Infostand, ging hin und rief einen Plan des Senats auf. Er fand den schnellsten Weg zu einem Ausgang.

„Uns bleiben drei bis fünf Minuten, bevor Lorian merkt, dass wir nicht aus diesem Turbolift kommen und nicht mehr im Korridor C sind", sagte Dooku. „Ich glaube, das ist Zeit genug, um eine Muja-Frucht zu kaufen."

Die anderen, schmutzig und verschmiert von dem Turbolift-Tunnel, steckten grinsend ihre Lichtschwerter an die Gürtel. Der Sieg war jetzt so nahe, dass sie ihn geradezu riechen konnten.

Sie liefen durch die Eingangshalle auf den Ausgang zu, stürzten ins Freie und rannten in Richtung Markt. Die Sonne stand jetzt fast senkrecht, doch ein paar Wolken zogen sich zusammen. Fleckige Schatten lagen auf dem Weg der kleinen Gruppe, die zwischen Kunden und Verkaufsbuden hindurch zu den Obstverkäufern lief.

Plötzlich wünschte Dooku, er hätte vor ihrem Lauf über den Markt einen Plan geschmiedet. Alle rannten so schnell sie konnten dorthin in der Hoffnung, als Erste eine Muja-Frucht zu ergattern und zum Tempel zurückzukehren. Seine Konzentration hatte nachgelassen, weil das Ende so nahe war.

Sein Datapad blinkte auf. Die anderen beiden Mitglieder des Blauen Teams – die beiden auf dem Markt – waren getroffen worden. Lorian hatte also gar keinen Hinterhalt im Senat errichtet.

„Sie sind auf dem Markt!", rief Dooku. „Trennt euch!"

Aus dem Augenwinkel sah Dooku eine verwischte Bewegung, erst rot, dann grün. Er blieb so abrupt stehen, dass er beinahe rückwärts in eine Auslage mit Kinderspielzeug gefallen wäre. Mitglieder der Goldenen Mannschaft jagten sein Team, die Lichtschwerter versteckt an der Seite gehalten, aber doch bereit zum Schlag. Er sah, wie Hran erwischt wurde und drehte sich genervt weg. Galinda hielt gerade eine Muja-Frucht in der Hand, als plötzlich Lorian hinter einem Sonnensegel auftauchte. Er wirbelte sein Lichtschwert voller Anmut herum und traf sie ganz leicht an der Schulter. Galinda zuckte zusammen. Lorian lächelte, nahm ihr die Muja-Frucht aus der Hand und steckte sie in seine Tunika.

Jetzt waren in beiden Teams noch jeweils fünf Mitglieder übrig. Gleichstand. Dooku hatte die Führung verloren.

Lorian warf Dooku durch die Menge einen Blick zu. Dooku erkannte im Blick seines Freundes so etwas wie spielerische Herausforderung. Wut stieg in ihm auf. Ihm war nicht nach Spielchen zumute.

Das ist kein Spiel, dachte er. *Nicht für mich.*

Dooku machte einen Satz über die Auslage mit Spielzeug hinweg und schlängelte sich um ein Paar mit einem Baby in einem Repulsorlift-Buggy herum. Er machte eine Rolle vorwärts, landete genau hinter einem Mitglied des Goldenen Teams und versetzte ihm einen leichten Hieb zwischen die Schultern. Dooku hielt sich nicht damit auf, die Reaktion abzuwarten, sondern machte sich gleich daran, ein weiteres Mannschaftsmitglied von hinten zu treffen und sich dann auf einen Kampf mit dem nächsten einzulassen. Er wich hüpfend dem wirbelnden Lichtschwert aus, wobei er ein Glas mit Sirup in einer Auslage umstieß. Es fiel zu Boden, zersprang und der andere Jedi-Schüler rutschte aus. Dooku landete sofort den nächsten Treffer. Er hielt nicht inne, sondern rannte in vollem Tempo auf ein anderes Mitglied des Goldenen Teams zu, das gerade zu dem Obstverkäufer unterwegs war. Dooku griff nach der Macht und sprang. Normalerweise beherrschte er diese Art von Manöver nicht so gut – er musste noch viel lernen –, doch er war selbst überrascht, wie perfekt es ihm gelang. Er landete vor dem Schüler und berührte einfach dessen Schulter.

Schwer atmend warf Dooku einen Blick auf sein Datapad. Lorians Schlag war erfolgreich gewesen. Alle seine Teammitglieder waren getroffen worden. Und Dooku hatte es geschafft, den Rest von Lorians Mannschaft auszuschalten. Also herrschte jetzt Gleichstand – abgesehen von der Tatsache, dass Lorian eine Muja-Frucht besaß.

Keine Zeit, selbst eine Frucht zu holen. Wenn er Lorian zu fassen bekommen würde, hätte er auch die Muja-Frucht. Er würde zum Tempel gehen und sie Yoda höflich übergeben.

Alle Padawane, einige in Paaren oder Gruppen, waren enttäuscht davongetrottet und hatten sich auf den Rückweg zum Tempel gemacht. Es war ihnen nicht mehr erlaubt, ihren Mannschaftskapitänen zu helfen. Lorian war in der Menge verschwunden.

Denk nach, Dooku. Unternimm nichts, bevor du nicht nachgedacht hast. Dooku griff wieder nach der Macht. Zunächst sah er nichts als die Wesen und Waren auf dem Markt. Er konzentrierte sich, bis sein Verstand etwas Vertrautes wahrnahm. Eine bestimmte Neigung des Kopfes. Eine typische Art zu gehen. Die Kontur eines Kinns. Eine solch unscheinbare Bewegung, dass seine Sinne sie in dem Meer der zahllosen Informationen nicht wahrnehmen konnte. Doch die Macht konnte es.

Die Macht strömte. Alles fiel von Dooku ab und da sah er Lorian. In einem schlauen Zug hatte er seinen Mantel mit der Innenseite nach außen angezogen. Dooku heftete sich an seine Fersen. Er würde denselben Fehler nicht noch einmal machen. Er würde auf seine Chance warten.

Er blieb ein gutes Stück hinter Lorian zurück. Vermutlich wusste Lorian nicht, dass er verfolgt wurde. Lorian verließ den Markt und bog in eine Gasse ab, die Dooku nicht kannte. Lorian kannte in Coruscant natürlich alle Wege zum Tempel. Dooku ließ sich zurückfallen und achtete sorgsam darauf, dass er außer Sichtweite blieb. Es war jetzt schon Nachmittag und die Sonne hatte sich hinter der schweren Wolkendecke verkrochen. Es war beinahe so dunkel wie abends und die Beleuchtung der Stadt war schon auf niedrigster Stufe angeschaltet.

Die Gasse schlängelte sich hinter dem Markt entlang und beschrieb einen scharfen Linksknick, bevor sie an den Hintertüren zahlreicher Läden und Restaurants entlangführte. Starker Müllgestank hing in der Luft. Dooku zog den Mantel über seine Nase. Er war eher penibel, mochte Sauberkeit und Ordnung.

Zu Dookus Überraschung tauchte plötzlich der Tempel vor ihm auf. Sie waren schon viel dichter dran, als er gedacht hatte. Sein Herz raste. Lorian stand kurz vor dem Sieg! Das durfte Dooku nicht zulassen. Er musste zuschlagen. Jetzt sofort.

Er griff nach der Macht und sprang. Dooku landete auf einem Müllhaufen, der stark nachgab. *Müll ist also doch zu etwas nutze*, dachte er, als der Schwung der Landung ihn nach oben schießen ließ. Er flog über Lorians Kopf hinweg und landete mit aktiviertem Lichtschwert direkt vor ihm. Dooku wartete nicht ab, bis der Schwung der Landung nachließ, sondern nutzte die Bewegung für einen schnellen ersten Hieb.

Lorian blieb weniger als eine Sekunde, um sich darauf einzustellen, doch seine Reflexe waren exzellent – die anderen Schüler im Tempel waren neidisch darauf. Er machte einen Satz rückwärts, griff nach seinem Lichtschwert und wiegte sich dabei zur Seite, sodass Dookus erster Hieb nur Luft traf.

„Du hast mich also gefunden", sagte er. Er schien erfreut zu sein und nicht verzagt. Ihre Freundschaft hatte schon immer auf einem ständigen Wettkampf beruht. Und das hatte immer Spaß gemacht. Doch Lorians Reaktion machte Dooku nur noch wütender. Er ärgerte sich über Lorians Unbeschwertheit und über seine Annahme, dass sie immer Freunde bleiben würden, egal was auch geschah. Deshalb stellte Lorian ihre Freundschaft auch immer wieder auf die Probe – auf eine zu harte Probe. Und jedes Mal erwartete er, dass Dooku das akzeptierte.

Auf Lorians Gesicht war ein Anflug von Überraschung zu sehen, als er Dookus kalten Blick bemerkte. Er stolperte rückwärts, als Dooku ihn wie wild angriff, das Lichtschwert nur noch ein verwischtes grünes Leuchten.

Doch Lorian fing sich sofort wieder. Er konterte mit mehreren aggressiven Gegenhieben und drängte Dooku in die Defensive.

Die beiden Freunde kannten die Technik des anderen mittlerweile nur allzu gut. Dooku versuchte wieder und wieder, Lorian zu überraschen, doch er wurde jedes Mal abgefangen. Wut erfüllte ihn und trübte seinen Verstand. Er wusste, dass er sein ruhiges Zentrum finden musste, wenn er gewinnen wollte, doch es gelang ihm nicht. Er konnte sich nicht auf den Kampf konzentrieren.

Sie kämpften sich die Gasse entlang, benutzten die Mülltonnen als Deckung und manchmal auch als Waffen, indem sie sie auf den anderen warfen, um so wertvolle Sekunden zum Atmen zu gewinnen.

Die Zeit schien stehen geblieben zu sein. Dooku war im Kampf versunken, schweißgetränkt und erfüllt von seinem Bedürfnis zu gewinnen. Beide waren jetzt müde. Lorians Gesicht war rot vor Anstrengung und er hatte schweißnasse Haare. Immer wieder mussten sie erschöpft innehalten und Atem holen. Dann erholte sich einer vor dem anderen und stürzte sich wieder in den Kampf. Ihr Stöhnen und ihre Schreie hallten durch die Gasse.

Die Zeit war vielleicht stehen geblieben, doch die Sonne hatte sich weiter bewegt. Lange Schatten breiteten sich auf dem

Boden aus. Ihre Rückkehr zum Tempel war schon lange überfällig. Den Regeln nach hatten beide schon verloren.

„Komm schon, Dooku", sagte Lorian. „Es ist vorbei."

Dooku atmete ein paar Mal tief ein. Vor seinen Augen tanzten schon Punkte – ein Zeichen für ernsthafte Erschöpfung. Ihm war schwindlig. Er griff nach der Macht, bekam sie aber nicht recht zu fassen. Anstatt zu spüren, wie sie ihn durchfloss, fühlte er kaum mehr als ein Prickeln. Das reichte allerdings, um einen kleinen Kraftstoß durch seine Glieder zu schicken.

„Noch nicht", sagte er und griff Lorian an.

Lorian stand jetzt am Ende der Gasse. Ihm blieben nur noch ein paar Schritte, bevor er mit dem Rücken an der Wand stand. Dooku wusste, dass er ihn dort erledigen konnte.

Doch Lorian drehte sich plötzlich um, wandte Dooku für einen Sekundenbruchteil ungeschützt den Rücken zu und rannte dann auf die Wand zu. Er bediente sich einer gewöhnlichen Padawan-Übung, und doch war Dooku überrascht, wie viel Kraft darin steckte. Lorian lief an der Wand hoch und machte einen Halbsalto über Dookus Kopf hinweg. Er war kaum gelandet, da sprang er wieder, dieses Mal auf einen Müllhaufen. Von dort landete er auf einem Dach.

Dooku fand schließlich die Kraft, die ihm gefehlt hatte. Er folgte Lorians Weg, sprang auf den Müllhaufen und dann so schnell und anmutig auf das Dach, dass die Bewegung wie aus einem Guss erschien.

Die leichte Brise blies jetzt schärfer und gab ihnen neue Energie. Dooku flog auf Lorian zu. Er legte besonders viel Energie in seine Bewegungen und seine Beinarbeit war trotz des unebenen Daches absolut sicher.

„Du hasst mich, stimmt's?", schrie Lorian, als er einen Hieb parierte. „Nur weil ich dich nach all der Zeit einmal um etwas gebeten haben."

„Und das war nicht fair."

„Aber das bedeutet Freundschaft."

„Das ist nicht meine Definition davon."

„Ja, deine Definition ist, dass jemand gibt und du nimmst. Jemand bewundert dich und du akzeptierst diese Bewunderung einfach." Lorian atmete jetzt schwer. „Weil sie nützlich ist."

„Du hast mich immer abgelehnt", sagte Dooku. „Und erst jetzt weiß ich, wie sehr."

Er stürmte nach vorn. Lorians Worte machten ihn wütend. Er wusste, dass er Lorian für einen Sieg nur leicht berühren musste, doch der Umstand, dass er ihn nicht erreichen konnte, dass er nicht einmal seine Haut ritzen konnte, hatte seine Wut bis an den Siedepunkt gebracht. Sein Körper schien zu kochen.

Lorian drehte sich nach links und holte in weitem Bogen aus. *Jetzt habe ich ihn. Er weiß, dass er verliert.* Das war Lorians typischer Zug.

Dooku wusste, dass Lorian hinter ihn springen würde. Wäre er nicht so müde gewesen, hätte er es jetzt nicht versucht. Also wich Dooku zwei Schritte zurück, anstatt nach links zu gehen. Als Lorian zuschlug, war Dooku bereit. Er ließ sein Lichtschwert auf Lorians Schulter heruntersausen, genau dort, wo seine Tunika entlang der Naht gerissen war.

Lorian schrie auf und stolperte rückwärts. Er sah Dooku ungläubig an. Es war ein richtiger Hieb gewesen, dazu gedacht, ihm Schmerzen zuzufügen.

„Du elende Kiesmade“, sagte er und machte einen Satz auf Dooku zu.

Jetzt kämpften sie ohne Rücksicht auf die Regeln. Sie kämpften hart und unter Einsatz aller Tricks. Sie setzten ihre Füße und Fäuste ebenso ein wie ihre Lichtschwerter. Sie traten einander und schlugen blindlings zu, wenn sie sich nahe kamen. Dooku hatte noch nie zuvor so gekämpft. Irgendwo in einem fernen Winkel seines Verstands war ihm klar, dass dieser Kampfstil ihm nichts brachte, dass er ungenau und unkonzentriert war und dass er sie beide zu Verlierern machte. Doch er konnte nicht aufhören.

„Genug.“

Das Wort erklang ruhig, doch es war deutlich über die Kampfgeräusche hinweg zu vernehmen. Sie hielten inne. Yoda war auf dem Dach erschienen und sie hatten ihn nicht bemerkt. Sie hatten auch nicht bemerkt, dass ihr Kampf sie in Sichtweite der Tempelfenster gebracht hatte.

Yoda ging zu Lorian. Dooku sah jetzt, dass der Hieb des Lichtschwerts eine tiefe Verbrennung an Lorians Schulter hinterlassen hatte. Sie sah furchtbar aus, tiefrot in der Mitte mit einem blau-schwarzen Rand. Außerdem hatte Lorian einen Schnitt an der Wange und eine Hand blutete.

„Zum Med Center du gehen musst, Lorian“, sagte Yoda. „Dooku, auf dein Zimmer. Nach euch beiden ich schicken lasse.“

Lorian, der zu Boden gesehen hatte, hob den Kopf. Lorians und Dookus Blicke trafen sich. Und in diesem Augenblick wurde alles in Dookus Herz zu einem festen Knoten der Gewissheit. Jetzt waren sie Feinde.

Kapitel 6

Dooku hatte schon zuvor vor dem Rat der Jedi gestanden. Er wusste nicht, ob Lorian vor ihm dagewesen war oder ob er nach ihm erscheinen würde. Er wusste nur eines: Es war an der Zeit, die Wahrheit zu sagen. Er beschrieb, wie Lorian ihn dazu hatte überreden wollen, den Sith-Holocron zu holen und wie er ihn später darum gebeten hatte zu lügen.

„Und warst du bereit, für ihn zu lügen?", fragte Oppo Rancisis.

Dooku ließ sich mit der Antwort einen Augenblick Zeit. Er wollte lügen und behaupten, niemals ernsthaft über Lorians Bitte nachgedacht zu haben, doch er wusste, dass die Jedi-Meister durch ihn hindurchsehen konnten wie durch Wasser. Er war nicht so mächtig wie sie – noch nicht.

„Nein, ich war nicht dazu bereit", sagte Dooku. „Aber ich habe darüber nachgedacht. Lorian war mein Freund."

„Nicht mehr dein Freund er ist?", fragte Yoda.

Diese Frage konnte Dooku beantworten, ohne zu zweifeln oder zu zögern. „Nein. Er ist nicht mehr mein Freund."

„Auch das klar uns ist", sagte Yoda. „Ein Trainings-Lichtschwert nicht gedacht zu verwunden ist und doch verwundet Lorian du hast."

„Das wollte ich nicht", sagte Dooku. „Ich war wütend und meine Selbstkontrolle war nicht gut. Mein bester Freund hatte mich betrogen."

„Die Kontrolle verloren du hattest", sagte Yoda. „Und zu alt für Ausreden du bist."

Dooku nickte und sah zu Boden. Er hatte diese Rüge erwartet, doch er hatte nicht damit gerechnet, dass sie ihn so treffen würde. Er hatte Yoda noch nie zuvor enttäuscht.

„Spannung zwischen euch herrschte, kontrolliert der Zorn hätte werden müssen", fuhr Yoda fort. „Die Übung zum Loslassen von Gefühlen du anwenden hättest sollen so wie auch sonst. Meditation. Gespräch."

„Körperliche Übungen", fügte Tor Difusal hinzu. „Ein Gespräch mit einem Jedi-Meister. Du weißt, welche Möglichkeiten des Ausgleichs du gehabt hättest. Und doch hast du keine davon genutzt."

Dooku erkannte, dass man ihn hereingelegt hatte. Er zweifelte jetzt nicht mehr daran, dass er und Lorian absichtlich zu Mannschaftskapitänen ernannt worden waren. Der Rat der Jedi hatte sie auf einander losgelassen, um zu sehen, wie stark die Spannung zwischen ihnen war.

„Nicht getäuscht du wurdest", sagte Yoda, so als hätte er Dookus Gedanken gelesen. „Eine Chance dir gegeben wurde. Nicht allein du bist, Dooku. Um Hilfe zu bitten keine Schande ist."

„Das weiß ich." Man hatte es ihm oft genug gesagt.

„Du es weißt, doch üben du es musst", sagte Yoda scharf. „Deinen Stolz überwinden du musst. Deine Schwäche er ist."

„Das werde ich, Meister Yoda", sagte Dooku, beinahe laut seufzend. Würden all die Lektionen jemals ein Ende haben?

„Gehen du darfst", sagte Yoda.

„Eure Entscheidung?"

„Du wirst sie hören", sagte Tor Difusal.

Es blieb nichts, als sich zu verneigen und zu gehen. Dooku hörte, wie sich hinter ihm leise die Tür schloss. Es waren nur ein paar Worte gesprochen worden und doch fühlte er sich, als würde er gerade aus einer Schlacht kommen.

Der Rat der Jedi ließ sie nicht lange warten. Dooku erhielt eine Rüge für übermäßige Aggression während der Übung. Lorian wurde vom Jedi-Orden ausgeschlossen, allerdings nicht wegen des Holocron-Diebstahls, sondern weil er gelogen und er seinen Freund in die Sache hineingezogen hatte.

Dooku überkam ein Gefühl der Erleichterung. Er hatte keine Angst gehabt, aus dem Jedi-Orden ausgestoßen zu werden, doch die Angelegenheit hätte auch üblere Konsequenzen haben können. Thame Cerulian hätte ihn als Padawan ablehnen können. Das war seine größte Angst gewesen.

Er nahm den Turbolift hinauf zur Landeplattform, die schon immer zu seinen Lieblingsplätzen gehört hatte. Lorian und er hatten sich oft hierher geschlichen, in einer Ecke versteckt und all die Raumschiffe benannt. Sie hatten sich den Tag ausgemalt, an dem sie selbst die Jedi-Ritter sein würden, die zwischen den Schiffen umhergehen, in die Cockpits steigen und in die obere Atmosphäre davonschießen würden.

Er ging einen Gang zwischen den Schiffen entlang, während die Mechaniker-Droiden an den Maschinen beschäftigt waren und routinemäßige Wartungen durchführten. Jetzt rückte tatsächlich die Zeit näher, in der er aufbrechen würde. Thame würde in drei Tagen zurückkehren. Dooku könnte schon in einer Woche unterwegs zu einer Mission sein.

Er sah, dass der Ausgang zur Freiluftplattform offen stand. Irgendjemand war gerade gegangen oder angekommen. Er trat hinaus. Die Wolken waren verschwunden und die Nacht war kristallklar. Die Sterne hingen so tief und glitzerten so stark und hell, als würden sie Löcher in den Himmel stanzen können.

Er war nicht allein. Lorian stand auf der Plattform und blickte über Coruscant.

„Du hast es schon gehört", sagte er.

„Es tut mir Leid", gab Dooku zurück.

„Tatsächlich?", fragte Lorian leise. „Ich höre kein Bedauern in deiner Stimme."

„Es tut mir Leid", sagte Dooku noch einmal. „Aber du musst zugeben, dass du dich selbst in diesen Schlamassel gebracht hast."

Lorian wandte sich um. Seine Augen glitzerten wie die Sterne am Himmel und Dooku wurde klar, dass sie voller Tränen waren. „Schlamassel? So nennst du das? Das ist wieder mal typisch. Dich schert gar nichts, Dooku. Mein Leben ist *vorbei*. Ich werde niemals ein Jedi! Kannst du dir vorstellen, was das für ein Gefühl ist?“

„Weshalb verlangst du immer von mir, dass ich fühle, was du fühlst?“, stieß Dooku hervor. „Das kann ich nicht! Ich bin nicht du!“

„Nein, du bist nicht ich. Aber ich kenne dich besser als irgendjemand sonst. Ich habe dein Inneres genauer kennen gelernt als irgendjemand sonst.“ Lorian kam einen Schritt näher. „Ich habe dein Herz gesehen und weiß, wie leer es ist. Ich habe deinen Zorn gesehen und weiß, wie tief er sitzt. Ich habe deinen Ehrgeiz gesehen und ich weiß, wie skrupellos du bist. Und all das wird dich letztlich zerstören.“

„Du weißt nicht, was du sagst“, erklärte Dooku. „Du wolltest, dass ich lüge, um dich zu schützen. Glaubst du, du bist besser als ich?“

„Nein, darum geht es nicht“, sagte Lorian. „Es geht um Freundschaft.“

„Doch, genau darum geht es!“, stieß Dooku hervor. „Du warst immer neidisch auf mich! Deshalb wolltest du mich vernichten! Stattdessen hast du dich selbst vernichtet.“

Lorian schüttelte den Kopf. Er ging an Dooku vorbei zurück in die Dunkelheit des Hangars. „Eines weiß ich“, hörte Dooku ihn noch von hinten sagen, jedoch laut und deutlich. „Es mag stimmen, dass ich niemals ein Jedi werde. Aber du auch nicht. Du wirst niemals ein großer Jedi-Meister werden.“

Lorian und seine Worte wurden von der Dunkelheit verschluckt. Dookus Wangen brannten trotz der kühlen Nachtluft. In seiner Kehle stauten sich die Worte, die nach draußen drängten. Doch er beschloss, dass Lorian das letzte Wort haben sollte. Warum auch nicht? Er hatte eine Zukunft. Lorian hatte nichts.

Und Lorian irrte sich. Dookus Herz war nicht leer. Er hatte seinen Freund geliebt.

Doch er hatte sich verändert. Lorian hatte ihn verraten. Er würde niemals wieder an eine Freundschaft glauben. Sollte sein Herz jetzt keine Liebe mehr empfinden, dann war es eben so. Er würde sein Herz dafür mit hohen Idealen, Hingabe und Pflichtbewusstsein füllen. Er *würde* ein großer Jedi-Meister werden.

Dooku sah zum Himmel hinauf, zu einem Himmel voller glitzernder Sterne und belebter Planeten. So viel zu sehen, so viel zu tun. So viele Wesen, für oder gegen die man kämpfen musste. Und doch würde er von seiner Zeit im Tempel eine Lektion mitnehmen, die er gelernt hatte. Die wichtigste Lektion von allen: Inmitten einer Galaxis voller Lebensformen war er doch allein.

Dooku hatte die Augen verbunden und spielte mit einem Sucher-Droiden, als er spürte, wie jemand das Zimmer betrat. Er wusste, dass es Yoda war. Er spürte es an der Art, wie die Macht plötzlich das Zimmer erfüllte. Er spielte weiter mit dem Sucher, schwenkte sein Lichtschwert, sodass der Wind den Droiden sanft berührte und ihn reizte. Er ging im Kreis, horchte und bewegte sich in dem Wissen, dass er den Sucher-Droiden jederzeit entzweischlagen konnte, wann immer er wollte.

Yoda hatte nicht mehr mit ihm gesprochen, seitdem Lorian den Tempel verlassen hatte. Dooku verbrachte die Wartezeit bis zu Thames Rückkehr mit klassischen Jedi-Übungen; er wollte den Rat mit seiner Hingabe beeindrucken.

„Deiner Fähigkeiten sicher du dir bist", sagte Yoda milde. „Doch zwischen Sicherheit und Stolz nur ein kleiner Schritt es ist."

Dooku hielt einen Augenblick inne. Er hatte Yoda beeindrucken und nicht eine Rüge herausfordern wollen. Der Sucher summte wie ein ärgerliches Insekt um seinen Kopf.

„Es passt, dass eine Augenbinde du trägst", fuhr Yoda fort. „Stolz es ist, der dich blendet. Deine Schwäche der Stolz ist. Groß sind deine Begabungen, Dooku. Der Talente, die nicht du besitzt, bewusst du dir sein musst ebenso wie der, die du besitzt."

Dooku hörte nur ein leises Flüstern von Yodas Robe, als der Jedi-Meister sich zurückzog. Und mit ihm verließ die Macht das Zimmer.

Dooku war keine Kritik gewohnt. Er war talentiert. Er war immer derjenige gewesen, den die Lehrer als Beispiel genannt hatten. Er hasste es, zurechtgewiesen zu werden. Er streckte locker sein Lichtschwert aus und zerschnitt den Sucher-Droiden in zwei Teile.

Dreizehn Jahre später

Dooku und Qui-Gon Jinn

Kapitel 7

Dooku hatte im Laufe der Jahre oft über Yodas Worte nachgedacht. Sie waren ihm eher ein Vermächtnis als eine Lektion, denn sie begleiteten ihn noch immer.

Er dachte an die Worte, akzeptierte ihren Inhalt aber nicht. Noch nie war er in eine Situation geraten, in der sein Stolz ihm zum Nachteil gereicht hatte. Er betrachtete es sowieso nicht als Stolz. Es war Überzeugung. Und so wie es sich gehörte, wuchs die Überzeugung über seine Fähigkeiten mit jeder Mission. Yoda hatte Gewissheit mit Stolz verwechselt, dabei hatte er Dooku gewarnt, dass ihm genau dieses nicht passieren durfte.

Und wenn es Stolz war, dass Dooku sich in dieser Hinsicht als weiser empfand als Yoda, so machte er sich darüber keine Sorgen. Yoda hatte nicht immer Recht. Dooku mochte kein so großer Jedi wie Yoda sein – noch nicht. Aber eines Tages würde er es sein. Wenn er daran nicht glauben würde – wofür arbeitete er dann?

Dooku hatte von Thame Cerulian viel gelernt. Jetzt war er selbst ein Meister mit einem Schüler. Qui-Gon Jinn war der viel versprechendste Padawan gewesen. Dooku hatte es so eingefädelt, dass er ihn bekommen würde, und zwar gleich nachdem er ihn zum ersten Mal im Alter von zehn Jahren bei einem Kampf mit dem Lichtschwert gesehen hatte. Dooku wusste, dass ein Meister nach den Fähigkeiten seines Padawans beurteilt wurde und so hatte er den Besten der Besten gesucht. Als Yoda zu dieser Bindung sein Einverständnis gegeben hatte, war Dooku zufrieden gewesen. Damit war eine weitere Stufe auf dem Weg zum Ziel genommen: Yoda als den größten Jedi aller Zeiten zu übertrumpfen.

Luxus machte auf Dooku keinen Eindruck, doch er wusste Eleganz zu schätzen. Senator Blix Annon hatte ein schönes Raumschiff, das außen glänzte und innen luxuriös war. Überdies hatte der Senator nicht an Verteidigungssystemen gespart. Die Panzerung des Raumschiffs bestand aus drei Lagen sowie zusätzlichen Energie- und Partikelschilden und Laserkanonen an Bug und Heck des Schiffes. Für Dookus Geschmack war es etwas zu groß, aber eindrucksvoll.

Er merkte, dass Qui-Gon von den üppig gepolsterten Sitzgelegenheiten beeindruckt war, von den gebürsteten Durastahl-Einfassungen der Instrumentenkonsolen und von den seidenen, weichen Betten der Unterkünfte. Qui-Gon war erst sechzehn Jahre alt, und was er bislang von der Galaxis gesehen hatte, war nicht gerade die luxuriöse Seite des Lebens gewesen. Ihre

Missionen hatten sie in letzter Zeit eher auf eintönige Planeten oder isolierte Außenposten am Outer Rim geführt.

Dooku war froh gewesen, als man sie nach Coruscant zurückberufen hatte, obwohl er unter normalen Umständen diese Mission als unter seiner Würde betrachtet hätte. Es war eine einfache Eskorte, eine Mission, die jeder andere Jedi hätte übernehmen können. Doch in letzter Zeit hatte es mehrere Entführungen gegeben; Senatoren waren auf dem Weg zwischen Coruscant und ihren jeweiligen Heimatplaneten gekidnappt worden. Die Senatoren und manchmal auch ihre Familien wurden gegen enorme Lösegelder frei gelassen – die auch immer bezahlt wurden. Niemand kannte die Identität des Raumpiraten und alle Versuche, seiner habhaft zu werden, waren gescheitert. Das überraschte Dooku nicht. Die Sicherheitskräfte des Senats machten ihre Arbeit gut, wenn es darum ging, die Senatoren innerhalb des Senatsgebäudes zu beschützen; wenn es jedoch um eine galaxisweite Suche ging, standen sie auf verlorenem Posten.

Blix Annon war ein bedeutender Senator, der den Jedi schon viele Gefallen getan hatte. Und als er um ihre Anwesenheit gebeten hatte, hatte der Rat der Jedi nicht nur zugestimmt, sondern sogar Dooku gebeten, die Aufgabe zu übernehmen. Nachdem er in letzter Zeit von schlechtem Essen und trostlosen Umgebungen genug gehabt hatte, hatte er den kurzen Flug in einem luxuriösen Kreuzer für keine schlechte Idee gehalten. Hinzu kam, dass Qui-Gon auf diese Weise einen Einblick in das Umfeld eines Senators bekommen würde.

Senatoren reisten niemals allein. Blix Annon hatte offensichtlich das Bedürfnis, mit einem Redenschreiber, einem Sekretär, einem Koch, einem Frisör für seine kunstvolle Haartracht und einem Assistenten zu reisen, dessen Aufgabe einzig und allein darin zu bestehen schien, an Annons Rockzipfel zu hängen und allem zuzustimmen, was der sagte. Und dieser Assistent war zufällig Dookus alter Freund Eero Iridian.

Als Dooku am Landefeld des Senats angekommen war, war er ebenso überrascht gewesen, seinen Freund zu treffen wie Eero. Sie hatten sich im Laufe der Jahre immer wieder gegenseitige Gefallen getan, doch nachdem Eero die Wahl zum Senator seiner Heimatwelt verloren hatte, hatte er sich aus dem öffentlichen Leben zurückgezogen. Dooku hatte ihn aus den Augen verloren. Und nun war er als Assistent von einem der wichtigsten Politiker des Senats wieder aufgetaucht.

Dooku setzte sich. Es tat gut, Eero wiederzusehen und es tat gut, sich an den Jungen zu erinnern, der er einmal gewesen war. Sie hatten über die vergangenen Jahre immer wieder gesprochen – darüber, wie rätselhaft die unterschiedlichen Regeln im Senat ihnen damals erschienen waren (wobei sie lachend zugeben mussten, dass ein paar der Regeln noch immer rätselhaft waren). Und sie hatten über die Träume geredet, die sie damals gehabt hatten. Eero hatte es trotz seiner Herkunft nie geschafft, seinen Traum wahr zu machen, Senator zu werden. Sein Vater hatte das Familienvermögen durchgebracht, als er sich in den Ruhestand begab. Eero hatte Kontakte, aber kein Geld – und nur mit Geld konnte man Wahlen gewinnen.

Eero ließ sich mit einem Seufzer in den Sessel neben Dooku fallen. „Ich habe mich gerade mit deinem Schüler unterhalten. Na ja, er hat nicht sonderlich viel geredet, dafür ich umso mehr. Der junge Mann kann gut zuhören. Vielleicht habe ich mehr über meine Erfahrungen im Senat erzählt, als ich eigentlich wollte."

Dooku nickte. Ihm war diese Fähigkeit von Qui-Gon auch schon aufgefallen. Die Leute erzählten ihm allerhand Dinge und waren dann überrascht, wie viel sie von sich preisgegeben hatten. Das konnte gut oder schlecht sein – je nachdem. Gut, wenn man Informationen brauchte. Schlecht, wenn man auf einer Raumreise seine Ruhe haben wollte und irgendein raubeiniger Raumpilot Qui-Gon seine Lebensgeschichte erzählte.

„Er wird einmal ein großer Jedi-Ritter", sagte Dooku. Daran zweifelte er nicht. Qui-Gon lernte schnell und die Macht war stark in ihm. Dooku musste ihm nie etwas zweimal sagen. Wenn er es jetzt noch schaffen würde, Qui-Gon die eher nervige Angewohnheit abzugewöhnen, sich mit jedem Gauner und Vagabunden anzufreunden, wäre er ein perfekter Padawan.

„Ich habe ihm die Sicherheitskabine gezeigt", sagte Eero. „Er war ziemlich beeindruckt."

„Ich auch", gab Dooku zurück. Die Sicherheitskabine war eine zusätzliche Schutzeinrichtung. Sollte das Schiff geentert werden, so konnte sich der Senator dorthin zurückziehen. Die Tür war sprengstoffsicher und die einzige Möglichkeit, sie zu knacken, bestand darin, so viel Sprengstoff einzusetzen, dass das ganze Schiff zerstört werden würde.

„Ich hoffe nur, dass wir die Kabine niemals brauchen werden“, sagte Eero. Er ließ den Blick über das durch das Fenster sichtbare All schweifen.

„Ich bin überzeugt, dass das nicht passieren wird“, sagte Dooku. „Außerdem sind wir auf alles vorbereitet.“

Eero warf ihm einen nervösen Blick zu. „Das Schiff kann nicht geentert werden. Zumindest haben uns die Sicherheitsexperten das gesagt.“

„Kein Schiff ist davor sicher, geentert zu werden“, korrigierte Dooku ihn. „Deshalb sind die Jedi an Bord.“

Er sah, dass Qui-Gon in der Tür stand, und winkte ihn herein.

„Kann ich etwas für Euch tun, Meister?“, fragte Qui-Gon respektvoll.

Dooku lächelte seinen Schüler kurz an. „Ja, du kannst die Reise genießen. Konzentriere dich auf die Gegenwart, Padawan. Wir haben die Gelegenheit, uns auszuruhen und uns zu erholen. Und wir wissen nicht, wann so eine Gelegenheit wiederkommt.“

Qui-Gon nickte und setzte sich etwas entfernt hin. Er streckte sich zwar nicht aus, so wie Dooku es tat, machte allerdings einen etwas entspannteren Eindruck, als er aus dem Fenster sah. Dooku hatte schon immer die Manieren seines Padawans bewundert. Selbst mit seinen sechzehn Jahren besaß Qui-Gon schon stille Eleganz. Und er war zurückhaltend, was Dooku ebenfalls hätte bewundern sollen. In Wirklichkeit frustrierte es ihn, dass er meistens nicht wusste, was sein Padawan dachte.

„Gestattet mir, eine Kleinigkeit für uns zu holen“, sagte Eero und stand auf. „Wir haben ausgezeichnetes Gebäck an Bord.

Der Koch des Senators …" Eero verstummte abrupt, als ein scharfes Summen von den Piloteninstrumenten ertönte. „Was ist das?"

„Nichts, worüber man sich Sorgen machen müsste", sagte Dooku und sah hinüber. „Der Pilot hat das Warnsystem aktiviert. Ein Schiff befindet sich im gleichen Raumsektor wie wir, das ist alles." Trotz seiner Worte behielt er die Instrumente im Auge und ihm fiel auf, dass Qui-Gon dasselbe tat.

„Ein kleiner Kreuzer", sagte der Pilot laut. „Es scheint alles normal zu sein, außer …"

„Außer?", fragte Dooku und lehnte sich nach vorn.

„Keine Geschwindigkeit. Das Schiff schwebt bewegungslos im Raum."

Eero warf Dooku einen alarmierten Blick zu. „Ist das ein Trick? Es könnte der Pirat sein!"

„Lass uns keine voreiligen Schlüsse ziehen, mein Freund", sagte Dooku. „Es passiert immer wieder, dass Schiffe liegen bleiben. Versucht, es mit dem Comm Unit zu erreichen", sagte er zu dem Piloten.

Doch noch bevor der Pilot eine Chance hatte, etwas zu unternehmen, erklang eine verängstigte Stimme aus dem Lautsprecher. „Helft mir bitte!", rief eine Mädchenstimme. „Unser Schiff wurde angegriffen!"

„Also dann", sagte Dooku mit unbewegter Stimme, als er behände aufstand und sich hinter den Piloten stellte. „Es scheint, als wäre die Zeit der Erholung schon vorüber."

Kapitel 8

Der Pilot drehte sich zu Dooku um. „Antwortet", sagte Dooku, der hinter ihm aufgetaucht war. „Aber identifiziert Euch nicht."

„Kommunikation bestätigt", sagte der Pilot in seinen Comm Unit. „Wie ist die Situation?"

Anstatt einer Antwort waren zunächst nur Schluchzer zu vernehmen. „Ich … ich dachte nicht, dass mich jemand hören würde …"

Der Pilot sah zu Dooku auf. „Das hört sich echt an."

Dooku nickte. Es klang wirklich echt. Aber das musste noch nicht bedeuten, dass es auch echt war.

Der Pilot sprach jetzt in einem sanfteren Tonfall. „Erzähl uns, was passiert ist, damit wir dir helfen können."

Die Stimme, die aus dem Lautsprecher zu vernehmen war, zitterte hörbar. „Wir wurden angegriffen – ein Raumpirat. Unser Schiff stand unter schwerem Beschuss. Der Pilot ist tot. Mein Vater …" Ein Schluchzer ertönte und dann konnte man die Anstrengungen des Mädchens, die Kontrolle wieder zu erlangen, beinahe hören. „Sie haben ihn mitgenommen. Aber er hat sich gewehrt und sie haben ihn umgebracht."

„Identifiziere dich bitte", sagte der Pilot.

„Ich bin Joli Ti Eddawan, die Tochter des Senators Galim Eddawan von Tyan", sagte die zitternde Stimme. „Das Schiff versagt. Es blinken sämtliche Warnleuchten. Was soll ich tun?"

„Ist sonst noch jemand an Bord?"

„Sie sind alle tot." Die Stimme klang sehr leise.

„Der Angriff hat uns nur um ein paar Stunden verfehlt", sagte Eero.

„Kennst du den Planeten Tyan?", fragte Dooku.

Eero nickte. „Ich glaube, es ist eine Welt im Mid-Rim. Gehört zum Vvan-System. Die Senatoren dort kenne ich allerdings nicht."

„Kannst du den Aufenthaltsort von Senator Eddawan feststellen?", fragte Dooku. „Wir müssen Zeit gewinnen", fügte er an den Piloten gewandt hinzu.

„Aber die Systeme brechen zusammen ..."

Dooku wandte sich an Eero. „Jetzt gleich!", sagte er, als Eero zögerte. „Los!"

Eero eilte zum Bordcomputer. Er setzte sich und ließ seine Finger über die Tastatur fliegen.

„Hallo?", rief die Stimme des Mädchens. „Ich glaube, der Sauerstoff geht auch zur Neige. Die Anzeige liegt schon im roten Bereich. Ich kann kaum noch atmen."

„Meister Dooku!", rief der Pilot. „Was soll ich tun?"

„Der Befehl gilt", sagte Dooku. „Abwarten."

„Aber sie erstickt!"

„Redet mit ihr", sagte Dooku. „Sagt ihr, dass wir ihr Schiff retten werden."

„Halte durch, Joli. Wir arbeiten an einem Plan", sagte der Pilot in einem freundlichen Tonfall. „Atme langsam. Leg dich hin."

Sie hörten nur unregelmäßige Atemzüge. „In Ordnung", sagte Joli. „Ich bin so müde ..."

„Sauerstoffmangel", murmelte Qui-Gon.

Dooku spürte einen Anflug von Gereiztheit. Was er sicher nicht brauchte, war eine Diagnose von Qui-Gon. „Eero, hast du schon etwas herausgefunden?", rief er.

„Noch nicht! Augenblick noch!"

„Sterne und Planeten, Meister Dooku, wir müssen etwas unternehmen!", rief der Pilot. „Das Kind könnte sterben, während Ihr auf Informationen wartet!"

Qui-Gon sah blass aus. Er biss sich auf die Lippen, so als wollte er sich daran hindern, etwas zu sagen. Dooku hingegen war vollkommen ruhig.

„Ich habe es", sagte Eero. „Senator Galim Eddawan von Tyan. Er hat tatsächlich eine Tochter namens Joli. Und er wurde gestern im Raumhafen von Alpha Nonce erwartet. Dort kam er niemals an."

„Nähert Euch langsam dem Schiff", sagte Dooku zu dem Piloten, der gerade laut hörbar ausatmete. „Haltet Eure Flanke der Mitte des Schiffes abgewandt."

„Das ist nur ein kleiner Kreuzer", sagte der Pilot. „Ein Schiff wie dieses besitzt vielleicht ein paar leichte Waffen, aber nichts, was unsere Schilde durchdringen könnte."

„Tut, was ich sage", stieß Dooku hervor.

„Joli?", sagte der Pilot in seinen Comm Unit. „Wir kommen jetzt zu dir."

Die Stimme war jetzt nur noch ein Flüstern. „Gut."

„Meister?" Auch Qui-Gon sprach leise. „Glaubt Ihr, dass dieser Notruf echt ist?"

„Ich weiß es nicht, Padawan", sagte Dooku. „Was denkst du?"

„Ich spüre, dass das Mädchen in großer Gefahr ist", gab Qui-Gon zurück.

Dooku sah ihn mit einer hochgezogenen Augenbraue an. „Ich habe dich nicht gefragt, was du spürst, sondern was du denkst." Die Beharrlichkeit der Jedi in Sachen Gefühl war schön und gut, doch Dooku zog Analysen vor.

„Ich glaube, wir sollten mit Bedacht vorgehen", sagte Qui-Gon. „Wir dürfen kein Notrufsignal ignorieren."

„Besser." Dooku wandte sich an den Piloten. „Schaltet das Erfassungssystem für Laserkanonen ein. Und macht Euch bereit zu feuern."

Der Pilot traf die entsprechenden Vorkehrungen. Das silberfarbene Schiff näherte sich langsam seinem Gegenüber, so als wollte es den ersten Schritt eines Tanzes vollführen. Das andere Schiff schwebte beängstigend regungslos im Raum.

„Bleibt außerhalb der Reichweite der Laserkanonen", sagte Dooku.

„Aber wenn wir nicht näher herangehen, können wir den Shuttle nicht an Bord schicken", sagte der Pilot.

„Tut einfach, was ich sage." Dooku war kurz davor, selbst die Kontrollen des Schiffes zu übernehmen. Doch er traute vorerst den Fähigkeiten des Piloten mehr als dessen Urteilsvermögen und wollte reagieren können, falls das Schlimmste eintreten sollte. Und Dookus Erfahrung nach trat es meistens ein.

Genau in diesem Augenblick erwachte das andere Schiff zum Leben. Es nahm plötzlich Geschwindigkeit auf und raste auf die rechte Seite herüber. Gleichzeitig öffneten sich an der Unterseite des Cockpits zwei Luken.

„Turbolaser!", rief Dooku. „Volle Kraft zurück!"

„Turbolaser?", fragte der Pilot völlig perplex. „Dieses Schiff ist zu klein, um eine solche Feuerkraft zu besitzen."

Dooku sprang ohne ein weiteres Wort nach vorn und riss die Kontrollen an sich. Er wendete das Schiff selbst. Der Antrieb protestierte laut heulend, als sie mit Höchstgeschwindigkeit davonzukommen versuchten. Doch das Schiff reagierte und zischte rückwärts außer Reichweite.

„Eine Lektion für dich, Padawan", sagte Dooku, als der Pilot wieder die Kontrollen übernommen hatte und das erste Turbolaser-Feuer losbrach. „Vertraue nichts und niemandem. Niemals."

Das Schiff schüttelte sich unter den Schockwellen des Feuers, doch sie hatten es außer Reichweite geschafft. Senator Blix Annon rannte in das Cockpit. „Was geht hier vor?"

„Wir sind einem Notruf nachgegangen", sagte Eero, der sich

an einer Sitzlehne festhielt, während das Schiff mehrere Ausweichmanöver flog. „Es handelte sich offensichtlich um eine Falle."

„Offensichtlich!", brüllte der füllige Senator. „Seit wann reagieren wir auf Notrufe? Wer hat den Befehl dazu gegeben?"

„Ich", sagte Dooku. „Ihr habt den Jedi die Verantwortung übertragen, als Ihr uns um eine Eskorte gebeten habt, Senator."

Der Senator brachte sein sorgsam arrangiertes Haar in Unordnung, indem er ärgerlich mit den Fingern hindurchfuhr. „Ich habe keinerlei Rettungsmissionen autorisiert!" Das Schiff machte einen Satz und er stürzte beinahe. „Stellt diese lächerlichen Manöver ein!", fuhr er den Piloten an. „Unsere Partikelschilde werden uns schützen!"

„Wir müssen den Partikelschild abschalten, um die Laserkanonen abfeuern zu können", sagte Dooku.

„Dessen bin ich mir bewusst", stieß der Senator hervor. Er sah jetzt langsam nervös aus. „Eero?"

„Wir haben auch einen Energieschild, der uns gegen Turbolaser-Feuer schützt", versicherte Eero ihm.

„Natürlich", sagte der Senator. „Auch dessen bin ich mir bewusst."

„Es gibt einen Unterschied zwischen einem Partikelschild und einem Energiefeld, wie Ihr zweifelsohne wisst", sagte Dooku, als ein weiterer Schuss das Schiff erzittern ließ. „Der Energieschild wird uns nicht gegen Laserkanonen schützen. Und wir können nicht beide Schilde gleichzeitig betreiben. Das bedeutet, dass wir sie an- und abschalten müssen, während wir angreifen."

„Hört auf, mir Dinge zu erzählen, die ich weiß. Tut sie einfach", befahl der Senator. Dooku war vollkommen klar, dass der Senator nicht die geringste Ahnung hatte, wie Angriffs- und Verteidigungssysteme funktionierten. Es gab auch keinen Grund dafür, dass er es wissen musste, abgesehen davon, dass er ein Vermögen dafür bezahlt hatte.

Das gegnerische Schiff kam mit feuernden Kanonen auf sie zugeschossen. Der Pilot ging in den Sturzflug und entkam so dem Laserfeuer um wenige Meter.

„Wir können ihnen nicht entkommen", sagte Dooku. „Ihr Schiff ist kleiner und schneller."

Wie zur Bestätigung seiner Worte traf plötzlich ein Schuss das Schiff und sie wurden beinahe zu Boden geschleudert.

„Was war das?", schrie die Senator.

„Direkter Treffer", sagte der Pilot angespannt. „Noch so einer und wir könnten in ernsthafte Schwierigkeiten geraten."

„Wovon redet Ihr? Wir haben eine dreifach gepanzerte Hülle! Sie ist undurchdringlich!"

„Nicht mehr", sagte der Pilot.

„Diese Art von Feuerkraft ist normalerweise nur bei riesigen Schiffen zu finden", sagte Dooku. „Das Schiff muss eine Sonderausstattung mit verkleinerten Versionen dieser Systeme besitzen."

Der Pilot beugte sich plötzlich über das Steuerpult und schlug auf die Kontrollen ein. „Der Energieschild ist ausgefallen!"

Qui-Gon warf seinem Meister einen schnellen Blick zu. Sie wussten beide, dass sich das Blatt jetzt wenden würde.

„Dann sollten wir in die Defensive gehen", sagte Dooku ruhig.

„Senator, ich werde Euch zur Sicherheitskabine bringen", wiederholte Eero. „Sofort."

Der Senator war blass. Seine Hand zitterte und er griff sich an die Brust. „Ich glaube kaum, dass das nötig ist ..."

Da wurde die Brücke plötzlich von einem weiteren Treffer erschüttert, der sie von den Beinen riss. Dooku hielt sich an der Konsole fest und schaffte es, stehen zu bleiben, doch der Senator und Eero schlitterten über den Boden. Qui-Gon stürzte ebenfalls, konnte sich jedoch an der Basis des Pilotensitzes festhalten.

Das angreifende Schiff zischte bereits nach links und machte sich für den nächsten Schlag bereit. Es war wendig, kam näher und zog sich wieder zurück, näherte sich ihnen in allen möglichen Winkeln und war ein schwer zu treffendes Ziel. Das Schiff des Senators war dagegen ein schwerfälliges Gefährt. Dooku sah, dass eine Rauchwolke aus der Rumpfgegend hervorquoll. Die enorme Hitze schälte die Panzerung in Streifen aus glühendem Metall vom Rumpf.

„Wir haben eine unserer Laserkanonen verloren", berichtete der Pilot.

„Senator, Ihr begebt Euch in die Sicherheitskabine", sagte Dooku, als der nächste Treffer das Schiff durchrüttelte.

Dieses Mal widersprach der Senator nicht. Eero und Blix Annon gingen wankend davon.

„Ist dir etwas Ungewöhnliches aufgefallen, Qui-Gon?", fragte Dooku seinen Schüler.

Qui-Gon nickte. „Das Schiff feuert immer dann, wenn wir den Partikelschild abschalten, um unsere Waffen abzufeuern. Das würde bedeuten, dass der Schütze – wer auch immer das sein mag – enorm schnelle Reflexe besitzen muss. Nicht einmal ein Bordcomputer könnte so schnell und akkurat reagieren. Ich habe so etwas noch nie gesehen."

Dooku nickte. „Ich auch nicht."

„Sie haben die Türen der Landebucht gesprengt!", rief der Pilot. „Sie kommen an Bord!"

Kapitel 9

Dooku und Qui-Gon rannten durch die Gänge des Schiffes. Als sie die Andockbucht erreicht hatten, war das Piratenschiff schon gelandet und Kampf-Droiden rollten die Rampe herab. Es dauerte keine zehn Sekunden, da hatten die Maschinen ihre Ziele erfasst. Der Boden vor den Jedi wurde von Blasterfeuer aufgerissen und rings um sie herum prallten die Schüsse von den Wänden der Landebucht ab.

Dooku bewunderte, dass Qui-Gon weder zusammenzuckte noch zögerte, sondern sich sofort in seiner flüssigen, anmutigen Art in Bewegung setzte. Qui-Gon hatte so wenig von der Unbeholfenheit, die vielen Jugendlichen zu eigen war. Er bewegte sich schnell und behände, sein Arm schien mit dem Lichtschwert eine Einheit zu bilden, als er das Blasterfeuer parierte.

„Wenn wir verhindern können, dass die Piraten aussteigen, haben wir sie", sagte Dooku, als sie sich nach vorn bewegten.

„Sie könnten beschließen, dass der Preis die Mühe nicht wert ist."

Da warfen die Droiden plötzlich Rauchgranaten aus ihren Seitenteilen ab. Wolken aus dichtem, beißendem Rauch quollen auf Dooku und Qui-Gon zu und brannten ihnen in den Augen. Mit tränenden Augen kämpften sie sich weiter voran.

Dann hallte eine Stimme durch den dichten Rauch. „Bitte ..."

Es war wieder die Stimme des Mädchens. „Hört bitte auf. Schießt nicht. Ich stehe auf der Rampe. Sie haben mich dazu gezwungen. Bitte!" Die flehende Stimme war von Angst und Tränen erstickt.

Qui-Gon hielt inne.

„Kämpf weiter!", rief Dooku. „Hör nicht auf sie!"

Doch Qui-Gon lief los und wurde vom Rauch verschluckt. Der Narr wollte das Mädchen retten.

Dooku lief ihm wütend hinterher, mitten hinein in den dichtesten Qualm. Er spürte, dass die Stimme nur ein Lockmittel war. Sie war es von Anfang an gewesen. Doch Qui-Gons Respekt vor der lebendigen Macht gestattete keine Zweifel. Wenn er glaubte, dass ein Mädchen in Gefahr war, würde er nicht zögern. *Verflucht seien er und sein Einfühlungsvermögen*, dachte Dooku, als er hustend gegen den dichten Rauch ankämpfte.

Er schaltete einen Droiden nach dem anderen aus, als er sich auf das Schiff zuschob, wobei er die Maschinen immer hörte, bevor er sie sah. Als der Rauch dünner wurde, konnte er sehen, dass überall verstreut auf dem Boden Droiden lagen. Er stieg über sie hinweg. Qui-Gon stand allein auf der Rampe des gegnerischen Schiffes. Dooku lief zu ihm und gemeinsam enterten sie das Schiff.

Es war leer. Dooku ging zur Steuerkonsole. Auf dem Pilotensitz lag ein Aufzeichnungsstab. Er aktivierte ihn.

„Helft mir bitte."

Dooku schaltete das Gerät ab.

„Es tut mir Leid, Meister." Qui-Gon schien erstaunt zu sein, so als könnte er nicht glauben, dass jemand ein Kind in Gefahr als Lockmittel benutzen würde.

„Lass uns gehen." Dooku machte einen Satz über den Pilotensitz und rannte die Rampe hinunter. Er konnte Qui-Gon hinter sich hören. Etwas an der Situation beschäftigte Dooku. Wenn er sich mitten in einer Mission befand, verlor er normalerweise nie die Konzentration oder den Glauben an seinen Erfolg. Weshalb hatte er plötzlich das Gefühl, dass ihm das Versagen ebenso dicht auf den Fersen war wie jetzt gerade Qui-Gon?

Dooku blieb beinahe das Herz stehen, als er sah, dass die Tür zur Sicherheitskabine offen stand. Der Pirat hatte außerordentlich schnell gearbeitet. Die Durastahl-Einfassung glühte noch immer rot von dem Sprengsatz, mit dem die Tür geöffnet worden war.

Eero lag bewusstlos in der Kabine. Seine Haut war rußgeschwärzt. Qui-Gon beugte sich über ihn und fühlte seine Lebenszeichen.

„Nicht jetzt", sagte Dooku. Er drehte sich um und rannte

wieder los. Dieses Mal nahm er einen anderen Gang zur Landebucht. Qui-Gon holte ihn mit langen Schritten ein. Das Schiff bäumte sich auf und die Alarmsirenen heulten ohne Unterlass. Die Systeme fielen aus.

Sie kamen gerade noch rechtzeitig in die Landebucht, um zu sehen, wie Senator Blix Annon, die Hände mit Laser-Handschellen gefesselt, in das Schiff gestoßen wurde. Der Pirat war groß und schlank, trug eine Ganzkörperpanzerung und einen Plastoid-Helm, der sein Gesicht verbarg. Er drehte sich um, obwohl Dooku und Qui-Gon sich vollkommen lautlos genähert hatten.

Dooku griff nach der Macht und sprang. Er landete mit erhobenem Lichtschwert auf der Rampe. Hinter sich spürte er, wie Qui-Gon landete. Die Luft war bereits voller Blasterfeuer, das in dichter Folge an Dookus Ohren vorbei zischte. Der Pirat war ein exzellenter Schütze. Dooku musste sein Lichtschwert ständig in Bewegung halten, um die Schüsse abzulenken und gleichzeitig voranzukommen. Er zweifelte aber nicht daran, dass er diesen Kampf gewinnen würde. Die Augen des Piraten leuchteten in einem so intensiven Grün, dass Dooku es durch das grau getönte Visier sehen konnte.

Ein dunkles Grün, durchsetzt mit feuerfarbenen Punkten … In Dookus Verstand klickte es.

Der Pirat drehte sich leicht nach links und holte in weitem Bogen aus.

Von einem uralten Instinkt getrieben, bewegte Dooku sich automatisch. Er wich dem Schlag aus, der nicht kommen würde.

Lorian.

Hörte er ein Kichern hinter dem Helm? Dooku war sich nicht sicher. Doch Lorian nutzte diesen Sekundenbruchteil des Zögerns, so wie er es immer getan hatte, und rannte in das Schiff hinein. Die Rampe schloss sich schnell und Dooku fiel zu Boden. Er landete neben Qui-Gon, und so mussten sie beide hilflos mit ansehen, wie das feindliche Schiff mit brüllenden Triebwerken aus der Landebucht schoss.

Kapitel 10

Ich werde jetzt nicht darüber nachdenken, sagte Dooku sich. *Wenn ich jetzt an Lorian denke, verliere ich die Kontrolle.*

Das Schiff würde auseinander brechen. Eero könnte tot sein. Sie mussten als Erstes nach ihm sehen. Also liefen sie zur Sicherheitskabine zurück, wo er sich gerade aufrappelte.

„Legt Euch wieder hin", sagte Qui-Gon sanft. Er faltete seinen Mantel und legte ihn unter Eeros Kopf.

Eeros Augen flatterten. „Der Senator?"

„Weg", sagte Dooku.

„Wir müssen ihnen folgen", sagte Eero und versuchte, auf die Beine zu kommen.

„Wir haben im Augenblick dringlichere Probleme", sagte Dooku. „Das Schiff bricht auseinander. Und du siehst auch nicht gerade gut aus."

„Es geht mir gut", sagte Eero. Er stand auf und fiel sofort wieder zu Boden.

„Offensichtlich", sagte Dooku trocken. „Wir werden jemanden zu dir schicken. Ich habe das Gefühl, dass der Pilot jetzt unsere Hilfe braucht."

Sie spürten, wie der Kreuzer erbebte und sich zur Seite neigte, als sie das Cockpit betraten. Der Pilot legte fieberhaft Schalter um. „Ich habe den Wartungs-Droiden auf die elektrischen Systeme angesetzt, aber der Unterlichtantrieb ist dahin."

„Wie weit ist es bis zum nächsten Raumhafen?", fragte Dooku, der nun hinter dem Pilotensitz stand.

„Ich sehe nach", sagte Qui-Gon und ging zum Bordcomputer. Nach ein paar Sekunden hatte er die Antwort. „Raumhafen Voltare", sagte er und las die Koordinaten vor. „Meister, ich kann versuchen, an den Kontrollen des Unterlicht-Mainframes zu arbeiten."

„Tu das." Dooku konnte für technische Details keine Geduld aufbringen. Er hatte es bereits zu schätzen gelernt, dass sein Schüler Reparaturen besser durchführen konnte als er.

„Und was kann ich tun?", fragte der Pilot, dessen Blick nervös zu den Kontrollen wanderte.

„Einfach fliegen", sagte Dooku.

Qui-Gon öffnete eine Luke im Boden und sprang hinunter, um an den Systemkontrollen zu arbeiten. „Ich glaube, ich kann die Fehlfunktion überbrücken", sagte er. „Wenn wir den Antrieb nicht zu stark belasten, könnten wir es schaffen."

„Belasten?", murmelte der Pilot. „Ich werde ihn sanft wie ein Baby schaukeln."

Qui-Gon stieg wieder aus der Luke und setzte sich auf den

Sitz des Copiloten. „Ich behalte die Warnanzeigen im Auge und Ihr fliegt einfach weiter", sagte er zum Piloten.

Dank des Piloten, der mit weiß hervortretenden Knöcheln die Kontrollen in den Händen behielt und Qui-Gons ruhiger Gegenwart im Copilotensitz erreichte das Schiff schließlich den Raumhafen von Voltare.

Eero wurde schnell in ein Med Center gebracht, während sich die anderen Passagiere und der Pilot in die Cantina des Raumhafens aufmachten. Dooku und Qui-Gon blieben im Cockpit sitzen. Qui-Gon schwieg respektvoll. Ihm war klar, dass sein Meister Zeit zum Nachdenken brauchte.

Wenigstens hatte Dooku jetzt Gelegenheit, über alles zu grübeln, was er wusste.

Lorian. Wie hatte er nur so tief sinken können? Einst ein guter Padawan, jetzt ein Pirat, der die Senatoren jagte, zu deren Schutz er einmal ausgebildet worden war.

Lorian besaß noch immer Fähigkeiten im Umgang mit der Macht, was auch seine unglaublich schnelle Reaktion bei seinem Angriff mit den Laserkanonen erklärte. Wenn es auch nicht so war, dass Dooku es hätte erraten müssen, doch auf jeden Fall hätte er aufmerksamer sein müssen.

Genug. Jedi hielten sich nicht damit auf, was sie hätten tun sollen.

Und was jetzt? Dooku wurde einen Augenblick wütend, als er an seinen alten Freund dachte, der ihn aus seinem Schiff heraus ausgelacht hatte, weil er schneller gewesen war.

Er brachte die Wut unter Kontrolle. Jetzt musste er handeln.

Denn Lorian könnte gewinnen.

„Wir sollten Kontakt mit dem Rat der Jedi aufnehmen", sagte Qui-Gon.

Natürlich müssten sie den Rat kontaktieren. Das war die übliche Vorgehensweise. Aber wenn sie das tun würden, müsste Dooku dem Rat mitteilen, dass er zweifelsfrei davon ausging, dass Lorian ein Raumpirat geworden war und Senator Blix Annon vor seiner Nase entführt hatte. Das war etwas, was Dooku nicht tun konnte.

Der Rat musste jetzt sowieso noch nichts wissen. Was konnten sie schon tun? Sie könnten ihm höchstens sagen, dass er weitermachen sollte. Sie würden im Augenblick sicherlich kein zweites Jedi-Team schicken. Sie würden darauf vertrauen, dass er und Qui-Gon die Lage unter Kontrolle bringen konnten.

„Meister?"

„Ja, Padawan", sagte Dooku. „Wir werden den Rat der Jedi kontaktieren. Alles zu seiner Zeit." Er musste den Senator finden, bevor irgendjemand dessen Verschwinden überhaupt bemerkte. „Aber es wäre besser, sie erst zu kontaktieren, wenn wir wissen, wohin wir gehen. Bei einer Entführung ist Zeit der wichtigste Faktor. Wir sind in der Lage, den Senator zu finden. Aber wir müssen schnell handeln."

Dooku erinnerte sich aus der Datei über den Piraten daran, dass dieser normalerweise 24 Stunden wartete, bevor er seine Lösegeldforderungen stellte.

Sein Comlink piepte und er sah, dass Yoda versuchte, Kontakt mit ihm aufzunehmen. Er steckte den Comlink wieder an seinen Gürtel zurück. „Wir sollten von jetzt an Comlink-Stille halten", sagte er zu Qui-Gon. „Wir müssen all unsere Energie auf die Suche konzentrieren."

Qui-Gon nickte. Auf seinem Gesicht war nichts von dem abzulesen, was er fühlte. Falls er es seltsam fand, Comlink-Stille zu halten, zeigte er es mit keinem Wort, nicht einmal mit einem Zucken der Augenbraue.

„Was ist unser nächster Schritt, Meister?", fragte er. „Bis wir eine Lösegeldforderung bekommen, haben wir keinen Anhaltspunkt."

„Es gibt immer einen Anhaltspunkt. Rufe dir den Kampf noch mal ins Gedächtnis, Qui-Gon. Wenn du jedes Detail genau untersuchst, wirst du mindestens einen Hinweis finden, dem du folgen kannst. Versuche, dich an irgendetwas zu erinnern, das dir außergewöhnlich erschien oder keinen Sinn ergab."

Dooku wartete und beobachtete seinen Padawan. Qui-Gons Blick schien in weite Ferne zu schweifen. Dooku wusste, dass sein Padawan zu dem geschäftigen Raumhafen hinaussah, ohne ihn wahrzunehmen. Er durchlebte im Geiste noch einmal den Kampf. Dooku wusste bereits, was sein nächster Schritt sein würde. Doch wenn er ihn seinem Padawan verraten würde, könnte der nichts lernen. Qui-Gon besaß einen exzellenten Verstand. Er konnte Informationen schnell analysieren und zusammenbringen, um zu einem Schluss zu kommen.

Dooku musste keine Minute warten.

„Der Energieschild fiel aus", sagte Qui-Gon. „Und die Panzerung löste sich. Wenn man davon ausgeht, dass der Senator die besten Sicherheitsexperten zu Rate gezogen hat, erscheint das recht unwahrscheinlich. Das Kanonenfeuer dauerte nicht lange genug an, um das zu erklären."

„Gut", sagte Dooku zustimmend.

„In der Panzerung des Schiffes und in den Schilden muss es ernsthafte Schwachstellen gegeben haben", fuhr Qui-Gon fort. „Und sie konnten mit normalen Sprengkörpern die Panzerung der Sicherheitskabine aufbrechen."

„Und was sagt uns das?"

„Dass uns der Senator angelogen hat – oder dass man ihn betrogen hat."

„Und hatte der Pirat Glück oder war er klug?"

Es kostete Qui-Gon nur einen Augenblick, um zu begreifen. „Der Pirat arbeitete so schnell, dass er über die Schwachstellen des Schiffes Bescheid gewusst haben musste."

„Vielleicht. Lass uns noch einmal einen Blick auf die Datei werfen." Dooku griff in seine Reisetasche und holte den schmalen Holospeicher hervor. Er schaltete ihn an und sah die Berichte über die anderen Entführungen durch. Qui-Gon las über seiner Schulter mit.

„Es gibt da ein Muster", sagte er. „Alle Piloten berichten von Fehlfunktionen in den Sicherheitseinrichtungen oder von Funktionen, die sie nicht erklären können."

„Nichts davon wäre katastrophal genug, um Verdacht zu erregen", stellte Dooku fest. „Erstens sind die Piloten und die Sicherheitskräfte zu sehr daran interessiert, ihre eigenen Fehler zu vertuschen, und zweitens konzentriert sich jeder auf die Entführung und nicht darauf, wie sie passiert ist."

Dooku wusste noch etwas, das er allerdings seinem Padawan nicht mitteilen würde. Lorian ging ein kalkuliertes Risiko ein. Er mochte keine Überraschungen. Es passte, dass er ein Schiff angreifen würde, von dem er wusste, dass es ein fehlerhaftes Sicherheitssystem hatte.

„Was wäre also dein erster Schritt angesichts dieser Informationen?", fragte er Qui-Gon.

„Ich würde versuchen herauszufinden, wo das Schiff mit seinen Sicherheitssystemen ausgestattet wurde", sagte Qui-Gon ohne zu zögern. „Ich würde dorthin gehen und herausfinden, ob es einen Zusammenhang gibt. Ohne die Identität des Raumpiraten zu kennen, wird das schwer sein, aber vielleicht finden wir irgendetwas heraus." Qui-Gon zögerte. „Aber da ist noch etwas ... Ich weiß nur nicht, wie ich es sagen soll."

„Sag es einfach, Padawan."

„Etwas, das ich bei Euch spüre", sagte Qui-Gon. „Wut? Etwas, das nichts mit dem Geschehenen zu tun hat."

Da war sie wieder, diese irritierende Verbindung mit der lebendigen Macht. „Du irrst dich, mein junger Padawan", sagte Dooku kurz angebunden. „Wir sollten uns auf das nächstliegende Problem konzentrieren."

„Ja, Meister."

Dooku würde Qui-Gon irgendwann alles erzählen, aber jetzt noch nicht. Wenn Qui-Gon wissen würde, dass ein ehemaliger Padawan hinter dieser Angelegenheit steckte, würde er sich fragen, warum sie nicht sofort den Tempel kontaktierten. Dooku wollte Lorian in Sicherheitsverwahrung sehen, bevor der Rat die Details herausfand. Wenn Dookus Name schon im Tempel ausgesprochen würde, sollte es im Zusammenhang mit Ruhm und nicht mit Erniedrigung sein.

So blass und schwach Eero auch war, sein Kopfschütteln war überraschend energisch. „Das ist unmöglich", sagte er. „Ich habe die Verbesserungen der Sicherheitsvorkehrungen selbst arrangiert. Ich habe dafür die bekannteste Firma für Raumschiffsicherheit ausgesucht: Kontag. Ich habe vorher Nachforschungen angestellt und ich besitze eine umfangreiche Akte über sie. Wenn du mir meine Reisetasche gibst ..." Eero zeigte auf eine Tasche, die neben seiner Kleidung lag.

Dooku gab sie ihm und Eero holte einen Holospeicher hervor. „Hier. Sieh selbst. Sie sind Experten."

Dooku schaute die Datei an. Es war eine Werbepräsentation, die Kontag an potenzielle Kunden gab. Er sah lange Listen mit Kunden und erkannte auch die Namen. Beschreibungen hoch technisierter Systeme, Bilder aus der Fabrikation. Es war beeindruckend. Er hatte schon von Kontag gehört. Die Firma war für ihre exzellenten Sicherheitssysteme bekannt und wurde oft mit der Techno-Union in Verbindung gebracht. Dooku konnte sich nicht vorstellen, dass in einem ihrer Werke Sabotage möglich war.

Dennoch: Wenn etwas verdächtig aussah, dann musste es verdächtig sein.

„Qui-Gon, versuch die Baugeschichte der angegriffenen Schiffe nachzuvollziehen", sagte er zu seinem Padawan. „Sie müssten in der Datei zu finden sein."

Qui-Gon sah schnell ihre Holodatei durch. „Sie wurden alle von Kontag umgebaut", sagte er mit einem Blick zu seinem Meister.

„Es muss einen Zusammenhang geben", sagte Dooku.

Er ging von Eeros Bett weg und kontaktierte das Kontag-Hauptquartier mit seinem Comlink. Doch auch nachdem er ein paar Angestellte des Unternehmens befragt hatte, war er nicht schlauer. Er schaltete entnervt seinen Comlink ab.

„Sämtliche sicherheitsrelevanten Informationen sind vertraulich. Aber das überrascht mich nicht. Eine Firma aus diesem Bereich muss so vorgehen."

„Was sollen wir tun, wenn sie uns nicht sagen, was wir wissen müssen?", fragte Qui-Gon.

Dooku stand schnell auf. „Sie werden uns sagen, was wir wissen müssen. Aber sie werden nicht merken, dass sie es tun."

Kapitel 11

Bis zum Planeten Pirin im Locris-Sektor, wo das Hauptquartier und die Fabriken von Kontag lagen, war es nicht weit. Doch waren die wenigen Stunden, die die Reise gedauert hatte, für Dookus Geschmack zu lang gewesen. Er hatte schon früh gelernt, seine Ungeduld zu verbergen – aber nicht, wie er sie eliminieren konnte.

Auf dem Weg zu den Fabriken hatte er Zeit gehabt, nachzudenken und er war zu dem Schluss gekommen, dass es ihnen nichts nutzen würde, irgendetwas zu verlangen. Seiner Erfahrung nach half eine kleine List oft mehr als eine direkte Konfrontation.

„Haben wir einen Plan, Meister?“, fragte Qui-Gon und brach damit das lange Schweigen.

„Folge mir einfach“, antwortete Dooku. „Wir geben uns als potenzielle Kunden aus. Das Wichtigste ist, dass wir einen Blick auf die Fertigungsebene werfen können. Wenn dort Sabotage betrieben wird, bemerken wir vielleicht etwas.“

Dooku betrat entschlossen das Bürogebäude der Firma. Ein Aufzeichnungsstab ließ eine holografische Mitarbeiterin aufblitzen, eine hübsche junge Humanoide. „Willkommen bei Kontag", sagte das Bild mit einer einladenden Singsang-Stimme. „Bitte nennt Euren Geschäftswunsch und macht es Euch in unseren speziell entwickelten Sitzen bequem, die in jeden Wolkenwagen nachträglich eingebaut werden können."

Dooku stellte sich und Qui-Gon vor und sagte, dass die Jedi an einem größeren Projekt zur Aufstockung der Sicherheitseinrichtungen ihrer Raumfahrzeuge interessiert wären. Daraufhin erschien beinahe sofort eine Verkäuferin aus einem der vielen Büros.

„Ich bin Sasana", sagte die Frau. „Wir sind sehr erfreut, dass sich die Jedi mit ihrer Anfrage an Kontag gewendet haben. Wir sind bislang davon ausgegangen, dass Euer Orden Sicherheitsfragen intern zu klären bevorzugt."

„Wir ziehen gerade andere Optionen in Betracht", sagte Dooku.

Sasana nickte. „Das ist immer weise. Lasst mich Euch vorführen, welche absolut hochkarätigen Sicherheitseinrichtungen Kontag anbietet." Sie gab Dooku eine Datei, die identisch mit der von Eero war.

Dooku tat so, als würde er sie durchsehen, und gab sie dann Qui-Gon. „Interessant. Könnt Ihr uns die Fabrik zeigen?"

Sasanas Lächeln erstarb. „Das ist eine ... recht ungewöhnliche Bitte."

Dooku lächelte jetzt so, wie sie zuvor gelächelt hatte. „Unabdingbar für einen Handel, befürchte ich. Die Jedi sind da sehr eigen."

Ihm war klar, dass jetzt vor Sasanas Augen Visionen von einem großen Auftrag vorbeizogen. „Natürlich", sagte sie schließlich. „Hier entlang."

Sasana versuchte, das Tempo und die Gründlichkeit der Besichtigungstour zu kontrollieren, doch Dooku wusste, dass er sehen würde, was er wollte, wenn er erst einmal in der Fabrik war. Sie spazierten die Gänge entlang, während Droiden vorbeiflogen oder vorübergingen. Bedienfelder wurden untersucht, Sensorenblöcke bearbeitet und das Summen der Maschinen erschwerte eine Unterhaltung. Die Besichtigungstour endete beim Prototypen eines absolut modernen Gleiters.

Dooku hatte genug gesehen. Er sagte Sasana, dass sie sich melden würden und ging.

Sobald sie draußen waren, wandte er sich an seinen Padawan. „Deine Eindrücke?"

„Etwas stimmt nicht", sagte Qui-Gon.

„Inwiefern?", fragte Dooku.

„Es gibt Hinweise für Wohlstand, aber auch für Zerfall", sagte Qui-Gon. „Die Büros sind luxuriös, doch einige Arbeitsplätze waren leer, so als hätte man Mitarbeiter entlassen. Die Kundenliste enthielt auch Aufträge, die noch bearbeitet werden müssen. An der Zahl der Droiden und der Menge des Materials war aber abzulesen, dass sie diese Aufträge unmöglich erfüllen können. Und es gab Bereiche in der Fabrik, in denen zu sehen war, dass dort einmal Maschinen gestanden haben, die entfernt wurden."

„Ausgezeichnet", sagte Dooku. „Deine Schlussfolgerungen?"

Qui-Gon zögerte. „Sie verbergen etwas, dessen bin ich mir sicher. Aber ich weiß nicht, was es ist."

„Wenn die Kundenliste korrekt ist, wird diese Arbeit tatsächlich irgendwo erledigt", sagte Dooku. „Aber nicht in dieser Fabrik. Ich sehe hier eine einst wohlhabende Firma, die schlechte Zeiten durchmacht und sich an eine preiswertere Fabrik gewendet hat, um dort die Arbeit erledigen zu lassen. Diese Fabrik ist ein Scheinunternehmen. Hier wird nicht die tatsächliche Arbeit erledigt."

„Wie finden wir die richtige Fabrik?", fragte Qui-Gon.

Dooku holte einen Sensorblock aus seinem Mantel hervor. „Ich glaube, der könnte uns etwas erzählen. Bei Sensorenblöcken ist immer eine Herstellerkennung in der Software verborgen. Ich war so frei, diesen aus dem Prototypen zu entfernen." Er holte sein Datapad hervor, schob den Sensorblock hinein und las die Daten ab, die über das Display huschten. Dann drückte er ein paar Tasten. Einen Augenblick später lächelte er. „Der Von-Alai-Fabrikplanet", sagte er.

Von-Alai war einst ein von Schnee und Eis bedeckter Planet gewesen. Seine Bewohner waren Meister darin, in der eisigen Einöde nach Nahrung zu suchen. Doch mit dem Bau von Fabriken und dem zunehmenden Giftmüll war auch das Klima wärmer geworden und immer wieder wurde das Land überflutet. Anstatt dem Wachstum Einhalt zu gebieten, hatte man immer mehr Fabriken gebaut und auf erhöhten Plattformen Wohnraum für Arbeiter geschaffen. Die Eigentümer der Fabriken besaßen enorme politische Macht. Daher hatten sie beschlossen, dass man sich an das Klima anpasste, anstatt den Ausstoß von Schadstoffen zu verringern. In der Folge waren alle heimischen Pflanzen ausgestorben, Überflutungen waren seitdem an der Tagesordnung und der einst so schöne, silbern schimmernde Planet war jetzt ein einziges feuchtes Ödland. Die Luft war schwer und schmeckte metallisch. Kostbarer Schnee fiel auch nicht mehr, nur noch ein von zahllosen Giftstoffen durchsetzter kalter Regen.

Qui-Gon stand auf der Landeplattform, atmete die gelbe Luft ein und ließ den Anblick des verödeten Planeten auf sich wirken. „Was für ein furchtbares Schicksal“, sagte er. „Die Alainer haben ihren Planeten verloren.“

„Wesen, die ihr Schicksal selbst bestimmt haben“, sagte Dooku. „Sie hätten um ihren Planeten kämpfen können, doch ihre Gleichgültigkeit und ihre Habgier haben sie teilnahmslos werden lassen. Hier hat es keinen Krieg gegeben, junger Schüler. Dafür aber Wesen, die sich nicht dafür entschieden haben, gegen die Mächte zu kämpfen, von denen sie beherrscht wurden.“

„Vielleicht haben sie es versucht und versagt“, meinte Qui-Gon leise.

„Dann wären sie auch schwach, was noch schlimmer ist“, sagte Dooku missbilligend. „Komm.“

Dieses Mal fand Dooku es klüger, ihre Ankunft nicht anzukündigen. Er ging einfach durch das Haupttor der Fabrik. Hier gab es keine Sicherheitskräfte.

Sie betraten eine laute Fertigungshalle. Der Boden war voller Schmiere, die sich an manchen Stellen in Pfützen sammelte. Die Decke hing niedrig und die Luft war heiß und stickig. In der lang gezogenen Halle stand ein Arbeitsplatz neben dem anderen. Verbeulte Droiden hantierten mit Servo-Schraubendrehern und Druckpumpen. Die Arbeiter schienen halb verhungert und krank zu sein und Dooku sah, dass die meisten von ihnen recht jung waren.

„Sie setzen Kinder ein", sagte Qui-Gon schockiert. „Unter diesen Umständen! Das verstößt gegen galaktische Gesetze!"

„Leider gibt es viele solcher Orte", sagte Dooku.

„Wir müssen etwas unternehmen!", sagte Qui-Gon mit einem gequälten Gesichtsausdruck, als sie durch die Fabrikationshalle gingen. „Sie sehen krank und hungrig aus."

„Konzentriere dich auf das Ziel der Mission, junger Padawan", sagte Dooku in scharfem Tonfall. „Wir können nicht jeden in der Galaxis retten."

„Aber Meister ..."

„Qui-Gon." Dooku musste nur den Namen seines Padawans aussprechen. Das genügte bereits als Warnung und Qui-Gon schwieg.

Ein dicklicher Humanoide, dessen wenige Haare mit Schmiere und Schweiß verklebt waren, rannte auf sie zu. „Entschuldigt bitte, wer seid Ihr? Äh, wie auch immer, das ist Hausfriedensbruch, also verschwindet."

Dooku rührte sich nicht.

„Entschuldigt bitte, Ihr bewegt Euch nicht", sagte der Mann mit einem Stirnrunzeln. „Wollt Ihr, dass ich die Sicherheitskräfte rufe?"

„Ich bitte darum", sagte Dooku. „Vielleicht können wir dann über die Zahl der galaktischen Gesetze sprechen, die Ihr hier brecht."

Der Mann machte einen Schritt zurück. „Ihr seid doch keine Senatsinspektoren, oder etwa doch?"

„Wir brauchen Informationen", gab Dooku zurück.

„Nun, dann seid Ihr am falschen Ort", sagte der Mann.

Dooku sah sich mit freundlicher Miene in dem Werk um. „Wie ich sehe, ist hier viel zu tun."

Der Mann nickte misstrauisch.

„Es würde Euren Vorgesetzten höchstwahrscheinlich missfallen, wenn die Fabrik während Eurer Schicht geschlossen werden würde."

„Besitzt Ihr die Autorität, das zu tun?"

Dooku zuckte mit den Schultern. „Kinderarbeit. Gefährliche Arbeitsbedingungen. Ich sehe Ölpfützen auf dem Boden, Giftstoffe, die in die Luft entweichen ... Ich finde schon ein Dutzend Gesetzesübertretungen, ohne auch nur meinen Kopf drehen zu müssen."

„Was wollt Ihr? Geld? Wir bezahlen unsere Schutzgelder, aber ich habe noch etwas für Notfälle."

„Wie ich schon sagte, nur Informationen", erklärte Dooku. „Wem gehört diese Fabrik?"

„Ich liefere nur Berichte ab. Ich weiß nichts über …"

„An wen schickt Ihr diese Berichte?" Dooku zeigte langsam seine Ungeduld. Er sah den Mann eindringlich an.

„An eine Firma … ich schicke sie an eine Firma … sie heißt Caravan."

Caravan. Der Name des holografischen Kreuzers, den Lorian damals konstruiert hatte. Er hatte beim Einschlafen von den Orten geträumt, die er damit besuchen würde.

Mehr brauchte Dooku nicht zu wissen. Er dachte darüber nach, wie einfach und gewitzt dieser Plan doch war. Unter dem Deckmantel einer Firma sorgte Lorian für Qualitätseinbußen bei Sicherheitseinrichtungen und nutzte dann sein Wissen über die Schwächen eines Schiffes, um es anzugreifen.

Er hörte ein Geräusch hinter sich und drehte sich um, als Eero zwischen all den Maschinen auf sie zukam.

„Großartig, noch ein Inspektor", murmelte der Schichtleiter.

„Ich musste einfach kommen", sagte Eero. „Ich bin euch hierher gefolgt – erst im Transporter und jetzt bis in die Fabrik. Ich ertrage es nicht, hören zu müssen, dass die Firma, die ich beauftragt habe, um Senator Annon zu beschützen, seine Entführung ermöglicht hat. Ich muss euch helfen, den Piraten zu finden und den Senator zu befreien. Das ist die einzige Möglichkeit."

Eero schwitzte und war blass. „Du siehst aus, als müsstest du dich hinlegen", sagte Dooku. Sein alter Freund hatte offensichtlich einiges auf sich genommen, um ihnen zu folgen. Dooku bewunderte sein Durchhaltevermögen – doch es war ihm auch suspekt.

Eero schüttelte den Kopf. „Ich habe einen Fabrikarbeiter gefunden, der bereit ist zu reden“, erklärte er. „Er sagt, dass der Pirat regelmäßig hierher kommt. Und dass er möglicherweise dessen Versteck kennt.“

Der Schichtleiter hatte sich zurückgezogen.

„Dann lasst uns mit diesem Arbeiter reden“, sagte Dooku.

Er und Qui-Gon folgten Eero zwischen den Maschinen hindurch. Niemand beachtete sie dabei. Die Arbeiter wurden hier zweifelsohne bestraft, wenn sie zu langsam waren. Sie arbeiteten gehetzt weiter und keiner von ihnen blickte auf.

Eero blieb plötzlich stehen und sah sich um. „Wo ist er hingegangen? Er stand genau hier.“ Er reckte den Hals und verschwand hinter einer großen Wand aus Maschinen.

Dooku spürte ein Erzittern in der Macht, das ihn warnte. Er griff nach seinem Lichtschwert. Qui-Gon tat es ihm nur einen Sekundenbruchteil später nach.

Da rollten colicoidische Auslöscher-Droiden um die Ecke und hielten schussbereite Blaster genau auf sie. Dooku hielt sein Lichtschwert hoch.

„Meister.“ Qui-Gons Stimme war angespannt. „Wir können nicht gegen sie kämpfen. Seht Euch um.“

Dooku warf einen Blick auf ihre Umgebung. Sie waren rundum von Kinderarbeitern umgeben, deren kleine Finger zweifelsohne besser für die Arbeit an Sensoren geeignet waren als die von Erwachsenen. Wenn die Jedi die Auslöscher-Droiden in einen Kampf verwickelten würden, würde das Blasterfeuer die Arbeiter treffen, die sich nirgendwo verstecken konnten.

Dooku senkte sein Lichtschwert dennoch nicht. Er zweifelte nicht daran, dass Lorian diese Sache arrangiert hatte. Der ehemalige Padawan wusste, dass die Jedi niemals kämpften, wenn sie damit das Leben Unschuldiger aufs Spiel setzten – vor allem das Leben von Kindern. Er würde Dooku zum Aufgeben zwingen. Dooku würde sich Lorian niemals ergeben!

„Meister." Qui-Gons Stimme klang wie aus Stahl. Sein Lichtschwert hing bereits wieder deaktiviert an seiner Seite.

Dooku deaktivierte ebenfalls sein Lichtschwert. Vollkommen wehrlos gab er sich der Wut hin, die ihn überkam, als er und Qui-Gon von den Droiden in Gewahrsam genommen wurden. Tief in seinem Herzen schwor er Rache.

Kapitel 12

Vor seinen Augen war nur ein wirbelndes Grau zu sehen. Schatten, die sich bewegten und bei jeder dieser Bewegungen schmerzten. Die Schmerzen schienen in seinem Hirn zu explodieren wie Schüsse eines heißen Laserstrahls. Dooku versuchte, die Hand auszustrecken, doch es gelang ihm nicht. Er zog sich zusammen und spürte einen Druck um seine Fuß- und Handgelenke.

Langsam konnte er wieder sehen und die Schatten wurden zu Gegenständen. Ein Tisch. Ein Stuhl. Er sah, dass seine Hände und Füße mit Betäubungshandschellen gefesselt waren.

Er atmete langsam durch, akzeptierte den Schmerz in seinem Kopf und sagte seinem Körper, dass es an der Zeit wäre zu heilen. Er griff nach der Macht, damit sie ihm dabei half und schon spürte er, wie der Schmerz seinen Griff lockerte.

Die Droiden hatten sie gefangen genommen und ihnen mit einer Kanüle ein Betäubungsmittel injiziert. Dooku sah mit einem schmerzhaften Blick Richtung Gürtel, dass sein Lichtschwert verschwunden war.

Qui-Gon lag neben ihm. Sie lagen auf einem kalten Steinboden, mit den Handschellen an Durastahl-Ringe gefesselt, die aus dem Boden ragten. Qui-Gon stöhnte und öffnete die Augen. Er atmete pfeifend aus.

„Atme durch“, sagte Dooku. „Der Schmerz wird in wenigen Augenblicken nachlassen.“

Er beobachtete, wie sein Padawan die Augen schloss und langsam schwer atmete. Allmählich kehrte wieder Farbe in sein Gesicht zurück. Er öffnete die Augen. „Wisst Ihr, wo wir sind?“

„Ich habe nicht die geringste Idee.“ Sie waren stundenlang bewusstlos gewesen und offensichtlich von Von-Alai weggebracht worden. Doch das war egal. Da Dooku den Tempel nicht kontaktiert hatte, wusste dort auch niemand, dass sie auf Von-Alai gewesen waren. Es gab keine Möglichkeit, sie aufzuspüren.

Lorian würde ihn nicht besiegen. Er schwor sich, dass er das nicht zulassen würde. Es sah im Augenblick nicht gut aus – immerhin war er gefesselt und eingesperrt – doch Dooku würde warten, bis seine Chance kommen würde und sie dann ergreifen.

„Vielleicht findet Eero uns“, sagte Qui-Gon. „Oder er sagt dem Tempel, wo wir sind.“

„Eero ist Teil dieser Sache“, sagte Dooku. „Er hat uns in die Falle gelockt.“

„Aber er ist Euer Freund“, sagte Qui-Gon. „Und er wurde bei der Übernahme des Kreuzers verletzt.“

„So schien es. Aber Verletzungen können vorgetäuscht werden. Eero war ein guter Schauspieler, sonst nichts. Es war dumm, dass ich nicht früher daran gedacht habe. Das sollte dir eine Lektion sein, Padawan. Du kannst so viele Freunde haben, wie du willst, aber vertraue ihnen nicht. Glaube mir, ich weiß, wovon ich rede. Die Person, die uns hier gefangen hält, war einst mit mir in der Ausbildung."

„Er ist ein Jedi?", fragte Qui-Gon schockiert.

„Nein. Er wurde ausgebildet, später aber entlassen. Der Grund ist vollkommen egal. Wir waren einst Freunde. Und ich habe langsam den Verdacht, dass er einen Groll gegen mich hegt. Also steckt hinter dieser Sache mehr, als du weißt."

„Ihr meint, Ihr wusstet, dass er der Raumpirat war?" Qui-Gon sagte nichts mehr, doch die Worte hingen in der Luft. *Und Ihr habt mir nichts gesagt?*

„Ich habe ihn erkannt, als er das Schiff von Senator Annon verließ."

„Und Ihr glaubt, dass Eero mit ihm unter einer Decke steckt?"

„Ich fürchte, ja. Verrat gehört zum Leben, Qui-Gon. Und wir bemerken es nicht immer, wenn er geschieht."

Qui-Gon zerrte an den Energiehandschellen.

„Damit erreichst du nichts, außer dass du ermüdest", sagte Dooku. „Du musst lernen zu akzeptieren, dass man manchmal in Situationen gerät, über die man keine Kontrolle hat. Akzeptiere diesen Umstand und warte auf deine Chance. Abgesehen davon sind wir einen Schritt weiter als bisher."

„Inwiefern?"

„Wir haben einen Raumpiraten gesucht – jetzt haben wir ihn gefunden. Man wird uns letztlich zu ihm bringen. Er wird der Versuchung nicht widerstehen können, sich hämisch zu freuen. Das konnte er noch nie. Wenn wir ihn finden, warten wir einfach auf unsere Chance. Und dann werden wir keine Fehler mehr machen."

Dooku schloss die Augen. Er mochte die Gefühle der Wut und der Erniedrigung nicht, die in ihm kochten. Er brauchte innere Ruhe. Er handelte niemals aus Wut heraus.

Lange Minuten gingen vorüber. Er spürte, wie sich sein Herzschlag verlangsamte. Dann hörte er das Zischen einer sich öffnenden Tür.

„Alter Freund", sagte Lorian.

Als Dooku die Stimme hörte, kochte die Wut wieder in ihm hoch. Er öffnete die Augen nicht, bevor er seine Gefühle unter Kontrolle gebracht hatte.

„Lorian, ich habe schon vor einiger Zeit erkannt, dass wir niemals Freunde waren", sagte Dooku ohne merkliche Gefühlsregung.

Aus Lorian war ein gut aussehender, muskulöser Mann geworden. Seine dichten, goldfarbenen Haare waren kurz geschnitten und betonten das Relief seiner Gesichtszüge und die grünen Augen. „Du hast dich nicht verändert", sagte er und lächelte. „Und doch tut es gut, dich wiederzusehen, auch wenn das für mich nichts Gutes bedeutet. Wenn ich schon von einem Jedi verfolgt werde, hätte ich mir jeden anderen gewünscht. Du kanntest mich zu gut. Einst."

„Ja", sagte Dooku. „Ich wusste, dass du lügen und betrügen würdest, um deinen Weg zu gehen."

„Was ist so schlecht an dem, was ich getan habe?", fragte Lorian. „Es war nicht einfach, allein in der Galaxis zu sein und zu versuchen, meinen Weg zu gehen. Ich kannte ja nichts außer dem Tempel. Hast du darüber jemals nachgedacht, Dooku? Wir wurden in einem Kokon groß gezogen und dann nahm man mir alles weg, was ich kannte. Man hat mich als kleinen Jungen gezwungen, ohne die Führung eines Meisters in die Galaxis hinauszuziehen."

„Die Jedi haben dich nicht einfach ausgesetzt", erwiderte Dooku. „Sie haben immerhin eine Stelle im Agri-Korps für dich gefunden."

Lorian schnaubte verächtlich. „Zusehen, wie Hybridpflanzen auf einem Planeten im Mid-Rim wachsen? Wärest du mit einem solchen Leben zufrieden gewesen nach allem, was du in der Ausbildung gelernt hattest?"

„Ich musste nicht darüber nachdenken", sagte Dooku. „Ich habe die Regeln des Jedi-Ordens nicht verletzt. Du schon. Das scheint dir entfallen zu sein."

„Ich war jung und ich habe einen Fehler gemacht." Lorians Gesichtszüge verhärteten sich. „Und ich habe mehr als genug dafür bezahlt. Hätte ich wirklich Landwirt werden sollen? Ich wurde zum Jedi ausgebildet! Also habe ich stattdessen meine eigenen Geschäfte begonnen."

„Als Raumpirat."

„Nur vorübergehend. Zunächst habe ich Kriminelle entführt,

doch das wurde mir zu riskant. Du wärest überrascht zu erfahren, wie zögerlich Gangsterbanden Lösegelder herausrücken. Also habe ich mir als Nächstes Senatoren vorgenommen. Das Problem war nur, dass sie die besten Sicherheitseinrichtungen hatten. Aber wenn ihre Sicherheit nicht so gewährleistet war, wie sie annahmen? Als ich hörte, dass Kontag kurz davor stand, Bankrott zu gehen, kam ich auf die Idee. Ich kaufte diese Fabrik und bot Kontag einen Handel an."

„Eine Fabrik, die Kinder beschäftigt." Qui-Gons Stimme klang gleichförmig. Er zeigte Lorian mit einem Blick seine Ablehnung.

Lorian ging auf Qui-Gon zu, das Gesicht voller Neugierde. „Das ist also dein Schüler, Dooku? Qui-Gon Jinn? Ja, ich erkenne dich in ihm wieder. Er ist so selbstgerecht wie du. Was sollte ich denn deiner Meinung nach tun, junger Padawan? Die Kinderarbeiter entlassen? Viele von ihnen ernähren ganze Familien. Eltern, die verletzt oder zu krank sind zu arbeiten. Brüder und Schwestern, die sie jetzt versorgen müssen, weil ihre Eltern sie verlassen haben. Würdest du etwa wollen, dass sie hungern?"

„Ich würde eine bessere Lösung finden", sagte Qui-Gon.

„Ah, er ist unbeugsam. Nun, dann sollst du etwas wissen, junger Jedi. Ich bin dabei, die Kinderarbeit abzubauen. Die Bedingungen zu verbessern. Aber weißt du, was man dazu braucht? Geld. Die Jedi handeln nicht mit Credits. Sie reden nicht einmal davon. Aber wir anderen müssen etwas essen, weißt du?"

„Ich höre nur Rechtfertigungen von Euch", sagte Qui-Gon.

„Die halten die Planeten am Drehen", sagte Lorian mit einem Schulterzucken. Qui-Gons Worte berührten ihn offensichtlich nicht. „Warst du in letzter Zeit einmal beim Senat? Er funktioniert nur noch mit Rechtfertigungen. Ich bin nicht schlecht, Qui-Gon Jinn. Das weiß ich ganz sicher." Er senkte die Stimme. „Ich habe das Gesicht des wahren Bösen gesehen. Und ich kenne das Entsetzen, das es auslöst. Also urteile nicht zu schnell über mich."

„Das wahre Böse?", fragte Dooku. Könnte Lorian die Sith meinen?

Lorian wandte sich wieder an ihn. „Ja, Dooku. Ich habe den Sith-Holocron geöffnet. Ich war neugierig. Und was ich gesehen habe, ließ mir das Blut in den Adern gefrieren und hat mich lange Zeit verfolgt. Es verfolgt mich noch immer. Und doch ist es irgendwie tröstlich. Wenn man das wahre Böse einmal gesehen hat, kann man sicher sein, dass man nie wieder so tief fallen wird."

„Sei dir da nicht so sicher", sagte Dooku. „Du bist nichts weiter als ein Kidnapper. Ein Krimineller. Wie kannst du das rechtfertigen?"

Lorian zuckte lächelnd mit den Schultern. „Ich brauche das Geld."

Dooku schnaubte.

„Was ist denn schon dabei, wenn ich korrupte Senatoren für ein paar Wochen entführe? Einigen gefällt die Aufmerksamkeit sogar, die ihnen zuteil wird. Niemand wird verletzt."

„Und was ist mit uns?“, fragte Dooku.

„Ich werde euch nicht töten, falls du das meinst“, sagte Lorian. „Ich halte euch nur fest, bis der letzte Job erledigt ist. Ich bin ohnehin bereit, mich zur Ruhe zu setzen. Ich würde gern auf meine Heimatwelt zurückkehren und ein legales Geschäft beginnen. Eero schulde ich noch ein paar Credits für diese Sicherheitsgeschichte, aber es bleibt genug für mich übrig.“

„Also steckte Eero von Anfang an mit dir unter einer Decke.“

„So ziemlich. Wir sind uns auf Coruscant begegnet. Er war recht unglücklich, weil es mit seiner Karriere nicht voranging. Eigentlich hatte er schon längst Senator sein wollen, aber er hatte nicht genug Geld für einen richtigen Wahlkampf. Daher erklärte er sich bereit, seine Senatskontakte zu nutzen, um Kontag zu empfehlen. Als die Entführungen begannen, stellten sich mehr und mehr Senatoren in die Warteschlange, um ihre Sicherheitseinrichtungen verbessern zu lassen. Es war ein wahrhaft brillanter Plan.“ Lorian seufzte. „Schade, dass jetzt alles ein Ende haben muss.“

Da öffnete sich plötzlich die Tür und Eero rannte auf Lorian zu. „Jetzt habt Ihr es getan!“, rief er. Dooku sah, dass sich draußen vor dem Raum eine Art Büro befand. Auf einer Konsole lagen zwei Lichtschwerter.

„Beruhigt Euch, Eero“, sagte Lorian genervt. „Es gibt keinen Grund, mich anzuschreien.“

„Doch, es gibt einen Grund!“, sagte Eero. „Der Senator ist tot!“

„Tot?“ Lorian ihn sah erstaunt an. „Wie ist das möglich? Er befand sich in komfortablen Räumen. Ich habe ihm sogar Gebäck bringen lassen, um der Galaxis Willen!“

„Er hatte einen Herzanfall. Er ist sofort gestorben.“

„Oh“, sagte Lorian. „Das ist gar nicht gut.“

„Nein, ist es in der Tat nicht“, sagte Dooku. „Das ist Mord.“

„Genau!“, sagte Eero. „Wie konntet Ihr mich nur zu dieser Sache überreden! Man wird uns wegen Mordes anklagen!“

„Nur wenn sie uns zu fassen bekommen“, sagte Lorian.

„Ich habe nur wegen der Credits mitgemacht“, sagte Eero wütend. „Ich bin Politiker und kein Mörder!“

„Ja, das ändert die Sachlage ein wenig“, sagte Dooku ruhig. Eero hatte als Erwachsener noch immer so viel Angst, erwischt zu werden, wie er es als Jugendlicher gehabt hatte. „Du hast einen Senator umgebracht. Die geballte Macht des Senats wird über dich richten, von den Jedi ganz zu schweigen. Sie suchen uns bereits. Diese Sache wird sie noch antreiben.“

„Wir müssen hier verschwinden!“, sagte Eero schrill zu Lorian.

„Beruhigt Euch!“, bellte Lorian. „Seht Ihr denn nicht, was er erreichen will? Seid still und lasst mich nachdenken!“

„Erteilt mir keine Befehle!“ Eero holte plötzlich ein Vibro-Messer hervor. „Ich bin es satt. Ihr habt alles vermasselt!“

„Narr!“, zischte Lorian. „Legt das weg!“

Doch es war zu spät. Dooku griff nach der Macht. Das Vibro-Messer flog aus Eeros Hand und landete genau auf den Energiehandschellen an Dookus Handgelenken. Die Klinge durchschnitt mühelos das Metall. Innerhalb von Sekundenbruchteilen zog Dooku seine Hand weg, bevor die Klinge ihn verletzen konnte. Er spürte nur einen leichten Hitzeschwall.

Sekunden später hatte er die andere Handfessel und die an seinen Füßen geöffnet.

Eero sah ihn entsetzt an und lief zur Tür. Dooku streckte die Hand aus und ließ sein Lichtschwert vom Nebenraum in seine Hand fliegen.

Als er sich mit aktiviertem Lichtschwert umdrehte, hatte Lorian Eeros Vibro-Messer und einen Blaster in der Hand. Dooku lächelte. Dieses Mal war es kein Spiel.

Lorian schob sich rückwärts zur Tür. Dooku erkannte sofort, dass er fliehen wollte. Er wollte, wenn irgend möglich, einen Kampf vermeiden. Dooku machte einen weiten Satz und versperrte ihm den Weg. Lorian würde diesen Raum nicht lebend verlassen.

Er hatte Lorian nie vergessen – und er hatte ihm niemals vergeben. Es lag nicht in Dookus Natur zu vergeben und zu vergessen.

„Du hast mich einst verraten und jetzt versuchst du, mich zum Narren zu halten", sagte Dooku.

„Ich bin froh festzustellen, dass du dich überhaupt nicht verändert hast", sagte Lorian und ließ sein Vibro-Messer geschickt einmal um die Achse wirbeln. „Darf ich nochmals anmerken, dass sich die Galaxis nicht um dich dreht, Dooku? Die Entführung war nicht persönlich gemeint. Ich wusste nicht, dass du an Bord dieses Schiffes warst." Er grinste. „Aber ich muss zugeben, dass es mir Freude gemacht hat zu gewinnen."

Der Spott, der in Lorians Augen tanzte, machte Dooku rasend vor Wut. In seiner Brust kochte wieder der alte Groll, die Abneigung, die er als Junge empfunden hatte. Jetzt vereinten sie sich mit der Wut, die er als Erwachsener empfand. Dooku spürte, wie sie stärker wurde und kämpfte nicht dagegen an.

Er war jetzt älter und klüger. Wut ließ ihn nicht mehr unachtsam werden. Sie machte seine Handlungen präziser.

„Nimm alles, was du willst", sagte er. „Du wirst diesen Raum niemals verlassen." Er sagte es mit einer solch eisigen Kontrolle, dass das Lächeln aus Lorians Gesicht verschwand.

„Lass uns nicht so dramatisch sein", sagte Lorian voller Unbehagen.

„Meister, gebt mir das Lichtschwert!", rief Qui-Gon.

Die Worte klangen nur wie ein undeutliches Summen in Dookus Ohren, so als kämen sie von weit her. Dooku brauchte seinen Padawan nicht. Qui-Gon stand ihm nur im Weg. Er musste diese Angelegenheit allein zu Ende bringen.

Lorian hatte seine Absicht an den Augen abgelesen. Zwischen ihnen stand jetzt das Wissen, dass Dooku ihm keine Gelegenheit geben würde, sich zu ergeben. Er feuerte seinen Blaster ab, doch Dooku lenkte das Feuer mit Leichtigkeit ab. Es war unmöglich, dass Lorian diesen Kampf gewinnen würde. Dooku sah die Verzweiflung in seinen Augen, den Schweiß, der auf seinen Augenbrauen perlte. Er genoss den Anblick.

Lorian hielt ein stetiges Sperrfeuer aufrecht, während er das Vibro-Messer schwenkte eingedenk der Jedi-Ausbildung, die er vor so langer Zeit genossen hatte. Dooku schob sich immer weiter nach vorn. Er wusste genau, worauf Lorian es abgesehen hatte: auf Qui-Gons Lichtschwert. Dooku beschloss, die Sache etwas zu beschleunigen. Er machte einen Satz vorwärts und schlug das Vibro-Messer mit einem beinahe beiläufigen Hieb entzwei. Dann wirbelte er einmal um die eigene Achse und trat den Blaster aus Lorians Hand.

Lorian sprang nach vorn und griff nach Qui-Gons Lichtschwert. Dooku ließ zu, dass er es aufnahm. Es gab keinen Grund zur Furcht.

Qui-Gon stieß einen Schrei aus, doch Dooku hörte ihn nicht. Er konzentrierte sich voll und ganz auf Lorian.

„Komm schon, greif mich an", sagte Dooku und ließ sein Lichtschwert an seine Seite sinken, wo die Klinge locker baumelnd auf den Boden zeigte. „Zeig mir, wie viel du vergessen hast."

Lorian aktivierte das Lichtschwert. Obwohl er einen Kampf führte, den er nicht gewinnen konnte, war das Vergnügen zu erkennen, das der ehemalige Jedi empfand, als er das Lichtschwert in der Hand hielt.

Er machte einen Satz auf Dooku zu. Sein erster Hieb wurde einfach pariert. Ohne seine Verbindung zur Macht konnte Lorian mit der Waffe nicht so umgehen, wie er es einst gekonnt hatte. Dooku genoss diese Erniedrigung in höchsten Zügen. Er musste sich kaum bewegen, um Lorians Attacken parieren zu können.

„Was für ein Jammer", sagte Dooku. „Du warst einst ein würdiger Gegner."

Jetzt war in Lorians Augen ein wütendes Aufblitzen zu sehen.

Er änderte die Stellung seiner Beine, machte eine unerwartete Bewegung und landete beinahe einen Treffer.

Dooku beschloss, dass er lange genug mit Lorian gespielt hatte. Es war Zeit, ihm zu zeigen, was Angst war. Zeit, ihm zu zeigen, wer der Sieger war.

Er bewegte sich in einem absolut makellosen Ablauf auf Lorian zu, ließ die Macht fließen und formte sie nach seinem Willen. Sein Lichtschwert tanzte. Lorian schaffte es, einem Hieb auszuweichen und den nächsten zu parieren, doch er musste dafür bezahlen. Er stolperte vor Anstrengung.

„Meister!"

Qui-Gons Stimme durchschnitt Dookus Konzentration, wieder als dasselbe, störende Summen.

„Meister, hört auf."

Dieses Mal schrie Qui-Gon nicht. Und trotzdem durchdrang seine ruhige Stimme Dookus Konzentration nachhaltiger, als sein Schreien es vermocht hätte. Dooku sah zu ihm hinüber. Qui-Gon erwiderte den Blick seines Meisters, gefesselt und hilflos.

Dieser Blick. Dooku stöhnte beinahe laut auf. Er erkannte Rechtschaffenheit und Wahrheit in diesem Blick und konnte sich nicht davor verstecken. Er sah sich selbst durch Qui-Gons Augen und konnte es nicht tun. Sein Padawan hatte ihm soeben gezeigt, was er bereits hätte wissen müssen. Er konnte diesen Weg nicht gehen.

Er deaktivierte sein Lichtschwert. Lorian holte tief und schaudernd Atem.

„Es ist vorbei", sagte Dooku.

Kapitel 13

Dooku übergab Lorian und Eero an die Sicherheitskräfte von Coruscant. Er hatte auf dem Rückweg nicht allzu viel mit Qui-Gon geredet. Dooku wusste, dass es Dinge zu besprechen gab, doch er war sich nicht sicher, welche. Er wusste, dass Qui-Gon ihn vor etwas bewahrt hatte und er war ihm auch dankbar dafür. Und doch wollte er nicht zugeben, dass er so dicht davor gewesen war, den Jedi-Kodex zu verletzen, auf dessen Aufrechterhaltung er so stolz war.

Sie gingen an den Reihen von Kreuzern vorbei, die im Landebereich des Tempels standen, an dem Ort, an dem er sich vor so vielen Jahren von Lorian verabschiedet hatte. Er hatte damals geglaubt, es wäre für immer gewesen.

„Was hast du aus dieser Mission gelernt, Padawan?“, fragte er Qui-Gon.

„Viel“, gab Qui-Gon in einem neutralen Tonfall zurück.

„Dann nenne mir das Wichtigste.“

„Dass Ihr mir Fakten vorenthaltet, die ich wissen sollte."

Dooku holte tief Luft. Er würde keine Rüge von seinem Padawan hinnehmen. Qui-Gons natürliche Sicherheit könnte aus dem Ruder laufen. Was Qui-Gon nötig hatte, war etwas mehr Furcht vor Dookus Missfallen.

„Das ist meine Entscheidung", sagte Dooku ernst. „Es steht dir nicht zu, deinen Meister in Frage zu stellen."

„Ich stelle Euch nicht in Frage, Meister", sagte Qui-Gon mit festem Blick. „Ich antworte Euch."

Dooku ging wütend noch ein paar Schritte weiter. Dann blieb er vor dem Tor zum Innenraum stehen. „Ich werde dir die Lektion beibringen, die du hättest lernen sollen. Verrat sollte dich niemals überraschen. Er wird dir bei Feinden ebenso wie bei Freunden begegnen."

Er ließ seinen Padawan stehen und ging in die große Halle hinein. Dort ließ er die Geräusche und Bilder des Tempels auf sich einwirken. Er war froh, wieder unter den Jedi zu sein. Das Wiedersehen mit Lorian hatte ihn aufgewühlt.

Irgendwann fand er sich vor dem Jedi-Archiv wieder. Jetzt wusste er auch, was ihn hierher getrieben hatte. Lorian hatte einen Neid in ihm entfacht, der ihn nicht mehr losgelassen hatte. Und jetzt erkannte er den Grund.

Lorian hatte den Sith-Holocron geöffnet. Er hatte ihn betrachtet. Vielleicht hatte er ihm ein paar Geheimnisse entlocken können.

Und dabei war er nicht einmal ein Jedi!

Dooku hatte das lange verdrängt, doch jetzt kehrte alles wieder zu ihm zurück – derselbe Ehrgeiz, derselbe unwiderstehliche Wunsch, die Sith zu kennen. War es gerecht, dass einer, der kein Jedi war, die Geheimnisse des Holocrons gesehen hatte und Dooku, einer der größten Jedi-Ritter, nicht?

Dooku blieb einen Moment vor dem Archiv stehen und horchte auf die Stille, dachte nach, was ihn dort drinnen erwarten würde. Jetzt konnte ihm niemand mehr das Recht verwehren, den Holocron zu betrachten. Er verdiente es, ihn zu sehen, sagte er sich. *Er verdiente es, ihn zu sehen.*

Die massiven Türen öffneten sich und Dooku ging hinein.

Dookus und Qui-Gons letzte gemeinsame Mission hatte mehrere Jahre gedauert. Sie war schwierig und voller Gefahren gewesen. Sie hatten wie nie zuvor zusammengearbeitet, den Kampfgeist in perfektem, gemeinsamen Rhythmus vereint. Sie hatten schließlich Erfolg gehabt. Sie waren zum Tempel zurückgekehrt, erschöpft, magerer und älter.

Dooku hatte nicht über die Zukunft gesprochen. Qui-Gon würde sich jetzt den Prüfungen unterwerfen. Sie wussten beide, dass er bereit war. Qui-Gon wartete auf Abschiedsworte nach der langen Reise, doch sie kamen nicht.

Sie gingen von der Landeplattform in die große Halle des Tempels. Fast sofort sah Qui-Gon eine vertraute Gestalt vor sich und ihm wurde warm ums Herz. Tahl war gekommen, um ihn zu begrüßen.

Sie hatten sich seit Jahren nicht mehr gesehen. Sie gingen aufeinander zu und fassten sich bei den Schultern, wie sie es schon seit jeher zur Begrüßung getan hatten. Qui-Gon suchte den Blick von Tahls grün-goldenen Augen, denn er wollte wissen, ob es ihr gut ging und ob sie sich wohl fühlte. Sie nickte und gab ihm damit zu verstehen, dass es so war.

„Du bist müde", sagte sie.

„Es war eine lange Mission", sagte er.

Er spürte, dass Dooku ungeduldig hinter ihm wartete. Sie wurden unverzüglich vor dem Rat der Jedi erwartet, um ihren Bericht abzugeben. Tahl spürte Dookus Irritation ebenfalls. Sie nickte schnell zum Abschied und formte ein „später" mit den Lippen.

Qui-Gon wandte sich ab und ging mit Dooku weiter.

„Wie ich sehe, ist deine alte Freundschaft noch nicht erloschen", sagte Dooku. „Selbst nach all den Jahren nicht."

„Ich vertraue Tahl mit meinem Leben", erwiderte Qui-Gon.

Dooku schwieg auf dem Weg durch die langen Korridore des Tempels.

„Du warst ein exzellenter Padawan, Qui-Gon", sagte er schließlich. „Ich hätte mir keinen besseren wünschen können. Das werde ich auch dem Rat sagen, wenn du dich den Prüfungen stellst. Aber das Folgende werde ich dem Rat nicht sagen: Du hast eine Schwäche. Eigentlich ist das nichts Schlechtes. Jeder von uns hat eine Schwäche. Aber es ist schlecht, wenn man diesen Punkt nicht erkennt. Und was noch viel schlechter ist: Seine Schwäche zu erkennen und sie nicht als solche zu akzeptieren." Dooku hielt inne. „Vielleicht ist es mein Fehler, dass ich nie in der Lage war, dir meine wichtigste Lektion beizubringen."

Qui-Gon sah seinen Meister an. Die lange, elegante Nase, die dunklen Augen unter den dichten Brauen, die blasse Haut. Es war ein Gesicht, das er schon lange kannte. Doch er wusste auch schon seit einiger Zeit, dass er dieses Gesicht nicht mochte. Zunächst hatte er sich deshalb Sorgen gemacht – bis er erkannt hatte, dass er seinen Meister nicht lieben musste, sondern dass es reichte, wenn er von ihm lernte. Er war dankbar, einen Meister gehabt zu haben, in dem die Macht so stark war. Er hatte viel gelernt.

„Deine Schwäche ist dein Bedürfnis, dich mit der lebendigen Macht zu verbinden. Qui-Gon, die Galaxis ist voller Lebewesen. Der Jedi-Orden ist da, um dich zu unterstützen. Und doch musst du das folgende Wissen in deinem Herzen tragen." Dooku senkte die Stimme. „Du bist immer allein und Verrat ist etwas Unausweichliches."

Zweiunddreißig Jahre später

Qui-Gon Jinn und
Obi-Wan Kenobi

Kapitel 14

Jetzt war Qui-Gon der Meister und er dachte noch immer an die Lektion. Es war die einzige von Dookus Lektionen gewesen, die er nicht befolgt hatte. Qui-Gon hatte im Laufe der Jahre gelernt, dass Lebewesen komplizierter waren, als es eine solch einfache Formel zu umschreiben vermochte. Und er hatte gelernt, dass ein Leben ohne Freundschaft und ohne Vertrauen ein Leben in einer Galaxis bedeutete, in der er nicht leben wollte.

Aber hatten die Ereignisse seinem Meister nicht doch Recht gegeben?

Qui-Gon spürte die harte Bank, auf der er saß. Obi-Wan und er waren auf einem dicht besetzten Raumkreuzer unterwegs. Er hatte die Augen geschlossen. Obi-Wan lag neben ihm und nahm zweifellos an, dass Qui-Gon schlief. Er stellte sich hinter seinen geschlossenen Lidern vor, dass er die Geschwindigkeit des Schiffes spürte, mit der es zwischen den Sternen dahinschoss. Jeder

Kilometer, der in einem Blitz vorbeihuschte, brachte ihn einer unbestimmten Zukunft näher.

Verrat sollte dich niemals überraschen.

Doch das tat es. Jedes Mal wieder.

Sein erster Padawan, den er so sehr gefördert hatte, hatte ihn verraten. Xanatos hatte sich der Dunklen Seite zugewandt, war sogar in den Tempel eingedrungen und hatte versucht, Yoda zu töten. Jetzt war Xanatos tot. Er hatte den Tod der Kapitulation vorgezogen, indem er von festem Boden in einen giftigen Tümpel auf seinem Heimatplaneten Telos gesprungen war. Qui-Gon war hinterhergesprungen, um ihn zu retten, obwohl er in seinem tiefsten Innern gewusst hatte, dass es bereits zu spät war. Er hatte den Mann Xanatos sterben sehen, dessen stechend blaue Augen voller Hass gewesen waren, doch gleichzeitig hatte er auch den Jungen gesehen, den er einst gekannt hatte, dessen blaue Augen voller Wissbegier gewesen waren, ein so viel versprechendes Wesen. Das hatte ihn verletzt, ihn mit Trauer erfüllt. Seit dem Zwischenfall waren Monate vergangen, doch für Qui-Gon war die Erinnerung noch so frisch, als wäre alles erst gestern geschehen. Hatte sein einstiger Padawan seine Ausbildung vergessen? Oder war Qui-Gon derjenige, der versagt hatte?

Sein zweiter Padawan, den er ebenfalls liebte, hatte ihn ebenfalls verraten. Obi-Wan saß jetzt neben ihm, doch Qui-Gon spürte nicht mehr die alte Harmonie zwischen ihnen. Obi-Wan hatte vor nicht allzu langer Zeit den Jedi-Orden verlassen, um sich einer Sache auf einem Planeten zu widmen, den sie zu retten versucht hatten. Qui-Gon erinnerte sich daran, wie er auf dem felsigen Boden von Melida/Daan gestanden und in den Augen seines Padawans etwas gesehen hatte, was er noch nie zuvor gesehen hatte: Trotz. Obi-Wan hatte sich Qui-Gons Anweisung zum Aufbruch widersetzt. Er war geblieben.

Obi-Wan hatte schließlich erkannt, dass er sich geirrt hatte. Er hatte alles daran gesetzt, um das wieder aufzubauen, was zwischen ihnen existiert hatte. Sie hatten sich auf einen langen Weg gemacht. Und das Ziel hieß Vertrauen.

Tahls missbilligendes Stirnrunzeln erschien vor seinem geistigen Auge. *Ihr seid immer so dramatisch, Qui-Gon. Obi-Wan ist ein Junge, der einen Fehler begangen hat. Macht ihn nicht für Euer Versagen bei Xanatos verantwortlich.*

Tat er das?

Zeit Ihr braucht, hatte Yoda ihm geraten. *Das ist alles.*

Qui-Gon akzeptierte das. Aber wie viel Zeit war angemessen? Wann würde er es wissen? Und würde Obi-Wan seinen inneren Kampf spüren und ihn wegen seiner zögernden Haltung hassen?

Deine Schwäche ist dein Bedürfnis, dich mit der lebendigen Macht zu verbinden.

Qui-Gon erkannte die Wahrheit hinter diesen Worten. Er hatte Dookus Urteil nicht unberücksichtigt gelassen. Er versuchte, im täglichen Leben diese Verbindung im Gleichgewicht mit dem Weg der Jedi zu halten. Keine Bindungen. Er sah darin keinen Konflikt. Er sah es als eine großartige Wahrheit – dass er lieben, aber keinen Wunsch nach Besitztum haben durfte. Dass er vertrauen, denen aber nicht böse sein durfte, die ihn enttäuschten.

Vor allem Letzteres war seit kurzem etwas schwierig geworden.

„Wir machen einen Tankstopp", sagte Obi-Wan und unterbrach damit seine Gedanken. Sie kehrten gerade von einer routinemäßigen Trainingsmission zurück und hatten keine Eile. „Es tut mir Leid, dass ich Euch störe, Meister, aber wollt Ihr aussteigen? Wir werden uns hier einige Stunden aufhalten."

Qui-Gon öffnete die Augen. „Wo sind wir?"

„Auf einem Planeten namens Junction 5. Kennt Ihr ihn?"

Qui-Gon schüttelte den Kopf. „Lass uns aussteigen", beschloss er. „Es wird uns gut tun, die Beine zu vertreten. Und ich wette, du könntest etwas Anständiges zu essen vertragen."

„Mir geht es gut", sagte Obi-Wan und beugte sich nach seinem Rucksack.

Qui-Gon runzelte die Stirn. Da war es wieder. Früher hätte Obi-Wan zugestimmt, hätte ihn angegrinst und gesagt: „Wie habt Ihr das nur erraten?". Jetzt war Obi-Wan ständig bedacht, ein ‚korrekter' Padawan zu sein. Er würde nicht zugeben, dass er die Tage mit grauem, geschmacklosen Essen und Proteinpillen langsam verabscheute.

Vielleicht ging es nicht um Versöhnung, dachte Qui-Gon, als sie sich in die Reihe der Aussteigenden stellten. Vielleicht ging es um das, was ihm fehlte, was er einst gehabt hatte. Im Augenblick hatte er einen korrekten Padawan. Und dabei fehlte ihm der wenig korrekte Junge.

Der Planet Junction 5 schien eine freundliche Welt zu sein. Die Hauptstadt Rion war um einen breiten Fluss mit blauem Wasser gebaut. Obi-Wan und Qui-Gon nahmen einen Turbolift von der Landeplattform hinunter zu dem breiten Boulevard, der eine von Rions Hauptdurchgangsstraßen war.

„Jeder Besucher muss sich bei den einheimischen Sicherheitskräften anmelden", sagte Obi-Wan. Er las von einem Pass ab, der ihnen ausgehändigt worden war. „Das ist unüblich."

„Manche Gesellschaften werden strikt kontrolliert", sagte Qui-Gon. „Je mehr sich die Galaxis teilt, desto größere Angst kommt vor Außenweltlern auf."

Sie spazierten den Boulevard entlang und waren froh, die Sonne auf ihren Gesichtern zu spüren. Doch Qui-Gon war noch keine zehn Schritte gegangen, als er spürte, dass etwas nicht in Ordnung war.

„Hier liegt Angst in der Luft", sagte Obi-Wan.

„Ja", erwiderte Qui-Gon. „Wir haben eine Stunde oder etwas mehr. Lass uns herausfinden, was hier los ist." Er griff nach seinem Comlink. Da Tahl bei einem Kampf auf Melida/Daan ihr Augenlicht verloren hatte, hatte sie ihre Basis im Tempel eingerichtet und war dort für Nachforschungen ansprechbar. Doch sie musste nur selten auf die Jedi-Archive zurückgreifen, denn ihr Wissen über galaktische Politik war immens.

„Störe ich?", fragte Qui-Gon.

Tahls trockene Stimme drang klar und deutlich aus dem Comlink. „Natürlich nicht, Qui-Gon. Ich sitze hier und warte nur darauf, dass Ihr mich kontaktiert und ich etwas zu tun bekomme."

Er antwortete mit einem Lächeln in der Stimme. „Wir machen gerade einen Zwischenstopp auf dem Planeten Junction 5. Die Macht ist hier erschüttert. Könnt Ihr uns einen Anhaltspunkt geben, weshalb das so ist?"

„Wir beobachten die Situation seit einiger Zeit", sagte Tahl. „Der Planet hat weder den Senat noch die Jedi um Hilfe gebeten, doch wir sind darauf vorbereitet. Zwischen Junction 5 und seinem Mond Delaluna herrscht Rivalität. Junction 5 hat vor Jahren entdeckt, dass Delaluna eine sehr effektive Vernichtungswaffe entwickelt, die ganze Städte mit einem einzigen Schlag auslöschen kann. Die Bürger von Junction 5 nennen diese Waffe den Annihilator. Sie leben in ständiger Angst, dass er eines Tages eingesetzt wird."

„Haben sie schon versucht, einen Vertrag auszuhandeln?", fragte Qui-Gon.

„Das Problem ist, dass Delaluna die Existenz der Waffe abstreitet", sagte Tahl. „Gespräche zwischen den beiden Regierungen haben zu nichts geführt. Aufgrund der großen Angst, die die Bevölkerung hat, gibt es Gerüchte über Doppelagenten und Spione, die versuchen, die Regierung zu unterwandern, um eine Invasion von Delaluna vorzubereiten."

„Sie planen eine Invasion?"

„Sie streiten es ab. Aber wir sind nicht sicher. Die Regierung von Junction 5 führt angesichts der drohenden Gefahr eine groß angelegte Razzia durch. Mit Hilfe einer Sicherheitstruppe namens ‚Die Wächter' durchleuchten sie jeden Lebensbereich der Bürger. Nichts, was die Einwohner tun, bleibt der Regierung verborgen. Jegliche Computerbenutzung, sämtlicher Comm-Gebrauch wird überwacht. Zunächst haben die Bürger angesichts der drohenden Gefahr freiwillig auf ihre Privatsphäre verzichtet. Doch ich fürchte, dass die Wächter im Laufe der Jahre ihre Macht mehr und mehr missbraucht haben. Jetzt sind sie es, die in Wirklichkeit die Regierung steuern. Bürger werden verhaftet und ohne Gerichtsverfahren eingesperrt, nur weil sie etwas gegen die Regierung gesagt haben. Die Gefängnisse sind überfüllt. Die Bürger leben in ständiger Angst. Ihre Wirtschaft bricht zusammen und es gibt immer mehr Unruhen. Daher ..."

„... haben die Wächter ihren Griff noch enger gefasst", vervollständigte Qui-Gon ihren Satz. Es war ein nur allzu bekanntes Szenario.

„Seid also vorsichtig", warnte Tahl. „Sie mögen keine Außenweltler. Man wird auch Euch beobachten. Wenn es ein Zwischenstopp ist, verhaltet Euch auch so."

„Das hatte ich vor", sagte Qui-Gon.

„Qui-Gon? Unsere Verbindung scheint gestört zu sein", sagte Tahl. „Ich glaube, gehört zu haben, dass Ihr zustimmt."

„Gewöhnt Euch nicht daran", gab Qui-Gon zurück und unterbrach die Verbindung. Er wusste nicht, was er ohne Tahl tun sollte. Das war eine Bindung, der er vollkommen vertraute. *Was auch immer Dooku mir gesagt hat.*

„Sollten wir uns jetzt nicht registrieren lassen?", fragte Obi-Wan.

„Lass uns zuerst etwas essen", schlug Qui-Gon vor. Wenn sie schon hier waren, konnten sie auch Informationen sammeln, für den Fall, dass einmal die Gegenwart von Jedi gewünscht werden würde. Es wäre zunächst einfacher, wenn die Wächter nicht wussten, dass sie hier waren.

Abgesehen davon mochte er es nicht, wenn man ihm sagte, was er zu tun oder zu lassen hatte.

Auf dem Weg zur nächsten Cantina informierte er Obi-Wan über sein Gespräch mit Tahl. In der Kneipe angekommen, stellten sie fest, dass es keine große Auswahl an Speisen gab, doch Qui-Gon konnte ein paar Gemüsekuchen für sie ergattern und ein Getränk, das aus einheimischen Kräutern hergestellt wurde. Während des Essens achteten sie auf die Gespräche, die an den Tischen um sie herum geführt wurden. Die Bürger sprachen leise, so als hätten sie Angst, belauscht und gemeldet zu werden.

Mit Hilfe der Macht konnten Qui-Gon und Obi-Wan die Hintergrundgeräusche ausblenden und sich auf eine Unterhaltung an einem Tisch neben ihnen konzentrieren.

„Das Gerücht kam gestern auf“, sagte eine leise Stimme. „Es könnte stimmen, es könnte auch sein, dass sie ihren Tod vertuschen wollen. Jaren ist verzweifelt.“

„Er muss vorsichtig sein.“

„Dafür ist es schon zu spät. Ich habe Angst um sie.“

„Sie hat alles riskiert.“

„Dazu war sie immer bereit.“

Die Stimmen wurden noch leiser, so als fürchteten die Bürger, dass irgendjemand zuhörte.

„Können wir denn nichts tun, um hier zu helfen?“, fragte Obi-Wan, ebenso leise wie alle anderen.

„Unser Transporter startet planmäßig in weniger als zwei Stunden", sagte Qui-Gon. „Niemand hat uns um Hilfe gebeten. Wir können nicht die Probleme jedes Planeten der Galaxis lösen." Qui-Gons Blick war auch während des Essens immer zwischen den Tischen der Cantina hin und her gewandert. Er war nicht sonderlich überrascht, als ein Sicherheitsoffizier in grauer Uniform die Kneipe betrat und geradewegs zu ihnen kam.

„Ausweise bitte."

„Ich fürchte, wir haben keine", sagte Qui-Gon.

„Alle Besucher müssen sich beim Registraturbüro anmelden."

„Wir wollten zuerst etwas essen. Selbstverständlich gehen wir sofort hin, wenn wir fertig sind."

„Nicht möglich. Bitte folgen."

Der Offizier wartete höflich. Qui-Gon überlegte, ob sie Widerstand leisten sollten, verwarf den Gedanken aber wieder. Er war nicht auf diesem Planeten, um Schwierigkeiten zu machen, sondern um zu beobachten. Er stand auf und bedeutete Obi-Wan, dasselbe zu tun.

Sie folgten dem Offizier den Boulevard entlang in eine Seitenstraße. Hinter einer Energiewand stand ein großes, graues Gebäude. Es war aus Steinblöcken gebaut und sah aus wie ein Gefängnis.

Der Offizier brachte sie durch die Energiewand und führte sie in die Halle des Gebäudes. An einem kleinen Büro hing ein Schild mit der Aufschrift NUR REGISTRIERUNG. Der Offizier führte sie hinein, wobei er offensichtlich darauf bedacht war, dass sie ihm auch folgten.

„Besucher zur Registrierung“, sagte er.

Qui-Gon ging nach vorn und nannte einem Mann hinter einem Tresen ihre Namen. Die Finger des Beamten hielten inne, als Qui-Gon als Heimatort ‚Jedi-Tempel, Coruscant' angab.

„Einen Augenblick“, sagte der Mann mit gesenktem Blick.

Es dauerte länger als einen Augenblick – beinahe zehn Minuten, um genau zu sein –, bis der Mann schließlich zwei Karten über den Tresen reichte. „Tragt diese Ausweise immer bei Euch. Euer Aufbruch ist in einer Stunde und dreiundfünfzig Minuten vorgesehen.“

Sie gingen in die Halle zurück. Ihre Schritte hallten laut auf dem polierten Stein wider. Da wurden sie von einer Stimme aufgehalten.

„Es ist immer wieder ein Vergnügen, die Jedi auf unserer Welt willkommen zu heißen.“

Qui-Gon spürte es, noch bevor er sich umdrehte. Die Gewissheit, dass er diese Stimme schon einmal gehört hatte.

Die Person, die sie begrüßt hatte, war groß, hatte kurz geschnittenes blondes Haar, das von grauen Strähnen durchsetzt war. Der Körper des Mannes war noch immer muskulös und stark. Es dauerte keine Sekunde, bis Qui-Gon ihn erkannt hatte.

Es war Lorian Nod.

Kapitel 15

Qui-Gon glaubte nicht daran, dass Lorian Nods Erscheinen ein Zufall war. Der Schalterbeamte musste ihn über ihre Anwesenheit informiert haben. Deshalb hatte es auch so lange gedauert, bis sie ihre Ausweise bekommen hatten.

Nod trug die gleiche graue Uniform, die auch der Offizier getragen hatte, allerdings mit diversen farbigen Bändern, die durch das Material auf den Schultern gewoben waren und die einen hohen Rang signalisierten.

Er erkannte Qui-Gon ebenfalls wieder, das war klar. Er ließ seinen Blick über den Jedi schweifen und Qui-Gon erinnerte sich daran, dass Lorian alles, selbst einen Kampf auf Leben und Tod, wie einen großen Streich behandelt hatte, der ihnen allen gespielt wurde. Jetzt erkannte er darin die Verteidigungstaktik eines Mannes, der das Einzige verloren hatte, was ihm wichtig gewesen war, und das einen Schmerz hinterlassen hatte, den er niemals aus seinem Herzen verbannen können würde.

„Ihr seid überrascht, mich zu sehen", sagte Lorian. „Junction 5 ist meine Heimatwelt."

„Ich bin überrascht zu sehen, dass Ihr nicht mehr im Gefängnis seid", sagte Qui-Gon trocken.

Lorian winkte ab. „Ja, ich war ein mustergültiger Gefangener. Gegen Ende habe ich sogar den Sicherheitskräften von Coruscant mit ein paar Problemen geholfen, die sie im Gefängnis hatten. Sie waren dankbar."

„Ihr meint, Ihr wart ein Informant", sagte Qui-Gon.

Lorian legte den Kopf schief und lächelte die Jedi an. „Ihr habt mir niemals vergeben, was ich Eurem Meister angetan habe."

„Es ist nicht an mir, zu vergeben", sagte Qui-Gon.

„Und wie geht es Meister Dooku?", fragte Lorian.

„Wie ich höre, geht es ihm gut", gab Qui-Gon zurück. Er hatte keinen Kontakt mehr zu seinem alten Meister. Man hatte es auch nicht von ihm erwartet, denn ihre Beziehung hatte nicht auf Freundschaft basiert. Es war eher eine Lehrer-Schüler-Beziehung gewesen. Daher war es auch nur normal, dass sie nun getrennte Wege gingen.

Mit Obi-Wan würde das anders werden, dachte Qui-Gon. Er dachte an die Zeit, wenn Obi-Wan selbst ein Jedi-Ritter sein würde. Er würde gern daran teilhaben.

„Wie ich sehe, arbeitet Ihr für die Wächter", sagte Qui-Gon.

„Ich *bin* die Wächter", gab Lorian zurück. „Die alten Sicherheitskräfte waren angesichts der großen Bedrohung machtlos. Deshalb habe ich eine neue Institution vorgeschlagen. Der Regent von Junction 5 bat mich, sie zu leiten."

Qui-Gon war überrascht. Ein ehemaliger Krimineller war der Anführer einer planetaren Sicherheitstruppe?

„Wie Ihr seht, wurde ich vollständig rehabilitiert. Und was führt Euch nach Junction 5?“, fragte Lorian und wechselte damit geschickt das Thema.

„Ein Zwischenstopp“, sagte Qui-Gon.

„Und das ist Euer Padawan?“

„Obi-Wan Kenobi, Lorian Nod“, sagte Qui-Gon.

„Wusstest du, dass ich einst auch ein Padawan war?“, fragte Lorian Obi-Wan, der den Kopf schüttelte. „Ich habe den Orden verlassen.“

Obi-Wan konnte die Überraschung auf seinem Gesicht nicht verbergen. Qui-Gon konnte ihn lesen wie einen Datenschirm. Noch einer, der den Orden verlassen hatte? Also war er nicht allein. Und dann beschlich Obi-Wan eine dunkle Ahnung, als er erkannte: *Wenn ich gegangen wäre, wäre dann das aus mir geworden?*

„Zunächst habe ich es als eine furchtbare Bestrafung empfunden, doch jetzt weiß ich, dass ich dafür bestimmt war“, fuhr Lorian fort. „Wie auch immer, es war mir ein Vergnügen, aber ich muss meinen Pflichten nachkommen. Genießt Eure Reise. Ich würde Euch empfehlen, pünktlich bei Eurem Transporter zu erscheinen. Die Sicherheitskräfte arbeiteten hier sehr gewissenhaft, um uns zu schützen. Wenn Ihr Eure Aufenthaltsdauer überschreitet, könnte das Schwierigkeiten für Euch nach sich ziehen.“

Qui-Gon wusste, dass man ihnen soeben drohte. „Jedi sind Schwierigkeiten gewohnt“, sagte er.

Lorian sah ihn eindringlich an. „Ich habe eine großartige Idee. Wegen meiner alten Verbindung mit den Jedi werde ich Euch helfen. Ich werde Euch eine Eskorte zur Seite stellen, die dafür sorgt, dass Ihr Euren Transporter auf jeden Fall pünktlich erreicht. Die Straßen von Rion können für Reisende sehr verwirrend sein."

„Das ist nicht nötig", sagte Qui-Gon.

„Aber, aber", sagte Lorian mit fester Stimme. „Kein Grund, mir zu danken. Ist doch selbstverständlich."

Die beiden Sicherheitsoffiziere folgten den Jedi, als sie sich auf den Weg zurück zur Landeplattform machten.

„Lorian Nod scheint ziemlich erpicht darauf zu sein, dass wir verschwinden", sagte Obi-Wan.

„Ich mochte es noch nie, wenn man mich zum Ausgang geleitet", erwiderte Qui-Gon.

Obi-Wan erkannte, was er meinte und grinste. „Sollen wir sie abhängen?"

„Gleich. Fällt dir etwas auf, Padawan? Seit unserer Ankunft sind mehr und mehr Sicherheitsleute auf den Straßen unterwegs. Aber irgendwie bezweifle ich, dass das etwas mit uns zu tun hat."

„Glaubt Ihr, dass Alarm gegeben wurde?", fragte Obi-Wan.

Qui-Gon drehte sich zu den Sicherheitsleuten hinter ihnen um. „Rion ist eine schöne Stadt."

„Ja, wir sind stolz auf unsere Heimatwelt", sagte einer von ihnen steif.

„Die Bürger scheinen glücklich zu sein."

„Sie wissen, dass sie auf dem besten Planeten der Galaxis wohnen", erklärte er.

„Sagt einmal", fuhr Qui-Gon höflich fort, „es scheint, als hättet Ihr in Eurer Hauptstadt eine hohe Kriminalität."

„In Rion gibt es keine Kriminalität", sagte der Offizier.

„Weshalb sehe ich dann so viele Sicherheitskräfte?", fragte Qui-Gon.

„Außerordentliche Umstände", gab er mit einem Stirnrunzeln zurück. „Es wurde eine ‚Außergewöhnliche Bedrohung' erklärt. Ein Staatsfeind ist aus dem Gefängnis ausgebrochen. Cilia Dil ist sehr gefährlich. Die Sicherheitskräfte suchen sie."

„Ich verstehe", sagte Qui-Gon. „Was hat sie verbrochen?"

„Ich habe Euch genug gesagt", stieß der Offizier hervor. „Beeilt Euch oder Ihr verpasst Euren Transporter. Wenn das geschieht, werdet Ihr verhaftet."

„Ihr verhaftet Leute, wenn sie zu spät kommen?", fragte Qui-Gon in einem milden Tonfall.

„Macht Euch nicht lächerlich. Wir verhaften sie, weil ihre Pässe abgelaufen sind."

Vor ihnen entlud ein Arbeitsvehikel Fracht von einer Repulsorlift-Plattform. Hinter dem großen Fahrzeug staute sich der Verkehr und die Leute gingen auf die Straße, um vorbeizukommen. Qui-Gon machte Obi-Wan mit einem unmerklichen Blick auf das Durcheinander aufmerksam. Obi-Wan nickte nicht und ließ sich auch sonst nichts anmerken, doch Qui-Gon wusste, dass sein Padawan bereit war.

Als sie sich dem Vehikel näherten, brachte Qui-Gon einen Stapel aus Kisten ins Wanken. Die Ladung kippte unter den Flüchen und den Schreien der Arbeiter auf die Straße.

Die Fußgänger trampelten über die Waren, stampften alles in den Asphalt und ernteten wütende Schreie von den Arbeitern. Qui-Gon und Obi-Wan machten einen Satz. Die Macht trug sie über das Durcheinander hinweg, über die Bürger und die Arbeiter. Die Sicherheitsleute blieben hilflos hinter ihnen zurück.

Sie kamen auf dem Boden auf und rannten sofort los, im Zickzack zwischen Fußgängern hindurch, die ihnen erschrocken auswichen. Schnell bogen sie in eine schmalere, ruhigere Straße ab, dann in eine weitere und in noch eine. Es würde nicht lange dauern, da war Qui-Gon sich sicher, bis sie ihre Verfolger abgeschüttelt hätten.

„Und jetzt?", fragte Obi-Wan.

„Ich finde, wir machen uns auf die Suche nach Cilia Dil", gab Qui-Gon zurück. „Es ist sehr wahrscheinlich, dass sie uns Interessantes zu berichten hat."

„Die Armee der Wächter sucht sie doch", gab Obi-Wan zu bedenken. „Wie sollen wir sie da finden?"

„Guter Einwand, mein junger Schüler", sagte Qui-Gon. „In solchen Fällen ist es sinnvoll, eine Situation zu schaffen, in der sie *uns* findet."

Es dauerte nicht lange, da hatten sie schon etwas mehr über Cilia Dil herausgefunden. Obwohl niemand direkt mit ihnen sprechen wollte – aus Angst, sie könnten Spione sein –, konnten sie leicht andere Unterhaltungen belauschen. Alle sprachen über die geflohene Rebellin. Qui-Gon überraschte es nicht, festzustellen, dass sich das Gespräch, das sie heute Morgen belauscht hatten, um Cilia gedreht hatte und dass Jaren offensichtlich ihr Ehemann war.

Er lebte mitten in der Stadt in einem großen Gebäude mit vielen Wohnungen. Die Jedi blieben davor stehen und taten so, als würden sie in ein Schaufenster am Ende der langen Häuserreihe sehen.

„Das Gebäude wird vom Dach überwacht", sagte Obi-Wan. „Aber sie beobachten nur die Eingangstür. Wir können von hinten kommen, die Gasse entlanggehen und dann ein Seitenfenster suchen."

„Genau das erwarten sie", sagte Qui-Gon. „Sieh hin."

Es dauerte einen Augenblick, bis Obi-Wan die Gegend noch einmal betrachtet hatte. Er sah geknickt aus, so als hätte er Qui-Gon zutiefst enttäuscht. „Ich habe in einem Fenster nebenan etwas Aufblitzen sehen. Von dort sieht man die Gasse. Ein Elektro-Fernglas. Sie beobachten auch die Gasse. Es tut mir Leid, Meister."

Es war gar nicht Obi-Wans Art, sich für eine Fehleinschätzung zu entschuldigen. Er hatte Qui-Gons kleine Lektionen normalerweise kommentarlos hingenommen und den Fehler dann nie wieder gemacht.

Wie kann ich ihm nur sein Selbstvertrauen wiedergeben?, fragte sich Qui-Gon.

„Was schlagt Ihr vor?", fragte Obi-Wan.

„Hast du irgendeine Idee?", fragte Qui-Gon in dem Versuch, Obi-Wan sanft anzuspornen.

Doch Obi-Wan wollte keinen weiteren Plan vorschlagen. Er presste die Lippen aufeinander und schüttelte den Kopf. Qui-Gon war klar, dass sein Padawan Angst hatte, ihn noch einmal zu enttäuschen.

Qui-Gon verbarg sein Seufzen in einem lauten Ausatmen, als er zum Himmel sah. „Es ist schon spät. Der Arbeitstag geht zu Ende. Ich würde sagen, wir verschaffen uns einen Vorteil, indem wir uns dem Geschehen anschließen."

„Die Arbeiter und Familien werden nach Hause kommen", sagte Obi-Wan.

„Also lass uns sehen, was passieren wird", sagte Qui-Gon.

Zunächst kamen die Passanten nur vereinzelt, doch nach wenigen Minuten war die Straße voller Leute auf dem Heimweg. Repulsorlift-Transporter, voll gestopft mit Arbeitern, machten Halt, um ihre Türen zu öffnen und noch mehr Wesen auf die Gehwege auszuspucken.

Qui-Gon und Obi-Wan hielten sich vor einem Laden in der Nähe von Jaren Dils Gebäude auf. Sie mussten nicht lange warten. Eine Mutter mit mehreren Kindern kam die Straße entlang. Die Mutter trug eine Tasche mit Nahrungsmitteln und allerlei andere Beutel. Die Kinder liefen ihr um die Beine und kreischten vergnügt, weil die Schule aus war. Die Gruppe blieb einen Augenblick an der Eingangsrampe vor dem Gebäude stehen. Eines der kleinen Kinder, in Tagträumen versunken, wurde beinahe von dem Passantenstrom auf dem Gehweg mitgerissen.

Qui-Gon machte ein paar schnelle Schritte zu dem Jungen und nahm ihn auf den Arm. Dann ging er zu der Gruppe an der Rampe. Obi-Wan folgte ihm schnell.

„Tyler", schimpfte die Mutter. „Wie ungezogen von dir!" Sie streckte eine Hand nach dem Jungen aus, während sie in diversen Taschen nach ihrer Zutrittskarte suchte. Obi-Wan kam ihr zu Hilfe und nahm ihr mehrere Taschen ab.

„Gestattet mir, ihn zu tragen", sagte Qui-Gon und zog eine lustige Grimasse für den Jungen. „Wir haben schon Freundschaft geschlossen."

Die Mutter dankte ihm, während sie ihre Zutrittskarte in den Leseschlitz der Tür schob. Obi-Wan hantierte mit den Taschen und legte einem anderen Jungen die Hand auf die Schulter. Für einen Beobachter musste es so aussehen, als wären die Jedi einfach weitere Familienmitglieder.

Sie halfen der Mutter bis vor ihre Tür und verabschiedeten sich von den Kindern. Da es keinen Turbolift gab, mussten sie die Treppe bis zum obersten Stock nehmen. Qui-Gon klopfte an der Tür, die bald von einem kleinen Mann mit traurigen Augen geöffnet wurde.

„Seid Ihr Jaren Dil?", fragte Qui-Gon.

Der Mann nickte misstrauisch.

„Wir kommen wegen Eurer Frau", sagte Qui-Gon.

Jaren Dil blieb im Türrahmen stehen. Obwohl er fast einen Meter kleiner als Qui-Gon war und so dünn, dass es fast schon schauerlich aussah, schien er nicht eingeschüchtert zu sein. „Ich weiß nichts über die Flucht meiner Frau."

„Wir wollen helfen", sagte Qui-Gon.

Ein schiefes Lächeln kam über Jarens Lippen und verschwand schnell wieder. „Ihr wäret überrascht zu wissen, wie oft wir diese Worte schon gehört haben. Sie sagen immer, dass sie helfen wollen."

„Wir sind Jedi", sagte Qui-Gon und ließ den Griff seines Lichtschwerts sehen. „Keine Wächter."

„Ich weiß, dass Ihr keine Wächter seid", sagte Jaren. „Aber ich weiß nicht, wer Ihr seid oder wer Eure Freunde sind. Ich rechne jeden Augenblick mit meiner Verhaftung. Das Verbrechen, das ich begangen habe, ist, mit Cilia Dil verheiratet zu sein und sie nicht verraten zu haben."

„Ich würde Ihr gern eine Nachricht zukommen lassen", sagte Qui-Gon.

„Ich habe Cilia seit ihrer Verhaftung nicht mehr gesehen. Besuche sind nicht gestattet. Ich weiß nicht, wo…"

Qui-Gon unterbrach ihn. „Sagt ihr, dass die Jedi ihr helfen wollen." Qui-Gon griff nach dem Comlink an Jarens Gürtel, nahm ihn ab und tippte seinen Code ein. „Ich habe Euch gerade die Möglichkeit gegeben, mich zu kontaktieren. Wir können uns mit ihr treffen, wo immer sie möchte."

Jaren schwieg und so gingen die Jedi wieder die Treppe hinunter. Sie hörten die Tür hinter ihnen erst ins Schloss fallen, als sie schon außer Sichtweite waren.

„Er vertraut uns nicht", sagte Obi-Wan.

„Er wäre auch ein Narr, wenn er es täte. Er ist Verrat gewohnt."

„Weshalb geht Ihr dann davon aus, dass er uns kontaktiert?"

„Weil die Verzweifelten in Zeiten der Verzweiflung die aufsuchen, die ihnen Hilfe anbieten. Unser Vorteil ist, dass wir Jedi sind. Sie werden sich besprechen. Dann wird sie uns kontaktieren."

„Ihr scheint Euch dessen sicher zu sein", sagte Obi-Wan. „Woher wollt Ihr das wissen?"

„Sie haben niemanden, an den sie sich sonst wenden könnten", gab Qui-Gon zurück.

Es war ihr Glück, dass im Augenblick alle hinter Cilia her waren, also galt der Suche nach den Jedi keine hohe Priorität. Deshalb bemerkten die Wachen um Jarens Haus auch nicht, dass sie das Gebäude verließen. Qui-Gon und Obi-Wan gingen die Straßen entlang und vermieden es, sich in ein Café oder auch nur auf eine Parkbank zu setzen. Sie mussten unterwegs bleiben, für den Fall dass man sie entdecken würde. Überall patrouillierten Sicherheitsoffiziere, doch die Jedi kamen voran, ohne angehalten zu werden.

Bald senkte sich der Abend wie ein lilafarbener Vorhang über die Stadt. Die Schatten wurden länger und tiefblau. Im Schutz der Dunkelheit fühlten sie sich ein wenig sicherer. Qui-Gon fragte sich langsam, ob er sich getäuscht hatte und Cilia sie vielleicht doch nicht kontaktieren würde. Irgendwann piepte sein Comlink.

„Was glaubt Ihr, für mich tun zu können?", fragte eine weibliche Stimme.

„Was auch immer Ihr wollt", gab Qui-Gon zurück.

Einen Augenblick herrschte Stille. „Ich nehme Euch beim Wort."

Qui-Gon fragte sich, wie Cilia es nach der Flucht aus einem berüchtigten Gefängnis noch schaffte, humorvoll zu klingen. „Sagt mir, wo und wann wir Euch treffen können."

Cilia nannte eine kleine Fußgängerbrücke, die den Fluss überquerte, und schlug Mitternacht vor. Qui-Gon und Obi-Wan hatten im Laufe des Tages mehrmals diese Brücke überquert, als sie ihre Runden in der Stadt gedreht hatten.

Als sie schließlich mitten in der Nacht am Kopf der Brücke standen, außerhalb der Reichweite der Stadtbeleuchtung, waren sie müde. Die Stadt war ruhig. Die meisten Bürger waren zu Hause. Die beiden Jedi hörten nur das sanfte Plätschern des Wassers, das an die Brücke schwappte.

Und doch spürte Qui-Gon, dass Cilia in der Nähe war – nahe genug, um sie zu hören.

„Ihr könnt uns ruhig vertrauen", sagte er laut.

Eine Antwort kam von unter der Brücke. „Noch etwas zu früh in unserer Beziehung."

Qui-Gon wurde klar, dass Cilia in einem kleinen Boot sitzen musste, doch er beugte sich nicht über die Brücke, um nachzusehen.

„Ihr seid gekommen, um uns zu treffen", sagte Qui-Gon. „Ich nehme das als Zeichen."

Plötzlich kam eine dunkle Gestalt aus dem Dunkel unter der Brücke hervorgeschossen und landete dicht bei ihnen. Cilia trug einen wasserdichten Anzug und ihr kurzes Haar war glatt nach hinten gestrichen. Sie war klein und schlank. Die Knochen ihrer Handgelenke sahen so zerbrechlich aus wie die eines Vogels. Ihre Wangen waren eingefallen und die Augen waren dunkelblau wie ein Fluss. Dunkle Ringe unter ihnen zeugten von dem Leid, das sie erlebt haben musste.

„Weshalb wollt Ihr mir helfen?", fragte sie.

„Lorian Nod war einst ein Jedi-Schüler", sagte Qui-Gon. „Er hat diese Welt in Schwierigkeiten gebracht. Lasst es mich so sagen: Die Jedi schulden Junction 5 ihre Unterstützung."

„Er war ein Jedi-Schüler? Das würde einiges erklären. Er scheint Dinge zu wissen ..., die er nicht einmal durch die Überwachung wissen kann." Cilia strich eine Locke nach hinten, die ihr in die Stirn gefallen war. „Ich habe einen Plan. Und dabei käme etwas Jedi-Hilfe wie gerufen. Der Plan ist allerdings gefährlich."

„Das hatte ich nicht anders erwartet", sagte Qui-Gon.

„Ich habe ein Team zusammengestellt, das nach Delaluna reisen soll", erklärte Cilia. „Unser Plan sieht vor, dass wir in das Verteidigungsministerium einbrechen und die Pläne für den Annihilator stehlen. Wir können uns nicht darauf verlassen, dass unsere Regierung etwas unternimmt, denn sie ist offensichtlich gelähmt vor Angst. Und sie befürchtet, dass jede Aktion eine Reaktion heraufbeschwört. Wenn wir allerdings die Pläne finden, können wir uns gegen die Waffe verteidigen. Und wenn sich die Bürger wieder frei fühlen, hat die repressive Regierung keine Daseinsberechtigung mehr und wir können eine gerechtere Gesellschaft schaffen."

„*Gefährlich* ist eine echte Untertreibung", sagte Qui-Gon. „Ich würde noch schwierig und töricht hinzufügen."

Cilia stellte einen Fuß auf das Geländer, bereit, wieder wegzuspringen.

„Wir sind dabei", sagte Qui-Gon.

Kapitel 16

Sie verbrachten die Nacht in Cilias Versteck, einem sicheren Haus außerhalb der Stadtgrenzen. Cilia verschwand in einem Zimmer, während Obi-Wan und Qui-Gon sich einen kleinen, leeren Raum teilten, der überraschenderweise pinkfarben gestrichen war. Sie breiteten ihre Schlafmatten aus und legten sich auf den harten Boden.

„Meister", murmelte Obi-Wan, „sollten wir nicht den Rat benachrichtigen?"

„Weshalb?", fragte Qui-Gon.

„Na ja, wir sind gerade dabei, in das Regierungsgebäude eines anderen Planeten einzusteigen und Staatsgeheimnisse zu stehlen", gab Obi-Wan zu bedenken. „Meister Windu kann bei solchen Sachen ganz schön unangenehm werden."

„Und genau deshalb sollten wir ihn nicht damit belästigen. Ich werde mit dem Rat sprechen, wenn die Mission vorbei ist. Keine Sorge, Obi-Wan. Der Rat braucht nicht jeden unserer

Schritte zu wissen, und sie wollen es auch nicht. Du machst dir zu viele Sorgen."

„Ihr wisst nicht immer, was ich denke", brummte Obi-Wan.

„Nicht immer, stimmt", gab Qui-Gon zurück. „Aber in diesem Moment weiß ich es."

„Woran denke ich denn?"

„Du denkst an den Gemüsekuchen in der Cantina und wünschst dir, du hättest ihn aufessen können."

Obi-Wan stöhnte und vergrub sein Gesicht in der Schlafmatte. „Ich bin zu hungrig, um zu diskutieren. Ich schlafe jetzt."

Qui-Gon lächelte in die Dunkelheit hinein. Obi-Wans Atem ging immer gleichmäßiger und schon bald war er eingeschlafen.

Qui-Gon rollte sich enger in sein Tuch ein und starrte an die Decke. Flecken roter Farbe hingen dort herunter und gaben den Blick auf eine ältere, dunklere Farbschicht irgendwo zwischen Braun und Grün frei. Er hatte seinen eigenen Weg gefunden, unabhängig von Dooku. Doch er hatte sich auch ein paar von Dookus Lektionen gemerkt. Eine gewisse Unabhängigkeit vom Rat machte die Dinge auf Missionen einfacher. Das Danach war eine andere Sache. Obi-Wan hatte Recht. Der Rat würde nicht sonderlich erfreut darüber sein, dass sie an Cilias Überfall teilnahmen.

Qui-Gon war beeindruckt, wie gut die Widerstandsbewegung organisiert war. Cilia hatte einen Transporter für das Team organisiert und sogar irgendwo Ausweise des Verteidigungsministeriums von Delaluna besorgt.

„Ihr müsst diese Sache schon einige Zeit geplant haben", sagte Qui-Gon.

Cilia nickte und stieg in den Transporter. „Ich habe die Aktion im Gefängnis geplant. Ich hatte genug vom friedlichen Protest. Wir müssen einen einzigen Schlag landen – und gewinnen."

„Wie habt Ihr mit Eurer Gruppe kommuniziert?", wollte Qui-Gon wissen. „Euer Mann sagte, dass Ihr im Gefängnis keinen Besuch empfangen durftet."

„Die Widerstandsbewegung hat viele Freunde", sagte Cilia. „Im Gefängnis gab es einen Wächter, der die Nachrichten hinein und hinaus schmuggelte. Er ist damals den Wächtern beigetreten, war aber schnell desillusioniert. Er sagte, es gäbe noch andere wie ihn. Deshalb haben wir auch Hoffnung."

Der Transporter hob ab und schoss auf den Mond Delaluna zu. Die Reise dauerte nicht lange und schon bald hatten sie das Fahrzeug auf einer Landeplattform außerhalb der Stadtgrenzen von Levan wieder verlassen.

Cilia hatte das Team klein gehalten. Abgesehen von den Jedi gab es nur einen Sicherheitsexperten namens Stephin und eine Waffenspezialistin mit Namen Aeran.

Die Ausweise funktionierten, was Qui-Gon eine seiner größten Sorgen nahm. Das Ministerium war ein geschäftiger Ort und so erregten sie auch keine Aufmerksamkeit, als sie durch die Korridore gingen.

Cilia hatte sich den Grundriss des Gebäudes eingeprägt. Sie führte sie zu einem Turbolift und einen langen Flur entlang zu einem anderen Gebäudetrakt.

„Den Plan habe ich von einer Freundin bekommen", sagte sie zu Qui-Gon. „Es gibt auch auf Delaluna Leute, die die Situation nicht mögen. Sie gab die Pläne an Stephin weiter."

Sie erreichten die Abteilung, in der die Waffensysteme entwickelt wurden. Cilia blieb stehen. Sie zog ihren Ausweis durch den Leseschlitz, doch die Türen blieben verschlossen.

„Stephin?"

„Eigentlich sollte man hier mit Zugangsausweisen hereinkommen", sagte Stephin und ging zu der Tür.

Qui-Gon hatte mit einem Blick die Situation erfasst. „Jetzt ist sie allerdings mit einem Retina-Scan und täglich geändertem Code gesichert."

„Mit täglich geändertem Code?" Stephin schüttelte den Kopf. „Dann haben wir ein Problem. Ich könnte den Code knacken, aber das würde Stunden dauern. Außerdem habe ich keinen Rechner bei mir."

Qui-Gon bewunderte, dass Cilia Ruhe bewahrte. Sie zeigte ihre Aufregung nicht. Ihre Haut schien sich über den kantigen Wangenknochen anzuspannen. „Jetzt sind wir schon hier", sagte sie. „Und ich gehe ohne diese Pläne nicht wieder weg. Wir müssen einen anderen Weg finden."

„Wir müssen ja nicht unbedingt selbst in den Sicherheitstrakt gehen", sagte Qui-Gon. „Nicht, wenn wir mit Hilfe eines Computers hineinkommen."

Cilia musterte ihn interessiert. „Und wie?"

„Wir müssen zu der Person gelangen, die Zugang zu allen Dateien und Dokumenten des Systems hat", gab Qui-Gon zurück.

„Der Direktor", sagte Cilia. „Natürlich! Ich weiß allerdings nicht, welche Sicherheitsstufe er hat."

„Lasst es uns herausfinden." Qui-Gon bedeutete Cilia mit einer Handbewegung, dass sie vorausgehen sollte.

Sie kehrten in den Hauptflügel des Verteidigungsministeriums zurück. Das Büro des Direktors befand sich hinter einer milchigen Stahlglasscheibe. An einem Schreibtisch saß ein Assistent. Dahinter gab es noch eine Tür.

„Der Assistent hat sicher irgendwo einen Notfallknopf, den er drücken wird, falls wir ihn unter Druck setzen", sagte Stephin. „Und wir wissen nicht, ob der Direktor in seinem Büro ist oder nicht."

Sie gingen weiter, um keine Aufmerksamkeit zu erregen. Am Ende des Korridors runzelte Cilia die Stirn. „Wir müssen beide aus dem Büro locken. Wir brauchen ein Täuschungsmanöver."

„Ich glaube, da kann ich behilflich sein", sagte Qui-Gon und winkte Obi-Wan zu sich heran.

In dem Korridor vor ihnen hatte Qui-Gon bereits gesehen, was sie suchten: das Büro für interne Sicherheit.

„Was machen wir jetzt?", murmelte Obi-Wan.

„Du bist ein neuer Mitarbeiter", gab Qui-Gon zurück. „Verhalte dich einfach nur so verwirrend wie möglich und überlass den Rest mir."

Qui-Gon hatte im Laufe der Zeit eine Sache über Sicherheitsoffiziere in Firmen oder Regierungsämtern gelernt, in der sie sich alle mehr oder weniger glichen: Sie hatten Angst um ihren Posten.

Er ging entschlossen in das Büro und sah sich um. Zwei Wände waren voller Überwachungsschirme und das Bedienpult war so breit wie der ganze Raum. Es war nur ein Techniker hier, so wie sie gehofft hatten. Der stämmige Mann stand von einem Tisch auf, an dem er einhändig Sabacc gespielt hatte.

„Ich dachte, ich komme mit ihm vorbei", sagte Qui-Gon und deutete auf Obi-Wan. „Euer neuer Mitarbeiter. Freigabe von ganz oben."

„He, Moment mal", sagte der stämmige Mann. „Wer glaubt Ihr eigentlich zu sein?"

„Sicherheitsberater von Constant Industries", sagte Qui-Gon. „Ich nehme an, der Direktor hat Euch nicht darüber informiert, dass ich beauftragt wurde."

Der stämmige Mann sah ihn unsicher an. „Berechtigung?"

Qui-Gon ließ kurz seinen Ausweis sehen. „Schaut im Computer nach. Oder ruft im Büro des Direktors an."

„Ich bin Überwachungsexperte für Hochsicherheitswaffen", sagte Obi-Wan. „Am Tech-Institut ausgebildet. Ich soll die internen Systeme überwachen und die bewaffneten Einsatzkräfte koordinieren."

„Augenblick mal", sagte der Mann. „*Ich* bin der Leiter für die Überwachung der internen Systeme."

Obi-Wan hob die Schultern und sah Qui-Gon an.

„Ich schätze, nicht mehr", sagte Qui-Gon. „Lasst uns einen Blick auf alles werfen, was wir hier haben."

„Jetzt aber Moment mal", sagte der Mann. „Ihr könnt nicht einfach hier hereinkommen und ..."

„Stimmt, stimmt, Ihr habt ja Recht. Die Sicherheitsübung steht bevor. Und wir sollen das Ganze genau überwachen."

„Es steht keine Sicherheitsübung an."

„Das solltet Ihr prüfen", sagte Obi-Wan. „Es hat bei einem System-Override-Test eine Cross-Tech-Verpuffung mit einem Monitoraussetzer gegeben, der das Subsystem gegrillt hat. Ich zeige es Euch." Er beugte sich über das Bedienpult.

„Finger weg!"

„Augenblick mal. Ihr habt die Sicherheitsübung nicht eingestellt?" Qui-Gon holte seinen Comlink hervor. „Das melde ich dem Direktor."

„Wartet, wartet."

„Ich kann übernehmen", sagte Obi-Wan.

„Ich mache es ja schon!", stieß der Mann hervor und schob Obi-Wan grob zur Seite. Er tippte ein paar Daten ein und schon ertönte ein Alarm.

„Sicherheitsübung", sagte eine Lautsprecherstimme. „Bitte zu den Stationen."

„Komm", sagte Qui-Gon zu Obi-Wan. „Wir sollten die Abläufe überwachen. Es wird wahrscheinlich schlampig zugehen."

„Aber so wartet doch!", rief der stämmige Mann. „Wie heißt Ihr überhaupt?"

Unmengen von Leuten strömten plötzlich in die Korridore. Sie waren Sicherheitsübungen offensichtlich gewohnt, denn sie unterhielten sich auf dem Weg zu den Ausgängen ungezwungen weiter. Obi-Wan und Qui-Gon schoben sich durch die Menge.

Cilia erwartete sie besorgt. „Ich nehme an, Ihr seid für all das hier verantwortlich", sagte sie.

„Ja. Wir sollten uns in Bewegung setzen, um keinen Verdacht zu erregen. Ist schon jemand aus dem Büro des Direktors gekommen?"

„Noch nicht."

„Da sind sie", sagte Qui-Gon ruhig.

Die Tür vom Büro des Direktors öffnete sich und mehrere Personen kamen hinter einander heraus und machten sich auf den Weg zum Ausgang.

„Kommt, lasst uns gehen", sagte Qui-Gon.

Sie ließen den Strom der Mitarbeiter hinter sich und gingen schnell in das Büro hinein.

„Ich schätze, Ihr habt drei Minuten", sagte Qui-Gon zu Stephin. „Oder weniger."

Stephin hielt sich nicht mit einer Antwort auf, sondern setzte sich vor den Computer und bearbeitete die Tastatur.

„Kannst du ihn knacken?", fragte Cilia.

„Augenblick noch." Stephins Finger tanzten über die Tastatur. Qui-Gon war relativ gut darin, in Computersysteme einzubrechen, doch nicht einmal er konnte Stephins Arbeit folgen.

„Ich bin schon in seinen privaten Dateien", sagte Stephin. „Nichts Außergewöhnliches ... Wow! Vergesst das wieder! Ich habe die Annihilator-Datei gefunden." Er tippte ein paar Zahlen ein. „Das ist aber eigenartig", sagte er dann. „Man sollte ja annehmen, dass es sich um eine ganze Reihe von Dateien handelt, aber es gibt nur eine einzige. Komisch, findet Ihr nicht?"

Cilia und Qui-Gon beugten sich nach vorn, um vor Stephins Gesicht das Display abzulesen. Aeran musste über ihre Köpfe hinweg spähen. Obi-Wan hielt an der Tür Wache.

Qui-Gons und Cilias Blicke trafen sich. „Glaubt Ihr, dass das stimmt?", flüsterte sie.

„Ich glaube, ja", gab der Jedi zurück. „Es ist zwar unglaublich, ergibt aber einen Sinn."

„Das glaube ich nicht", sagte Aeran langsam.

„Was?", fragte Stephin ungeduldig. Er konnte nicht mehr an den Köpfen der anderen vorbei sehen.

„Du kennst doch diese phantastische Waffe, mit der man unsere gesamte Zivilisation auslöschen kann?", fragte Cilia ironisch. „Sie existiert nicht. Es gibt keinen Annihilator."

„Was?", stieß Stephin hervor. „Wie ist das möglich?"

„Hier gibt es Aufzeichnungen über einen Vertrag zwischen dem Direktor und dem Regenten von Delaluna", erklärte Cilia. „Der Direktor des Verteidigungsministeriums hat ein Gerücht gehört, dem zufolge Delaluna eine Furcht erregende Waffe entwickelt hat. Er gibt zu, dass das nicht stimmt, schlägt aber vor, sich dieses Gerücht zu Nutze zu machen."

„Warum sollten sie es auch dementieren?", fragte Qui-Gon. „Es sorgt nur für Sicherheit, wenn andere Planeten denken, Delaluna wäre zu stark, um angegriffen zu werden."

„Sie wussten, dass Junction 5 schon einmal ein Auge auf sie geworfen hatte und an Kolonisation dachte", sagte Aeran. „Warum sollten sie ihren Feind wissen lassen, dass sie verletzlich sind?"

Cilia richtete sich wie ein Klappmesser auf. Ihre dunklen Augen blitzen auf. „Begreift Ihr, was das bedeutet? Wenn es keine solche Waffe gibt, dann gibt es auch keine Rechtfertigung für die Existenz der Wächter! Wir müssen nicht einmal gegen sie kämpfen, sie werden sich einfach auflösen!"

Qui-Gon wollte etwas sagen, doch Obi-Wan gab ihm ein Zeichen.

„Wach-Droiden im Anmarsch", sagte er. „Irgendjemand muss wissen, dass wir hier sind."

„Wir müssen verschwinden", sagte Qui-Gon zu den anderen. „Wenn wir hier erwischt werden, könnten die Neuigkeiten niemals bekannt werden."

Cilia griff nach ihrem Blaster. „Wir sind bereit."

Kapitel 17

Die Droiden auf Delaluna waren klein und sie bewegten sich schwebend und schnell. Ihre Bewaffnung bestand aus Blastern und Betäubungspfeilen. Qui-Gon erkannte das Modell nicht, doch innerhalb weniger Sekunden hatte er ihre Geschwindigkeit, ihre Flugbahn und die Reichweite ihrer Blaster eingeschätzt.

Er musste die Gruppe schützen. Cilia und Aeran waren versiert und schnell, doch Stephin war offensichtlich nicht im Umgang mit Waffen trainiert. Qui-Gon musste auf jeden Fall sicher stellen, dass sie einen Beweis dafür hatten, dass es den Annihilator nicht gab.

Obi-Wan hatte offensichtlich denselben Gedanken. Er lenkte mit dem Lichtschwert das Blasterfeuer der Droiden ab und machte einen Satz vor Qui-Gon, als drei Droiden direkt auf ihn zuflogen. Qui-Gon streckte eine Hand aus und drückte die Kopieren-Taste auf der Computerkonsole. Einen Augenblick später blinkte DATEI KOPIERT auf dem Display auf. Qui-Gon nahm eine Disk aus dem Laufwerk, als zwei Droiden auf ihn zuflogen, einer vor rechts und einer von links.

Obi-Wan reagierte, bevor Qui-Gon etwas unternehmen konnte. Es machte einen Satz mitten in die schwere Attacke und lenkte das Sperrfeuer ab, das Lichtschwert dauernd in Bewegung. Qui-Gon steckte die Disk in seine Gürteltasche und schnitt einen Droiden rückhändig mit dem Lichtschwert in zwei Hälften. Die Maschine fiel in einem Haufen aus rauchenden Metallteilen und Schaltkreisen zu Boden.

Stephin hatte hinter einem Tisch Zuflucht gesucht und kam jetzt hervor, um mehr oder minder ziellos seinen Blaster abzufeuern. Er traf nur hin und wieder einen der fliegenden Droiden. Cilia und Aeran arbeiteten Rücken an Rücken und gaben sich gegenseitig Deckung, als sie sich Richtung Tür schoben. Sie vertrauten darauf, dass sich die Jedi um die restlichen Droiden kümmerten.

Obi-Wan sprang über einen Tisch hinweg und trat dabei genau zielend nach einem Droiden, der gegen die Wand flog und in Stücke zerbarst. Gleichzeitig schlug er einen anderen mit dem Lichtschwert aus der Luft. Qui-Gon schaltete mit einem schnellen Hieb zwei Droiden auf einmal aus und machte sich auf, um Stephin zu holen, während Cilia und Aeran zwei Droiden abschossen, die gerade durch die Tür flogen.

„Da sind sie!“, rief der stämmige Sicherheitsoffizier, der in der Tür erschienen war, und zeigte auf Qui-Gon und Obi-Wan.

„Zeit zu verschwinden, Padawan“, sagte Qui-Gon. Er schob

Stephin vor sich her und drehte sich um, um eine erneute Feuersalve abzulenken, die von hinten kam.

Obi-Wan machte einen Satz, zerhackte in der Luft einen Droiden und landete mit wirbelndem Lichtschwert genau in der Tür. Der Sicherheitsoffizier machte einen Schritt zurück, nicht bereit, sich mit dem Jedi einzulassen. Er erwartete, dass die Droiden für ihn kämpfen würden.

Qui-Gon stieß den Mann mit einem durch die Macht forcierten Stoß zurück. Der fiel zu Boden und war so benommen, dass er nicht mehr aufstehen konnte.

„Dort gibt es einen Notausgang", sagte Cilia und zeigte mit dem Kinn in einen Seitenkorridor. „Er müsste offen sein, schließlich befinden wir uns ja mitten in einer Übung."

Die Arbeiter strömten schon wieder in das Gebäude zurück. Cilias Gruppe und die Jedi nutzten die Gelegenheit, um sich unter die Leute zu mischen. Qui-Gon und Obi-Wan folgten Cilias schlanker Gestalt, als sie sich entschlossen durch die Menge Richtung Notausgang bewegte.

Sie gingen hinaus. Der Himmel hatte sich verdunkelt und kündigte starken Regen an. Ein paar Tropfen klatschten schon gegen das Gebäude.

Vor ihnen in der Dunkelheit sah Qui-Gon ein Licht. Es bewegte sich schnell zwischen den Wolken.

„Fahrzeug der Sicherheitskräfte", sagte er angespannt. „Wir sollten zusehen, dass wir zu unserem Schiff kommen."

Aufgrund des Regens waren viele Bürger auf die überdachten Gehwege gegangen, die vor den Gebäuden und Läden die

Straßen säumten. Ein riesiger Baldachin breitete sich über ihnen aus, als der heftige Regen begann. Qui-Gon und die anderen folgten eilig diesem Pfad.

Der Baldachin schützte sie vor den Blicken aus dem Schiff und die Menge diente als zusätzliche Deckung. Es war nicht mehr weit bis zu ihrem Schiff. Als sie dort angekommen waren, stiegen sie sofort ein und Cilia startete den Antrieb. Sie schossen in den dunklen Himmel hinauf und auf Junction 5 zu.

Cilia stieß einen Triumphschrei aus. „Wir haben es geschafft! Wir haben es geschafft!"

Stephin schüttelte den Kopf. „Ich kann noch immer nicht glauben, dass es keinen Annihilator gibt."

„Das ist alles, was wir brauchen, um den Terror zu beenden", sagte Cilia. „Wir können zum Minister Ciran Ern gehen und ihm sagen, dass der Annihilator eine Täuschung ist. Er wird die Wächter entlassen."

„Wir können die Bürger von Angst und Terror befreien", sagte Aeran. „Das ist beinahe zu schön, um wahr zu sein."

„Ich schlage vor, dass Ihr Euch zuerst eine sehr wichtige Frage stellt, bevor Ihr etwas unternehmt", sagte Qui-Gon. „Gerüchte entstehen nicht aus dem Nichts. Wenn der Annihilator eine Erfindung ist, wer hat ihn dann erfunden?"

Die anderen schwiegen.

„Spielt das eine Rolle?", fragte Aeran.

„Ich befürchte, es spielt eine große Rolle", sagte Qui-Gon leise. „Lasst mich Euch noch eine weitere Frage stellen. Wann kam Lorian Nod an die Macht?"

„Vor acht Jahren", gab Cilia zurück.

„Und der Schriftverkehr stammt von vor ..."

Cilias Gesichtsausdruck veränderte sich. Die vor Glück rot glühenden Wangen wurden bleich. „Neun Jahren."

„Und wer konnte aus dem Annihilator den größten Nutzen ziehen?"

Cilias Züge verhärteten sich. „Die Wächter. Sie haben die Kontrolle an sich gerissen." Sie sah ihn an. „Ihr geht also davon aus, dass Lorian Nod das Gerücht in die Welt gesetzt hat."

Qui-Gon nickte. „Genau. Es ist ein skrupelloser Griff nach Macht. Schaffe etwas, was die Bevölkerung genügend fürchtet, und sie wird die Kontrolle an denjenigen übergeben, der scheinbar eine Lösung präsentiert."

„Ja, zuerst schien Lorian unser Beschützer zu sein", sagte Aeran nachdenklich.

„Und es wird vermutet, dass Ciran Ern nur Lorians Marionette ist", sagte Cilia.

„Was macht Euch also glauben, dass er die Wahrheit nach außen dringen lässt?", fragte Qui-Gon. „Er muss Lorian fürchten und Lorian wird sicher dahinter kommen. Ich garantiere Euch, dass man Euch für verrückt erklären oder als Spionin bezeichnen und wieder einsperren wird."

„Was können wir tun?", fragte Stephin.

„Ihr müsst das Volk direkt informieren, ohne die Anführer einzubeziehen", sagte Qui-Gon.

„Unmöglich", warf Aeran ein. „Die Wächter kontrollieren jegliche Kommunikation."

„Genau deshalb wird es auch möglich", sagte Qui-Gon nach einer kurzen Denkpause. „Wir müssen dieses System unter Kontrolle bringen. Wir müssen herausfinden, wo es ist und wie es funktioniert."

„Ich weiß, wie es funktioniert", sagte Stephin. „Ich war damals einer der Konstrukteure. Die zentrale Kontrolleinheit befindet sich im Hauptgebäude der Wächter. Man kann dort unmöglich einbrechen."

Cilia nickte. „Das Gebäude der Wächter ist mir eine Nummer zu groß. Die Sicherheitseinrichtungen sind absolut makellos."

„Es gibt keine makellosen Sicherheitseinrichtungen", sagte Qui-Gon. „Ich kann Euch garantieren, dass es einen Weg hinein gibt."

Die anderen sahen ihn an. Obi-Wan lächelte. Er kannte die Antwort schon.

„Wir müssen uns verhaften lassen", sagte Qui-Gon.

Kapitel 18

Da die Stadt geradezu von Wächtern überflutet wurde, war es für Cilia, Stephin, Qui-Gon und Obi-Wan nicht schwer, sich verhaften zu lassen. Sie wurden alle gesucht. Für Aeran gab es keinen Haftbefehl, doch ihre Fähigkeiten als Waffenspezialistin wurden jetzt nicht mehr gebraucht. Sie versprach, die Widerstandsbewegung auf ein großes Ereignis vorzubereiten und ging fort.

Qui-Gon schlug vor, dass sie, um Zeit zu sparen, genau das tun sollten, was Lorian von ihnen erwartete. Cilia gab vor, ihren Mann sehen zu wollen. Sie und Stephin versuchten, sich in Jarens Apartment zu schleichen, indem sie über die Dächer gingen. Es dauerte keine Minute, da waren sie von getarnten Wächtern umgeben. Jaren sah bleich vor Angst zu, wie seine Frau erneut abgeführt wurde.

Qui-Gon und Obi-Wan versicherten sich, dass Cilia und Stephin verhaftet worden waren und gingen zu dem Teil der

Stadt, der als Treffpunkt der Widerstandsbewegung bekannt war. Sie wurden sofort aufgegriffen.

Qui-Gon und Obi-Wan wurden zum Hauptquartier der Wächter gebracht, wo man sie in eine Zelle führte. Cilia und Stephin waren bereits dort.

„Wächter Nod wird über Eure Verhaftung informiert, wenn er seine planetenweit übertragene Rede gehalten hat", sagte der Mann, als er das Schloss der Zelle einschaltete. Die Durastahl-Tür schloss sich mit einem metallischen Scheppern.

„Was für eine planetenweit übertragene Rede?", fragte Obi-Wan Cilia und Stephin.

„Nod hält von Zeit zu Zeit derartige Reden", sagte Cilia. „Normalerweise geht es um einen neuen Alarm in Zusammenhang mit dem Annihilator, der striktere Sicherheitsmaßnahmen erfordert. Jetzt wissen wir ja, wie verlogen das alles ist."

„Wie wird die Rede übertragen?", fragte Qui-Gon.

„Sie wird simultan auf alle Daten- und Videoschirme des Planeten übertragen", erläuterte Stephin. „Es gibt ein Studio hier im Gebäude der Wächter."

„Könntet Ihr das in die Übertragung einschalten?", fragte Qui-Gon und hielt die Disk hoch, auf der die Daten gespeichert waren, die sie auf Delaluna gefunden hatten.

Stephin nickte. „Natürlich. Aber wir müssten hier ausbrechen und in den Sicherheitsbereich gelangen. Alle Studiozuleitungen laufen durch die zentrale Informationskonsole."

„Wenn wir schon darüber sprechen, *wie* wollen wir hier ausbrechen?", fragte Cilia.

„Das ist nicht schwer", sagte Qui-Gon, schob seine Tunika zur Seite und gab den Blick auf sein Lichtschwert frei.

„Aber hat man Euch denn nicht durchsucht?", fragte Stephin verwundert.

„Wir haben Möglichkeiten, die Aufmerksamkeit anderer abzulenken", erklärte Obi-Wan. Er und Qui-Gon hatten die Macht benutzt, um die Wachen während der Durchsuchung von ihren Lichtschwertern abzulenken.

Die Jedi zündeten ihre Lichtschwerter und versenkten sie in der Durastahl-Tür. Das Metall schmolz und schälte sich orangefarben glühend zurück. Bald war das Loch groß genug, dass sie hindurchsteigen konnten. Der Korridor war leer, doch sie konnten an einem blinkenden Licht sehen, dass ein stiller Alarm ausgelöst worden war.

Qui-Gon warf einen Blick zurück auf das klaffende Loch. „Man verliert das Überraschungsmoment, aber es ist ein schneller Ausbruch."

„Wir müssen uns beeilen", sagte Cilia.

Sie rannten den Korridor entlang. Cilia und Stephin kannten den Gebäudekomplex sehr gut und führten sie durch ein Labyrinth aus Korridoren zur zentralen Computerstation. Der Raum war leer, doch an der Glastür befand sich ein Hochsicherheitsschloss. Durch das Glas sahen sie mehrere Videodisplays. Lorian Nod hatte bereits mit seiner Rede begonnen.

„Wie lange wird es dauern, bis Ihr die Schaltkreise überbrückt und einen eigenen Zugang gelegt habt?", fragte Qui-Gon.

„Schwer zu sagen", gab Stephin zurück. „Drei Minuten. Vielleicht vier."

„Sobald wir einbrechen, wird der Alarm losgehen", sagte Qui-Gon. „Dann können sie unseren Aufenthaltsort feststellen. Gebt einfach Euer Bestes. Wir kümmern uns um den Rest, was auch immer das sein wird."

Cilia und Stephin nickten und gaben ihnen damit zu verstehen, dass sie bereit waren. Qui-Gon und Obi-Wan benutzten ihre Lichtschwerter, um die Tür zu öffnen. Sofort begann ein rotes Licht zu blinken. Als sie den Raum betraten, leuchtete ein weiteres Licht auf.

Jetzt konnten sie Lorian Nods Stimme hören. „... und es kostet mich große Überwindung, jetzt vor Euch zu treten. Doch trotz der schlechten Nachrichten schöpfen wir Trost aus der Tatsache, dass wir stark sind und in der Lage, uns vor der drohenden Gefahr zu schützen ..."

Stephin eilte zu der Konsole. Seine Finger flogen wieder über die Tastatur. Qui-Gon gab ihm die Disk und wandte sich mit aktiviertem Lichtschwert zur Tür um.

Es dauerte nur wenige Sekunden, da kamen bereits die ersten Droiden. Qui-Gon zweifelte nicht daran, dass ihnen bewaffnete Männer folgen würden. Obi-Wan sprang mit blitzendem Lichtschwert nach vorn. Sie bewegten sich im selben Rhythmus, immer bereit, dem anderen Deckung zu geben. Sie wussten, wann der jeweils andere in die Offensive gehen würde. Es war ein Fluss der Kräfte, wie Qui-Gon ihn wiedererkannte: Er wusste, was sein Schüler tun würde, bevor dieser es tat. Die

Macht umfloss sie in einer solchen Intensität, dass sie sich wie Hitze und Licht anfühlte und jede Bewegung erleichterte.

Der Boden war innerhalb von Sekunden mit Kampf-Droiden übersät.

„Sterne und Galaxien", keuchte Cilia. Sie hatte nicht einmal Zeit gehabt, ihren eigenen Blaster zu ziehen.

„Noch drei Minuten", murmelte Stephin.

„... wir sind einer Gruppe von Spionen auf den Fersen, die planen, unsere Gesellschaft zu unterwandern und die sogar einen Schlag gegen unsere Sicherheit führen wollen. Dank der Wächter werden wir vor ihnen und ihren Plänen sicher sein ..."

„Ich gebe jetzt die Codes der Disk ein", sagte Stephin.

„Die Information wird auf den Schirmen erscheinen", sagte Cilia. „Aber werden die Bürger ihr Glauben schenken?"

„Lasst einfach die Audio-Übertragung an", sagte Obi-Wan zu Stephin.

Obi-Wan sprach die Worte entschieden aus, wie einen Befehl. Er sah Qui-Gon dabei nicht an. Er war vollkommen auf den Augenblick, auf das vor ihm liegende Problem konzentriert.

Qui-Gon spürte einen Anflug von Zufriedenheit. Es war, als hätte Obi-Wan den ersten Schritt auf seiner Reise zurück zu ihm unternommen.

Stephin nickte verdutzt.

Qui-Gon hörte das Geräusch polternder Stiefel im Korridor. „Keine Toten", sagte er zu Obi-Wan. Wenn sie dies ohne Verluste schaffen würden, wäre es ein guter Tag.

„... dass eine neue Stufe der Sprengkraft des Annihilators entdeckt wurde ..."

Sicherheitsoffiziere stürmten in den Raum. Sie feuerten aus allen Blastern und schwenkten Elektro-Jabber.

„Bleibt hinter uns!", rief Qui-Gon Cilia zu, die sich für den Kampf bereitgemacht und nach vorn gekommen war.

Das Blasterfeuer war unglaublich stark. Qui-Gon sprang und drehte sich, versuchte überall zugleich zu sein, während Obi-Wan Stephin beschützte. Die Wachen waren hervorragend für den Kampf ausgebildet. Sie blieben ständig in Bewegung, wobei sie ausgeklügelte Flankierungsmanöver durchführten. Qui-Gon wurde klar, dass hierbei Lorians Ausbildung im Tempel deutlich wurde.

Und doch waren die Sicherheitsoffiziere keine Jedi. Qui-Gon und Obi-Wan konnten sie fern halten. Er hörte, wie noch mehr Stiefel den Korridor entlang donnerten. Und das charakteristische Surren von Droiden.

Ja, sie konnten die Angreifer fern halten, aber wenn immer mehr kämen, wie lange würde es noch dauern, bis das Blasterfeuer sie überwältigen würde?

Qui-Gon sah, dass Obi-Wan den gleichen Gedanken hatte. Doch sein Padawan gab nicht nach, stattdessen durchfloss ihn ein erneuter Energiestoß, mit dessen Hilfe er in hohem Bogen durch die Luft sprang. Im Flug lenkte er Blasterfeuer ab und zerstörte gleichzeitig zwei Droiden mit einem gezielten Tritt.

Dann kam der Augenblick, auf den Qui-Gon gewartet hatte.

Lorians Bild auf den Schirmen verzerrte sich und löste sich auf. Dann erschien ein Schriftzug.

Stephin hatte es geschafft, die Audio-Übertragung aufrecht zu erhalten. Die Stimme von Lorian Nod donnerte über den Sender.

„Was ist das? Was geht hier vor? Holt das vom Schirm!"

FEHLINFORMATION ÜBER DEN ANNIHILATOR

Der Titel des Memos war deutlich zu lesen. Dann folgten mehr und mehr Informationen, als die gesamte Holodatei übertragen wurde.

WIR WISSEN NICHT, WIE ODER WESHALB DAS GERÜCHT ENTSTANDEN IST

„Holt das vom Schirm!", brüllte Lorian. „Seht Ihr denn nicht, was das ist, Ihr Narren? Es ist eine Lüge!"

Die Aufmerksamkeit der Sicherheitsleute ließ nach. Qui-Gon sah, wie ihre Blicke zu den Displays wanderten. Sie versuchten weiterzukämpfen und gleichzeitig mitzubekommen, was über die Schirme flimmerte.

Eine andere Stimme erklang auf Sendung. „Hier steht, dass der Annihilator nicht existiert!"

Es musste ein anderer Offizier im Studio gewesen sein, der sich verplappert hatte.

„Das ist ein Trick", sagte Lorian. „Spione."

„Das ist ein offizielles Dokument von Delaluna", sagte eine andere Stimme. „Seht Euch das Code-Siegel an."

Die Offiziere hatten mittlerweile die Kampfhandlungen eingestellt. Sie starrten ungläubig auf die Schirme. Wer auch immer die Droiden kontrollierte, hielt ebenfalls inne. Die Maschinen blieben in der Luft hängen.

„Lass uns gehen", sagte Qui-Gon zu Obi-Wan.

Sie rannten in den Korridor. Stephins Anweisungen folgend, liefen sie zum Studio und stürmten durch die Tür.

Lorians Gesicht war dunkelrot vor Wut. „Ihr steht unter Arrest, Jedi!"

„Ich glaube, Ihr täuscht Euch", sagte Qui-Gon ruhig. „Wir verhaften *Euch*."

„Diese Verhaftung kann nur vom Präsidenten selbst angeordnet werden!", stieß Lorian hervor. „Wachen! Bringt diese Jedi weg."

Ein Wächter auf der anderen Seite des Raumes senkte langsam seinen Comlink. „Der Haftbefehl kam gerade durch", sagte er. „Ich verhafte Euch, Lorian Nod, im Namen des Ministers Ciran Ern."

Lorian wich langsam die Farbe aus dem Gesicht. Er versuchte zu lächeln, doch es schien so, als würde es ihn enorme Anstrengung kosten.

Er zuckte mit den Schultern, als er Qui-Gon und Obi-Wan ansah. „Wie seltsam das Leben doch spielt", sagte er. „Die Galaxis ist so riesig, aber ich schaffe es nicht, den Jedi aus dem Weg zu gehen. Sie haben schon wieder mein Leben zerstört."

Kapitel 19

Lorian Nod war im Gefängnis und wartete auf seinen Prozess. Cilia war jetzt nicht mehr eine Heldin im Untergrund, sondern eine, die mit ihrem Mann durch die Straßen gehen konnte. Die Wächter waren nun ohne Führung und der Minister hatte versprochen, die Organisation aufzulösen.

Für die Jedi war es Zeit zu gehen.

Qui-Gon wartete mit Obi-Wan an der Landeplattform. Er erinnerte sich daran, dass er auf diesem Planeten angekommen war und sich Sorgen darüber gemacht hatte, wie es wohl mit ihm und seinem Padawan weitergehen würde. Es stimmte, dass er dieses Urvertrauen vermisst hatte, ihre Beziehung ohne jegliche Schatten. Er hatte Obi-Wans Schwächen gesehen – und seine eigenen. Er hatte erlebt, wie ihre Schwächen einander verstärken und Risse in ihrer Beziehung erzeugen konnten, so wie ein Beben bis zum Kern eines Planeten vorzudringen vermochte.

Doch daraus konnte auch etwas gewonnen werden, dachte Qui-Gon. Jetzt begann ihre Beziehung eigentlich erst richtig, denn sie hatten die schwerste Zeit durchlebt und beide erfahren, was ihr wichtigstes Bedürfnis war: gemeinsam weiterzugehen. Es hatte keinen Verrat gegeben. Qui-Gon wusste jetzt, dass Dooku sich geirrt hatte. Er war nicht allein.

„Die Idee, die Audio-Übertragung anzulassen, war sehr gut", sagte er zu Obi-Wan. „Lorian hat sich selbst eine Falle gestellt, als er alles ableugnete."

„Ich dachte, er würde vielleicht etwas Entlarvendes sagen", sagte Obi-Wan.

„Du hast Stephin die Anweisung gegeben, es zu tun", sagte Qui-Gon. „Du hast dich nicht mit mir abgesprochen, mich nicht einmal angesehen."

„Es tut mir Leid, Meister ..."

„Du hast das Richtige getan."

Qui-Gon sah die Freude in Obi-Wans Blick.

Er hat keine Angst mehr, mein Missfallen zu erregen, dachte Qui-Gon. *Gut.*

„Sollen wir an Bord gehen?", fragte Qui-Gon.

„Natürlich, Meister." Doch Obi-Wan blieb noch stehen und warf einen sehnsüchtigen Blick auf den Speisebereich. „Aber können wir nicht erst etwas essen?" Er grinste. „Ich denke noch immer an den Gemüsekuchen."

Qui-Gon lachte. Ja, sein Padawan war zurück. Und der Junge auch. Jetzt konnten sie wieder gemeinsam beginnen.

Er wusste nicht, dass der Jedi-Kreuzer nach Naboo ihn zu einer Mission bringen würde, die sich als seine letzte mit Qui-Gon herausstellen sollte. Doch sie hatten beide gewusst, dass die Zeit kommen würde, da Qui-Gon ihn für die Prüfungen empfehlen würde. Und Obi-Wan wusste, dass er bereit war, doch er war nicht darauf vorbereitet, seinen Meister zu verlassen. Er hatte es kaum erwarten können, unabhängig zu sein, war jetzt aber zögerlich, die Sicherheit, die seine Allianz mit Qui-Gon ihm vermittelte, aufzugeben. Es war keine düstere Vorahnung, die ihn dort hielt, sondern Loyalität. Freundschaft. Liebe.

Sie hatten auf dieser Reise mehr denn je zuvor gesprochen. Qui-Gon war in einer selten gesprächigen Laune gewesen und sie hatten sich an vergangene Missionen und alte Bekannte erinnert. Sie hatten über Didi Oddos Heldentaten gelacht, über den Freund, der immer in Schwierigkeiten gewesen war. Sie hatten sich an die loyalen Brüder Guerra und Paxxi erinnert, die jetzt die Oberhäupter großer Familien auf ihrem Heimatplaneten Phindar waren. Von Zeit zu Zeit war ein Schatten über Qui-Gons Gesicht gehuscht und Obi-Wan hatte gewusst, dass er an Tahl dachte, die er so sehr geliebt hatte. Tahl war während einer Mission auf New Apsolon umgekommen trotz ihrer beider Anstrengungen, sie zu finden und zu retten.

Der Pilot dunkelte die Lichter zur Nachtruhe ab. Doch Qui-Gon und Obi-Wan rührten sich nicht. Sie saßen auf ihren Stühlen und wollten noch nicht zum Schlafbereich gehen. Sie schwiegen nun, aber es war eine freundschaftliche Stille. Und in dieser stillen Dunkelheit stellte Obi-Wan die Frage, die er seit Monaten hatte stellen wollen.

„Meister, könnt Ihr mir sagen, was ich nicht habe? Etwas, das ich einfach nicht erkenne, woran ich aber arbeiten sollte?"

Er konnte Qui-Gons Gesicht nicht deutlich sehen. „Meinst du eine Schwäche, Padawan?"

„Ja. Ihr habt mir einmal gesagt, dass ich mir zu viel Sorgen mache, und ich habe versucht, daran zu arbeiten."

„Ah. Du meinst, du hast dir Sorgen darüber gemacht, dass du dir zu viel Sorgen machst." Qui-Gons Worte kamen in einem beschwingten Tonfall. Er neckte ihn.

„Ich kann auch ungeduldig mit lebenden Wesen sein, das weiß ich. Und manchmal bin ich vielleicht etwas zu sehr von meinen Fähigkeiten überzeugt."

Jetzt klang Qui-Gon ernst. „Diese Dinge sind richtig, Obi-Wan, aber sie sind keine Schwäche. Ich habe gesehen, wie hart du gearbeitet hast. Ich habe gesehen, was du alles erreichen kannst."

„Was ist dann meine Schwäche?", fragte Obi-Wan.

Es blieb lange still und Obi-Wan fragte sich, ob Qui-Gon eingeschlafen war. Doch dann drang seine Stimme durch die Dunkelheit, leise und tief.

„Du wirst ein großer Jedi-Ritter werden, Obi-Wan Kenobi. Ich weiß das mit jedem Atemzug, mit jedem Schlag meines Herzens. Es wird mich stolz machen, dass ich bei deinen Anfängen dabei war. Wenn du eine Schwäche hast, dann ist es vielleicht die: Du willst es mir zu sehr recht machen."

Dreiundzwanzig Jahre später

Obi-Wan Kenobi und Anakin Skywalker

Kapitel 20

Obi-Wan hatte den Sinn von Qui-Gons Worten nie verstanden. Er hatte ihn fragen wollen, nachdem die Mission vorüber war. Er hatte über die Worte gerätselt, sie vergessen, sich wieder an sie erinnert und sie verdrängt, doch sie waren immer wieder in seinem Verstand aufgetaucht.

Und jetzt verfolgten sie ihn.

Die Klonkriege hatten begonnen. Die Galaxis hatte sich geteilt und die Republik drohte auseinander zu brechen. Sie hatten herausgefunden, dass ein ehemaliger Jedi, Count Dooku, die Separatisten anführte. Viele Jedi hatten sechs Monate zuvor ihr Leben auf Geonosis verloren. Die Tragödie dieses Kampfes hatte den Tempel erschüttert und ließ jeden einzelnen Jedi nur noch schweren Schrittes durch die Korridore gehen. Die Vision der Jedi war jetzt seit so langer Zeit getrübt. Sie erkannten es, doch die Vision wurde deshalb nicht klarer. Es war, als hätte sich ein dunkler Schleier über den Tempel gelegt.

Und etwas in Anakin Skywalker hatte sich verändert. Etwas, das Obi-Wan Unbehagen verursachte. Und jetzt hatte sich ein Gedanke bis an die Oberfläche seines Verstands hochgearbeitet: Hatte ihn seine Liebe zu Qui-Gon zu lange blind für Anakins Fehler gemacht?

Die Unsicherheit, der er in Bezug auf Anakin verspürte, diese Ahnung düsterer Furcht, die die Kraft hatte, ihn aus dem tiefsten Schlaf zu reißen, hatte jetzt noch einen Partner gefunden: die Überzeugung, dass es zu spät war, noch etwas dagegen zu unternehmen.

Sein Meister hatte unmöglich alles vorhersehen können, was mittlerweile geschehen war. Und doch hatte Qui-Gon damals einen Finger in Obi-Wans empfindlichste Wunde gelegt. Obi-Wan hatte Anakin gegenüber sein Herz geöffnet, weil er Qui-Gons Annahme vertraut hatte, dass Anakin der Auserwählte war. Hatte er sich genug bemüht? Hatte er übersehen, was er nicht hätte übersehen dürfen?

Liebe hat Qui-Gon niemals blind gemacht. Aber mich.

Jetzt war die Distanz zwischen ihm und Anakin größer denn je, und das in einer Zeit, in der er seinen Padawan enger an sich binden musste als zuvor. Sein Instinkt sagte ihm, dass Anakin sich grundlegend verändert hatte, seitdem sie vor der Schlacht um Geonosis getrennt gewesen waren. Er wusste, dass Anakin auf Tatooine gewesen war und dass seine Mutter tot war. Er wusste, dass zwischen Anakin und der brillanten Senatorin Padmé Amidala eine Bindung gewachsen war.

Er spürte, dass ein Teil der Veränderung zum Guten war. Und

ein anderer Teil nicht. Es war, als wäre Anakin härter geworden – und verschlossener. Doch eines sah Obi-Wan in aller Deutlichkeit: Anakin hatte seine Jungenhaftigkeit verloren. Er war jetzt ein Mann.

Was auch immer die Veränderungen waren, sie brachten Obi-Wan keinen Frieden. Obi-Wan spürte die Ruhelosigkeit seines Padawans, seine Ungeduld. Er erkannte, dass Anakin im Tempel nicht mehr den Frieden fand wie zuvor. Er war immer auf dem Sprung. Er wollte immer woanders sein.

Obi-Wan stand am Eingang des Kartensaals des Tempels und beobachtete Anakin. Es war einer der Orte, an die Anakin sich begab, wenn sein Geist nicht zur Ruhe kam. Aus irgendeinem Grund empfand sein Padawan es als beruhigend, ein Dutzend holografische Planeten anzuschalten, die sich dann drehten, während zahllose Stimmen gleichzeitig ihre Eigenschaften aufzählten: Geografie, Sprache, Regierung, Gepflogenheiten. In all dem Chaos konzentrierte Anakin sich zuerst auf eine Stimme. Dann folgte er einer anderen und noch einer anderen, bis er schließlich jeder einzelnen Stimme inmitten des Gebrabbels folgen konnte.

Anakin beherrschte dieses Spiel ziemlich gut, wie Obi-Wan jetzt feststellte. Hologramme summten wie wütende Insekten um seinen Kopf. Die Stimmen drangen nur als verwirrendes Geräusch an Obi-Wans Ohren. Er konnte sich nicht vorstellen, dass jemand angesichts dieses Chaos' Frieden fand. Er sah, wie Anakin einen Finger hob und den Dutzenden Planeten noch einen hinzufügte.

„Anakin."

Anakin wandte sich nicht um. Jeder andere hätte es vielleicht getan. Doch sein Padawan hob stattdessen eine Hand. Ein Planeten-Hologramm nach dem anderen verschwand und die Stimmen brachen ab, bis auch die letzte Stimme verstummte. Obi-Wan fiel auf, dass sie etwas über die Edelmetalle von Naboo erzählt hatte. Anakin stand auf und drehte sich um. Obi-Wan sah, dass Anakin sich noch immer nicht an seine neue künstliche Hand gewöhnt hatte. Er hielt diesen Arm etwas dichter an seinem Körper. Der Anblick jagte Obi-Wan einen Stich durch das Herz.

„Meister."

„Meister Yoda hat um unsere Anwesenheit gebeten."

„Eine Mission?"

„Ich weiß es nicht."

Im Laufe der letzten Wochen hatte es viel zu tun gegeben, zu viel zu planen – und zu viele Schlachten. Der Rat der Jedi hielt ständig Sitzungen ab, um Strategien zu besprechen. Es war wichtig, dass die Jedi wohl überlegt dort stationiert waren, wo sie gebraucht wurden. Systeme und Planeten waren jetzt verwundbar und viele waren strategisch sehr wichtig. Die Separatisten gewannen neue Planeten mit einer Mischung aus Einschüchterung und Gewalt. Der Oberste Kanzler Palpatine hatte gebeten, Planeten zu helfen, die der Republik nahe standen.

„Du gehst immer zum Kartensaal, wenn dich etwas beschäftigt", sagte Obi-Wan im Gehen. „Möchtest du vielleicht darüber reden?"

Anakin machte eine ungeduldige Handbewegung. „Wozu ist Reden schon gut?"

„Es kann sehr gut sein", sagte Obi-Wan sanft. „Anakin, ich sehe, dass dich die letzten Monate geprägt haben. Ich bin dein Meister. Ich bin hier, um dir auf jede nur erdenkliche Weise zu helfen."

Er sah seinen Padawan nur im Profil, erkannte aber, dass Anakin die Lippen aufeinander presste. „Ich habe Dinge gesehen, die ich lieber nicht gesehen hätte", sagte er schließlich. „Ich hätte nicht geglaubt, dass so viele Jedi-Ritter sterben könnten. Ich hätte nicht gedacht, dass ein ehemaliger Jedi-Ritter so tief sinken kann."

„Count Dookus Fall hat uns alle beschäftigt", erwiderte Obi-Wan. „Jetzt haben wir einen großen und mächtigen Feind." Seine Gedanken wanderten zu seinem Kampf mit Dooku. Er hatte noch nie zuvor eine solche Macht in einem Kampf erlebt. Er war noch nie zuvor etwas begegnet, was ihn vollkommen überwältigt hatte. Selbst die Begegnung mit dem Sith-Lord, der Qui-Gon getötet hatte, war nicht so gewesen. Wenn Qui-Gon doch nur noch am Leben wäre, um ihm Einblick in Dookus Wesensart zu geben. Jetzt blickte Obi-Wan zurück und fragte sich, weshalb Qui-Gon niemals über seinen Meister gesprochen hatte. Auch das würde er nie erfahren.

Er hätte gern mehr Zeit gehabt, mit Anakin zu reden, doch sie hatten bereits den Empfangsraum erreicht, zu dem Yoda sie gebeten hatte. Obi-Wan ging zur Tür und wollte sie öffnen, doch sie glitt schon auf. Yoda war ihm immer einen Schritt voraus.

Dennoch hatte Yoda eine noch größere Überraschung parat. Er stand mitten im Raum und bei ihm war Lorian Nod. Der war jetzt älter und sein Haar war vollkommen ergraut. Er war nicht mehr ganz so schlank, doch er schien immer noch stark zu sein. Er trug einen Mantel aus Veda-Stoff und sah eher wie ein erfolgreicher Geschäftsmann als wie ein Soldat aus – doch es war zweifellos Lorian Nod.

„Was macht er hier?", blaffte Obi-Wan. Er war, wenn überhaupt, nur sehr selten unhöflich. Doch seit kurzem gelang es ihm nicht mehr, seine Gefühle zu verbergen. Anakin war nicht der Einzige, der eine gewisse Ungeduld entwickelt hatte.

„Den Jedi zu helfen Lorian Nod ist gekommen", sagte Yoda.

„Wirklich?", erwiderte Obi-Wan und betrat den Raum. „Bietet Ihr an, Eure eigene Sicherheitstruppe aufzustellen, Nod?"

Lorian senkte leicht den Kopf, so als hätte er Obi-Wans Stichelei erwartet und als betrachtete er es als seine Pflicht, sie zu ertragen. „Ich wusste, dass mich hier Skepsis erwarten würde", sagte er. „Ich kann nichts weiter als zugeben, dass es Zeiten in meinem Leben gab, in denen ich außerhalb der galaktischen Gesetze operiert habe. Jetzt allerdings, da die Dinge so ernst sind, bin ich zu dem Schluss gekommen, dass ich zu meinen Anfängen zurückkehren sollte. Ich möchte den Jedi helfen."

„Und wie glaubt Ihr das tun zu können?", fragte Obi-Wan.

Yoda blinzelte den Jedi an. Es war zwar nur ein Blinzeln, doch es sagte ihm, dass sein Tonfall nicht geschätzt wurde.

„Regent von Junction 5 Lorian Nod ist", sagte er.

Obi-Wan war einmal mehr überrascht. „Wie habt Ihr das geschafft? Als ich Euch letztes Mal sah, stand Euch eine sehr lange Gefängnisstrafe bevor."

„Ich war auch sehr lange im Gefängnis", antwortete Lorian. „Doch irgendwann kam ich heraus."

„Und Ihr habt die Macht an Euch gerissen", sagte Obi-Wan voller Abscheu.

„Obi-Wan." In Yodas Stimme klang etwas mit, was Obi-Wan wiedererkannte. Es war etwas, das er sich wie in Eis gepacktes Durastahl vorstellte.

Wie ein bestrafter Jüngling gab Obi-Wan mit einer Geste zu verstehen, dass Lorian fortfahren sollte.

„Ich wurde gewählt", sagte Lorian. „Als ich aus dem Gefängnis entlassen wurde, hatte sich auf Junction 5 nicht viel verändert. Da Delaluna zugelassen hatte, dass das Gerücht über den Annihilator kursierte, war das Misstrauen zwischen den beiden Welten nicht mit einem Mal verschwunden. Die Bevölkerung lebte noch immer in einem Klima der Angst. Ich schlug vor, als Gesandter nach Delaluna zu gehen und Gespräche zu führen. So konnte ich als derjenige, der die größten Schwierigkeiten heraufbeschworen hatte, auch derjenige sein, der alles wieder ins Lot brachte."

Obi-Wan verschränkte die Arme und wartete ab.

„Ich hätte versagt", fuhr Lorian fort, „wenn da nicht Samish Kash gewesen wäre. Er war gerade als Regent von Delaluna gewählt worden und auch er war der Meinung, dass Misstrauen zwischen zwei sich so nahe stehenden Planeten schlecht für beide war. Er glaubte, dass freier Handel und Reiseverkehr zwischen Junction 5 und Delaluna allen nutzen würde. Daher setzten wir uns an den runden Tisch und sprachen miteinander. Wir kamen zu einer Einigung und der Handel begann. Die Grenzen wurden geöffnet. Wir begannen eine Partnerschaft mit den Bezim- und Vicondor-Systemen, um den Raumhafen Station 88 zu bauen. Unsere Welten blühten auf. Da dieser Plan erfolgreich war, wurde ich drei Jahre später zum Regenten gewählt. Ich habe in ruhigen Zeiten regiert. Unsere beiden kleinen Welten wurden von den Mächten des Senats beschützt. Im Senat waren wir eine winzige Stimme unter vielen. Doch jetzt hat sich alles verändert."

„Das System von Junction 5 und Delaluna entdeckt wurde", sagte Yoda. „Entscheidend für den Erfolg der Separatisten die Welten sind."

„Station 88", erklärte Lorian. „Der Raumhafen. Wir sind eine Durchgangsstation für die Mid-Rim-Systeme."

Yoda hob eine Hand und eine holografische Karte erschien. Junction 5 und Delaluna leuchteten auf. „Wenn Junction 5 und Delaluna unter Kontrolle der Separatisten fallen, Bezim und Vicondor auch fallen werden", sagte er. „Kontrollieren sie dann werden einen großen Teil der Mid-Rim-Systeme."

„Count Dooku weiß das sehr genau", sagte Lorian. „Er hat mich kontaktiert. Bisher hat er mit Schmeicheleien und Bestechung versucht, mich zu den Separatisten zu locken. Ich habe gelogen und gesagt, ich würde in ihre Richtung tendieren. Offiziell haben Samish Kash und ich uns weder mit den Separatisten noch mit der Republik verbündet. Ich weiß nicht, wohin

Kash tendiert, aber ich weiß, dass ich meine Sympathien für mich behalten habe. Wenn Dooku wüsste, dass ich der Republik gegenüber loyal bin, könnte er meiner Welt gegenüber Gewalt anwenden und das ist etwas, was ich um jeden Preis vermeiden möchte. Und ich möchte, dass die Station 88 der Republik als strategische Basis erhalten bleibt."

Obi-Wan nickte. Jetzt begann ihn die Sache zu interessieren. Er sah, wie wichtig die winzigen Welten Junction 5 und Delaluna geworden waren.

„Weshalb verkündet Ihr Eure Loyalität nicht im Senat?", fragte Anakin. „Sie würden dann Truppen zu Eurem Schutz schicken."

„Rar die Klontruppen geworden sind", sagte Yoda. „Unsere letzte Möglichkeit sie wären. Einen besseren Weg Lorian vorgeschlagen hat."

„Ihr seid Euch dessen vielleicht nicht bewusst, Obi-Wan, doch Dooku und ich waren während der Ausbildung im Tempel Freunde", sagte Lorian. „Danach gab es Differenzen zwischen uns, aber das ist viele Jahre her. Ich bin mir nicht sicher, ob Dooku mir vertraut, aber er braucht mich. Er scheint es auch für verständlich zu halten, dass ich den Separatisten beitreten will."

„Das erscheint mir auch verständlich", sagte Obi-Wan. „Weshalb tut Ihr es dann nicht?"

„Weil ich erlebt habe, dass der beste Weg für eine Machtergreifung der ist, die Leute ängstlich oder böse zu machen", sagte Lorian. „Die Separatisten haben nicht ganz Unrecht – der

Senat ist eine korrupte Institution geworden, in der die Bedürfnisse kleinerer Welten ungehört bleiben. Sie haben sich diesen Missstand für ihre eigene Sache zu Nutze gemacht. Wer unterstützt denn Dooku hauptsächlich? Die Handelsgilde. Die Handelsföderation. Die Vereinigte Allianz. Der Intergalaktische Bankenclan. Was haben sie gemeinsam, wenn nicht Wohlstand und das Verlangen nach noch mehr Macht? Die Separatistenbewegung ist nur ein Deckmantel für Habgier." Lorian schüttelte den Kopf. „Ich kann vielleicht nicht mehr so mit der Macht umgehen, wie ich es einst konnte. Aber ich brauche nicht die Macht, um zu wissen, dass dieser Weg in die Dunkelheit führt."

Yoda senkte zustimmend den Kopf. Obi-Wan musste ebenfalls zustimmen. Ihm gefiel nur nicht, dass er sich das von Lorian Nod anhören musste.

„Meister Yoda, Ihr wart der Erste, dem meine Loyalität galt, und sie gilt Euch noch immer", sagte Lorian. „Ich weiß, dass ich in meinem Leben Dinge getan habe, die falsch waren, aber ich bin hier, um das wieder gutzumachen. Ich bin hier, um den Jedi zu dienen."

„Was schlagt Ihr vor?", fragte Obi-Wan. Lorians Beteuerungen interessierten ihn nicht. Er interessierte sich nur dafür, was er unternehmen würde.

„Dooku hat ein Treffen einberufen", sagte Lorian. „Ich habe ihm zu verstehen gegeben, dass Samish Kash zur Republik tendiert. Er denkt, er braucht mich, um Samish zu überreden oder zu zwingen, zu den Separatisten überzulaufen. Bei dem Treffen werden auch die Regenten von Bezim und Vicondor anwesend sein. Dooku hat das Ganze als zwangloses Treffen in seiner Villa auf dem Planeten Null geplant."

„Ich habe schon von dieser Welt gehört", sagte Obi-Wan. „Dooku hat den Regenten dieses Planeten in der Tasche. Er war der Erste, der den Separatisten beitrat."

„Obwohl er für das Treffen diesen neutralen Ort vorgeschlagen hat, befinden wir uns damit offensichtlich in seinem Territorium", erklärte Lorian. „Ich habe zugesagt zu kommen, wie auch Samish Kash und die Regenten von Vicondor und Bezim. Zwischen uns herrscht eine starke Bindung. Wir haben immer als Einheit gehandelt. Dooku hofft, dass ich ihm bei diesem Treffen helfen werde, die anderen zu einem Beitritt zu den Separatisten zu überreden."

„Und was schlagt Ihr vor?", fragte Obi-Wan.

„Ich schlage gar nichts vor, außer dass ich diesem Treffen als Spion beiwohnen werde und hoffentlich nützliche Informationen zurückbringen kann", sagte Lorian. „Wenn mir die Jedi eine besondere Aufgabe geben sollten, kann ich diese vielleicht erfüllen."

„Wir Euch bitten, dass hier Ihr wartet, so lange wir uns beraten", sagte Yoda.

Er öffnete die Tür zu einer Kammer hinter dem Empfangsraum. Obi-Wan und Anakin folgten ihm.

„Ich traue ihm nicht", sagte Obi-Wan, sobald sich die Tür hinter ihnen geschlossen hatte.

„Um Euer Vertrauen ich Euch nicht bitte", sagte Yoda. „Um

Eure Hilfe ich bitte. Ungeachtet seiner Vergangenheit, helfen Lorian Nod uns kann."

„Er könnte von Dooku hierher geschickt worden sein", sagte Obi-Wan. „Das könnte ein Trick sein."

„Unwahrscheinlich dies ist", gab Yoda zurück.

„Qui-Gon sagte mir, dass Dooku und Lorian Nod erbitterte Feinde waren", erklärte Obi-Wan. „Weshalb sollte Dooku ihm jetzt vertrauen?"

„Er sagte, dass Dooku ihm nicht vertrauen würde", gab Anakin zu bedenken. „Aber er braucht ihn. Allianzen sind selten auf Vertrauen aufgebaut, sondern auf Bedürfnissen."

Yoda nickte. „Weise Euer Padawan ist. Ich glaube, dass am besten für diese Aufgabe Ihr seid. Wenn aber ablehnen Ihr müsst, verstehen ich das würde."

„Was sollen wir Eurem Wunsch nach tun?"

„Nach Null reisen. Dieser Spur ihr folgen müsst. Herausfinden, ob Lorian vertrauenswürdig ist. Von dieser Sache Dookus Sturz abhängen könnte."

Kapitel 21

Null war ein Planet voller Wälder und Berge. Er besaß keine großen Städte, nur kleine Bergdörfer, von denen jedes so entschieden eigenständig war, dass alle Versuche, sie zusammenzuschließen, gescheitert waren. Es gab eine Regierung und ein Rechtssystem, doch Verbrechen wurden eher innerhalb der Dorfgemeinschaft nach einer traditionellen und gnadenlosen Methode geahndet, die im Allgemeinen keine Zeugen hinterließ.

Es war die perfekte Welt für Dookus Versteck. Die Dörfler hatten einen ausgeprägten Sinn für Privatsphäre und behielten das Wissen über sein Kommen und Gehen für sich.

Als Obi-Wan den kleinen Kreuzer zur Landeplattform steuerte, kreiste er zunächst absichtlich über den Koordinaten von Dookus Villa. Dooku hatte das an einer Felswand gelegene Anwesen eines Monarchen übernommen, der vor hunderten von Standardjahren den Planeten regiert hatte. Die Gebäude waren ursprünglich aus Stein erbaut, doch Dooku hatte alles mit Durastahl verkleiden lassen, der exakt dieselbe Farbe wie die Felswand hatte. Der Stahl war außerdem so behandelt worden, dass er nicht glänzte. Er schien das Licht eher zu schlucken als zu brechen. Hätte Obi-Wan die Villa nicht gesucht, er hätte sie übersehen.

Obi-Wan lenkte den Kreuzer zur Landeplattform. Anakin und er standen auf, wobei sie sich in ihrer Kleidung etwas eigenartig vorkamen. Sie waren als Jäger gekleidet, in kurzen Mänteln aus Tierhäuten. Die Jagd war das einzige Touristengeschäft, das auf Null akzeptiert wurde. Die Berge waren voller wilder Bestien mit wertvollen Fellen, vor allem das wilde Laroon lebte dort. Sie stiegen aus und spürten den kalten Wind wie einen Schlag ins Gesicht.

„Wir treffen uns mit Nod beim Spade-Wald", sagte Obi-Wan zu Anakin, während er bei einem Wartungs-Droiden eine Gebühr entrichtete, damit er den Kreuzer auf dem Landefeld stehen lassen konnte. „Wir sollten vermeiden, mit ihm gesehen zu werden, auch wenn wir verkleidet sind. Wir haben noch Zeit, in der Herberge im Dorf einzuchecken."

Anakin nickte und warf seinen Beutel über die Schulter. „Zwingt mich nur nicht, auf irgendetwas zu schießen", sagte er.

Obi-Wan grinste. Der kleine Scherz brachte die Zeiten zurück, in denen zwischen ihnen noch alles in Ordnung gewesen war.

Sie befanden sich noch unterhalb der Baumgrenze, daher

führte der Pfad auch durch einen dichten Wald. Um sie herum ragten die Berge auf und durchstießen die dünne Luft mit ihren spitzen, schneebedeckten Gipfeln. Die Landeplattform war auf dem höchsten Berg gebaut, der bis in die Wolken ragte. An den Fuß dieses Berges schmiegte sich das Dorf.

Der Wald aus mächtigen Bäumen lichteten sich, als sie den Berg hinuntergingen und die Dächer des Dorfes in ihrem Blickfeld erschienen. Die Gebäude bestanden aus Stein und Holz und waren nur ein paar Stockwerke hoch.

Schmale Straßen schlängelten sich durch die Ansammlung von Häusern. Die Dörfler schienen sich mit einem stämmigen, einheimischen Tier fortzubewegen, dem Bellock. Obi-Wan sah nur ein paar Gleiter in den Höfen stehen.

Dann bogen sie um eine Ecke und sahen einige glänzende Gleiter vor einem großen Steingebäude. Sofort war ihnen klar, dass sie die Herberge gefunden hatten. Obi-Wan und Anakin traten ein, die Kapuzen hochgezogen. In der Eingangshalle gab es dick gepolsterte Sitzbereiche. In einer zwanzig Meter hohen Feuerstelle brannte ein Feuer, das die feuchte Kälte draußen hielt. Um das Feuer herum saßen die verschiedensten Wesen, ein paar von ihnen mit Datapads, andere Tee trinkend. An ihrer Kleidung erkannte Obi-Wan sie als Außenweltler, höchstwahrscheinlich Assistenten der vier eingeladenen Regenten der Planeten. In einer dunklen Ecke saß ein mit Fellen bedeckter Jäger mit einer beeindruckenden Waffensammlung vor den Füßen. Er schien die schlanken, gepflegten Wesen voller Abscheu zu beobachten.

„Er besitzt genug Waffen, um ein Kapitalschiff runterzuholen", sagte Anakin leise. „Von einem wilden Laroon ganz zu schweigen."

Obi-Wan ließ den Blick entlang der Feuerstelle nach oben wandern. Die Wand bestand aus den kantigen Steinen der Berge und war in aufwändigen Mustern zusammengefügt. Er fand keinerlei Hinweise auf Mörtel oder andere Bindeelemente, jeder Stein lag so perfekt passend auf dem anderen, wie es besser nicht hätte sein können.

Der Inhaber der Herberge, der hinter einer Theke stand, begrüßte Obi-Wan und Anakin lächelnd. Er war offensichtlich ein Eingeborener von Null. Die Nullianer waren große Humanoiden, gut einen Meter größer als Obi-Wan und Anakin. Die Männer hatten dichte, geflochtene Bärte und Männer wie Frauen kleideten sich in Tierhäuten und hatten schenkelhohe Stiefel an. „Wie ich sehe, bewundert Ihr die Steinarchitektur der Herberge", sagte er. „Das ist eine lokale Kunst. Ein Ruck am Schlüsselstein und die ganze Wand stürzt ein."

„Und welcher ist der Schlüsselstein?", fragte Obi-Wan.

„Das ist das Geheimnis des Baumeisters", sagte der Inhaber der Herberge. Er bemerkte ihre Reisekleidung und ihre Taschen. „Ich freue mich immer, Reisende in der Herberge willkommen zu heißen", sagte er. „Wie Ihr seht, haben wir wichtige Gäste, sehr wichtige Gäste sogar. Aber wir vernachlässigen deshalb nicht unser normales Geschäft." Er schob Obi-Wan das Registriergerät hin.

„Was ist hier los?", fragte Obi-Wan, als er sich vorbeugte,

um zu unterschreiben. „Ich wusste nicht, dass Null jetzt zu den Touristenorten gehört."

Der Inhaber der Herberge beugte sich ebenfalls nach vorn. „Ein sehr hochkarätiges Treffen, wie ich annehme. Ich weiß nicht, worum es geht. Aber ich erwarte in Zukunft mehr von diesen Wesen. Also bucht früh, oder Ihr könntet Pech haben!"

„Das werden wir tun." Obi-Wan schob das Registriergerät mit den Credits für das Zimmer zurück.

Auf einem kleinen Stuhl an der Wand saß eine junge Frau. Sie war ihm schon aufgefallen, doch er hätte sie nicht weiter beachtet, wenn sie ihm nicht bekannt vorgekommen wäre. Er konnte sie nirgends zuordnen, doch er wusste, dass er sie kannte. Sie war schlank und trug eine Tunika im Dunkelgrün der Blätter des Waldes. Die Haare hatte sie mit einem farblich passenden Wickeltuch zusammengebunden. Er hatte schon tausende von Wesen in der ganzen Galaxis gesehen, und obwohl sein Gedächtnis ausgezeichnet war, war es schwer, sich jeden zu merken. Oder vielleicht erinnerte sie ihn nur an jemanden …

Er drehte sich um. „Anakin, kennst du die Frau in Grün, die dort an der Wand sitzt?"

„Welche Frau?", fragte Anakin.

Etwas Grünes wischte vorbei und die Tür der Herberge schloss sich. Obi-Wan sortierte die Frau in seiner Erinnerung ein, um der Sache später nachzugehen. Er mochte es nicht, wenn ihn etwas beschäftigte.

Der Jäger wärmte seine Hände am Feuer, schulterte seine

Waffen und polterte zur Tür. Die eingeborenen Arbeiter verdrehten die Augen, als er vorbeigegangen war. Sie hielten ihn zweifelsohne für einen überbewaffneten Amateur.

„Los", sagte Obi-Wan. „Lass uns auf unser Zimmer gehen. Und dann müssen wir Lorian treffen."

Sie verstauten zuerst ihr Gepäck in ihrem Zimmer, einer kleinen Kammer unter den Dachstreben. Offensichtlich gehörten sie nicht zu den ‚wichtigen Gästen', die der Inhaber der Herberge erwähnt hatte.

Dann gingen sie hinaus auf die Dorfstraße und machten sich auf den Weg, der in den Wald führte. Obi-Wan rief die verabredeten Daten auf seinem Datapad auf. Sie würden sich nicht weit vom Dorf entfernt auf einer Lichtung treffen, die Lorian ausgesucht hatte und die versteckt, aber nicht schwer zu erreichen war.

Als sie den Rand des Dorfes erreicht hatten, sahen sie, wie ein Dörfler den Bergpfad herablief. Sie konnten deutlich seine hastigen Schritte hören.

„Gebt Alarm!", rief er. „Ein Mord wurde begangen! Samish Kash wurde ermordet!"

Kapitel 22

Es ertönten drei Stöße aus einem Horn, als Obi-Wan und Anakin den Weg hinaufliefen. Sie fanden Samish Kash ein paar Meter neben dem Weg liegend. Dörfler hatten sich um ihn versammelt und ein Gleiter kam an. Samish Kash wurde aufgeladen und Obi-Wan konnte die Blasterwunde neben seinem Herz sehen. Er war ein junger, in eine einfache Tunika gekleideter Mann mit dunklen, lockigen Haaren. Soweit Obi-Wan es sehen konnte, war er unbewaffnet.

Lorian Nod stand mit sorgenvoller Miene in der Nähe. Er nahm die Jedi mit einem kurzen Blick zur Kenntnis und sprang dann schnell an Bord des Gleiters, mit dem Kash abtransportiert wurde.

Obi-Wan sah auch die junge Frau in Grün, die sich gerade abwandte. Ihre Schultern bebten. Der Jäger mit dem eindrucksvollen Waffenarsenal, der ebenfalls zugegen war, stützte sie mit einer Hand unter ihrem Ellbogen.

„Eine Assistentin von Samish Kash", flüsterte einer der Dörfler. „Sie hat seinen Leichnam gefunden."

Also werden wir uns auf jeden Fall mit ihr unterhalten müssen, dachte Obi-Wan. Er beobachtete die junge Frau und den Jäger. Und da machte etwas in seinem Kopf klick. Die beiden unterhielten sich auf eine Art und Weise, die ihm sagte, dass sie sich gut kannten. Obi-Wan schob sich etwas näher an sie heran in der Hoffnung, dass er etwas hören konnte. Doch sie entfernten sich von dem Kreis der Dörfler, wobei die Frau versuchte, von dem Jäger loszukommen, während sie mit ihm sprach.

Als sie eine abrupte Bewegung machte, um sich loszureißen, fiel ihre Kapuze nach hinten und Obi-Wan sah, dass sie blonde Haare hatte, die, zu kleinen Zöpfen geflochten, eng um den Kopf geschlungen waren. Dann sah er, wie große blaue Augen aufblitzen. Der Jäger sagte aufgeregt etwas in ihr Ohr.

„Das sind Floria und Dane", sagte Obi-Wan.

Anakin sah in die Richtung, in die sein Meister gezeigt hatte. „Der Bruder und die Schwester, die als Kopfgeldjäger arbeiten und die wir auf Ragoon-6 getroffen haben? Wie könnt Ihr da so sicher sein? Das ist doch so lange her."

„Sieh genau hin."

Anakin betrachtete die beiden. „Ihr habt Recht. Aber was machen die beiden Kopfgeldjäger hier?"

„Genau das möchte ich herausfinden."

Die Jedi gingen schnell durch die Menge. Floria und Dane hatten sich jetzt ein ganzes Stück von den aufgeregten Dörflern entfernt.

„Wenn du getan hättest, was ich dir sage“, meinte Dane.

„Du willst also behaupten, dass alles meine Schuld ist?“ Florias Stimme war voller Wut und Tränen erstickt. „Du willst immer …“

„Du tust nie …“ Dane verstummte, als Obi-Wan und Anakin näher kamen.

„Ich muss zugeben, dass ich nicht damit gerechnet habe, euch jemals wiederzusehen“, sagte Obi-Wan.

Floria und Dane starrten die beiden Jedi an.

„Schwarze Löcher und Novas, es sind die Jedi“, sagte Dane. Jetzt sah Obi-Wan seine blauen Augen, die denen von Floria so ähnelten. „Was macht Ihr beide hier?“

„Genau das wollte ich euch gerade fragen“, erwiderte Obi-Wan und führte sie weiter weg von den anderen unter die Bäume. „Hinter wem seid ihr her? Habt ihr etwas mit dem Tod von Samish Kash zu tun?“

„Nein!“, rief Dane. „Wir sind seine Leibwächter!“

„Offensichtlich macht ihr eure Arbeit großartig“, sagte Anakin. Floria brach in Tränen aus.

„Die Kopfgeldjagd wurde zu gefährlich“, sagte Dane und reichte seiner Schwester ein Tuch, damit sie ihre Tränen trocknen konnte. „Es gab so viele von uns dort draußen, dass alles Ehrenhafte verloren ging. Ein paar von uns setzten wirklich halsabschneiderische Methoden ein.“

„Ich habe ein paar davon kennen gelernt“, sagte Obi-Wan zustimmend.

„Deshalb beschlossen wir, Leibwächter zu werden. Das ist

einfacher. Samish Kash heuerte uns vor ein paar Monaten zu seinem Schutz an. Er wollte nicht die üblichen großen Schränke oder Wach-Droiden. Er wollte nicht, dass es irgendjemand mitbekam. Deshalb hat sich Floria als Assistentin ausgegeben und ich habe verschiedene Verkleidungen benutzt. Dann wurde dieses Treffen einberufen. Samish sagte, wir sollten besonders vorsichtig sein. Er ist der Leim, der die Allianz um den Raumhafen Station 88 zusammenhält. Ohne ihn würde sie zerbrechen. Er ist der Einzige, dem alle vertrauen. Deshalb rechnete er auch damit, dass eine Gruppe, die den Raumhafen übernehmen will, es zuerst auf ihn abgesehen hätte." Dane schien verzweifelt zu sein. „Doch anstatt wie abgesprochen in meiner oder Florias Sichtweite zu bleiben, verschwand er. Ich folgte ihm und ..."

„Du hast ihn tot aufgefunden?"

„Er lag dort drüben", sagte Dane. „Ins Herz geschossen."

„Und du hast nichts gesehen?"

„Ist das noch wichtig?", fragte Floria. Sie hatte sich die Tränen abgewischt und ihr Gesicht war blass. „Er ist tot."

Dane schüttelte den Kopf. „Ich kam zu spät." Er sah zu den Bäumen hoch. „Ich hätte ..." Dane verstummte und kniff die Augen zusammen, noch immer in die Bäume schauend.

Er lief ohne ein weiteres Wort zu seinem Swoop, der schwebend in der Nähe wartete. Er sprang auf und schoss davon.

„Anakin", sagte Obi-Wan und rannte ebenfalls los. „Wir müssen ihm zu Fuß folgen."

Die Bäume standen hier dicht beieinander und Obi-Wan konnte sehen, dass Dane Schwierigkeiten hatte, zwischen den

Stämmen zu navigieren. Er musste ständig seine Geschwindigkeit verringern. Offensichtlich verfolgte er jemanden, der ebenfalls einen Swoop hatte und immer wieder zwischen den Bäumen zu sehen war.

Sie rannten im Zickzack zwischen den Stämmen hindurch und kamen immer näher an Dane heran. Als sie nur noch ein paar Meter entfernt waren, sprang Anakin hoch und schnappte sich einen dicken Ast. Er nutzte den Schwung und landete hinter Dane auf dem Swoop. Die Maschine bäumte sich auf und schoss auf einen dicken Baumstamm zu. Dane stieß einen gellenden Schrei aus. Anakin hingegen stand seelenruhig auf dem Sitz des Swoops, beugte sich vornüber und nahm das Steuer in die Hand. Er lenkte die Maschine von dem Stamm weg, drehte um und flog zu Obi-Wan zurück.

„Er wird entkommen!", rief Dane.

„Wer?", rief Obi-Wan.

„Ich weiß es nicht! Aber ich nehme an, dass es derjenige ist, der Kash ermordet hat!", rief Dane atemlos. „Ich weiß nicht, woher ich ihn kenne, aber ich kenne ihn. Er ist ein Kopfgeldjäger."

„Was dagegen, wenn wir die Sache übernehmen?", fragte Obi-Wan Dane.

Er sprang von dem Swoop ab. „Absolut nicht. Aber seid vorsichtig mit meinem Swoop!", rief er ihnen hinterher, als Anakin den Antrieb auf Höchstgeschwindigkeit peitschte.

Plötzlich wünschte sich Obi-Wan, er wäre selbst am Steuer.

Der Verdächtige warf einen Blick über seine Schulter und sah, dass er noch immer verfolgt wurde. Er wählte eine andere Strecke zischen den Bäumen. Es war schwierig, durch die engen Zwischenräume zu kommen, vor allem bei diesem Tempo. Anakin kippte den Swoop und versuchte, die Abstände im besten Winkel zu treffen. Er brach durch Blätter und Äste. Sie holten auf, doch Obi-Wan rechnete damit, dass er bei dieser Verfolgungsjagd einen Arm oder ein Ohr verlieren würde.

„Könntest du etwas langsamer fliegen?“, brüllte Obi-Wan über den Lärm der zerbrechenden Zweige und des heulenden Antriebs hinweg.

„Und den ganzen Spaß verpassen?“, fragte Anakin, riss die Maschine schnell nach links, kippte sie und richtete sie wieder auf. Obi-Wan versuchte, zu Atem zu kommen.

Der Boden stieg jetzt steil an. Der Verdächtige gab noch mehr Gas. Er schoss zwischen zwei Bäumen hindurch und verlor die Kontrolle, sodass der Swoop begann, sich wie wild um die eigene Achse zu drehen. Der Killer sprang ab, bevor die Maschine gegen einen großen Baum krachte. Er kam auf dem Boden auf und lief sofort los.

„Jetzt haben wir ihn“, sagte Anakin und holte das Letzte aus dem Antrieb heraus.

Obi-Wan sah eine verwischte Bewegung aus großen braunen Flecken, als sie dahinschossen. *Eine seltsame Form*, wunderte er sich. Die Flecken hatten Haare, die wie Beine in der Luft wedelten. Es waren tatsächlich Beine, wie ihm jetzt klar wurde.

Spinnen. Vielleicht von der Größe eines kleinen Nagetiers. Obi-Wan hatte über sie auf der Reise nach Null in der Unterweisung für die Mission gelesen. Sie waren nicht giftig, doch man musste aufpassen, dass man nicht in ihre …

„Anakin, pass auf!"

Vor ihnen erfasste das Sonnenlicht gerade noch die silberfarbenen Fäden des gewaltigen Netzes, das zwischen die Bäume gewebt war. Der Swoop schoss geradewegs hinein. Und es riss nicht. Die Reclumi-Spinnen hatten ein solch starkes Netz, dass es ein Fahrzeug im Flug aufhalten konnte.

Und genau das tat es.

Kapitel 23

Der Swoop federte zurück, raste gegen den Baumstamm hinter ihnen und schoss wieder nach vorn, wo er in dem klebrigen Netz hängen blieb. Die seilartigen Fäden klebten an Obi-Wans Haut und Haaren und gerieten ihm in den Mund. Als er versuchte, das Netz von seinem Gesicht zu ziehen, blieb es an seinen Fingern kleben.

„Aaargh!" Anakin stieß einen erstickten Schrei aus, als er ebenfalls versuchte, das Netz aus seinem Gesicht zu entfernen.

Obi-Wan schaffte es, sein Lichtschwert abzunehmen und zu aktivieren. Er durchschnitt das Netz, schlug ein Loch und fiel auf den Waldboden. Anakin landete neben ihm. An ihrer Haut hingen noch immer Fäden des Netzes, die sie zu entfernen versuchten, doch sie blieben wie ein starker Leim an ihnen kleben. Der Swoop hing über ihnen, während eine Spinne mit über einen Meter langen Beinen über einen Baumstamm lief, um nachzusehen, was sie gefangen hatte.

Der Killer war in der Zwischenzeit verschwunden. Sie würden ihn zu Fuß verfolgen müssen.

Sie liefen eilig zwischen den Bäumen hindurch und schlängelten sich so durch den Wald. Der Killer war umgekehrt. Nachdem sie ungefähr einen Kilometer hinter ihm her gerannt waren, kam Obi-Wan der Verdacht, dass er auf dem Weg zurück zum Dorf sein könnte.

Sie kamen schließlich auf einem anderen Weg heraus, der steil den Hang hinunter führte. Durch die Bäume sahen sie jetzt hin und wieder die Dächer des Dorfes. Der Weg endete am Dorfrand in der Nähe einiger Ställe. Neben einem großen Steingebäude gab es einen Parkbereich für Gleiter.

„Stopp, Anakin. Da ist er."

Der Killer bewegte sich von Schatten zu Schatten über die Straße. Sie sahen, dass es ein Humanoide war. Er trug dunkle Kleidung und einen Helm mit einem Visier, das sein Gesicht verbarg.

Dann tauchte Lorian Nod auf dem Bergpfad auf. Er kam schnellen Schrittes herunter und schien die Jedi nicht zu bemerken.

„Er trifft sich mit Lorian", sagte Anakin.

Da füllte sich der Weg plötzlich mit Dörflern. Sie kamen den Berg herunter, schrien in ihrer Heimatsprache und schwenkten Blaster und die einfache Waffe des Planeten, eine Klinge an einem langen hölzernen Stab. Der Killer drückte sich in den Schatten.

Die Bewohner erreichten das Dorf. Lorian verschwand irgendwo in dem Pulk aus Wesen. Plötzlich sah Obi-Wan, dass Floria und Dane vor der Menge hergeschoben wurden. Ihre Hände waren mit Laser-Handschellen gefesselt.

Dane erblickte Obi-Wan. „Sie glauben, dass wir Samish ermordet haben!“, rief er. „Helft uns!“

Floria und Dane wurden von der Menge mitgerissen. Die Dörfler drängten sich in das Steingebäude, als wären sie eine einzige, große Bestie. Es dauerte nicht lange, da war die Straße wieder leer. Auch Lorian war verschwunden.

„Sollen wir ihn suchen?“, fragte Anakin.

Obi-Wan seufzte. „Er geht sowieso nirgends hin. Und wir sollten sehen, was mit Floria und Dane geschieht.“

Sie gingen in das Gebäude. Es war ein einfaches Gefängnis und kein sonderlich sicheres dazu. Die Zelle war ein kleiner Raum in der Ecke mit einer Durastahl-Tür und einem einfachen Code-Schloss. Es gab keine offiziellen Wachen, keine Datenschirme, keinen Hinweis auf Aufzeichnungs- oder Comm-Geräte. Das Gebäude wurde offensichtlich so lange als Gefängnis benutzt, bis die Dörfler eine Entscheidung nach ihrem eigenen Rechtsempfinden gefällt hätten.

Die Einheimischen saßen um einen massiven Holztisch herum, tranken Tee und Grog und diskutierten. Obi-Wan ging zu ihnen.

„Wir würden gern unsere Freunde sehen.“

„Sie sind unsere Gefangenen.“ Diese Antwort kam vom größten Dörfler, der am Kopfende des Tisches saß.

Obi-Wan kramte in seiner Tasche und warf die Haut eines

Laroon auf den Tisch. Sie hatten Häute und Felle mitgebracht, um ihre Identität zu tarnen.

„Wir würden gern unsere Freunde sehen", wiederholte er.

Das Fell des Laroon wurde von Expertenhänden untersucht. Der Dörfler nickte. Er erhob sich langsam, ging zu dem Schloss und tippte den Sicherheitscode ein. Die Tür glitt zur Seite.

Dane ging ruhelos in der Zelle auf und ab. Floria saß still auf dem einzigen Stuhl. Die Tür schloss sich hinter den Jedi.

„Den Sternen sei Dank, dass Ihr hier seid", sagte Dane. „Sie werden uns töten."

„Sei nicht so dramatisch", sagte Floria. „Das weißt du nicht."

„Lass mich mal nachdenken", sagte er übertrieben. „Sie haben gerade darüber debattiert, ob sie Blaster benutzen sollten oder es langsam tun, indem sie uns in eine Laroon-Grube werfen. Was schließen wir daraus?", fragte er.

„Sie können uns nicht ohne Verhandlung töten", sagte Floria. Obi-Wan fiel auf, dass sie jetzt wieder etwas Farbe im Gesicht hatte. Floria war ein hübsches Mädchen gewesen und jetzt war sie eine schöne Frau.

„Natürlich können sie das!", rief Dane. „Das ist der Planet Null! Hier schert sich niemand um einen Prozess!"

„Floria, Dane, wenn ihr bitte einen Augenblick aufhören würdet zu streiten", sagte Obi-Wan mit erhobener Hand. „Haben sie irgendwelche Beweise gegen euch?"

„Ich habe den Leichnam gefunden und Dane kam gleich nach mir", sagte Floria.

„Mit anderen Worten, sie brauchen keine Beweise", sagte

Dane. „Wir sind Außenweltler. Wir waren in der Nähe. Das ist alles, was sie wissen müssen." Er lehnte sich gegen die nackte Wand der Zelle und rutschte hinunter, bis er auf dem Boden saß.

„Wir werden euch vor den Dörflern beschützen", sagte Obi-Wan. „Aber ihr müsst uns helfen."

„Ihr wart Kashs Leibwächter", sagte Anakin. „Ihr müsst doch irgendjemanden verdächtigen. Wer würde wohl diesen Killer anheuern?"

Floria schüttelte den Kopf. Dane zuckte mit den Schultern.

„Niemanden und jeden", sagte Dane. „Er hatte keine besonderen Feinde. Er hat seinem Volk Frieden und Wohlstand gebracht. Aber mit dieser Separatisten-Geschichte hat sich alles geändert. Es könnte Dooku selbst sein. Es könnte ein anderes Mitglied der Allianz sein, Telamarch oder Uziel, falls sie die Allianz kontrollieren wollten."

„Ihr habt Lorian Nod noch nicht erwähnt", sagte Anakin.

„Ja, ich schätze, er gehört auch zu den Verdächtigen." Dane blickte düster drein. „Ich vertraue sowieso niemandem."

„Nicht Lorian Nod", sagte Floria. „Sie haben die Allianz zusammen gegründet."

Obi-Wan ging neben Dane in den Hocke. „Dane, du sagtest, dass dir der Killer bekannt vorkam. Du musst dich daran erinnern, wo du ihn gesehen hast."

Dane vergrub das Gesicht in den Händen. „Floria und ich waren schon überall in der Galaxis. Ich habe so viele Wesen gesehen. Und er gehört zur Riege der Schrecklichen. Es wird Zeit, dass ich mich zur Ruhe setze." Er sah auf. „He, wie geht es eigentlich meinem Swoop? Alles in Ordnung?"

Obi-Wan und Anakin warfen sich einen Blick zu.

„Na ja, er wird mit Sicherheit nirgends hinfliegen", sagte Anakin.

„Wir hatten einen Zusammenstoß mit einer Reclumi-Spinne", sagte Obi-Wan.

„Web!", stieß Dane hervor.

„Ja, große Spinnweben"

„Nein, Web!", stieß Dane hervor. „Das ist sein Name! Der Name des Killers. Ich habe ihn vor zwei Jahren kennen gelernt. Robior Web. Wir hatten uns um den gleichen Auftrag beworben und ich bekam ihn nicht. Er fing als Sicherheitsoffizier an, doch die Sicherheitskräfte auf seinem Planeten wurden aufgelöst und er war arbeitslos. Er ist bekannt dafür, dass er große Jobs annimmt, Mord und dergleichen. Er war einmal einer der Wächter auf Junction 5."

Obi-Wan erhob sich langsam.

„Und da haben wir unsere Verbindung zu Lorian Nod", sagte er.

Kapitel 24

Obi-Wan und Anakin versprachen zurückzukehren, verließen das Gefängnis und rannten zur Herberge. Dort saß Lorian in einer abgeschiedenen Ecke der Lobby, tief in eine Besprechung mit den Regenten von Bezim und Vicondor versunken. Obi-Wan und Anakin hielten sich außer Sichtweite in der Nähe, sodass sie einen Teil der Unterhaltung hören konnten.

„Was geht hier vor?", fragte Yura Telamarch angespannt. Der Regent von Bezim war ein ernster, großer Humanoide mit einem hohen Kopf. „Glaubt Ihr, Count Dooku steckt hinter Kashs Ermordung?"

„Ich weiß es nicht, Yura", sagte Lorian. „Sie haben Samishs Leibwächter verhaftet. Es könnte ein internes Komplott von Delaluna sein."

„Wir sind hier nicht in Sicherheit", sagte Glimmer Uziel, die Regentin von Vicondor. Sie hatte eine melodiöse Stimme und eine blass goldfarbene Haut. Vier kleine Tentakel wehten in der

Luft wie Farnwedel. „Was wäre, wenn das hier eine Falle ist? Meine Assistenten sind der Meinung, dass Dooku gar nicht auftauchen wird. Er hat uns hierher gelockt, um uns zu töten und die Raumstation mit Gewalt zu übernehmen."

„Ohne Samish ist unsere Allianz schwächer", sagte Yura. „Der Druck wird zweifellos stärker werden. Was denkt Ihr, Lorian?"

„Ich denke, wir sollten Dooku vorerst vertrauen", gab Lorian zurück. Er stand auf. „Ich schlage vor, wir ruhen uns etwas aus. Das Treffen beginnt in einer Stunde."

Yura und Glimmer erhoben sich zögernd und gingen zur Treppe. Sobald die Regenten außer Sichtweite waren, gingen Obi-Wan und Anakin zu Lorian. „Dooku vertrauen?", fragte Obi-Wan hämisch. „Guter Ratschlag, Lorian."

„Was soll ich denn Eurer Meinung nach sagen?", fragte Lorian. „Dooku darf keinen Verdacht schöpfen, dass ich gegen ihn bin."

„Seid Ihr gegen ihn?", fragte Obi-Wan. „Die Dinge haben sich geändert, jetzt, nachdem Samish Kash tot ist. Wenn irgendjemand einen Keil in die Allianz treiben wollte, hat es funktioniert."

„Wollt Ihr mich etwa des Mordes an Samish Kash bezichtigen? Er war mein Freund."

„Das behauptet Ihr", sagte Obi-Wan. „Habt Ihr jemals von einem Mann namens Robior Web gehört?"

Lorian runzelte die Stirn. „Der Name kommt mir bekannt vor, aber ..."

„Er war ein Wächter."

„Man kann wohl kaum von mir erwarten, dass ich mich an jeden Wächter erinnere."

„Er arbeitet jetzt als Killer."

Es dauerte ein paar Sekunden, bis Lorian reagierte. „Ist er jetzt auf Null?"

„Ja. Dane hat ihn erkannt."

Lorian nickte langsam. „Ihr glaubt, dass dieser Robior Web Kash ermordet hat und dass ich ihn angeheuert habe."

Obi-Wan schwieg.

„Das habe ich nicht", sagte Lorian. „Und wenn Ihr einmal genau darüber nachdenkt, werdet Ihr erkennen, dass dies der einfachste Weg wäre, die Allianz zu zerschmettern: ein Mitglied töten und die Schuld einem anderen in die Schuhe schieben. Es ist kein Zufall, dass der Killer ein ehemaliger Wächter ist. Natürlich würde der Verdacht auf mich fallen."

„Natürlich", sagte Obi-Wan.

„Und genau das erwartet Dooku von Yura und Glimmer", fuhr Lorian fort. „So arbeitet er. Er wartet. Beobachtet. Untergräbt die Loyalität anderer. Es gefällt ihm, Bindungen zu zerstören. Es gefällt ihm, Verrat herbeizuführen."

Das alles war richtig, doch es bedeutete nicht, dass Lorian unschuldig war. Lediglich, dass er klug war.

„Hier geht mehr vor sich, als die Macht aufzuzeigen vermag", sagte Lorian. „Und mehr als Eure Logik erschließen kann. Hier sind Gefühle im Spiel, Obi-Wan. Und zu diesen Gefühlen gehören auch meine für Samish. Ich habe es nicht getan."

„Wir haben nur Euer Wort darauf und alle Hinweise", sagte Obi-Wan. „Und das ist das Problem."

„Für dieses Problem gibt es nur eine Lösung", sagte Lorian.

„Ihr müsst mir vertrauen."

„Könnt Ihr mir irgendeinen Grund nennen, warum ich das tun sollte?", fragte Obi-Wan.

Lorian zögerte leicht. „Nein. Ich kann meine Unschuld nicht beweisen."

„Dann werden wir Euch weiterhin als Verdächtigen betrachten", sagte Anakin.

„Wir stammen vom gleichen Ort", sagte Lorian. „Ich wurde im Tempel großgezogen. Ich habe mich seinen Lehren eine Zeit lang abgewandt. Warum? Ich hatte Angst. Ich war jung und allein und tat einen Schritt nach vorn. Den einzigen Schritt, den ich gehen konnte. Dann tat ich einen weiteren Schritt und landete in einem Leben, das mir unbekannt war."

„Das sind Ausflüchte", sagte Obi-Wan. „Sagt das dem Volk von Junction 5. Sagt es Cilia Dil."

„Ich habe meinem Volk Schaden zugefügt", gab Lorian zu. „Und ich muss auch sagen, dass Cilia nicht zu denen gehört, die mich unterstützen. Sie kann nicht vergessen, was ich einst war. Ich weiß, dass ich nichts als Entschuldigungen zu bieten habe. Wenn man ein Leben voller Fehler führt, was kann man dann anderes erwarten als Ausflüchte und Schuld?" Er machte eine kurze Pause. „Glaubt Ihr an Erlösung, Obi-Wan?"

Obwohl die Frage an Obi-Wan gerichtet war, antwortete Anakin. „Ich glaube daran."

„Ich auch, junger Anakin Skywalker", sagte Lorian. „Und das hält mich am Leben. Am Ende meines Lebens werde ich Gutes tun. Und das ist alles, was ich Euch im Augenblick sagen kann."

„Glaubt Ihr ihm?“, fragte Anakin, als sie die Herberge verließen.

„Ich glaube, dass er gut reden kann“, sagte Obi-Wan. „Aber ich weiß nicht, was ich glauben soll. Noch nicht.“ Hätte Qui-Gon es gewusst? Er schien immer gewusst zu haben, wem man trauen konnte.

„Ihr seid manchmal zu streng gegenüber Wesen“, sagte Anakin. „Fehler passieren. Dinge geschehen. Das bedeutet aber auch, dass sich etwas ändern kann.“

„Der Sinn des Lebens *ist* die Veränderung“, sagte Obi-Wan, der überrascht war, wie Anakin ihn charakterisierte. Diese Aussage tat weh. Er selbst fand nicht, dass er anderen Wesen gegenüber zu streng war. Vielleicht war das einst so gewesen, doch er hatte viel von Qui-Gon gelernt. „Ich habe nicht gesagt, dass ich Lorian nicht glaube. Aber ich kann nicht den bisherigen Verlauf seines Lebens ignorieren, nur weil er mich darum bittet. Wenn er mit Dooku unter einer Decke steckt, sollten wir herausfinden, was sie vorhaben. Und wenn er nichts mit Dooku zu schaffen hat, sollten wir es ebenfalls herausfinden.“

„Was ist also unser nächster Schritt?“, fragte Anakin.

„Hast du irgendwelche Vorschläge?“, wollte Obi-Wan von ihm wissen.

„Ich habe eine Frage“, erwiderte Anakin. „Wenn Robior Web angeheuert wurde, um Samish Kash zu töten, so hat er sein Ziel erreicht. Weshalb ist er noch immer auf Null? Killer bleiben selten in der Nähe, wenn sie einen Auftrag erledigt haben.“

„Er wollte sich mit Lorian treffen und Bericht erstatten“, sagte Obi-Wan.

„Das könnte stimmen", erwiderte Anakin. „Aber normalerweise macht man so etwas doch per Comlink oder Dataport. Ein Killer und sein Auftraggeber lassen sich doch nicht miteinander sehen."

„Wenn sich er also noch immer auf Null aufhält, könnte er einen weiteren Auftrag haben, der vor dem Treffen ausgeführt werden muss", grübelte Obi-Wan. „Vielleicht sollten wir ihn suchen."

„Natürlich", sagte Anakin. „Aber wie? Der Berg ist groß."

„Genau", gab Obi-Wan zurück. „Wenn ich Web wäre, würde ich ein Fahrzeug haben wollen. Seines wurde zerstört. Er muss sich ein neues besorgen, ohne Aufmerksamkeit zu erregen, daher ist ausgeschlossen, dass er bei einem Dörfler oder Assistenten einen Gleiter stiehlt. Aber er weiß, wo es noch ein Fahrzeug gibt."

Anakin grinste. „Und es hängt einfach so da."

Als sie zu der Stelle kamen, an der Danes Swoop im Netz hing, saß Robior Web bereits im Baum und war damit beschäftigt, das Netz mit einem Vibro-Messer zu zerschneiden. Es war offensichtlich, dass er schon seit einiger Zeit versuchte, das Fahrzeug freizubekommen. Seine Hände und die Tunika waren voller klebriger dicker Spinnweben. Er hatte schon das Heck des Swoop befreit und so hing die Maschine nur noch am Lenker, der ebenfalls von der klebrigen Masse bedeckt war. Unter dem Netz lag eine tote Reclumi-Spinne in Stücken. Sie war zweifellos ein Opfer des Vibro-Messers geworden, als sie ihr Netz zu verteidigen versucht hatte.

Robior Web warf einen Blick auf seinen Chrono und hackte dann noch wilder auf das Netz ein. Er erreichte damit nichts weiter, als dass sein Arm in einen dicken Spinnfaden eingewickelt wurde. Die Jedi konnten seine Frustration sehen.

„Die Zeit läuft ihm davon", murmelte Obi-Wan. „Ich schätze, er hat einen Termin."

Mit einem letzten wilden Stoß schaffte Robior Web es, ein frei hängendes Spinnseil loszuschneiden, doch es schwenkte zurück und klebte dann wieder am Rumpf des Swoop. Jetzt war die Maschine dichter eingesponnen als zuvor.

Der Killer sprang mit einem erstickten Schrei auf den Boden und begann zu laufen.

Obi-Wan und Anakin hängten sich an seine Fersen. Sie musste genügend Abstand halten, doch es war einfach, ihn in dem Wald zu verfolgen. Er lief horizontal den Berghang entlang, gewann jedoch auch an Höhe.

„Ich glaube, er geht zur Landeplattform", sagte Obi-Wan. „Wir nähern uns ihr von oben."

Nach einer schwierigen Kletterpartie erkannten sie, dass Obi-Wan Recht gehabt hatte. Robior Web kletterte über eine Felsnase und verschwand dahinter. Obi-Wan und Anakin warteten einen Augenblick ab, stiegen ihm hinterher und spähten über die Kante. Web bewegte sich auf die Landeplattform dort unten zu.

Plötzlich verdunkelte sich die Sonne. Sie sahen auf. Ein großer Transporter schwebte in der Luft. Robior Web beschleunigte seinen Schritt und rutschte beinahe zu der verlassenen Landeplattform hinunter.

Hinter dem großen Transporter senkte sich ein wendiges interstellares Segelschiff herab, wie es in der Galaxis sicher kein zweites gab.

„Dooku ist angekommen", sagte Obi-Wan.

Der Solarsegler landete. Die Ausstiegsrampe senkte sich zu Boden und Dookus hoch gewachsene, schlanke Gestalt erschien. Obi-Wan spürte, wie Anakin sich anspannte. Er fasste unwillkürlich an seine Metallhand, die seine echte Hand ersetzte, die er im Kampf mit Dooku verloren hatte.

„Also hat Dooku den Killer angeheuert", murmelte Obi-Wan, als Robior Web vor Dooku stehen blieb und sich verneigte. „Ob Lorian dennoch etwas damit zu tun hat, wissen wir nicht."

Abgelenkt von der Szenerie hatte er nicht bemerkt, dass Anakin sich erhoben hatte und schon beinahe aufrecht dastand.

„Anakin! Was tust du! Komm herunter!"

„Lasst ihn uns jetzt holen", sagte Anakin.

„Herunter mit dir!", zischte Obi-Wan. Zu seiner Erleichterung ging Anakin wieder in die Hocke. Er sah seinen Padawan an, dessen Augen entschlossen und wie Feuer brannten.

„Wir haben eine Chance, es hier und jetzt zu Ende zu bringen", sagte Anakin. „Lasst ihn uns töten. Zusammen schaffen wir es. Dieses Mal würden wir nicht dieselben Fehler noch einmal machen."

„So wie zum Beispiel ihn Hals über Kopf und ohne Plan zu überfallen?", fragte Obi-Wan. „Das hat dich das letzte Mal eine Hand gekostet und du willst es wieder tun, Anakin?"

„Worauf warten wir?", fragte Anakin. „Wir haben ihn auf

Raxus Prime nicht geschnappt, aber hier kann es uns gelingen. Wenn wir ihn töten, wird die Bewegung der Separatisten mit ihm sterben. Was ist schon ein Leben gegen Tausende? Vielleicht Millionen?"

„Anakin …"

„Er hat unsere Brüder und Schwestern auf Geonosis getötet", sagte Anakin voller Bitterkeit. „Habt Ihr schon vergessen, wie sie gestorben sind?"

„Ich erinnere mich noch an jeden einzelnen Augenblick", sagte Obi-Wan. „Aber jetzt ist nicht der richtige Zeitpunkt. Und das ist nicht der richtige Weg."

„Ihr wisst nicht, was ich zu schaffen vermag", sagte Anakin in einem eigenartigen Tonfall. „Meine Verbindung zur Macht ist stärker als Eure. Ich versichere Euch, ich kann es schaffen! Was auch immer Ihr sagt."

Obi-Wan war zutiefst schockiert. „Du bist noch immer mein Schüler", sagte er scharf. „Ich bin dein Meister. Du musst gehorchen."

Anakin verzog mürrisch den Mund.

„Anakin, du musst mir vertrauen", sagte Obi-Wan eindringlich. „Es wird die Zeit kommen, in der wir Dooku stellen. Aber nicht jetzt."

Anakin sah ihn an. Der mürrische Blick war verschwunden. Sein Blick war klar und deutlich. Obi-Wan konnte beinahe so etwas wie Ablehnung darin lesen. Doch gerade als ihm der Gedanke kam, war der Blick schon wieder verschwunden. Hatte er wirklich Ablehnung gesehen?

„Schau nach unten", sagte Obi-Wan. „Was könnte deiner Meinung nach in diesem Transporter sein? Super-Kampf-Droiden. Wir wären tot, bevor wir einen Fuß auf die Plattform gesetzt hätten. Sie werden gerade ausgeladen."

Anakin sah zu der Plattform hinunter. Reihen von Droiden gingen klackend in Formation, nachdem sie aus dem Transporter gerollt waren. Obi-Wan sah, dass Anakins Gedanken jetzt wieder um das vorliegende Problem kreisten. Er konnte beinahe spüren, wie Anakins Zorn verflog.

Aber weshalb war dieser Hass überhaupt aufgekommen? Obi-Wan wurde das Gefühl nicht los, dass er einen Blick auf etwas geworfen hatte, das viel tiefer lag und das er noch nicht gesehen hatte.

„Er geht kein Risiko ein", sagte Obi-Wan. „Wenn die Dinge während der Zusammenkunft nicht so laufen, wie er es sich vorstellt, wird er Gewalt anwenden."

Anakin wendete den Blick ab. „Wir sollten sie warnen."

„Ja", sagte Obi-Wan. „Aber wen? Jeder von ihnen könnte gemeinsame Sache mit Dooku machen. Wir müssen uns unseren nächsten Schritt gut überlegen. Wir müssen herausfinden, mit wem wir zuerst sprechen müssen."

„Lasst uns mit Floria sprechen", sagte Anakin.

„Warum Floria?", fragte Obi-Wan verdutzt. Er wusste nicht, was Anakin dachte. Er wusste es in letzter Zeit kaum noch. Er war allerdings froh, dass sie überhaupt miteinander sprachen.

„Ich spüre, dass sie uns nicht alles sagt, was sie weiß", erklärte Anakin.

Obi-Wan dachte an sein Gespräch mit Floria und jetzt wurde ihm bewusst, dass er bei ihr auch so etwas verspürt hatte. Doch er hatte sich zu sehr auf Lorian konzentriert, um darüber nachzudenken.

Deine Gedanken müssen überall zugleich sein, Padawan. Die Wahrheit hat viele Seiten.

Ja, Qui-Gon.

„Hier geht mehr vor, als die Macht aufzuzeigen vermag", sagte Anakin und wiederholte damit Lorians Worte. „*Gefühle*, sagte er. Was meinte er damit?"

„Ich weiß es nicht", sagte Obi-Wan.

„Deshalb müssen wir mit Floria reden", sagte Anakin. Er kam ruckartig auf die Beine und rannte fort. Obi-Wan musste sich anstrengen, um ihn einzuholen.

„Erinnert Ihr Euch daran", sagte Anakin im Laufen, „wie aufgewühlt sie war, als sie den Leichnam von Samish Kash sah?".

„Sie hat in ihrer Aufgabe versagt, ihn zu beschützen", sagte Obi-Wan.

„Ich glaube, dass der Verlust viel persönlicher war", erwiderte Anakin. „Und später nannte sie ihn Samish. Dane sprach von ihm immer als Kash. Ich glaube, sie liebt ihn."

„Und inwiefern ist das für unsere Mission relevant?"

Anakin warf ihm einen Blick zu. Es war schon erstaunlich, dass sie in höchstem Tempo einen Berghang hinunterlaufen konnten und Anakin noch genügend Atem für eine gesunde Portion Spott übrig hatte.

„Liebe ist immer relevant, Meister", sagte er.

Kapitel 25

Sie verschafften sich mit einer weiteren Bestechung Zutritt zur Zelle.

„Nehmt Euch Zeit“, sagte der Dörfler und winkte ab, als er die Tür öffnete. „Wir haben beschlossen, sie bei Sonnenaufgang zu töten.“

Die anderen Dörfler brüllten vor Lachen und schlugen mit den Fäusten auf den Tisch.

Sie hatten jetzt schon eine Zeit lang Grog getrunken. Die Tür glitt zu und dämpfte das Gelächter.

„Hast du das gehört?“, zischte Dane Floria zu.

„Sie hat keine Angst“, sagte Anakin. „Warum nicht, Floria?“

„Ich gerate nicht in Panik wie mein Bruder, das stimmt“, sagte Floria.

„Und du trauerst auch nicht mehr“, sagte Anakin. „Warum nicht?“

Floria sah Anakin mit ihren außergewöhnlichen, himmelblauen Augen an. Ihre Blicke ruhten einen Moment lang aufeinander.

„Du liebst ihn", sagte Anakin.

„Natürlich liebt sie mich", sagte Dane. „Ich bin ihr Bruder."

Noch ein langes Schweigen. Anakin wartete einfach ab. Obi-Wan sagte nichts.

„Ich liebe Samish", gab Floria zu. Ihre Augen leuchteten und sie hob das Kinn, so als hätte es ihr Vergnügen bereitet, die Worte auszusprechen.

„Du liebst wen?", fragte Dane.

„Und er lebt noch", sagte Anakin.

Floria nickte.

„*Was?*", schrie Dane und sprang auf. „Du liebst Samish Kash und er ist noch am Leben?"

„Dane, hör auf", sagte Floria. „Er wurde angeschossen, überlebte aber. Er beschloss, dass es nach diesem Anschlag auf sein Leben besser wäre, wenn alle denken würden, er sei tot. Er wollte herausfinden, wer den Killer beauftragt hat und weshalb. Die Allianz ist ihm sehr wichtig und er vertraut Dooku nicht."

„Er war unser Auftraggeber!", sagte Dane. „Wir haben für ihn gearbeitet. Du warst seine Leibwächterin. Du hast gegen jeden professionellen Standard ..."

„Sei still", sagte Anakin an Dane gewandt. „Floria kann nichts für ihre Gefühle."

„Man kann immer etwas für seine Gefühle", erwiderte Dane. „Man muss etwas gegen seine Gefühle unternehmen, sonst geraten sie vollkommen außer Kontrolle!"

Obi-Wan ging nicht auf Dane ein. „Als wir euch zum ersten Mal sahen, dachtest du, dass Samish Kash tot wäre", sagte er zu Floria. Sie nickte. „Wie hast du herausgefunden, dass er noch lebt?"

„Du hast mich in dem Glauben gelassen, dass wir exekutiert werden!", rief Dane, als ihn eine neue Welle der Entrüstung überkam.

„Lorian hat es mir gesagt", erklärte Floria. „Er hat Kash ins Med Center gebracht. Auch er dachte, dass er tot wäre. Kash kam auf dem Operationstisch wieder zu sich. Lorian bestach den Arzt und schmiedete mit Kash einen Plan. Das Erste, worum Kash Lorian bat, war, es mir zu sagen. Gleich danach wurden wir verhaftet."

„Kam dir jemals in den Sinn, zu erwähnen, dass die Person, die wir angeblich getötet haben, nicht tot ist?", fragte Dane.

„Ich konnte nichts sagen", sagte Floria. „Zumindest nicht vor dem Treffen. Wenn Dooku einen Plan hat, wird er ihn dort ausführen. Lorian und Samish haben beschlossen, dass Samish auf dem Treffen erscheinen soll. Wenn Dooku tatsächlich seine Ermordung arrangiert hat, wird das reichen, um seine Pläne zu durchkreuzen."

„Also hat Lorian die Wahrheit gesagt", stellte Obi-Wan fest. „Er hat den Killer nicht angeheuert. Er hätte den Verdacht ausräumen können, wenn er uns erzählt hätte, dass Samish noch am Leben ist, hat es aber nicht getan."

„Er schwor, das Geheimnis für sich zu behalten", sagte Floria. „Samish sagte immer, dass Lorian sowohl zu früh als auch zu spät kam, um Ehre zu empfangen. Ich war mir nicht sicher, was er damit meinte."

„Ich glaube, ich verstehe es", sagte Obi-Wan zu Anakin. „Sie laufen geradewegs in eine Falle."

Eine Falle, die er hätte verhindern können. Er hätte Lorian von den Kampf-Droiden erzählen können, hatte es aber nicht getan. Voller Wut über sich lenkte Obi-Wan den Gleiter in Höchstgeschwindigkeit zu Dookus Villa hinauf. Es hatte nur ein wenig Wahrheit, ein wenig Überzeugungskraft und zwei leuchtende Lichtschwerter bedurft, um die Dörfler dazu zu bringen, ihre Gefangenen freizulassen. Kaum hatten sie gehört, dass Samish Kash am Leben war und sich die beiden Jäger als Jedi herausstellt hatten, hatten sie ihnen sogar mehrere Gleiter zur Verfügung gestellt.

Obi-Wan und Anakin hatten jeweils einen Gleiter genommen. Floria und Dane hatten darauf bestanden, mitzukommen. Ungeachtet der Vorkommnisse betrachtete Dane Samish Kash noch immer als jemanden, den er schützen musste, und Floria wollte einfach bei ihm, sein „was auch immer geschieht."

Die Villa erhob sich vor ihnen, so grau und abweisend wie der Stein des Berges. Das Treffen würde jeden Augenblick beginnen. Obi-Wan sah das Sicherheitstor vor ihnen. Die Hülle des Gleiters hatte nur eine leichte Panzerung, daher eröffnete er das Feuer und schoss sich den Weg durch das Tor mit den Blastern des Gleiters frei. Sofort begann sich ein Durastahl-Schild vor die breite Doppeltür des Haupteingangs zu schieben.

Er würde zweifelsohne jeglichen Sprengmitteln widerstehen können.

Noch bevor Obi-Wan reagieren konnte, zwang Anakin seinen Gleiter zur vollen Leistung und feuerte die gesamte Bordbewaffnung auf die Tür hinter dem sich senkenden Schild ab. In einer Atem beraubenden Demonstration seiner Fähigkeiten unterbrach er die Energiezufuhr seines Gleiters, stellte ihn gleichzeitig seitlich auf und sprang ab. Der Gleiter rutschte senkrecht auf die Tür zu und blieb unter dem sich senkenden Schild stehen.

Als der Schild auf dem Gleiter auftraf, kreischte und ächzte das Metall, doch die Fahrt des Schildes wurde verlangsamt. Anakin rannte geduckt unter der Durastahl-Platte hindurch und sprang durch das Loch, das er in die Doppeltür geschossen hatte. Er verschwand in der Dunkelheit der Villa.

Das Ganze hatte nur ein paar Sekunden gedauert. Obi-Wan war bereits abgesprungen und lief auf den Schild zu, der den Gleiter langsam unter sich zermalmte. Es war gerade noch genügend Platz für Obi-Wan, um geduckt darunter hindurch zu kommen. Floria und Dane folgten ihm. Sie konnten sich gerade noch unter dem Schild hindurchrollen, als er sich mit einem Knall endgültig senkte und den Gleiter zu einem Pfannkuchen aus Maschinenteilen machte.

Anakin erwartete sie in der Dunkelheit der Eingangshalle. Die Decke war so hoch, dass sie von der Dunkelheit verschluckt wurde. Gemeinsam liefen sie den Hauptkorridor entlang und sahen im Vorbeilaufen in alle Räume. Da hörten sie vor sich Stimmen.

Obi-Wan trat in einen kreisrunden Raum, der sich mitten in der Villa befand. Es gab keine Fenster, nur die Dachkonstruktion war zu sehen, in die schmale Fenster eingebaut waren, die spärliches Licht hereinließen. Eine Wand bestand aus einem offenen Kamin, dessen Feuerstelle groß genug war, um einem aufrecht stehenden Nullianer Platz zu bieten. In der Mitte des Raumes stand ein großer runder Steintisch, der angesichts der Größenverhältnisse allerdings klein wie ein Spielzeug erschien. An dem Tisch stand Dooku. Ihm genau gegenüber stand Samish und sah ihm ins Gesicht. Yura, Glimmer und Lorian wirkten klein und hilflos. Der Tisch war so groß, dass zwischen jedem von ihnen genügend Platz war.

Obi-Wan nahm an, dass Dooku seine Gegenwart spürte. Er spürte die Dunkle Seite der Macht in dem großen Raum, die wuchs und bebte. Anakin kam zu ihm, gefolgt von Floria und Dane. Sie hielten sich im Schatten der Wand, um nicht gesehen zu werden.

„Ich nehme an, Ihr wolltet mich töten, damit Ihr die Allianz zerschlagen könnt", sagte Samish.

„So viel Emotion und so wenig Logik", sagte Dooku. „Lasst uns ruhig bleiben, der Raumhafen Station 88 ist ein wichtiges strategisches Bindeglied. Diese Angelegenheit muss mit Bedacht überlegt werden. Ihr habt noch nicht einmal angehört, was Euch meine Organisation für die Rechte an Eurem Raumhafen zu geben bereit ist. Ich bin mir sicher, dass Eure Partner das Angebot gern hören möchten. Wollt Ihr ihnen dieses Recht verweigern?"

Samish schien unsicher zu sein. „Ja, wir sollten ihn zumindest anhören", sagte Yura.

Anakin rührte sich. Obi-Wan legte eine Hand auf seinen Arm. Wenn sie sich jetzt zeigen würden, wäre Dooku zu allem fähig. Und er hatte Robior Web an einer Wand stehen sehen, wo er fast vom Schatten verschluckt wurde. Er hatte keinen Zweifel, dass Samish Kash in Gefahr schwebte – und die anderen Regenten der Allianz ebenfalls.

Samish wandte sich an die anderen. „Weshalb sollten wir auf ihn hören? Er erzählt doch nichts als Lügen."

Dooku drehte sich zu Lorian. „Wir haben noch gar nichts von dir gehört, alter Freund. Sag Samish, was du beschlossen hast."

Lorian stand auf. „Ich unterstütze Samish Kash. Und ich unterstütze die Republik."

Dooku umfasste die Tischplatte. Es war deutlich, dass er zutiefst wütend war. Er hielt die Wut im Zaum. Seine dunklen Augen schienen das Licht um den Tisch einzusaugen und zu schlucken.

Er beugte sich über den Tisch. „Also verrätst du mich wieder. Ich versichere dir, dass es das letzte Mal ist, Lorian."

„Ja", sagte Lorian. „Dessen bin ich mir sicher."

„Vicondor wird hinter Delaluna und Junction 5 stehen, hinter meinen Freunden Samish und Lorian", sagte Glimmer. „Die Allianz wird die Republik unterstützen."

Dooku sah hinüber in den Schatten und bestätigte damit zum ersten Mal, dass er die Anwesenheit der Jedi zur Kenntnis genommen hatte. „Ihr unterstützt eine korrupte Regierung?", donnerte er. „Habt Ihr schon die Schlacht um Geonosis vergessen, in der sie einen kleinen Planeten mit einer Invasionsarmee zerquetscht haben? Sie sind skrupellos. Sie verstecken sich im Schatten. Seht!"

Die Regenten drehten sich um und erkannten die Jedi. Lorian schien froh zu sein, sie zu sehen. „Das ist eine Art, die Dinge zu betrachten", sagte er. „Aber nicht die Wahrheit."

„Ich stehe hinter der Entscheidung der Allianz", sagte Yura.

„Es scheint, als wären die Verhandlungen vorüber", sagte Dooku. Er hatte seinen Zorn wieder unter Kontrolle und sprach jetzt in einem milden Tonfall. „Wie bedauerlich. Ich glaube, ich könnte versuchen, Euch zu überreden. Doch je älter ich werde, desto weniger Geduld habe ich für solche Dinge."

Hinter Obi-Wan, Anakin, Floria und Dane schloss sich die Tür. Sie hörten, wie Sicherheitsschlösser einrasteten. Vor die Fenster schoben sich stählerne Blenden und plötzlich war der Raum in Dunkelheit getaucht.

Dann öffneten sich versteckte Türen in den Wänden des runden Raumes und mindestens ein Dutzend Kampf-Droiden marschierte herein.

Obi-Wan sah alles wie eingefroren. Da war Dooku. Da waren die Droiden. Da war Robior Web, der gefährliche Killer.

Yura, Glimmer und Kash waren keine Kämpfer, sondern Politiker. Floria und Dane konnten sich selbst verteidigen, aber nicht gegen eine solche Feuerkraft. Hier mussten zu viele Wesen verteidigt werden. Und es war klar, dass Dooku sie alle umbringen würde. Der Raum war eine Falle. Ein Grab.

Er musste an die Arena von Geonosis denken, an die Ankunft der Kanonenboote, an den Kampf, an das Abschlachten.

In diesem Augenblick schoss ihm ein Gedanke durch den Kopf, heiß wie ein glühender Speer: *Ich ertrage keinen einzigen weiteren Toten mehr.* Es war unlogisch, denn er wusste, dass er noch viele Tote würde ertragen müssen. Aber nicht heute.

Nicht heute.

Dooku ging einen Schritt von dem Tisch zurück. Anakin rannte los, genau zwischen die aufmarschierenden Droiden und die Politiker. Im gleichen Augenblick brach das Feuer aus den Blastern der Kampfmaschinen los. Yura und Glimmer warfen sich geistesgegenwärtig sofort zu Boden.

Niemand hatte damit gerechnet, dass Floria so schnell reagieren würde. Sie schoss pfeilschnell durch den Raum, als Obi-Wan begann, das Feuer von den Droiden abzulenken. Sie würde genau zwischen Dooku und Anakin herauskommen, was kein sonderlich sicherer Ort war.

Auf sein eines Ziel konzentriert, kämpfte Anakin schneller und schneller. Obi-Wan sah, wie er vom Schatten ins Licht sprang und vom Licht in den Schatten. Er spürte, dass die Macht in dem Raum pulsierte wie einen Herzschlag, wie eine Welle.

„Anakin, Floria!“, rief er.

Anakins Körper erbebte unter der Anstrengung, die es ihn kostete, seinen gnadenlosen Vorstoß zu stoppen. Er änderte die Richtung, um Floria abzufangen, nahm sie unter den Arm und hielt sein Lichtschwert in Bewegung, um das Blasterfeuer der

Droiden abzulenken. Er stellte Floria mitten im Sprung so sanft neben Samish Kash ab, dass nicht ein einziges Haar ihrer geflochtenen Locken gekrümmt wurde.

Obi-Wan sah die Erleichterung auf Samish Kashs Gesicht. Anakin hatte Recht gehabt, was die Liebe der beiden betraf. Jetzt sah er diese Liebe in Kashs Gesicht. Er würde nicht zulassen, dass die beiden starben.

Er nahm die Macht auf, die Anakin ausstrahlte, hielt sie fest, verdoppelte sie und ließ sie wachsen. Die Droiden näherten sich jetzt den Regenten. Offensichtlich waren sie auf sie programmiert. Anakin sprang erneut und Obi-Wan traf mitten in der Luft auf ihn. Sie sahen sich in dem Raum um und landeten wieder. Es blieben nur Sekunden, um eine Strategie zu entwickeln.

Dooku machte sich davon. Sie sahen seinen wehenden Mantel, als er zur einzigen noch offenen Tür lief.

Lorian sah, dass Dooku verschwand und lief ihm hinterher.

Yura und Glimmer waren unbewaffnet. Sie saßen Rücken an Rücken auf dem Boden und hatten hinter einem riesigen Stuhl Schutz gesucht, der Stück für Stück von den Schüssen der Droiden zerlegt wurde. Der Ausdruck auf ihren Gesichtern zeigte Obi-Wan, dass sie den Tod erwarteten und ihm tapfer ins Auge sehen wollten.

Floria gab Samish einen ihrer Blaster und behielt den anderen. Während Samish und Dane versuchten, sie zu beschützen, schoss sie mehrmals und mit unbeirrbarer Präzision auf einen Droiden. Die Maschine spuckte Flammen und kippte schwerfällig auf den Tisch.

Robior Web zielte auf Samish.

Obi-Wan landete nach einem Sprung, sprang erneut, machte mitten in der Luft einen Salto und landete mit beiden Füßen voraus auf Webs Brust. Der Killer flog nach hinten gegen einen Stein, der aus der Wand ragte, und blieb reglos liegen.

Obi-Wan nahm diesen Stein nur unbewusst wahr, doch etwas im Zusammenhang mit diesem Stein erschien ihm wichtig. Er war damit beschäftigt, das Blasterfeuer abzulenken, das auf Yura und Glimmer gerichtet war.

Anakin hatte es geschafft, die Gruppe in einer Ecke des Raumes zusammenzutreiben, damit sie leichter zu schützen war. Mit einem Lichtschwerthieb hackte er zum Schutz der anderen ein großes Stück aus dem Tisch und stieß sie dahinter.

Sie konnten nicht ewig durchhalten, dachte Obi-Wan verzweifelt. Sie konnten gegen diese Droiden nicht gewinnen.

Der Stein in der Wand. Warum verschwand er nicht aus seinen Gedanken?

Der Schlüsselstein. Ein Ruck am Schlüsselstein und die ganze Wand stürzt ein.

Obi-Wan lief zu Anakin zurück. Sie sprachen miteinander, während sie die anderen beschützten, indem sie das Blasterfeuer ablenkten. Samish, Dane und Floria kamen immer wieder hinter dem Tisch hervor, um Schüsse auf die Droiden abzufeuern und dann wieder in Deckung zu gehen.

„Glimmer wurde ins Bein getroffen", sagte Anakin. „Und Lorian ist hinter Dooku her. Wir müssen ihm helfen. Wir müssen hier verschwinden."

„Der Schlüsselstein in der Feuerstelle“, sagte Obi-Wan. „Wenn wir die anderen schnell auf die gegenüberliegende Seite des Raumes treiben und dann an dem Schlüsselstein ziehen, könnten wir die meisten Droiden ausschalten.“

Anakin ließ den Blick kurz über den Kamin schweifen, während er weiter das Blasterfeuer ablenkte.

„Das Problem ist nur, ihn zu finden“, sagte Obi-Wan.

Er spürte, wie Anakin nach der Macht griff. Die Steine an der Wand, alle Lebewesen in dem Raum strahlten sie ab, ließen sie wachsen Anakin konzentrierte sich auf die Wand.

Obi-Wan sah einen Stein mitten in der Wand, der sich ein kleines Stück bewegte. Er hörte ein tiefes Donnern.

„Lauft!“, rief er und sprang zu anderen. Er riss Glimmer hoch, schob Yura an und schrie Samish ins Ohr. „Zur Tür!“

Sie rannten und krochen, als sich die Wand zu bewegen begann und die Luft von Donner und Kratzgeräuschen erfüllt wurde. Dann setzten sich die Steine in Bewegung und vereinten sich zu einer tödlichen Lawine, die alles überrollen würde. Die Steine und ein Teil der Decke stürzten auf die Droiden herab und schleuderten sie gegen die Wände, auf den Boden und gegeneinander.

Obi-Wan und Anakin drückten die anderen zu Boden und versuchten, sie mit ihren Körpern zu schützen, als die Wand einstürzte. Der Staub und der Rauch der Feuerstelle biss in ihren Lungen und stach in ihren Augen. Sie schmeckten den ganzen Berg in ihren Mündern.

Doch sie waren noch am Leben.

Drei Droiden standen noch. Obi-Wan und Anakin liefen, von Staub bedeckt, zu ihnen und streckten sie nieder.

Dann wandten sie sich dem Geröllhaufen zu. Dahinter lag die Tür, durch die Count Dooku verschwunden und durch die Lorian ihm gefolgt war. Es würde einige Zeit dauern, bis sie aus der eingestürzten Kammer herauskommen würden.

„Möge die Macht mit ihm sein", sagte Obi-Wan.

Kapitel 26

Lorian hatte die Macht seit Jahren nicht mehr gespürt. Als er danach griff und merkte, wie sie floss, zuckte er zusammen, so als hätte er sich die Hand verbrannt.

Doch innerhalb einer Sekunde kam alles wieder zu ihm zurück und er wusste, dass er sich auf die Macht verlassen konnte.

Dooku war irgendwo vor ihm in dem dunklen Gang und lief zu einem Gleiter. Dooku musste wissen, dass Lorian ihm auf den Fersen war, doch er machte sich nicht die Mühe, sich umzudrehen und ihn zu stellen. Lorian war sich sicher, dass Dooku ihm nicht mehr Beachtung schenkte als einer Fliege.

Er hatte keine Zeit, sich eine Strategie zu überlegen. Er wusste, dass Dooku unendlich viel mächtiger war. Weshalb tat er es dann, fragte er sich im Laufen. Weshalb? Es war wie ein Todeswunsch, der Plan eines Narren, dabei hatte er noch nie den Tod herausgefordert oder sich zum Narren gemacht.

All die Fehler seines Lebens, all das Unrecht, all die unverzeihlichen Taten, all der Schmerz, den er verursacht hatte, all die Leben, die er verwirkt hatte – all das war hier in diesem dunklen Korridor. Es würde ihn ersticken, ihn niederdrücken, doch die Macht hatte ihn gerade in dem Augenblick berührt, in dem er sie brauchte. Und sie hatte die Erinnerung an eine Kindheit zurückgebracht, in der er gewusst hatte, was Recht war – und auch Rechtes hatte tun wollen.

Er hatte einen Blaster, wusste jedoch, dass dessen lächerliche Energie Dooku nichts anhaben konnte. In einem Sekundenbruchteil würde er ihm die Waffe aus der Hand reißen und durch den Korridor fliegen lassen.

Weshalb sie also benutzen? Weshalb eine Waffe benutzen, wenn Dooku ihn wie eine Fliege zerquetschen konnte?

Lorian war nicht stehen geblieben, um seinen Gedanken nachzugehen. Was hatte er, was Dooku nicht hatte? Was wusste er über Dooku, das niemand außer ihm wusste? Was wusste er über den kleinen Jungen Dooku, das sich nicht geändert haben würde? Hatte er eine Schwäche?

Stolz. Er war eingebildet. Er wurde gern bewundert.

Aber das war nicht viel, um es einzusetzen.

Dann bemerkte Lorian einen Gleiter am Ende des Korridors vor Dooku. Er kannte das Modell. Es war ein Mobquet Twin-Turbojet mit getunter Luft-Höchstgeschwindigkeit. Mobquet Industries waren für ihre Swoops bekannt und weniger für ihre Gleiter. Dookus Gefährt war aufgrund der hohen Endgeschwindigkeit und der guten Manövrierfähigkeit eine gute Wahl, wenn er schnell verschwinden wollte. Aber vielleicht, nur möglicherweise, wusste Dooku nicht, dass der Mobquet-Gleiter einen Nachteil hatte. Die Datenkabel, die die vorderen Kontrollen mit der Kabine verbanden, lagen unter einer dünnen Verkleidung an der Seite des Rumpfes. Es würde Lorian sechs Sekunden kosten, diese Abdeckung zu finden und die Kabel mit einem gezielten Blasterschuss durchzubrennen.

Er brauchte nur sechs Sekunden.

„Du warst gut, Dooku", rief er. Seine Stimme hallte in dem Korridor. „Aber ist dir jemals in den Sinn gekommen, dass du es ohne mich nicht geschafft hättest?"

Dooku blieb stehen und drehte sich um. Lorian hatte es vorausgesehen.

„Wie bitte, alter Freund?"

„Der Sith-Holocron. Du hast ihn geöffnet, oder nicht? Irgendwann später. Du hast es nie ertragen können, dass ich etwas wusste, was du nicht wusstest."

„Weshalb hätte ich ihn öffnen sollen?", fragte Dooku.

Lorian ging weiter. „Du hattest natürlich das Recht dazu. Aber du hättest niemals den Mut dazu gehabt, wenn ich es nicht vor dir getan hätte."

Dooku lachte. „Du bist unglaublich. Weißt du eigentlich, wie verlockend es ist, dich einfach zu töten? Und jetzt provozierst du mich auch noch. Du lebst sehr gefährlich, Lorian."

Lorian hatte Dooku jetzt umrundet und stand in der Nähe des Gleiters. Dooku hatte keine Angst vor ihm. Er würde ihn so nahe er wollte an sich herankommen lassen. Lorian lehnte sich gegen den Gleiter und verschränkte die Beine, so als hätte er alle Zeit der Welt, um zu plaudern. „Ich weiß jetzt, wie falsch es war, dich zu bitten, mich wegen des Holocrons zu decken."

„Eine solch späte Entschuldigung? Ich bin überwältigt."

„Ich hätte die Verantwortung übernehmen müssen. Dann hätte man mich nicht aus dem Jedi-Orden verstoßen. Das ist mir jetzt klar. Aber ich frage mich jetzt, weshalb ich dich gebeten habe." Er ließ seine Finger unter dem Schutz seines Mantels über die Hülle gleiten, um die Abdeckung zu suchen.

„Ich finde es ermüdend, sich mit der Vergangenheit aufzuhalten", sagte Dooku. „Wenn du mich also bitte entschuldigen würdest ..."

Er setzte einen Fuß auf den Gleiter, bereit, einzusteigen.

„Könnte es sein, dass du meine Ängste noch geschürt hast? Wenn ich es mir jetzt überlege, finde ich es seltsam. Ich hätte das mit dir nicht getan. Ich hätte nicht versucht, deine Ängste zu schüren, ich hätte sie mildern wollen." Seine Finger ertasteten eine Naht. Er hatte die Abdeckung gefunden.

Dookus Augen blitzten auf. Lorian holte den Blaster hervor und legte den Lauf auf die Abdeckung.

Die Dunkle Seite erbebte in einer schockierenden Zurschaustellung ihrer Kräfte. Lorian musste miterleben, wie er wie eine Puppe in die Luft gezerrt wurde. Er schlug gegen eine Steinwand und fiel benommen zu Boden. Irgendwie hatte er es geschafft, seinen Blaster festzuhalten.

Dooku sah ihn natürlich. „Ich nehme an, dass dies ein plumpes Ablenkungsmanöver war", sagte er und zog sein Lichtschwert mit dem gebogenen Griff. „Ich glaube, ich habe genug

Gnade gezeigt. Lass uns jetzt zu Ende bringen, was damals schon hätte enden müssen."

Er hatte noch eine letzte Chance. Nur noch eine. Er konnte auf die Abdeckung schießen und verhindern, dass Dooku verschwand. Obi-Wan und Anakin würden den Rest übernehmen. Wenn er versagen würde, würde er sterben. Wenn er Erfolg hätte, würde er ebenfalls sterben. Daran hatte er keinen Zweifel. Lorian griff nach der Macht, damit sie ihm helfen würde. Er brauchte sie hier, in seinen letzten Sekunden. Er spürte sie wachsen und sah, wie Dooku eine Augenbraue hob.

„Also hast du sie nicht völlig verloren", sagte er. „Schade, dass es nicht reicht."

Er näherte sich Lorian. Lorian erinnerte sich an Dookus Beinarbeit. Der erste Angriff würde von links kommen. Er rollte sich im letzten Augenblick nach rechts und Dookus Lichtschwert traf auf den Felsen, in dem es rauchend versank. Da er einen leichten Treffer erwartet hatte, drehte sich Dooku einen Sekundenbruchteil zu spät um. Lorian war bereits losgelaufen. Er hatte gewusst, dass Dooku damit gerechnet hatte, dass er sich umdrehte, um hinter ihn zu gelangen. Er hatte nicht damit gerechnet, dass Lorian zu dem Gleiter laufen würde.

Lorian hatte den Blaster schussbereit in der Hand und wusste, dass er nur einen Schuss haben würde. Und dieser Schuss musste sitzen. Er musste absolut genau …

Hinter ihm war ein Flüstern zu vernehmen. Das war alles, was er hörte. Er sah nach unten und erblickte die Klinge von Dookus Lichtschwert. *Wie eigenartig*, dachte er noch. *Dooku ist hinter mir, weshalb ist sein Lichtschwert vor mir?* Dann wurde ihm klar, dass er durchbohrt worden war.

Er feuerte den Blaster ab, doch der Schuss ging ins Leere. Er stürzte zu Boden.

Ich habe versagt, dachte er. *Ich habe versagt.*

Dooku stand über ihm. Er sah die dunklen Augen, die wie leere Höhlen wirkten. Er wollte nicht, dass dies sein letzter Anblick war. Er hatte so lange mit diesem Hass gelebt, jetzt wollte er nicht in dessen Angesicht sterben. Er drehte mit letzter Kraft den Kopf. Er sah die Felsen des Korridors, die glatten und die kantigen Steine und bemerkte zum ersten Mal, dass sie nicht grau waren, sondern von Silber, Schwarz und Rot durchzogen und einem Blau, wie es den Sternen zu eigen war …

Der Gedanke durchfuhr ihn mit dem gleichen Schmerz, den das Lichtschwert verursacht hatte: *Was habe ich noch alles versäumt?*

Zu spät, um es jetzt herauszufinden.

Er zog die Macht um sich zusammen wie ein Leintuch und ließ in einer Explosion aus Farbe und Licht, die sein Blickfeld erhellte, sein Leben los.

Kapitel 27

Anakin saß auf dem kalten Boden und beobachtete, wie orangefarbene Strahlen das Grau durchstachen. Die Sonne ging auf.

„Zeit zu gehen", sagte Obi-Wan.

Anakin stand auf. Er war müde, nachdem er die Hunderte von Steinen zur Seite geschafft hatte, die ihnen den Ausgang blockiert hatten.

„Ich habe Lorians Leichnam an Bord gebracht", sagte Obi-Wan. Er stellte sich neben Anakin und sah der aufgehenden Sonne entgegen. „Wir werden ihn zum Tempel mitnehmen."

Sie hatten ihn im Korridor gefunden. Nicht weit entfernt hatte sein Blaster gelegen, seine Augen waren offen gewesen und auf seinem Gesicht hatte ein eigenartiges, sanftes Lächeln gelegen. Auf dem Boden waren Spuren eines Kampfes zu sehen und an den Felsen bemerkten sie Anzeichen von Blasterfeuer. Außerdem waren die Startspuren eines Gleiters erkennbar gewesen. Dooku war entkommen.

„Lorians Chancen waren gleich null“, sagte Obi-Wan. „Er war noch nie mehr Jedi als zuletzt.“

„Also ist Erlösung doch möglich“, sagte Anakin.

„Natürlich“, gab Obi-Wan zurück. „So lange wir noch atmen, gibt es auch Hoffnung. Wenn es nicht so wäre, wofür würden wir dann kämpfen?“

„Ich wünschte, ich hätte nicht das Gefühl, versagt zu haben“, erklärte Anakin. „Dooku ist entkommen. Der Raumhafen Station 88 bleibt der Republik erhalten, aber wie lange noch? Was oder wer soll Dooku von dem erneuten Versuch abhalten, sie zu töten?“

„Wir“, gab Obi-Wan zurück.

Du machst dir zu viele Sorgen. Qui-Gon hatte das mehrmals zu Obi-Wan gesagt. War das seine Hinterlassenschaft für Anakin? Er hatte versucht, ihm so viel mehr zu geben.

„Du hast hier nicht versagt, Anakin“, sagte Obi-Wan. „Das Ziel unserer Mission bestand darin zu verhindern, dass der Raumhafen an die Separatisten fällt und darin, Informationen zu sammeln. Das haben wir geschafft. In Dookus Villa haben wir wertvolle Daten gefunden.“

„Ein kleiner Sieg“, sagte Anakin mit einem traurigen Lächeln. „Können wir so einen Krieg gewinnen?“

Er hatte ihn nicht erreicht. Anakin hatte den Klonkrieg hier beenden wollen. Er hatte Count Dooku zerstören wollen. Sein Ehrgeiz würde immer größer sein als jede Mission. Obi-Wan sah das und es tat ihm weh. Er hatte Anakin alles beigebracht und Anakin hatte viel gelernt – doch hatte er das Wichtigste vergessen?

Ich habe versagt, Qui-Gon. Ich habe versagt.

Sie gingen die Landerampe hoch. Anakin setzte sich hinter die Kontrollen des Kreuzers. Obi-Wan tippte die Koordinaten für ihre Rückreise ein. Auf der Oberfläche des Planeten war wieder alles so, wie es gewesen war.

Sie würden schon bald ihre gemeinsame Reise beenden. Das wussten beide. Er hatte sich nie von Qui-Gon, seinem Meister, verabschieden müssen. Als er gestorben war, war er noch immer dessen Padawan gewesen. Vielleicht war das auch der Grund dafür, dass er sich ihm noch immer so nahe fühlte.

Er wusste nicht, ob Qui-Gon ihm vielleicht ein paar weise Worte hinterlassen hätte, eine Richtung, der er hätte folgen können. Denn jetzt konnte er nicht wissen, was er Anakin noch geben konnte. Er hatte ihm alles gegeben und offensichtlich war es nicht genug gewesen.

Obi-Wan wurde von Traurigkeit erfüllt, als sie in die Atmosphäre aufstiegen. Er liebte Anakin Skywalker, doch er kannte ihn nicht richtig. Die wichtigsten Dinge, die er ihn hätte lehren müssen, hatte er ihm nicht beibringen können. Er würde ihn gehen lassen müssen, obwohl er sich dessen bewusst war. Er würde ihn gehen lassen müssen.

STAR WARS™

DAS GEHEIMNIS DER JEDI

Jude Watson

PANINI BOOKS

Kapitel 1

Qui-Gon Jinn konnte nicht schlafen. Er versuchte es jede Nacht ein paar Stunden, bevor er dann beschloss, das Schlafbedürfnis durch einen Spaziergang loszuwerden.

Er konnte es nicht begreifen. Als Jedi war er es gewohnt, überall zu schlafen – selbst unter den widrigsten Umständen. Er hatte schon in Frachträumen geschlafen, in Hangaren auf Raumhäfen, auf einem Haufen von Droiden-Teilen. Einmal hatte er vier Stunden im Freien geschlafen, mitten in einem Gewittersturm. Wenn er Schlaf brauchte, dann befahl er seinem Verstand einfach, sich zu leeren und seinem Körper, sich zu entspannen – und sie gehorchten.

Doch früher hatte sein Herz dabei nie eine Rolle gespielt.

Er hatte das Verbotene getan. Er hatte sich in eine Jedi-Ritterin verliebt. Sie hatten sich ihre Liebe gestanden. Und sie war gestorben. Er bezahlte einen Preis, den er gerne bezahlte – diese wenigen Tage des Liebens und der Gewissheit, geliebt zu werden, waren es wert gewesen. Doch wie sollte jemals sein Herz wieder heilen? Tahl hatte es verändert. Sie hatte ihn erst vollkommen gemacht und dann mit ihrem Tod zerbrochen. Qui-Gon wusste nicht, wie er wieder zu sich selbst finden sollte.

Und deshalb konnte er auch nicht schlafen. Er und sein Padawan Obi-Wan Kenobi hielten sich jetzt seit Wochen im Jedi-Tempel auf. Als Yoda sie zurückbeordert hatte, waren sie davon ausgegangen, es wäre wegen einer Mission gewesen. Doch es hatte keine Mission gegeben. „Tage des Nachdenkens Euer Padawan braucht", hatte Yoda gesagt. „So wichtig sie sind wie Tage des Handelns."

In letzter Zeit hatte es so viel Handlungsbedarf gegeben. Eine Mission nach der anderen. Der Senat war gespalten – zerrissen von den verschiedenen Interessen und sich bekriegenden Gruppierungen und Allianzen.

Es schien viele Dinge zu geben, die Qui-Gon und Obi-Wan hätten tun können; doch Qui-Gon wollte Yodas Entscheidung nicht in Frage stellen, also blieben sie. Aber die Wochen im Tempel machten Qui-Gons Schlaflosigkeit nur noch schlimmer. Nachts ging er in den leeren Korridoren spazieren. Die Leuchten waren zu einem sanften Blau heruntergefahren, sodass die Spaziergänge angenehm beruhigend waren. Es schien, als wäre in jedem Gang, in jedem Raum die Erinnerung an Tahl zugegen. Doch Qui-Gon gab sich diesen Erinnerungen nicht hin. Er versuchte, seine Trauer zu seinem Begleiter zu machen, ließ aber nicht zu, dass sie über ihn herrschte. Er öffnete seinen Geist und spazierte einfach vor sich hin.

Nach einer dieser langen Nächte fand er sich vor der Tür seiner Unterkunft wieder. Qui-Gon zögerte. Er war noch nicht bereit, in sein kleines Zimmer zurückzukehren und die Wände anzustarren.

„Froh ich bin, Euch wach vorzufinden." Yoda näherte sich ihm und stützte sich auf seinen Gimer-Stock.

Der kleine Jedi-Meister blinzelte Qui-Gon an. „Und weshalb, mein Freund, findet der Schlaf nicht zu Euch?"

Qui-Gon wollte nicht mit Yoda über seinen Seelenzustand sprechen. Er mochte und respektierte den Jedi-Meister, doch er wollte sich ihm nicht anvertrauen. Er hatte Yoda nie von seinen Gefühlen für Tahl erzählt. Auch jetzt gab es keinen Grund, dass Yoda erfuhr, wie nahe Qui-Gon davor gewesen war, die Jedi-Regeln zu verletzen.

„Das Spazierengehen erfüllt mich mit Frieden", sagte er deshalb anstatt der vollen Wahrheit.

„Viele Dinge ich in Euch sehe", sagte Yoda. „Frieden ist keines davon."

Qui-Gon gab keine Antwort. Er zuckte aber auch nicht mit den Schultern, wandte sich nicht ab oder senkte den Blick. Er wusste, dass Yoda seine unausgesprochene Nachricht hören würde. *Ich bin noch nicht bereit, darüber zu sprechen.*

„Eine Mission Ihr braucht", sagte Yoda.

Qui-Gon nickte. „Und Ihr habt eine für mich. Es ist auch an der Zeit."

Er hörte leise Schritte hinter sich. Der Duft von starkem Tee drang in seine Nase – seine Lieblingsmischung aus den grünen, wohlduftenden Blättern der Sapir-Pflanze.

Es muss kurz vor Sonnenaufgang sein. Obi-Wan hatte es sich zur Gewohnheit gemacht, am frühen Morgen Tee aufzugießen und in seine Unterkunft zu bringen. Qui-Gon hatte ihn auf sanfte Art davon abzubringen versucht; er wollte nicht von seinem Padawan bedient werden. Doch dickköpfig wie Obi-Wan war, kam er immer wieder mit dem Tee vorbei. Qui-Gon war deshalb sowohl genervt als auch gerührt. Obi-Wan wusste nicht genau, was eigentlich los war. Doch er war jetzt achtzehn und damit alt genug, um sich einen Reim auf das machen zu können, was auf Apsolon zwischen seinem Meister und Tahl vorgefallen war. Er spürte, wie tief Qui-Gons Schmerz saß, und er wusste, dass er helfen musste, auf welch unbedeutende Art auch immer.

Qui-Gon spürte, dass sein Padawan jetzt hinter einer Säule stehen blieb und zögerte. Obi-Wan wollte die Unterhaltung zwischen seinem Meister und Yoda nicht stören.

„Herankommen du darfst, Obi-Wan", sagte Yoda. „Dich ebenfalls betrifft diese Sache."

Obi-Wan kam aus dem Zwielicht hervor. Yoda erfasste den Padawan mit einem einzigen Blick – die kleine Teekanne auf dem Tablett, die dampfende Tasse, Obi-Wans besorgte Miene.

Yodas Augen kehrten wieder zu Qui-Gon zurück. Und in diesem Blick las Qui-Gon die Wahrheit. Yoda wusste von seinen nächtlichen Spaziergängen. Yoda wusste von dem Tee, den Obi-Wan jeden Morgen brachte. Und vielleicht wusste er sogar von Tahl. Wie hatte Qui-Gon nur vergessen können, dass es so wenig gab, was Yoda nicht wusste?

Yoda hatte sie nicht zurückgerufen, um Obi-Wan Zeit zum Nachdenken zu geben. Er hatte sie um Qui-Gons Willen gerufen.

„Nicht bereit ich bin, Euch gehen zu lassen", sagte Yoda. „Und doch gehen lassen ich Euch muss."

Kapitel 2

Alles hatte mit einem kleinen Jungen angefangen, der gerne Sachen zusammenbaute.

Talesan Fry war zehn Jahre alt und die Schule fand er schon lange langweilig. Er saß lieber zu Hause in seinem Zimmer und beschäftigte sich mit Geräten, die er selbst konstruiert hatte. Mit acht Jahren hatte er ein Kommunikationssystem eingerichtet, das seine Bewegungen mittels Stimmaktivierung aufzeichnete. Mit neun hatte er herausgefunden, wie er es umgehen konnte, indem er falsche Werte eingab, damit seine Mutter nie sicher sein konnte, wo er sich befand und was er gerade machte. Jetzt, mit zehn, war er dazu übergegangen, seine Nachbarn auszuspionieren. Vielleicht war das für einen Jungen in seinem Alter normal, Taly jedoch bemühte sich besonders, die Nachbarn auszuspionieren, die viel dafür taten, nicht belauscht zu werden.

In die Haupt-Kommunikationskanäle seines Heimatplaneten Cirrus einzudringen, war allzu einfach gewesen. Taly knackte immer wieder die codierten Kanäle, überwand die Sicherheitsvorkehrungen und öffnete mit seinem System einen Kanal nach dem anderen. Doch er hörte nie sonderlich wichtige Dinge. Politiker. Sicherheitsoffiziere. Firmenvorstände. Niemand, der Talys Meinung nach etwas Wichtiges zu sagen hatte. Und doch schlich er weiter im Netz herum, weil er so gerne Verbotenes tat.

Und dann, eines Tages, hörte er etwas Interessantes. Zuerst klang es nicht einmal aufregend genug, um den Kopf von seiner Liege zu heben, von der er lustlos das Modell eines Gian-Gleiters fernsteuerte. Er hörte nur ein kurzes Gespräch – eine Unterhaltung über einen Auftrag, der anstand.

„Negativ", sagte jemand. „Schockraketen erregen in geschlossenen Räumen zu viel Aufsehen."

„Es würde aber auch nichts schaden, ein paar dabei zu haben. Es interessiert mich nicht, was unser Auftraggeber sagt. *Wir* erledigen die Arbeit, nicht er. Er macht sich die Hände nicht schmutzig. Ich möchte mir den Weg freisprengen können, wenn es sein muss."

Taly hob langsam den Kopf.

„Wenn es soweit kommt, hast du bereits die Hälfte aller galaktischen Sicherheitskräfte am Hals. Wir müssen schnell und leise rein und wieder raus."

„Du glaubst, dass das Einsacken von ..."

„Keine Namen", sagte die andere Stimme in einem scharfen Tonfall. Taly hatte jetzt sein Ohr am Empfänger. Er hatte einen Aufzeichnungsstab aktiviert.

Ja länger er zuhörte, desto größer wurden seine Augen. Er konnte fünf verschiedene Stimmen unterscheiden, und irgendwann wurde ihm klar, dass es sich um Kopfgeldjäger handelte. Fünf Kopfgeldjäger, die zusammenarbeiteten? Taly wusste nicht viel über Kopfgeldjäger, aber doch genug, um zu wissen, dass diese Verbindung äußerst ungewöhnlich war.

Er wusste, dass er über eine große Sache gestolpert war. Sie unterhielten sich über ein Rendezvous auf irgendeinem Planeten und über einen Mordanschlag. Sie hatten bereits ein Datum vereinbart – das Ganze sollte in vierzehn Standardtagen stattfinden.

Das war etwas, was er nicht für sich behalten konnte. Er musste es – und das war das Schlimmste daran – seinen Eltern erzählen.

Eine Stunde später, nachdem er den nötigen Mut aufgebracht hatte, gab er ihnen den Aufzeichnungsstab. Als sie sich alles angehört hatten, waren sie zu aufgeregt, um ihn zu bestrafen. Sie benachrichtigten die Sicherheitskräfte von Cirrus, die wiederum die auf Coruscant unterrichteten. Irgendwann drang die Geschichte eines Jungen, der Informationen über ein bedeutendes Mordkomplott bekommen hatte, bis zur Ermittlungskommission des Senats über die Ausbreitung und Zunahme organisierter Kriminalität in den Systemen des Kerns und des Mid Rim vor. Die Kommission hatte sich bis dahin seit zwei Monaten in die Frage verrannt, ob sie ihren Ermittlungsbereich auch auf den Outer Rim ausdehnen sollte. Talys Neuigkeiten trafen sie wie ein Elektro-Jabber und trieben sie zu einer Entscheidung an, die sie erst nach einigem Zögern trafen: Sie riefen Taly als ihren Kronzeugen auf.

Als diese Aufforderung endlich bei der Fry-Familie auf Cirrus ankam, hatte die Nachricht von Talys Aufzeichnung genügend Sicherheitsbeamte, Senatoren und Senatsassistenten erreicht, dass er es auch im HoloNet hätte verbreiten können. Und danach dauerte es nicht lange, bis ein korrupter Regierungsbeamte jemanden fand, der nur darauf gewartet hatte, ihn zu bestechen. Nur zwei Tage später stand auf Talesan Frys Kopf eine Belohnung, ausgeschrieben von genau jenen Kopfgeldjägern, die er belauscht hatte.

Talys Eltern wussten genug, um sich darüber im Klaren zu sein, dass ihr Sohn ziemlich tief in Schwierigkeiten steckte. Sie beschlossen, den Aufzeichnungsstab zu behalten und ihn selbst nach Coruscant zu bringen. Sie würden Taly unter Geheimhaltung aussagen lassen, und die Sache wäre erledigt.

Doch in der Nacht vor ihrem Aufbruch wurden sie angegriffen. Um Mitternacht. Der Überfall scheiterte nur wegen der Arroganz des Angreifers. Die Kopfgeldjäger hatten sich keine Gedanken darüber gemacht, dass der Junge, der es geschafft hatte, in ihr gesichertes Kommunikationsnetz einzudringen, auch in der Lage war, in seinem Zuhause ein Sicherheitsnetz einzurichten, das den Angriff vereiteln würde.

Taly und seine Eltern entkamen in einem Luftgleiter, der vom Dach des Hauses abhob, als die Alarmleuchten aufblitzten und die Sirene erklang. Der Kopfgeldjäger, der allein gearbeitet hatte, weil man zu fünft beschlossen hatte, dass einer reichen musste, fand das Aufzeichnungsgerät. Er benutzte eine Schockrakete, um das Haus zu zerstören. Er setzte die doppelte Feuerkraft von dem ein, was nötig war. Er war genervt.

Seit diesem Tag waren Taly und seine Eltern auf der Flucht. Sie hatten Angst, sich zu rühren oder jemandem zu vertrauen. Der Senatskommission wurde klar, dass sie die Sache vermasselt hatte, und so bat sie die Jedi um Hilfe. In einer Galaxis, in der niemandem mehr zu trauen war, vertrauten die meisten wenigstens noch den Jedi. Sie würden Taly und seine Eltern nach Coruscant bringen.

Der Planet Cirrus war bekannt für seine goldenen Meere und wunderschönen Städte. Die Jedi landeten auf dem Raumhafen der Hauptstadt Ciran. Die Stadt schmiegte sich an eine große Bucht, die das Licht reflektierte und den Himmel in einem blassen Gelbton erscheinen ließ. Die Kombination des goldfarbenen Lichtes und der hellen Sonnen hatte einen erstaunlichen Effekt, so als wäre die Luft zu hell zum Hinsehen.

Die Eingeborenen von Cirrus waren Humanoide, doch in den Straßen tummelten sich Wesen der verschiedenen Spezies. Die

Stadt war auf zwei Ebenen erbaut, wobei die Geschäfte unten und die Wohnungen oben waren. In regelmäßigen Abständen gab es Liftröhren und Rampen. Ciran war eine Stadt, die den Luftverkehr dadurch in Grenzen zu halten versuchte, indem sie es angenehm für ihre Bürger machte, zu Fuß zu gehen. Große Segel – Bahnen aus einem starken, dehnbaren Stoff – waren überall über die Gehwege gespannt, spendeten Schatten und schwächten einen Teil des grellen Lichtes ab. Sie wehten wie farbige Flaggen in der sanften Brise und warfen Schatten wie Regenbogen.

„Wir müssen darauf achten, dass wir nicht verfolgt werden", sagte Qui-Gon, als sie den Lift vom Raumhafen hinunter auf die Geschäftsebene bestiegen. „Die Kopfgeldjäger gehen zweifelsohne davon aus, dass der Senat Sicherheitskräfte schickt, um Talesan abzuholen. Sie werden die Augen offen halten und hoffen, dass wir sie zu den Frys führen."

„Ich spüre nichts", sagte Adi Gallia. „Siri?"

Obi-Wan hatte Siri Tachi und ihre Meisterin seit Jahren nicht mehr gesehen. Ihm fiel auf, dass sich Adi ihrer Schülerin mit einem gewissen Respekt zuwandte, der neu war. Obi-Wan sah seine Freundin zum ersten Mal richtig an, seitdem sie im Tempel zusammen an Bord des Schiffes gegangen waren. Siri war jetzt zwar größer, doch sie hatte auch eine andere Körperhaltung. Sie wirkte weniger aggressiv. Sie hatte gelernt, mit sich zufrieden zu sein. Ihre Schönheit hatte Siri einst gründlich gestört, doch jetzt konnte Obi-Wan sehen, dass sie sich wohler damit fühlte. Sie unternahm keine Anstrengungen mehr, sie zu verbergen. Es machte ihr einfach nichts mehr aus.

Siri zögerte, bevor sie antwortete, so als wollte sie sichergehen. „Nichts."

„Gut", sagte Adi zu Qui-Gon. „Siri hat ein außergewöhnliches

Gespür für Warnungen der Macht. Sie hat uns schon aus der einen oder anderen brenzligen Lage gerettet."

„Nun ja, ich mag vielleicht die Gefahr spüren, doch Adi ist diejenige, die uns rausholt", fügte Siri mit einem Grinsen zu ihrer Meisterin hinzu.

„Lasst uns ein paar Schritte gehen, bevor wir uns zu den Frys begeben", sagte Qui-Gon. „Nur um sicher zu sein."

Taly und seine Eltern waren permanent in Bewegung, seitdem ihr Haus zerstört worden war. Sie hatten beschlossen, in der dicht besiedelten Stadt unterzutauchen, wo sie von Hotel zu Hotel, von Unterkunft zu Unterkunft zogen, um ihre Freunde nicht zu gefährden. Die Jedi hatten die Koordinaten ihres jetzigen Verstecks erst bei der Landung bekommen. Die Frys erwarteten sie.

Sie hatten in einer Herberge für Kurzzeitgäste Zuflucht gesucht. Hier stiegen hauptsächlich Leute ab, die regelmäßig geschäftlich nach Cirrus kamen. Die Herberge machte keine Werbung und war nur unter Geschäftsleuten bekannt. Es hing kein Schild draußen, und es gab nur eine unscheinbare Tür. Talys Vater kannte die Herberge aufgrund seiner Kontakte.

Die Jedi warteten in einer Gasse ein paar Schritte entfernt, um sicherzugehen, dass man ihnen nicht folgte. Als sie sicher waren, gingen sie zur Tür und drückten einen Knopf neben einem Überwachungsmonitor.

„Bitte Codenummer eintippen", sagte eine Stimme aus einem Lautsprecher.

„Wir haben keine", sagte Qui-Gon. „Wir suchen ..."

„Wir sind ausgebucht." Der Monitor erlosch.

Qui-Gon drückte noch einmal auf den Knopf. „Wir werden von einem Eurer Gäste erwartet", sagte er schnell, wobei er versuchte, nicht entnervt zu klingen.

„Name?"

„Yanto." Es war der Name, unter dem sich die Fry-Familie versteckte.

„Einen Augenblick."

Es dauerte etwas länger als einen Augenblick, doch dann öffnete sich die Tür. Die Jedi gingen hinein und standen vor einem schweren grauen Vorhang. Sie schoben ihn zur Seite und fanden sich in einem kleinen, runden Vorraum wieder. Mitten im Raum stand ein ebenso runder Schreibtisch. Der junge Mann, der dahinter saß, stellte einen überaus gelangweilten Gesichtsausdruck zur Schau. Er hatte langes blondes Haar, das ihm über die Schultern fiel.

„Sie sind nicht da", sagte er. „Ich habe nachgesehen."

„Wir würden gerne in ihrem Zimmer warten", sagte Qui-Gon.

Der junge Mann zuckte mit den Schultern.

Adi ergriff mit strengem Tonfall das Wort: „Sie hinterließen eine Nachricht, dass wir eintreten dürfen, oder nicht?"

Der Angestellte warf einen Blick auf seinen Datenschirm. „Ich glaube schon."

„Dann lasst uns nach oben." In Adis Stimme schwang Autorität mit.

Der junge Mann schob eine Codekarte über den Tisch. „Suite 2344. Viel Vergnügen."

Die Jedi stiegen in den Turbolift. Er fuhr lautlos bis ins oberste Stockwerk, wo sie auch schnell das Zimmer fanden. Qui-Gon klopfte an. Als keine Antwort kam, schob er die Codekarte in den Leseschlitz. Eine Reihe von Zahlen leuchtete auf und die Tür glitt zur Seite.

Das Zimmer war bescheiden eingerichtet. Zwei Betten standen in einer Wandnische, an der anderen Wand stand ein Schreibtisch.

Video- und Datenschirme waren in die Wand eingelassen. Vor einem Fenster, das auf die Straße blickte, hing ein grauer Vorhang.

Siri durchsuchte die Reisetaschen bei den Liegen. „Sieht so aus, als wären sie es", sagte sie. „Die wichtigsten Habseligkeiten sind noch da."

„Also warten wir", sagte Adi.

Qui-Gon ging ans Fenster, schob den Vorhang ein Stück zur Seite und sah auf die Straße hinaus. Obi-Wan beobachtete seinen Meister.

„Er hat uns zu schnell nach oben gelassen", sagte Qui-Gon.

„Wir wurden erwartet", sagte Adi.

„Er hat nicht einmal nach unseren Namen gefragt."

„Er schien sich ohnehin keine großen Gedanken über die Sicherheit zu machen", sagte Obi-Wan.

„Das stimmt", murmelte Qui-Gon. „Er betonte sein Desinteresse geradezu." Er sah sich in dem Raum um.

Siri beugte sich vor und sah sich die Sachen genauer an. Als sie ein paar Kleidungsstücke am Ende des Bettes untersuchte, richtete sie sich plötzlich auf.

„Hier stimmt etwas nicht", sagte sie.

Qui-Gon drehte sich mit wachem Blick um. „Sag es uns."

„Sie kommen nicht zurück." Siri zeigte auf die Sachen zu ihren Füßen. „Ich kann es spüren. Diese Dinge sind nur Tarnung. Hier müsste etwas Persönliches dabei sein, ist es aber nicht."

„Ihr Haus wurde zerstört", sagte Adi. „Sie besitzen vielleicht keine persönlichen Sachen mehr." Sie sagte es nicht als Kritik, sondern als Feststellung, um Siri zum Nachdenken aufzufordern.

„Das könnte stimmen", meinte Siri. „Aber sie sagten, sie wären seit drei Tagen hier. Also müsste man auch Hinweise darauf finden, dass sie hier gelebt haben. Ein paar Krümel. Einen losen Faden. Einen Fleck auf der Kleidung. Eine Falte. Einen Duft. Irgendetwas."

„Und der Angestellte ...", begann Qui-Gon, vollendete seinen Satz jedoch nicht.

„Wenn sie tatsächlich das Gefühl hatten, hierher verfolgt worden zu sein ...", sagte Siri.

Obi-Wan sah die anderen an. Er spürte nichts, kein Aufbäumen der Dunklen Seite. Er empfand nur das normale Unbehagen, das der Aufenthalt an einem fremden Ort mit sich brachte, und das Wissen, dass die Wesen, die sie suchten, verfolgt wurden. Obi-Wan merkte, wie ihn ein leichter Anflug von Neid überkam, weil Siri immer im Einklang mit Qui-Gons Gedanken zu stehen schien.

Genau in diesem Augenblick sah Siri auf. Ihre Hand zuckte an den Griff ihres Lichtschwerts.

Qui-Gon hatte sich schon in Bewegung gesetzt und machte einen Satz neben die Tür. „Der Angestellte. Er kommt hoch." Eine halbe Sekunde später ging die Tür auf und Blasterfeuer zuckte in den Raum.

Kapitel 3

Das Wesen, das durch die Tür stürzte, hatte wenig Ähnlichkeit mit dem gelangweilten Mitarbeiter des Hotels, den sie eben noch unten gesehen hatte. Er trug jetzt eine Rüstung aus hochfestem Panzergewebe.

Auf den Rücken hatte der Mann je ein Halfter für ein Blastergewehr und ein Vibro-Messer überkreuz geschnallt und an den Unterarmen befanden sich Handgelenks-Raketenwerfer. Seine langen, blonden Haare wehten hinter ihm in der Luft, als er sich wie ein Droideka in den Raum rollte und die Jedi mit einem ungewohnten Angriffswinkel überraschte.

Der Angreifer rollte eine Merr-Sonn-Splittergranate mitten in das Zimmer. Sie explodierte sofort und verteilte in alle Richtungen Schrapnelle. Der Mann blieb ruhig stehen und hob einen leichten Schild.

Qui-Gon spürte die Schockwelle der Explosion und er spürte, wie die Splitter durch die Luft rasten. Er machte einen Satz vor Obi-Wan und Siri, um sie zu decken. Selbst für einen Jedi-Meister war es schwer, Granatsplitter abzuwehren. Sie waren schnell, unberechenbar und flogen in zufälligen Bahnen durch die Luft. Adi und Qui-Gon mussten ihre ganze Konzentration aufwenden, um die Schrapnelle abzuwehren. Sie prallten von ihren Lichtschwertern ab und schlugen in den Wänden ein. Ein paar der tödlichen

Querschläger trafen das Schild des Kopfgeldjägers, doch sie prallten ab, ohne Schaden anzurichten.

Qui-Gon sah die Überraschung, die der Anblick von Lichtschwertern beim Kopfgeldjäger auslöste. Er hatte zweifellos die üblichen Sicherheitskräfte des Senats erwartet und kein Jedi-Team. Er feuerte kurz hintereinander zwei Handgelenksraketen ab, wich zurück und rollte wieder hinaus.

Beim Rückzug warf er noch eine Granate in das Zimmer. Qui-Gon sprang darauf zu und verwandelte sie in einen Haufen rauchenden Metalls, bevor sie explodieren konnte. Den Kopfgeldjäger behielt er dabei immer im Auge. Der Mann hielt einen Moment draußen vor der Tür inne. Dann blitzte irgendetwas in seinen Augen auf und er ergriff plötzlich die Flucht.

Qui-Gon rannte hinaus, als der Kopfgeldjäger mit einer weiteren Rakete aus seinem Handgelenk ein Loch in das Fenster des Korridors schoss und hinaussprang. Qui-Gon sah, wie ein Seil im hohen Bogen durch die Luft schoss.

Als er das Fenster erreicht hatte, warf er einen Blick hinaus und sah gerade noch, wie das Ende des Seils nach unten flog. Der Kopfgeldjäger war auf einem Gehweg gelandet. Sekunden später hatte die Menge ihn bereits verschluckt und er war unter einem der bunten Sonnensegel verschwunden.

Adi tauchte neben Qui-Gon auf. „Er hat auf sie gewartet. Wahrscheinlich dachte er, er könnte uns in der Zwischenzeit ausschalten."

„Wenigstens wissen wir eines", sagte Obi-Wan. „Er weiß nicht, wo sie sind."

„Dessen wäre ich mir nicht so sicher", murmelte Qui-Gon.

Er ging den Flur zurück zu der aufgesprengten Tür und stellte sich an die Stelle, an der der Kopfgeldjäger gestanden hatte. In den Augen des Mannes war so etwas wie Erkenntnis aufgeblitzt. Dann Selbstgefälligkeit und Entschlusskraft. All das hatte Qui-Gon gesehen.

Der Kopfgeldjäger, der als Hotelmitarbeiter verkleidet gewesen war, wusste, wohin die Frys gegangen waren.

Es blieb ihnen keine Zeit. Der Kopfgeldjäger war bereits unterwegs. Doch mit dem Gedanken daran wollte Qui-Gon sich nicht aufhalten. Er betrachtete sorgsam jedes Objekt, das er von seinem Standpunkt sehen konnte.

Boden. Fensterecke. Videoschirm. Ein Kissen auf dem Bett. Die Seite einer Tasche.

Nichts.

Qui-Gon sah die Tür an. Und dann die Tastatur, die sie zum Öffnen benutzt hatten.

„Der Nummerncode", sagte er. „Ich kenne solche Hotels. Der Bewohner sucht einen Code aus, der leicht zu merken ist. Dieser Code wird ins Sicherheitssystem und auf die einzelnen Karten gespeist. Der Bewohner kann entweder die Karte benutzen oder die Nummer eintippen, um in das Zimmer zu gelangen."

Adi nickte.

Qui-Gon hob die Hand. Die Codekarte flog von dem Sims, auf dem er sie hatte liegen lassen, in seine Finger. Er zog die Karte durch den Leseschlitz und las die Nummer ab, die aufleuchtete.

„Der Code hier lautet 2N533", sagte Qui-Gon. „Die Stadt Ciran ist wie ein Stern mit fünf Strahlen aufgebaut. Es gibt fünf Distrikte, die in den Koordination wiedergegeben werden. Jede Adresse beginnt mit der Distriktsnummer. ‚N' könnte Norden bedeuten."

„Glaubt Ihr, dass der Code die Adresse ist, an der sie wohnen?", fragte Adi.

„Das würde aber ein großes Risiko für sie bedeuten", sagte Siri. „Müssten sie nicht Angst haben, dass der Kopfgeldjäger das herausfindet?"

„Sie wussten nicht, dass er hier ist. Nur, dass er ihnen dicht auf den Fersen ist. Doch sie mussten uns einen Hinweis hinterlassen."

„Abgesehen davon", fügte Obi-Wan hinzu, „konnte er nicht davon ausgehen, dass sie für immer verschwinden würden. Er wartete darauf, dass sie zurückkehren."

Noch während er sprach, öffnete er die Karte von Ciran auf seinem Datapad. „N533", sagte er. „Ohne einen Straßennamen ... das muss ich abgleichen ... Augenblick." Er sah wieder auf. „Distrikt 5, North Ascin Street 522. Das ist die einzige Nummer 522 im zweiten Distrikt Richtung Norden. Das muss es sein."

„Der Kopfgeldjäger hat einen Vorsprung", sagte Adi. „Wir dürfen uns keinen Fehler erlauben."

„Er ist zu Fuß unterwegs", sagte Qui-Gon. „Wir auch. Also müssen wir schneller sein."

Kapitel 4

Sie rannten durch die Straßen, ohne ein einziges Mal Halt zu machen oder auch nur zu zögern. Ihr Jedi-Training half ihnen dabei. Obi-Wan hatte sich die Karte innerhalb von Sekunden eingeprägt. Siri fand alle Abkürzungen. Qui-Gon und Adi nutzten die Macht, um den schnellsten Weg durch die Menge zu finden.

Sie sahen keinerlei Zeichen des Kopfgeldjägers. Als sie bei der Adresse ankamen, blieben Qui-Gon und Adi stehen und sahen die Vorderseite des Gebäudes an. Es war wie die angrenzenden Gebäude aus grauem Stein errichtet.

Qui-Gon überquerte die Straße und stellte sich vor die Tür. Er hob die Hand, um die Klingel an der Sprechanlage zu drücken.

Er spürte es, bevor es geschah. Über ihm schnappte ein Fenster auf, und ein großes Vibro-Messer flog herab. Qui-Gon spürte den Luftzug an seinem Rücken und machte einen Satz zur Seite. Eine halbe Sekunde später und die Klinge wäre in seinen Kopf gerast.

Obi-Wan kam heran, um seinem Meister zu helfen, Adi und Siri folgten ihm, um einen Blick durch die Fenster neben der Tür werfen zu können.

„Es scheint …", begann Adi, als aus einer versteckten Klappe Pfeile flogen „… hier Fallen zu geben."

„Schluss damit", murmelte Qui-Gon. „Wir haben keine Zeit für so etwas."

Er aktivierte sein Lichtschwert und schnitt ein Loch in die Tür.

Eine ölige, glitschige Substanz lief heraus, bedeckte den Boden und bespritzte Qui-Gons Stiefel. Er sah nach unten.

Im gleichen Augenblick zuckte aus dem Liftschacht hinter der Tür Blasterfeuer. Qui-Gon lenkte es mit seinem Lichtschwert ab, ohne seine Füße auch nur einen Zentimeter zu bewegen.

„Wir sind Jedi!", rief er. „Hört auf damit! Wir haben keine Zeit!"

Das Blasterfeuer brach ab.

Die Tür zum Liftschacht war leicht angelehnt – gerade genug, um jemandem einen Blick hinaus zu gestatten. Sie öffnete sich ein paar Zentimeter mehr.

Ein Junge streckte schließlich seinen Kopf heraus. Er hatte rotes Haar, das ihm in Büscheln überall vom Kopf abstand. Seine lebhaften Augen waren grün. Seine schmale, spitze Nase zuckte. Neben ihm standen ein Mann und eine Frau. Beide hatten einen Blaster in der Hand, ließen die Waffen aber langsam sinken, als sie Qui-Gons Lichtschwert sahen.

„Das wussten wir nicht", sagte die Frau.

Qui-Gon deaktivierte sein Laserschwert und klickte es an den Gürtel. „Das ist uns schon klar."

„Ich bin Nelia Fry. Das ist mein Mann Grove. Und das hier ist Taly."

Der Junge deutete auf den Boden. „Wenn Ihr Euch bewegt, rutscht Ihr aus. Das ist synthetisches Öl mit Schmierseife. Mein eigenes Rezept."

„Ich werde nicht ausrutschen", sagte Qui-Gon, machte einen Schritt und rutschte sofort zur Seite. Er fing sich wieder, rutschte wieder aus und glitt geradewegs in die Tür zum Liftschacht. Er konnte sich mit den Händen am Türrahmen abfangen und blieb mit betrübtem Gesicht nur wenige Zentimeter vor Talesan stehen.

„Entschuldigung?“, versuchte es Talesan.

Adi machte mit Hilfe der Macht einen Sprung über die glitschige Masse hinweg und landete neben Qui-Gon. „Wir müssen sofort aufbrechen. Ein Kopfgeldjäger ist Euch auf der Spur. Er kennt die Adresse.“

Die Familie tauschte besorgte Blicke aus. „Wohin wir auch gehen, er wird uns finden“, sagte Grove Fry.

„Wir haben einen Fluchtplan“, sagte Nelia. „Auf dem Dach stehen Swoop-Bikes.“

Die Jedi schoben die Familie eilig in den Liftschacht und fuhren schnell nach oben.

Auf dem Dach standen drei betankte Swoops. „Wir müssen sie zu zweit benutzen“, sagte Qui-Gon. „Talesan, du fährst mit mir.“

„Nennt mich Taly“, sagte der Junge. „Ich habe so ein Gefühl, als ob wir noch eine Zeit lang miteinander zu tun haben werden.“

„Wenn Ihr beide auf den Rücksitz dieses Swoops passt, kann mein Padawan den Pilotensitz übernehmen“, sagte Qui-Gon zu Nelia und Grove. „Wir haben unser Schiff in der Nähe der Landeplattform an einem sicheren Ort zurückgelassen.“

Plötzlich blinkte ein Empfänger an Groves Gürtel. „Irgendjemand hat das Gebäude betreten“, sagte er besorgt. „Taly hat einen stillen Alarm eingerichtet.“

„Er ist hier“, sagte Siri leise.

„Die Suche wird ihn ein paar Minuten kosten“, sagte Qui-Gon. „Los.“

Grove und Nelia tauschten Blicke aus. „Wir kommen nicht mit Euch.“

„Wie meint Ihr das?“, wollte Qui-Gon wissen.

„Dad? Mom?“ Talys Stimme klang plötzlich sehr jung.

Nelia hockte sich vor ihren Sohn und sah ihm in die Augen. „Dad und ich glauben, dass du ohne uns sicherer bist. Er ist uns zu dicht auf den Fersen. Wenn wir warten und ein paar Sekunden nach euch aufbrechen, wird er vielleicht uns folgen. Wir können ihn von dir ablenken. Euch Zeit geben, von hier wegzukommen."

„Das ist nicht nötig", sagte Adi kurz angebunden. „Wir können Euch beschützen."

„Wir möchten nicht respektlos klingen", sagte Grove. „Wir vertrauen den Jedi. Aber wir wollen unserem Sohn jede erdenkliche Chance geben."

„Ihr müsst mit uns kommen", drängte Qui-Gon. „Hier zu bleiben, wäre ein großes Risiko."

Groves Blick spiegelte eiserne Entschlossenheit wider. „Diese Entscheidung liegt bei uns, nicht bei Euch", sagte er. „Wir haben es uns lange überlegt. Wir wissen, was wir tun müssen. Es gibt nichts, was uns davon abbringen könnte. Und Ihr könnt uns nicht zwingen. Wenn wir auch nur das Geringste tun können, um unseren Sohn zu retten, dann werden wir das tun. Eure Chancen sind besser ohne uns, vor allem, wenn wir ein Ablenkungsmanöver starten. Das ist unsere Entscheidung."

„Wir schlagen uns nach Coruscant durch", sagte Nelia zu Taly. „Wir werden dich finden."

Taly war sehr ruhig geworden.

Nelia richtete sich schnell wieder auf. In ihren Augen sammelten sich Tränen. „Gebt auf unseren Sohn Acht", flüsterte sie. Sie legte ihre Arme um Taly und drückte ihn an sich. Grove trat hinter ihr heran und sie wiegten sich zu dritt, Arm in Arm. Dann lösten sich die Eltern von ihrem Sohn.

„Nein", sagte Taly. „Mom! Dad! Tut das nicht! Ich kann uns beschützen!"

Der Anblick ihres kleinen Sohnes ließ in den Gesichtern der Eltern Liebe und Schmerz zugleich aufflammen.

„Du kannst so vieles", sagte Grove. „Aber das kannst du nicht."

Nelia wandte ihren gequälten Blick von Taly ab und sah Qui-Gon an. „Ihr habt keine Zeit mehr. Geht. Bitte. Nehmt ihn mit." Ihre Stimme erstickte in einem Schluchzen.

Siri legte Taly eine Hand auf die Schulter. „Komm, Taly." Sie brachte ihn zu Qui-Gons Swoop.

„Kann ich Euch wirklich nicht davon überzeugen, mitzukommen?", fragte Qui-Gon Talys Eltern. „Es könnten auch zwei von uns bei Euch bleiben."

„Geht", sagte Grove. „Sofort."

Qui-Gon sah Nelia mit festem Blick an. „Ich werde ihn beschützen."

Sie nickte, sagte aber kein Wort. Tränen liefen ihre Wangen herab.

Da spürten die Jedi eine Erschütterung der Macht. Die Dunkle Seite. Eine Warnung. Er war nahe.

„Halte dich an mir fest, Taly", sagte Qui-Gon sanft. „Wir werden sehr schnell fliegen."

Sie hoben ab und flogen zunächst etwas langsamer los, um keinen Lärm zu verursachen. Dann bog Qui-Gon schnell in eine tiefer gelegene Luftfahrtstraße ein, damit sie vom Gebäude nicht zu sehen waren. Talys Eltern verschwanden außer Sicht.

Er spürte den Jungen hinter sich, der sich an seiner Tunika festkrallte. Und er spürte, wie die Tränen des Jungen den Stoff befeuchteten.

Kapitel 5

Sie schafften es ohne Zwischenfälle bis zu ihrem Kreuzer. Die Stadt Ciran schnurrte zu einem kleinen gelben Punkt in der weiten Landschaft zusammen. Dann wurde Cirrus zu einer gelblichen, runden, von Wolken umgebenen Kontur. Und ein paar Minuten später flogen sie zwischen den Sternen dahin.

Adi lenkte das Schiff. Qui-Gon setzte Kurs auf Coruscant. Obi-Wan saß da und sah Siri und Taly zu.

Siri sagte kein Wort. Sie hatte Taly eine Thermo-Decke über die Knie gelegt und ging in seiner Nähe in der Kabine auf und ab. Später gab sie ihm etwas zu essen und zu trinken, doch Taly rührte nichts davon an. Er zog die Decke um seinen kleinen Körper und starrte zu Boden.

Irgendwann setzte sie sich neben ihn. Sie beugte sich zu ihm hinunter und sprach leise mit ihm. Obi-Wan konnte ihre Worte nicht hören, doch er sah an ihrer Körperhaltung, wie vorsichtig sie zu sein versuchte. Er sah, wie sich Talys Nackenmuskeln langsam entspannten und wie seine Finger die Decke nicht mehr ganz so verzweifelt festhielten.

Sie zog etwas aus ihrer Gürteltasche. Obi-Wan erkannte darin den wärmenden Kristall, den Siri immer bei sich trug. Er war tiefblau und hatte einen leuchtenden Stern im Innern. Siri gab Taly den Stein und er schloss ihn in seine Faust. Ein Lächeln erschien auf seinen Lippen, als er spürte, wie der Stein seine Hand wärmte.

Siri zog die Beine an und setzte sich neben Taly – nicht zu dicht, und nicht zu weit weg.

War das die Siri, wie Obi-Wan sie kannte? Eher nicht. Ihm war nicht klar gewesen, dass sie so einfühlsam sein konnte. Siri war niemals rücksichtsvoll gewesen. Sie sagte, was sie dachte. Leuten, die das nicht taten, trat sie mit großer Ungeduld gegenüber. Sie mochte keine emotionalen Reaktionen, hasste Verzögerungen, bediente niemals jemanden und wollte auch nicht bedient werden. Sie wollte lieber alles selbst tun.

Das waren die Dinge, die Obi-Wan von ihr wusste. Doch was er nun sah, kannte er nicht. Ihm war nicht klar gewesen, dass sie genau wusste, was man für ein verstörtes Kind tun konnte.

Da lehnte sich Qui-Gon plötzlich über die Navigationskonsole. „Ein unidentifizierter Kreuzer nähert sich mit hoher Geschwindigkeit."

„Ich erhöhe die Geschwindigkeit." Adi arbeitete an der Steuerung.

„Er beschleunigt", sagte Qui-Gon.

„Glaubt Ihr, dass es der Kopfgeldjäger ist?"

„Daran zweifle ich nicht. Und so wie dieser Kreuzer aussieht, könnte er uns einholen. Es ist ein leichter SoroSuub-Frachter."

Adi verzog grimmig den Mund. „Niemand holt mich ein."

Qui-Gon setzte ein trockenes Lächeln auf. „Das wollte ich damit nicht sagen. Deflektorschilde abschalten." Der Kreuzer der Republik war ein wendiges Schiff, aber in erster Linie für den Transport von Diplomaten und als Plattform für hochrangige Treffen gedacht. Adi war eine exzellente Pilotin, doch sie würde es nicht lange mit einem schwer bewaffneten SoroSuub aufnehmen können.

Qui-Gon konnte an ihrer Schulterhaltung den Augenblick erkennen, in dem sie sich dies selbst eingestand. „Sucht uns einen sicheren Raumhafen in der Nähe", sagte sie zu Qui-Gon. „Nur für den Fall der Fälle."

Der Jedi begann, die Sternkarte auf dem Navigationscomputer zu studieren. „Wir befinden uns in der Nähe von Quadrant Sieben", sagte er.

„Ich weiß", gab Adi zurück. „Aber wie wäre es mit einem Planeten?"

„Der *Name* des Planeten ist Quadrant Sieben", erklärte Qui-Gon. „Er ist nicht Mitglied der Republik – er hat keinen Senator und ist der Außenwelt gegenüber nicht sonderlich freundlich eingestellt. Wobei allerdings auch keine Feindschaft herrscht." Qui-Gon gab die Koordinaten in den Nav-Computer ein.

Adi beschleunigte das Schiff. Obi-Wan und Siri standen auf und gingen ins Cockpit.

Taly folgte ihnen. Er beugte sich über den Schirm des Navigationssystems, der sein Gesicht blau beleuchtete. „Er wird uns schnappen", sagte er.

Qui-Gon und Adi sahen sich an. Sie wussten beide, dass der Junge Recht hatte.

Das Feuer von Laserkanonen donnerte im All um das Schiff und brachte es ins Wanken. Taly hielt sich an der Konsole fest.

Adi hielt das Schiff in Bewegung. Sie konnte nicht so manövrieren, wie sie wollte, konnte aber seitlich ausreißen und dem nächsten Sperrfeuer ausweichen. Es verpuffte wirkungslos im Raum.

„So geht er vor", sagte Taly. „Er setzt alle Mittel ein, die er hat. Er gibt niemals auf. Er hat Blaster und Granaten, Raketen und … eben alles. Ich habe ihn geschlagen, und es macht ihn wütend, weil ich nur ein kleiner Junge bin. Er wird mich dieses Mal nicht gehen lassen."

Qui-Gon sah Taly an. Er hatte den Kampf mit den Worten eines kleinen Jungen beschrieben, aber er hatte Recht. Qui-Gon hatte aufgrund seiner guten Verbindung mit der lebendigen Macht dasselbe Gefühl. Dieser Kopfgeldjäger war mehr als entschlossen. Dies war echter Groll.

„Was sollen wir tun?", fragte Adi. Ihre Stimme war trotz des Kanonenfeuers, von dem das Schiff erschüttert wurde, vollkommen ruhig. Qui-Gon wusste jedoch, dass die Situation ernst sein musste – Adi fragte ihn eigentlich nie, was zu tun war.

Da wurde das Schiff plötzlich von einem heftigen Stoß durchgerüttelt.

„Wir haben den horizontalen Stabilisator verloren", sagte Adi. „Der Hyperantrieb ist in Mitleidenschaft gezogen."

„Wir müssen die Kabine mit dem Salon abstoßen", sagte Qui-Gon. „Er könnte annehmen, dass wir darin entkommen sind."

„Aber warum sollte er darauf hereinfallen?", fragte Taly.

„Weil wir dieses Schiff danach zum Absturz bringen werden", sagte Qui-Gon.

Kapitel 6

„Vielleicht solltet Ihr mich in diesen Plan einweihen", sagte Adi trocken. „Immerhin bin ich die Pilotin."

„Das Schiff hat einen doppelt verstärkten Frachtraum", sagte Qui-Gon. „Er wurde für die letzte Mission eingebaut, um eine Ladung Vertex zu schützen. Wenn wir dort getroffen werden, würde das nur minimalen Schaden anrichten. Wir könnten es aber schlimmer aussehen lassen. Wir könnten so tun, als wäre das Schiff ausgefallen. Dann trennen wir die Salonkabine ab. Er weiß, dass die Salonkabinen dieser Schiffe für lange Raumflüge geeignet sind." Qui-Gon sah Adi eindringlich an. „Schafft Ihr das?"

Sie wusste, was er von ihr verlangte. Adi konnte manchmal recht selbstherrlich sein. Sie lehnte leicht Ideen ab, die nicht ihre eigenen waren. Doch sie hatten oft genug zusammengearbeitet, um an einem Strang zu ziehen, wenn es sein musste.

„Ja."

Qui-Gon drehte sich um. „Obi-Wan, Siri, Taly – sucht alles weiche Material zusammen und bringt es ins Cockpit. Faltbare Liegen, Matratzen, Bettdecken, Kissen. Schnell!"

Obi-Wan, Siri und Taly liefen aus dem Cockpit. Der Kreuzer der Republik war als Diplomatenschiff gebaut. Es gab genügend Kabinen, die man plündern konnte, und so war das Cockpit innerhalb weniger Minuten mit weichen Kissen gepolstert. Qui-Gon wies die drei an, alles so sorgsam wie möglich entlang der Wände und an harten Oberflächen anzubringen.

„Wir müssen einen Raketentreffer einfangen“, sagte er. „Macht euch bereit.“

Adi steuerte das Schiff so, dass der Treffer den Frachtraum treffen würde. Das verlangte ein sekundenbruchteilgenaues Reaktionsvermögen und eine gute Einschätzung. Sie musste den Kopfgeldjäger glauben machen, dass er sie in die Enge getrieben und ihnen den Todesschlag versetzt hatte.

Das Schiff kreischte durch das All und drehte sich wie ein Korkenzieher. Die Macht erfüllte die Kabine, als Adi sich konzentrierte, Schweißperlen auf der Stirn. Sie sahen den Blitz der Laserkanone. Es blieb ihnen weniger als eine Sekunde zur Reaktion.

Der Treffer erschütterte das Schiff und schleuderte sie wie Durafolien durch die Kabine. Sie prallten von den Kissen und Matratzen ab. Qui-Gon fühlte sich hilflos, als sein Handgelenk gegen die Kante der Konsole prallte. Er ließ die Macht fließen, um sich Stabilität und Balance zu verschaffen. Adi kroch wieder zum Pilotensitz.

„Ich hatte nicht erwartet, dass ich das so gründlich hinbekomme“, murmelte sie und umfasste wieder das Steuer.

„Wir müssen etwas Rauch von uns geben“, sagte Qui-Gon.

Adi zwang das Schiff in eine Todesspirale. Dann sprengte sie die Salonkabine ab. Sie befanden sich jetzt in der Nähe eines Planeten und torkelten darauf zu.

Qui-Gon behielt immer das Radar im Blick. „Er folgt der Kapsel nicht.“

Adi sah ihn besorgt an. „Er wartet darauf, dass wir verbrennen oder abstürzen.“

Qui-Gon nickte. „Also lasst uns abstürzen.“

Adi hielt sich grimmig an den Kontrollelementen fest. Siri

schnallte Taly an und klemmte um ihn mehrere Kissen fest. Sie und Obi-Wan polsterten sich so gut sie konnten.

Das Schiff heulte jetzt qualmend durch die Atmosphäre, doch Adi hatte es noch unter der Kontrolle. Sie tat so, als würde das Schiff abstürzen und drehte immer engere Schleifen, bis Qui-Gon die Augen schließen musste, um gegen den Schwindel anzukämpfen. Als er sie wieder öffnete, sah er, wie die Oberfläche des Planeten vor ihm auftauchte. Er schloss die Augen schnell wieder.

„Jetzt kommt's!“, schrie Adi.

Er erfuhr nie, wie sie es angestellt hatte. Die Eleganz und Präzision ihrer Flugkunst war geradezu erstaunlich. Sie schaffte es, im letzten Augenblick leicht hochzuziehen, sodass das Schiff knapp eine Art Bruchlandung machte, anstatt auf der Planetenoberfläche aufzuschlagen. Doch aus der oberen Atmosphäre gesehen, würde es wie ein Absturz erscheinen. Sie ließ rechtzeitig genug den Treibstoff ab, damit ein Feuerball aufstieg. Der Rauch würde ihnen Deckung für die Flucht bieten.

Qui-Gon aktivierte sein Lichtschwert und schnitt ein Loch in die Wand. Obi-Wan half ihm dabei und dann kamen auch Siri und Adi dazu. Taly stand mit vor Schrecken geweiteten Augen dahinter.

Qui-Gon nahm Taly und sprang hinter den anderen durch das Loch hinaus. Sie suchten Deckung hinter ein paar Felsen, als das Schiff explodierte.

„Und was jetzt?“, fragte Siri.

„Lasst uns mit dem Wichtigsten beginnen“, gab Qui-Gon zurück. „Ich würde sagen, wir organisieren uns zuerst ein neues Transportmittel.“

Taly sah noch immer verstört aus. „Macht Ihr Jedi denn niemals eine Minute Pause, um Euch zu erholen?“

„Er verfolgt die Kapsel, aber trotzdem sollten wir Vorsichtsmaßnahmen ergreifen", sagte Adi. „Ich glaube, Taly sollte sich mit Siri und Obi-Wan verstecken. Wir wollen keine Spuren hinterlassen. Wir wissen, dass hier mehr als ein Kopfgeldjäger im Spiel ist."

„Guter Vorschlag", sagte Qui-Gon.

Sie machten sich auf den Weg zur nächsten Stadt. Die staubige, leere Straße wand sich durch eine Felsenschlucht. Auf halber Strecke blieb Adi plötzlich stehen. Sie bückte sich und legte die Hand auf den Boden.

„In der Nähe gibt es Wasser", sagte sie. „Folgt mir."

Sie machte sich auf den Weg zwischen den Felsen hindurch. Sie folgten ihr, wobei Taly immer wieder ausrutschte und Siri ihm helfen musste. Adi führte sie auf einen Felsenkamm hinauf und wieder hinunter. Die Luft roch frischer. Hinter einem großen Felsblock blubberte eine kleine Quelle.

„Genau da, wo man sie braucht", sagte sie und sah sich um. „Um uns herum gibt es Höhlen. Ich kann sie spüren."

Sie ging zu einer Felsspalte hinüber. Qui-Gon hätte sie niemals bemerkt. Er hätte angenommen, dass es sich um einen Schatten handelt. Adi verschwand in der Dunkelheit und nach einem Augenblick erschien ihre Hand und winkte die anderen herein.

Es war eine kleine, behagliche Höhle. Weiter hinten war sogar der ansonsten feuchte Sand trocken.

„Ein perfektes Versteck", sagte Adi. „Aus der Luft nicht zu sehen. Leicht zu verlassen und in der Nähe der Stadt." Sie legte ihr Survival-Pack ab. „Wir kommen so schnell wie möglich wieder zu euch zurück, sobald wir eine Transportmöglichkeit aufgetan haben. Hier seid ihr in Sicherheit."

Siri sah sich zweifelnd in der Höhle um. „Wenn Ihr es sagt ..."

Qui-Gon konnte sich ein Lächeln nicht verkneifen. „Wir werden bald zurückkehren", versprach er.

Qui-Gon und Adi verließen die Höhle und machten sich wieder auf den Weg zu der Stadt namens Siedlung Fünf. Es gab keinerlei Vorstadt – die Stadt ragte einfach zwischen einer Straßenkreuzung in die Höhe. Es schien keinerlei Grünflächen, keine Kulturzentren oder Vergnügungseinrichtungen zu geben, sondern nur Geschäfte und Wohnungen, alles in einem rechtwinkligen Raster aus Straßen und Gassen gebaut.

Die Stadt war eher ein übermäßig gewachsenes Dorf als ein urbanes Zentrum. Qui-Gon und Adi gingen mit hochgezogenen Kapuzen durch die Straßen und versuchten, so wenig wie möglich aufzufallen. Das war nicht schwer. Sie waren zwar größer als die meisten Eingeborenen von Quadrant Sieben, doch das war kein Problem. Alle Einwohner trugen einfache, praktische Roben in neutralen Farben, so wie die Jedi auch. Die meisten von ihnen hatten die Kapuzen ebenfalls hochgezogen. Qui-Gon hatte in der Menge ein Gefühl der Anonymität, und er wusste schon bald, weshalb.

„Sie versuchen *alle*, nicht aufzufallen", murmelte er zu Adi. „Selbst wenn sie uns als Außenweltler erkennen, zeigen sie es nicht."

Normalerweise gab es in einer Stadt im Kern oder im Mid-Rim genügend Möglichkeiten, einen Gleiter zu kaufen oder zu mieten, und um die Landeplattformen reihten sich oft Händler für Raumfahrzeuge. Doch auf diesem Planeten waren solche Geschäftsleute seltsamerweise nicht zu sehen. Es kostete Adi und Qui-Gon einige Zeit, bis sie in einer versteckten Seitengasse einen Gleiterverkäufer gefunden hatten.

Ein Laserschild am Laden zeigte das Angebot. „Nichts Raumtaugliches", sagte Qui-Gon. „Aber er kann uns sicher sagen, wo wir ein Schiff kaufen können."

Sie gingen hinein. Die Bewohner von Quadrant Sieben waren humanoide Wesen mit kleinen, spitzen Ohren und vielen kurzen Antennen, die wie Stoppelhaare aussahen, in Wirklichkeit aber auf feinste Veränderungen in der Luft reagierten. Der Händler drehte sich mit bebenden Antennen um.

Er fragte sie nicht, was sie wollten, oder ob er ihnen helfen konnte. Er stand nur da und wartete darauf, dass sie etwas sagten.

„Wir suchen einen Raumkreuzer", sagte Qui-Gon.

„So etwas verkaufe ich hier nicht", gab der Händler zurück.

„Wir dachten, Ihr könntet uns vielleicht sagen, wo auf Quadrant Sieben wir einen bekommen könnten."

„Nirgendwo. Es gibt keine Nachfrage nach Raumkreuzern. Die Quadranter reisen nicht gerne außerhalb ihrer eigenen Atmosphäre."

„Aber es muss doch eine Möglichkeit geben, den Planeten zu verlassen", sagte Qui-Gon.

„Natürlich gibt es die."

Adi bemühte sich um einen freundlichen Tonfall. „Vielleicht könntet Ihr uns sagen, wie die aussieht."

„Wartet auf den Frachter. Er kommt einmal im Monat."

Qui-Gon spürte, wie seine Stimmung sackte. „Einmal im Monat?"

Der Händler schien nicht das Gefühl zu haben, weiter auf das Thema eingehen zu müssen.

„Könnt Ihr uns sagen, wann er das nächste Mal hier landet?", fragte Adi.

Der Händler konsultierte sein Datapad. „Aha. Am Markttag."

„Und der ist wann?"

„In fünf Standardtagen."

Qui-Gon nahm seinen Comlink. „Könnt Ihr uns sagen, wo auf Quadrant Sieben jemand einen Raumkreuzer besitzt? Wir könnten dann Kontakt aufnehmen und ..."

„Ja, das wäre in Siedlung 23. Dort könntet Ihr vielleicht ein Schiff mieten. Aber Ihr könnt sie nicht mit dem Comlink erreichen. Es gibt ein BlocNet auf Quadrant Sieben. Comlinks gibt es hier nur mit Lizenz. Normalen Bürgern ist es nicht gestattet, einen zu tragen, nur Notfallpersonal. Euer Comlink wird hier nicht funktionieren."

„Aber weshalb sind Comlinks hier verboten?", fragte Adi.

„Wir halten nichts davon. Comlinks verringern Abstände. Und wenn Abstände kleiner werden, werden Probleme größer. Wir auf Quadrant Sieben mögen es, wenn die Dinge etwas langsamer laufen. Da fällt mir ein, dass Ihr eine Genehmigung braucht, um eine HoloNet-Nachricht vom Planeten abzuschicken. Und sie wird abgehört und aufgezeichnet."

„Und wer hat Zugang zu diesen Archiven?", fragte Adi.

„Jeder. Wesen verhalten sich netter, wenn sie wissen, dass sie keine vertraulichen Nachrichten verschicken können."

Adi und Qui-Gon sahen einander frustriert an. Das bedeutete, dass jeder eine Nachricht, die sie zum Tempel schicken würden, lesen konnte. Der Kopfgeldjäger könnte sie aufspüren.

„Können wir einen Gleiter kaufen, um zur Siedlung 23 zu fahren?", fragte Qui-Gon.

„Natürlich. Aber Ihr müsst eine Genehmigung beantragen. Das gilt für alle Außenweltler."

„Wie lange wird es dauern, eine solche Genehmigung zu bekommen?"

„Schwer zu sagen. Könnte eine Woche sein."

Adi gewöhnte sich langsam an die Art des Händlers, Unterhaltungen zu führen und bohrte entsprechend nach. „Oder?"

„Einen Monat. Schwer zu sagen."

„Das ist ja lächerlich", murmelte Adi. „Was für eine Art, einen Planeten zu führen."

„Wir hatten seit 573 Jahren keinen Krieg mehr", sagte der Händler. „Wir haben keine giftigen Seen und keine verpestete Luft. Alle kommen gut miteinander zurecht. Das ist doch nicht lächerlich, oder?"

Adi seufzte nur.

„Wenn ich Ihr wäre, würde ich auf den Frachter warten. Quadrant Sieben ist einen Besuch wert. Wir haben vielleicht nicht viele Hotels oder Cafés. Und wir amüsieren uns nicht, wie man es andernorts tut. Es gibt nicht viel zu unternehmen. Dennoch."

„Wir haben leider keine Zeit zu warten", sagte Qui-Gon. „Gibt es keine Möglichkeit, wie Ihr uns helfen könntet?"

„Nee." Das Gesicht des Händlers war noch immer teilnahmslos freundlich. Er war nett, half ihnen aber nicht. So viel war klar.

Sie verließen den Laden.

„Sieht so aus, als müssten wir auf den Frachter warten", sagte Adi.

„Wir müssen einfach nur untertauchen. Wir könnten eine codierte Nachricht an den Tempel schicken ..."

„Aber weshalb sollten wir das riskieren?" Adi vervollständigte den Satz. „Wenn der Kopfgeldjäger zufällig den Planeten durchsucht, dann ist das der Ort, an dem er damit beginnt. Und eine verschlüsselte Nachricht würde auffallen."

„Wir können die Gegend durchkämmen, herausfinden, ob jemand ein Schiff besitzt und versuchen, es zu kaufen", sagte Qui-Gon.

Adi nickte. „Es sieht nicht so aus, als ob die Einwohner dieses Planeten reisen, aber wir könnten ja Glück haben."

„Es sind nur fünf Tage", sagte Qui-Gon. „Der Anschlag findet in einer Woche statt. Wenn nichts schief geht, könnte es funktionieren."

Er spürt gerade eine Warnung der Macht, als Adi ihn zurückhielt und daran hinderte, ins Sonnenlicht hinauszutreten. Der Kopfgeldjäger ging auf der Straße vor ihnen vorbei. Seine grauen Augen wanderten zwischen den Schatten der Gassen hin und her.

„Es ist schon etwas schief gegangen", sagte Adi.

Kapitel 7

„Wir sollten ihm folgen", murmelte Adi. „Es ist besser, wenn wir wissen, wer er ist. Vielleicht finden wir ja etwas heraus."

Qui-Gon nickte. Sie mischten sich unter die Menge auf der Straße. Ein Wesen bemerkte nur selten, wenn es von Jedi verfolgt wurde. Sie konnten die Macht benutzen, um Gegenstände in die Sichtlinie zu bewegen, wenn sich jemand nach ihnen umdrehte. Sie konnten sich bewegen, bevor der Verfolgte ihre Bewegungen sah. Nach kurzer Zeit hatten die Jedi die Art, wie sich der Kopfgeldjäger bewegte, verinnerlicht. So konnten sie jeden Zug voraussehen und einer Entdeckung leicht entgehen.

Der Kopfgeldjäger war gut. Er war vorsichtig. Und doch konnte er es nicht mit ihnen aufnehmen. Adi und Qui-Gon folgten ihm mit Leichtigkeit, als er zum anderen Ende von Siedlung Fünf ging und dann die Hügel und Felsen erklomm.

Dieser Landstrich war noch rauer als die Gegend, in der sie Obi-Wan und Siri zurückgelassen hatten. Sie folgten ihm durch mehrere enge, tiefe Schluchten. Die Felsen boten viele Möglichkeiten, sich zu verstecken. Irgendwann schlüpfte der Kopfgeldjäger in eine schmale Öffnung und verschwand. Qui-Gon und Adi folgten ihm vorsichtig. Sie positionierten sich hinter einem Felsvorsprung und spähten in die Öffnung hinein.

Sie führte in eine kleine Schlucht, die nicht mehr als ein Spalt in der Landschaft war. Darin erkannten sie den leichten Frachter des Kopfgeldjägers. Daneben stand ein etwas größeres Schiff. Beide zusammen nahmen fast die gesamte Breite der Schlucht ein.

Der Kopfgeldjäger verschwand in dem größeren Schiff. Die Rampe war heruntergelassen und Qui-Gon und Adi schlichen langsam darauf zu. Nach einem kurzen Blickwechsel beschlossen sie, sich anzuschauen, was da vor sich ging. Es war das Risiko wert.

Sie gingen geduckt die Rampe hoch und schlichen in das Schiff hinein. Aus dem Cockpit drangen Stimmen zu ihnen.

Gut, dachte Qui-Gon. Wenn eine Gruppe in eine Diskussion vertieft war, dann achtete sie oft nicht auf die Umgebung.

Adi, groß und anmutig wie sie war, ging ihm voraus den Hauptkorridor des Schiffes entlang. Ihre Stiefel erzeugten auf dem polierten Boden nicht das leiseste Geräusch. Sie winkte ihn zu sich heran. In der Wand eines Lagerraums rechts neben dem Cockpit befand sich auf Augenhöhe eine Lüftungsöffnung. Qui-Gon konnte einen Blick in den nächsten Raum werfen.

Seine Stimmung sackte auf den Nullpunkt. Dort im Cockpit saßen fünf Kopfgeldjäger, einschließlich des einen, der sie verfolgte. Unter ihnen war einer, den er kannte – Gorm the Dissolver. Er war eine beeindruckende Gestalt in seiner beschichteten Rüstung und mit dem Helm; neben ihm wirkten die anderen wie Zwerge. Von den arkanianischen Abtrünnigen erschaffen, war er halb biologisch und halb Droide. Seine biologischen Teile waren von sechs verschiedenen Wesen zusammengetragen worden. Durch seine Droiden-Teile war er eine nahezu unbesiegbare Kampfmaschine. Gorms Spürsinn war geradezu legendär, und von seinen gnadenlosen Attacken sprach man auf den Raumhäfen der gesamten Republik.

Alle diese Kopfgeldjäger an einem Ort und das wegen eines einzigen Mordanschlags? Qui-Gon fragte sich einmal mehr, wer das Opfer sein könnte.

„Uns bleibt noch eine Woche", sagte einer der Kopfgeldjäger, eine humanoide Frau. Sie war klein und kompakt, trug eine lederne Tunika und enge Beinkleider. Ihre blonden Haare waren zu vielen kleinen Zöpfen geflochten, die ihr auf die Schulter fielen. Wenn man von der Feuerkraft an ihrer Hüfte, ihren Handgelenksmanschetten mit den Waffensystemen und den gepanzerten Knieschützern absah, wirkte sie vollkommen durchschnittlich. Aufgrund der Bauart der Panzerung ging Qui-Gon davon aus, dass sie Mandalorianerin war – oder dass sie sich zumindest einen Teil der speziellen Bewaffnung der berühmten Kriegerarmee besorgt hatte. „Du hättest die Rettungskapsel nicht abschießen sollen, Magus", fuhr sie fort. „Jetzt wissen wir nicht mit Sicherheit, ob du das Kind erwischt hast."

Der Kopfgeldjäger, der sie auf Cirrus gejagt hatte, drehte sich langsam um und bedachte die Frau mit einem Blick kalt wie Stahl. Sie blinzelte ihn lediglich ungerührt an.

„Sieh mich nicht mit diesem Schwarzen-Loch-Blick an, Magus", sagte sie. „Du weißt, dass ich Recht habe. Wir brauchen einen Beweis, dass der Junge neutralisiert wurde. Wenn er noch lebt, könnte er die Mission gefährden. Es macht mir nichts aus, bei dieser Sache dabei zu sein, aber ich möchte nicht, dass irgendjemand von meiner Beteiligung weiß. Diese Senatskommissionen können ziemlich bissig werden, wenn es um politischen Mord geht."

„Wir haben nur noch eine Woche bis zu dieser Sache", sagte ein anderer Kopfgeldjäger. Er war eine große Kreatur mit grünlicher Haut und einem Horn auf der Schädeldecke. „Mir gefällt der Gedanke nicht, einen Regenten umzubringen, wenn die Sicherheitskräfte schon auf mich warten. Und wir haben zwanzig Ziele. Das bedeutet zwanzigfache Sicherheit."

Qui-Gon und Adi sahen sich an. *Zwanzig* Regenten?

„Ich habe euch gesagt, dass sie nicht die üblichen Sicherheitsvorkehrungen treffen werden", erwiderte Magus.

„Wir wissen immer noch nicht, was genau dieses Kind weiß und wer über die Sache informiert ist", fuhr die Kopfgeldjägerin fort.

„Du hast uns versprochen, dass man uns nicht erwartet und dass wir den Überraschungseffekt auf unserer Seite haben", sagte einer der Kopfgeldjäger zu Magus. Er trug einen mit einer Art Schmiere bedeckten Mantel, und auch seine Hose war aus glitschigem Material. Drahtige Haarbüschel standen wie Hörner von seinem Kopf ab. In seinem verschmierten Gesicht öffneten und schlossen sich beim Atmen Kiemen. Er sah wie ein großer, zerzauster Fisch aus. In Qui-Gons Gedanken tauchte ein Name auf. *Raptor.* Das konnte der Kopfgeldjäger sein, von dem er gehört hatte, dass er jeden Auftrag annahm, ganz gleich wie gefährlich oder grausam er war. „Das war einer der Gründe, weshalb wir zugestimmt haben. Na ja, das und das Honorar. Doch wenn die Sicherheitskräfte alarmiert werden, mache ich mich wieder auf den Weg zurück in den Kern und suche mir einen anderen Job. Was sagt unser Auftraggeber dazu?"

Magus erhob sich langsam. Wenn ihn die Skepsis der anderen wütend machte, so ließ er sich nichts anmerken. „Unser Auftraggeber überlässt die Detailplanung mir. Und das solltet ihr auch tun."

„Das haben wir getan", sagte das Wesen mit dem Schädelhorn. „Und jetzt wissen wir nicht, ob der Junge noch lebt oder nicht. Wir wissen nicht, ob er schon gesungen hat oder nicht. Wir wissen nicht, ob er sich schon auf dem Weg zum Senat befindet, um auszusagen."

„Ich habe dich auch schon beim ersten Mal verstanden, Pilot", sagte Magus. Jetzt war der Ärger in seiner Stimme deutlich zu vernehmen.

„Wirklich?", fragte die Frau herausfordernd. „Es sieht nämlich nicht so aus, als würdest du zuhören."

„Lunasa hat Recht", sagte Raptor. „Du hast ein Problem damit, irgendeine andere Stimme als deine eigene zu hören."

Magus rammte einen Vibro-Dolch in den Tisch. „Genug gejammert!", donnerte er. Mit Ausnahme von Gorm blickten alle Kopfgeldjäger genervt drein. „Ich sagte, ich würde mich um den Jungen kümmern. Zuerst müssen wir die Vorbereitungen zu Ende bringen, über die wir gesprochen haben. Es gibt noch eine Menge zu tun, und wir verlieren hier nur Zeit."

Ohne auf Zustimmung zu warten, ging Magus einfach davon. Qui-Gon und Adi mussten sich schnell durch den Korridor zurückziehen, um ihm aus dem Weg zu gehen. Er ging die Rampe hinab zu seinem Schiff.

„Ich möchte wissen, wer ihn zum Anführer erkoren hat", murmelte Lunasa.

„Er hat uns rekrutiert", sagte Pilot. „Doch der Auftraggeber spricht auch mit mir. Ich kann ihn jederzeit erreichen." Ein angeberischer Tonfall hatte sich in seine Stimme geschlichen.

„Wow, und das macht dich zu etwas *ganz* Besonderem", sagte Raptor.

„Ich behalte Magus im Auge", sagte Pilot mürrisch. „Das ist alles, was ich damit sagen will."

„Halt's Maul." Gorm sprach jetzt zum ersten Mal. „Lasst uns gehen."

Es dauerte einen Augenblick – zweifelsohne, weil keiner von ihnen den Eindruck erwecken wollte, Befehlsempfänger zu sein –

doch dann begannen die Kopfgeldjäger, Vorbereitungen für den Aufbruch zu treffen. Pilot ging ins Cockpit. Lunasa arbeitete am Nav-Computer. Der, den Qui-Gon für Raptor hielt, ging den Korridor entlang, wahrscheinlich zu seiner Kabine. Qui-Gon und Adi versteckten sich in einem Lagerraum.

„Zwanzig Regenten?", fragte Adi ungläubig. „Die Sache ist viel größer, als wir dachten. Wir müssen herausfinden, auf wen sie es abgesehen haben."

„Und *weshalb*", fügte Qui-Gon hinzu. „Wenn wir das herausfinden, erfahren wir auch, wer sie angeheuert hat." Er dachte einen Augenblick nach. „Wir sollten an Bord bleiben."

„Aber Taly ..."

„Obi-Wan und Siri können ihn beschützen. Sie sind gut versteckt. Wir können später zu ihnen zurückkehren. Während der nächsten fünf Tage gibt es keine Möglichkeit, den Planeten zu verlassen. Magus weiß das auch – deshalb geht er. Er hat zweifelsohne vor zurückzukehren, aber bis dahin können wir auch wieder zurück sein."

Adi runzelte die Stirn. „Es gefällt mir nicht, die drei hier zurückzulassen."

„Es wird Taly mehr helfen, wenn wir dieses Komplott aufdecken, als wenn wir hier bleiben", gab Qui-Gon zu bedenken. „Ich lasse sie auch nicht gerne hier. Aber ich spüre, dass Obi-Wan und Siri das allein hinbekommen."

Adi nickte langsam. „Einverstanden."

„Wenn wir erst einmal außerhalb der Atmosphäre von Quadrant Sieben sind, können wir eine Nachricht schicken", sagte Qui-Gon. „Eingehende Nachrichten werden nicht aufgezeichnet. Der Aufbruch ist ein Risiko, aber ..."

„... wir müssen es eingehen", sagte Adi.

Sie spürten den Schub der Antriebsaggregate. Das Schiff erhob sich in die Luft.

„He!", hörten sie Lunasa rufen. „Magus bleibt hier!"

„Er sagt uns nie, was er vorhat", gab Pilot zurück.

„Ich schätze, er macht sich jetzt doch auf die Suche nach dem Jungen", sagte Lunasa.

Adi und Qui-Gon warfen sich einen Blick zu. Das Schiff stieg bereits in die obere Atmosphäre. Es war zu spät, um noch auszusteigen.

Kapitel 8

„Sie müssten schon längst zurück sein."

Siri sprach leise, doch Taly schien sich in einer anderen Welt zu befinden. Er saß am Eingang der Höhle, die Arme um die Knie geschlungen. Hin und wieder senkte er den Kopf und starrte zu Boden.

„Ich weiß." Obi-Wan überlegte, ob er ihr widersprechen sollte, doch er hatte selbst kein gutes Gefühl, da Qui-Gon und Adi so lange weg waren.

„Ich sollte mich auf die Suche nach ihnen machen."

„Sie sagten, wir sollen hier bleiben."

Siri schüttelte ungeduldig den Kopf. „Obi-Wan, ich kenne dich jetzt schon so lange und ich kann dir nicht mehr sagen, wie oft du mir gesagt hast, was ich zu *tun* habe."

„Na ja, einer muss es dir ja sagen", sagte Obi-Wan mit einem Grinsen.

Doch Siri erwiderte das Lächeln nicht. „Sie könnten in Schwierigkeiten stecken."

„Oder sie könnten auf der Suche nach einem Raumschiff sein. Oder Kontakt mit dem Tempel aufnehmen. Oder schon auf dem Rückweg sein. Sie könnten tausende Dinge tun. Nichts davon sollte uns kümmern. Wir müssen uns um Taly kümmern. Sie haben uns beiden aufgetragen, ihn zu beschützen. Also bleiben wir hier."

Siri schob störrisch das Kinn nach vorn und starrte wie versteinert in die Landschaft hinaus.

Da stand Taly plötzlich auf und stellte sich neben die beiden Padawane. „Ich möchte euch einen Vorschlag machen", sagte er.

Obi-Wan konnte ein Lächeln kaum unterdrücken. Taly hatte etwas Rührendes an sich. Er war ein kleiner, schmaler Junge, der den Eindruck machte, als könnte er es mit der ganzen Welt aufnehmen. Manchmal ließ sein verlorener Blick ihn wie einen kleinen Jungen aussehen. Doch manchmal redete er wie ein Erwachsener. Obi-Wan hatte keine Ahnung, wie viel von Talys Zuversicht Mut und wie viel Tapferkeit war. Er wusste nur, dass er den Jungen bewunderte.

„Sag an."

„Ich möchte, dass ihr mich gehen lasst", erklärte Taly.

„Dich gehen lassen?", wiederholte Obi-Wan ungläubig.

Taly nickte. „Ich habe darüber nachgedacht. Mein Onkel ist subplanetarer Ingenieur auf dem Planeten Qexis. Es ist ein Hochsicherheits-Planet mit nur einem Raumhafen. Er liegt im Outer Rim. Niemand – abgesehen von echten Technik-Freaks – kennt diesen Planeten. Er ist praktisch eine einzige, große Forschungseinrichtung. Er würde mich verstecken, so lange es nötig wäre. Ihr könntet meinen Eltern sagen, wohin ich unterwegs bin und sie könnten mich dort treffen. Ich könnte mich allein auf den Weg machen"

„Du könntest Dich allein auf den Weg machen?" Obi-Wans Versuch, seine Stimme nicht zu erheben, misslang.

Taly sah Siri an. „Wiederholt er immer, was andere Leute sagen?"

Siri nickte. „Mhm."

„Taly, wir werden dich auf keinen Fall gehen lassen", sagte Obi-

Wan. „Das ist ja geradezu lächerlich. Wie kommst du dazu, zu glauben, dass du ganz allein zum Outer Rim kommst? Du bist ein kleiner Junge!"

„Niemand achtet auf einen kleinen Jungen", sagte Taly. „Ich kann es schaffen, dessen bin ich mir sicher. Ich muss nur von Punkt A zu Punkt B gelangen. Die Kopfgeldjäger denken, ich wäre tot."

„Das wissen wir nicht mit Sicherheit. Wir konnten einen von ihnen vorerst austricksen. Wir wissen nicht, ob das funktionierte. Deshalb verstecken wir uns doch auch noch."

„Deshalb habe ich auch einen Vorsprung", erwiderte Taly. „Ihr wisst so gut wie ich, dass ich tot bin, wenn ich vor diesen Senatoren aussage."

„Das stimmt nicht", gab Obi-Wan zurück. „Sie werden dich beschützen."

„Du vertraust dem Senat?" Taly lachte lauthals. „Und du sagst, *ich* wäre ein Kind?"

Obi-Wan schüttelte den Kopf. Er wollte nicht mit Taly diskutieren. Er warf Siri einen genervten Blick zu, doch zu seiner Überraschung sah sie Taly nachdenklich an.

„Du weißt, dass es stimmt", sagte Taly zu Siri. „Wenn ich erst einmal ausgesagt habe, werden sie sich nicht mehr um mich scheren. Sie werden mir natürlich neue Papiere geben, aber sie werden mich und meine Eltern nicht ernsthaft beschützen. Aber wenn ich nicht aussage, lassen mich die Kopfgeldjäger vielleicht in Frieden."

„Taly, sie werden dich nicht in Frieden lassen", sagte Obi-Wan sanft. „Es tut mir Leid, dass ich es sagen muss. Aber du wirst immer für sie ein Risiko bleiben."

„Nach dem Anschlag nicht mehr", gab Taly zu bedenken. „Danach wird es ihnen egal sein. Und wenn doch nicht, dann werden sie mich auf jeden Fall nicht lange verfolgen. Ich bin es nicht wert. Ich kann untertauchen." Er wandte sich wieder an Siri. „Also, ich schlage euch einen Handel vor: Ihr könnt mich nach Qexis begleiten und mich dort zurücklassen. Tut einfach so, als wäre ich entkommen. Ihr könnt mein Leben retten. Ihr könnt meine Eltern retten. Ihr könnt es schaffen!"

„Taly, es tut mir Leid", sagte Obi-Wan.

„Siri?" Taly sah sie flehend an.

Siri antwortete mit trockenen Lippen. „Es tut mir auch Leid."

Taly stampfte zum Eingang der Höhle. Er verhielt sich jetzt wieder wie ein Kind. Obi-Wan sah Siri an.

„Ich hätte ein wenig Unterstützung brauchen können", sagte er.

„Was ist, wenn er Recht hat?", fragte Siri.

„Was ist, wenn er *Recht* hat?"

Siri verdrehte die Augen. „Da haben wir's wieder."

„Da haben ...? Siri, das darf nicht dein Ernst sein. Du denkst doch nicht wirklich, dass wir Taly gehen lassen sollten."

„Nein, natürlich nicht. Aber wir könnten ihn tatsächlich nach Qexis bringen. Er wäre wirklich ein gutes Versteck. Und der Senat wird Taly nicht beschützen. Nicht so, wie es nötig wäre. Sie wollen nur, dass er aussagt, und wenn er es getan hat, werden sie ihn vergessen. Er irrt sich nicht, Obi-Wan."

„Manchmal verstehe ich dich nicht."

„Ich weiß."

„Wir können den Senat nicht hintergehen. Und den Rat der Jedi auch nicht."

„Wir können es. Wir entscheiden uns nur, es nicht zu tun. Es gibt immer mehrere Möglichkeiten im Leben, Obi-Wan, als du dir anscheinend vorstellen kannst."

Siris Worte schmerzten. Sie klangen beinahe so, als täte er ihr Leid.

„Muss ich Qui-Gon und Adi von dieser Sache erzählen?" Obi-Wan hasste, wie er jetzt klang. Aufgeblasen. Großspurig.

Siri bedachte ihn mit ihrem kühlen Blick. Ihre Augen hatten die Farbe eines unglaublich blauen Meeres mit Tiefen, die den Unachtsamen verborgen blieben. „Wenn du willst. Keine Sorge. Ich werde Taly in die Hände des Senats geben. Ich werde meine Pflicht tun. So wie immer."

Dann zog sie sich von ihm zurück, obwohl sie immer noch regungslos neben ihm stand.

Die Comlink-Nachricht war vor lauter Rauschen kaum zu verstehen.

„... der Spur von Kopfgeldjägern ... wo ihr seid, bis wir zurückkommen ..." Qui-Gons Stimme war ruhig, doch die Übertragung knisterte und rauschte. „Einer der Kopfgeldjäger befindet sich auf Quadrant Sieben. Magus. Bleibt in eurem Versteck. Wenn wir nicht zurückkommen ..."

„Qui-Gon?"

„Frachter ... Landeplattform ... in fünf Tagen am Mittag. Keine anderen Transportmöglichkeiten ..." Dann brach die Übertragung ab.

„Hast du das alles verstanden?", fragte Siri.

„Wir sollen uns die nächsten fünf Tage verstecken. Wenn sie nicht zurückkommen, sollen wir den Frachter nehmen und den Planeten verlassen. Und der Kopfgeldjäger sucht Taly noch immer."

„Magus." Siri sah zu Taly hinüber, der ruhig schlief. „Also weiß er, dass Taly noch lebt."

„Oder er nimmt es an."

Er wusste, was sie sagen wollte, doch sie sprach es nicht aus. Ohne ihre Meister würde es einfach sein, nach Qexis zu gehen. Sie konnten Taly von hier wegbringen.

Doch so lauteten ihre Anweisungen nicht. Und sie würden ihre Pflicht erfüllen müssen.

Kapitel 9

Siri redete nicht viel. Zwischen ihnen lag jetzt eine Spannung in der Luft, die Obi-Wan nicht verstand. Sie hatten, seit sie sich kannten und Freunde geworden waren, schon oft Meinungsverschiedenheiten gehabt. Weshalb war er jetzt so angespannt?

Ihm war früher nicht klar gewesen, wie viel ihm ihre beständige Freundschaft bedeutete. Sie mochte ihn vielleicht aufziehen oder nerven, doch er wusste, dass sie ihn respektierte.

Aber jetzt war er sich nicht mehr so sicher.

Die Tage vergingen nur schleppend. Die Höhle schien mit der Zeit immer enger zu werden, und Obi-Wan spürte, wie er mit jeder Stunde, die verging, schweigsamer wurde. Jedes Mal wenn Siri an ihm vorüberging, spannte er sich an. Er fühlte sich wie ein Narr, wie ein folgsamer, teilnahmsloser, dummer Schüler, der kein Risiko einging. Dabei hatte er sich nie so gefühlt, wenn Siri nicht bei ihm war.

Die Spannung zwischen den beiden wuchs, doch Obi-Wan verstand nicht, weshalb. Er konnte es nicht erwarten, die Höhle zu verlassen.

Sie taten das, was die Jedi taten, wenn sie gezwungen waren, an einem Ort zu bleiben: Sie hielten sich mit Übungen fit. Sie meditierten. Sie dachten nicht an die Zukunft, nur an die Gegenwart.

Einer von ihnen hielt Wache, während der andere zur Quelle ging, um Wasser zu besorgen. Sie sahen und hörten niemanden und nichts. Sie rechneten ständig damit, dass Qui-Gon und Adi sie kontaktieren würden. Sie fühlten sich verpflichtet, die Stimmung hochzuhalten. Sie wollten Taly nicht beunruhigen.

Der Junge knabberte an Proteintabletten und schlief unruhig. Er aß immer weniger. Obi-Wan begann, sich Sorgen um ihn zu machen. Siri und er schliefen abwechselnd, damit einer von ihnen immer wach war, denn er konnte sich durchaus vorstellen, dass Taly versuchen würde, sich davonzuschleichen. Und er sah, wie Siris Blick immer besorgter wurde, wenn sie ihn ansah.

„Wir müssen einfach nur durchhalten", sagte er zu ihr.

Sie sah nicht auf, sondern kratzte weiter mit einem Stock Muster in den Höhlenboden. „Einer von uns sollte die Gegend erkunden", sagte sie schließlich. „Wir wissen nicht, wo die Straße nach Siedlung Fünf ist, oder wie weit es bis dorthin ist."

„Wir haben die Koordinaten und eine Karte auf unserem Datapad."

„Eine Karte ist nicht das Gelände. Das hast du mir selbst gesagt."

Ja, das hatte er. Es war ein Ausspruch von Qui-Gon. *Studiere die Karte, aber vertraue ihr nicht. Eine Karte ist nicht das Gelände. Vertraue dem Boden erst, wenn du deine Stiefel darauf gesetzt hast.*

„Ja, das stimmt. Aber die Siedlung ist nicht weit entfernt und die Straße ist gut beschildert. Ich glaube, wir riskieren mehr, wenn wir die Umgebung erkunden. Wenn unsere Meister der Meinung gewesen wären, dass wir das hätten tun sollen, hätten sie es uns gesagt. Sie waren schon auf der Straße unterwegs."

Siri sah auf. „Anweisungen für Jedi sind nicht dazu gedacht, wörtlich genommen zu werden. Padawane sollten auch ihr eigenes Urteilsvermögen einsetzen. Auch das ist eine Jedi-Regel."

„Wenn die Lage sich ändert", sagte Obi-Wan. „Unsere hat sich nicht geändert." Er hasste das. Er hasste es, Siri die Jedi-Regeln vorzuhalten, so als wäre er ein Meister und sie eine Schülerin. Und er wusste, dass sie es genauso hasste. Doch sie hatte ihn selbst so weit gebracht.

An diesem Abend sah Obi-Wan, wie Taly seine Proteintabletten zur Seite schob. „Ich möchte richtiges Essen."

„Wir müssen nur noch zwei Tage warten", sagte Obi-Wan zu dem Jungen. „Auf dem Frachter gibt es etwas zu essen. Bis dahin musst du diese Nährstoffe zu dir nehmen. Du musst bei Kräften bleiben, Taly. Du hast noch einen langen Weg vor dir, und es wäre nicht gut, wenn du dich jetzt schwächst."

Er beobachtete, wie Taly eine der Proteinpillen nahm, nickte und sie schluckte.

„So ist es besser."

Der Mond ging auf und sie rollten sich in ihre Thermo-Decken ein. Obi-Wan hörte, wie Talys Atem immer ruhiger und gleichmäßiger wurde.

Ein paar Minuten später hörte er ein Geräusch. Siri kam zu ihm gekrochen. Sie hielt ihm ihre Hand voller Proteinpillen hin. „Die habe ich hinter einem Felsen gefunden."

Obi-Wan runzelte die Stirn. „Die müssen von Taly sein. Ich verstehe das nicht. Weshalb will er nichts essen?"

Siri warf die Pillen in den hinteren Bereich der Höhle. „Weil diese Dinger wie Steine mit Sandglasur schmecken, deshalb. Wir sind sie gewohnt. Er nicht. Er ist nur ein kleiner Junge, Obi-Wan."

„Er ist ein sehr kluger keiner Junge, der genau weiß, in welchen

Schwierigkeiten er steckt", gab Obi-Wan zurück. „Wir brechen in zwei Tagen auf. Weshalb hungert er?"

„Weil er Angst hat und seine Eltern vermisst und alles außer Kontrolle geraten ist", sagte Siri ungeduldig. „Weil sich Wesen nicht immer *logisch* verhalten. Das ist die lebendige Macht. Sie ist unvorhersehbar."

„Ich hasse Unvorhersehbarkeit", sagte Obi-Wan.

Siri lächelte. „Ich weiß."

„Was sollen wir tun?"

„Das fragst du mich?", sagte Siri neckisch. „Das ist aber neu."

„Ja, ich frage dich."

„Ich weiß es nicht. Lass mich darüber nachdenken. Ich nehme die erste Schicht."

Siri krabbelte zum Eingang der Höhle und lehnte sich an die gebogene Felswand. Obi-Wan beobachtete, wie sie sich an die Wand schmiegte, als wäre sie ein bequemes Kissen. Der Mond erschien in dieser Nacht so groß, dass er Siris Profil beleuchtete. Obi-Wan sah ihre kristallklaren Augen und den Glanz ihrer Haare. Es gelang ihr, sowohl wachsam wie auch vollkommen entspannt auszusehen.

Obi-Wan schlief das erste Mal seit Tagen tief und fest.

Als er aufwachte, war Siri verschwunden.

Kapitel 10

Es war mindestens noch eine Stunde bis zum Sonnenaufgang und in der Höhle war es kalt. Obi-Wan warf sich seinen Thermo-Umhang über und setzte sich an den Höhleneingang. Auch wenn er Siri hätte suchen wollen – Taly würde er nicht allein lassen.

Der Himmel nahm gerade eine lila Färbung an, als Siri wieder auftauchte. Sie kam lautlos auf die Höhle zugelaufen, wobei sie sich auf dem steinigen Boden keinen einzigen Fehltritt leistete. Als sie Obi-Wan sah, wurde sie langsamer. Er sah, wie sie die Schultern etwas hob, so als wollte sie sich auf seinen Angriff vorbereiten.

Sie ging vor ihm in die Hocke und holte einen kleinen Beutel aus ihrer Tunika. „Ich habe Essen für Taly dabei", sagte sie. „Ein Muja-Muffin, etwas Brot und Obst."

„Aber ich habe doch die Credits", sagte Obi-Wan.

„Ich habe ein Tauschgeschäft gemacht", sagte Siri. „Meinen wärmenden Kristall. Ich habe ihn an einen Händler verkauft, der sein Geschäft früh geöffnet hatte."

Siri sah peinlich berührt aus. Sie hatte ihren wertvollsten Besitz für einen Jungen hergegeben, den sie kaum kannte. Es war eine sehr sentimentale Geste. In der Vergangenheit hätte ihr Obi-Wan so etwas nie zugetraut. Doch jetzt wusste er es besser.

„Los", sagte sie. „Schrei mich an."

Doch Obi-Wan sagte nichts. Er hatte Siri schon immer für ihre

Wildheit bewundert. Er hatte nicht gewusst, wie stark ihre Bindung mit der lebendigen Macht war. Es hatte immer den Anschein gehabt, als ob sie sich über andere Wesen erhob. Jetzt sah er, dass sie mit ihrer brüsken Art zwar eine gewisse Distanz hielt, aber dennoch immer beobachtete und mitfühlte.

„Das wird ihm gefallen", sagte Obi-Wan. „Es war eine gute Idee. Du kannst jetzt schlafen gehen. Ich werde Wache halten."

„Ich kann nicht schlafen", sagte Siri missmutig. „Macht es dir etwas aus, wenn ich eine Zeit lang bei dir bleibe?"

Obi-Wan rutschte zur Seite, um Platz zu machen, und Siri setzte sich neben ihn.

„Es ist kalt", sagte sie. „Aber es wird ein schöner Tag."

Er warf den Umhang über ihre Schultern, sodass er sie beide wärmte. Er spürte ihre Beine an den seinen und ihren Atem an seinem Ohr. Wärme breitete sich in ihm aus. Er sah, wie die Sonne die Felsen dort draußen zu streicheln begann.

„Noch ein Tag", sagte Siri. „Ich hoffe, dass Qui-Gon und Adi es rechtzeitig zurück schaffen."

„Wenn nicht, schaffen wir es auch", gab Obi-Wan zurück. „Wir können alles schaffen, wenn wir zusammen sind."

„Ich weiß." Er spürte ihr Flüstern auf seiner Haut. So saßen sie da und beobachteten den Sonnenaufgang.

Qui-Gon und Adi kehrten nicht zurück und sie schickten auch keine weitere Nachricht mehr. Also begannen Obi-Wan und Siri, ihre Survival-Kits zusammenzupacken. Sie würden diese Sache allein durchziehen müssen.

„Wenn sich der Kopfgeldjäger noch immer auf Quadrant Sieben befindet, wird er sehen, wie wir an Bord gehen", sagte Siri. „Wir müssen uns irgendwie an Bord schleichen."

„Qui-Gon sagt immer, man soll dahin gehen, wo das Essen ist, wenn man sich irgendwo einschleichen möchte", erklärte Obi-Wan. „Sie bringen es mit der Fracht an einer anderen Stelle an Bord, und die Sicherheitsvorkehrungen sind normalerweise recht locker. Lass es uns zuerst dort probieren."

„Hört sich nach einem guten Plan an", sagte Siri. „Bist du bereit, Taly?"

Taly schulterte seinen Beutel. Obi-Wan war einmal mehr erstaunt, wie entschlossen der Junge wirken konnte. Er hatte Siris Essensgeschenk dankbar angenommen und sogar teilen wollen. Obi-Wan und Siri hatten beide jeweils ein kleines Stück Obst genommen, aber darauf bestanden, dass er den größten Teil des Essens aß. Danach war er etwas fröhlicher geworden. Dabei war es gar nicht so sehr das Essen gewesen, wie Obi-Wan annahm. Es war die Tatsache gewesen, dass sich jemand um ihn kümmerte. Das hatte ihn aufgemuntert und ihm wieder Hoffnung gegeben. Siri hatte einfach Recht gehabt. Von ihr konnte er Dinge lernen, die mehr waren als nur eine neue Kampfhaltung. Er konnte etwas über Angelegenheiten des Herzens lernen. Über das Geben.

„Ich bin bereit", sagte Taly.

Siri legte ihm die Hände auf die Schultern und ging in die Knie, damit sie ihm Auge in Auge gegenüber war. „Und jetzt das Wichtigste, Taly: Du musst tun, was wir sagen. Deine Sicherheit hängt davon ab."

Der Junge nickte. „Das werde ich."

Obi-Wan konnte sehen, dass er es ernst meinte. Siri hatte Talys Vertrauen gewonnen.

Sie machten sich auf den Weg. Da Markttag war, war die Straße nach Siedlung Fünf voller Wesen, die ebenfalls dorthin unterwegs waren. Das war ein glücklicher Zufall. Die Menge bot ihnen genügend Deckung.

Der Marktplatz war um die Landeplattform angelegt, was ebenfalls ein Glücksfall war. Die Rampen und Lifte, die zu der mehrere Stockwerke hohen Plattform führten, waren von Verkaufsbuden umringt. Siri, Obi-Wan und Taly tauchten mit ihren einfachen Roben zwischen den anderen Wesen unter. Die beiden Jedi-Schüler sahen sich ständig um, konnten den Kopfgeldjäger aber nirgends entdecken. Auch die Macht warnte sie nicht.

Der Frachter war angedockt und zum Beladen bereit. Eine Passagierrampe war bereits abgesenkt worden. Es wäre einfach gewesen, an Bord zu gehen und Sitzplätze zu suchen, doch Obi-Wan hielt es für besser, bis zum letzten möglichen Augenblick zu warten.

Sie sahen, wie über eine der hinteren Rampen Metalltonnen in das Schiff geladen wurden. Frisches Obst und Gemüse fiel aus den übervollen Tonnen. Obi-Wan sah mehrere Minuten zu, während sie durch die Menge gingen und vorgaben, sich die Waren in den vielen Buden und auf den Tischen anzusehen. Die Tonnen wurden von Arbeitern geschoben, die die Rampe auf und nieder gingen. Wenn sie im Schiff verschwanden, blieben sie vielleicht eine Minute drinnen. Das würde Obi-Wan, Siri und Taly Gelegenheit geben, sich eine Tonne zu schnappen und an Bord zu bringen. Wenn sie es richtig abpassten, könnte es gelingen.

Obi-Wan stieß Siri an. „Da. Dort laden sie frische Nahrungsmittel ein. Wenn wir uns eine Tonne nehmen, können wir an Bord gehen. Niemand sieht zu."

Siri nickte. Doch im nächsten Augenblick wurde sie blass. „Er ist da."

„Wo?"

„Ich spüre ihn." Siri suchte die Menge ab. „Da."

Obi-Wan sah in die Richtung, in die Siri blickte. Magus war auf der anderen Seite des Platzes. Er stand an einer klug gewählten Stelle, genau im Schatten hinter einer Tonne mit Gemüse, das bei den Kunden sehr beliebt war. Er wäre nur schwer zu entdecken gewesen, wenn Siri seine Gegenwart nicht gespürt hätte.

„Es ist in Ordnung", sagte Obi-Wan. „Er sucht die Menge ab. Das ist unsere Chance."

Siri schluckte. Sie senkte den Kopf. „Er steht bei dem Händler, von dem ich das Essen gekauft habe. Er weiß, dass wir hier sind, Obi-Wan!"

Obi-Wan sah noch einmal hin. Dann wurde ihm klar, dass der Verkäufer neben Magus ebenfalls die Menge absuchte. Magus war klug. Während sich der Händler auf die Passagierrampe konzentrierte, ließ er den Blick hin und her schweifen. Obi-Wan erkannte jetzt, dass der Kopfgeldjäger sowohl die Fracht- als auch die Essensrampe im Auge behielt. Und jetzt waren nur noch weniger als ein Dutzend Tonnen übrig. Die Zeit lief davon.

„Was sollen wir tun?", fragte Taly.

Obi-Wan wusste, dass es hoffnungslos war. Sie hatten keine Chance, an Bord des Schiffes zu kommen, ohne von Magus entdeckt zu werden – ganz gleich, wie klug sie es auch anstellen würden. Und doch war es keine gute Idee, auf dem Planeten zu bleiben. Magus würde sie früher oder später finden. Wahrscheinlich eher früher als später.

Die Panik in Talys Augen machte Obi-Wan wütend. Sie mussten ihn beschützen. Sie mussten ihn an einen sicheren Ort bringen.

„Wenn er hier ist, bedeutet das, dass sein Schiff unbewacht ist", sagte Obi-Wan.

Siris blaue Augen blitzten auf. „Du willst sein Schiff stehlen?"

„Der Frachter soll in fünf Minuten starten. Wir müssen es vorher finden."

„Es kann nicht weit weg sein", sagte Siri.

„Kommt."

Die schoben sich entschlossen durch die Menge, achteten aber darauf, mit dem Strom zu gehen. Obi-Wan zog alle Möglichkeiten in Betracht. Für Magus wäre es sinnvoll, sein Schiff in der Nähe zu haben. Normalerweise gab es in der Nähe von Landeplattformen einen Stellplatz für Raumkreuzer. Hier hatte Obi-Wan keinen gesehen, doch eigentlich musste es einen in der Nähe geben.

„Dort", keuchte Siri.

Hinter einer Ecke gab es am Ende einer Gasse einen deutlich markierten Bereich. Er war leer bis auf einen Kreuzer – der leichte Frachter, von dem sie wussten, dass er Magus gehörte. Sie machten sich eilig zu dem Durastahl-Tor auf.

Sie durften keine Zeit verlieren. Obi-Wan schnitt mit seinem Lichtschwert ein Loch in das Tor, und sie schlüpften hindurch.

Er schlich um das Schiff herum. Siri tat dasselbe.

„Es muss eine außen liegende Kontrolleinheit für die Rampe geben", sagte er.

„Hier ist sie." Talys Stimme kam unter dem Schiff hervor. „Manchmal sind die SoroSuubs mit Diebstahlsicherungen nachgerüstet. Ich kann die Kabel kurzschließen und den Mechanismus knacken ..."

„Taly, lass mich das machen", sagte Obi-Wan angespannt.

Die Rampe senkte sich schon herunter. „Nicht nötig." Taly kam unter dem Schiffsbauch hervor und klopfte sich mit einem breitem Grinsen die Hände ab. „Schon erledigt."

Sie gingen die Rampe hoch und Obi-Wan setzte sich in den Pilotensitz.

„Augenblick.“ Taly verschwand unter der Steuerkonsole. „Wir müssen sichergehen, dass es keine Sperreinrichtung gibt. Ich kann den Zugangscode umgehen.“

„Bist du sicher?“, fragte Siri.

„Das kann ich im Schlaf.“ Taly holte einen kleinen Servo-Schraubenzieher aus seiner Gürteltasche. „Ganz normale Sicherheitseinrichtungen ... Code deaktiviert ... Ferngesteuerter Peilsender unterbrochen ... Okay. Lasst uns verschwinden.“

Obi-Wan startete den Antrieb. Er flog nur mit halber Kraft, bis sie in einiger Entfernung von der Stadt waren. Dann donnerte er in die oberen Atmosphärenschichten.

Er grinste Siri an. Sie hatten es geschafft.

„Kurs auf Coruscant!“

„Kurs gesetzt.“

Die Minuten vergingen. Siri behielt den Computerschirm aufmerksam im Auge. Es bestand noch immer die Möglichkeit, dass man ihnen folgte.

„Aktiviere Hyperantrieb“, sagte Obi-Wan. Er bearbeitete die Kontrollen und das Weltall flog ihnen in einem Schauer von Sternen entgegen. Sie waren frei.

Taly lehnte sich mit einem erleichterten Seufzen in seinen Sitz zurück.

„Ich wette, ich gehe diesem Typen langsam auf die Nerven“, sagte er.

Kapitel 11

Das Problem beim Lauschen war, dachte Qui-Gon, dass man dazu Wesen brauchte, die einander genügend mochten, um überhaupt Informationen auszutauschen. Er und Adi hatten gehofft, mehr über die Pläne der Kopfgeldjäger zu erfahren, doch kaum war die Unterhaltung zu Ende und das Schiff im Raum gewesen, hatten sich die Kopfgeldjäger schweigend in verschiedene Bereiche des Frachters zurückgezogen. Sie gingen auf den Korridoren aneinander vorbei, trafen sich beim Essen in der Bordküche, rempelten einander an engen Stellen an, doch Qui-Gon und Adi hörten nichts weiter als hin und wieder ein mürrisches Grunzen oder einen Fluch wie: „Zum Sarlacc mit deinem stinkenden Kadaver, bleib mir bloß vom Leib."

Sie waren jetzt seit drei Tagen an Bord des Schiffes und hatten nichts erfahren. Sie wussten nicht, wohin sie unterwegs waren und hatten noch nichts über die Opfer der Kopfgeldjäger herausgefunden. Sie waren von Versteck zu Versteck gezogen, von Lagerraum zu leerer Kabine und zurück, und hatten letztlich so etwas wie eine sichere Zuflucht in der Bucht einer Rettungskapsel gefunden.

Während der Nacht durchdrang das Schnarchen sogar die dicke Tür der Kammer. Pilot schlief auf der anderen Seite des Korridors.

„Wir müssen etwas unternehmen", sagte Adi. „Wir könnten

schon bald landen. Ganz abgesehen davon, dass ich demnächst wahnsinnig werde."

„Die Meditation funktioniert nicht?"

Adi hob eine Augenbraue. „Sehr amüsant, Qui-Gon. Ihr habt offensichtlich vergessen, dass ich eine Jedi ohne Sinn für Humor bin. Wir brauchen einen Plan. Etwas Logisches."

Qui-Gon lächelte. „Warum schleichen wir nicht noch ein wenig herum und sehen, was dabei herauskommt?"

Adi sah ihn eindringlich an. „Klingt gut."

„Ich habe eine Idee", fuhr Qui-Gon fort. „Pilot sagt, er stünde in Kontakt mit dem Auftraggeber. Und dass er Aufzeichnungen über Magus hätte. Vielleicht hat er etwas aufbewahrt, was er nicht hätte aufbewahren sollen?"

Sie hörten das Schnarchen, das den Korridor entlang donnerte.

„Er klingt wie jemand, der einen guten Schlaf hat", sagte Adi. „Lasst uns gehen."

Sie schlichen in Pilots Kabine. Er bewegte sich unruhig, wachte aber nicht auf. Er seufzte nur und drehte sich auf seiner Liege. Einer seiner langen Arme fiel dabei über die Bettkante, sodass seine Finger den Boden berührten.

Adi stieß Qui-Gon an. Pilot hatte sein Kissen verschoben. Sein Kopf war jetzt halb auf und halb neben dem Kissen und darunter sahen sie ein kleines Datapad.

Adi beugte sich vorsichtig nach vorn. Sie schob ihre Hand auf das Kissen zu.

Pilot grunzte. Adi erstarrte mitten in der Bewegung.

Langsam, Stück für Stück, ging sie mit der Hand näher und griff nach der Ecke des Datapads. Und dann, so als hätte sie alle Zeit der Welt, zog sie es darunter hervor.

Pilot kuschelte sich tiefer in seine Decke.

Adi und Qui-Gon beugten sich über das Datapad und öffneten schnell die Dateien darauf. Sie waren alle verschlüsselt. Sie öffneten die letzte benutzte Datei. Es war ein Schriftverkehr zwischen Pilot und jemandem, dessen Name ebenfalls codiert war. Doch Pilot hatte eine zusätzliche Notiz gemacht und diese nicht verschlüsselt.

20 Ziele. Trfn Tag eins bestätigt.

Pilot begann, sich wieder zu rühren. Doch dieses Mal wachte er auf. Sie sahen, wie er den Arm hob. Er tastete mit geschlossenen Augen unter das Kissen, um sicherzugehen, dass das Datapad noch da war.

Adi bewegte sich lautlos. Sie musste sich Zentimeter von seinem Gesicht entfernt über ihn beugen, als sie das Datapad wieder an seinen Platz schob. Mit gerümpfter Nase warf sie das Kinn in Richtung Tür. Zeit, zu verschwinden.

Sie zog sich langsam von der Liege des Kopfgeldjägers zurück. Doch da schoss plötzlich Pilots Hand nach oben und packte sie bei der Tunika.

„Wo willst du hin?", fragte er. Er öffnete die Augen und richtete sich verwirrt auf. „Und wer bist du?"

Adi befreite sich mit einer schnellen Bewegung aus seinem Griff und trat ihm in die Brust, wodurch er mit einem Keuchen auf seine Liege geschleudert wurde.

Sie und Qui-Gon verschwanden schnell durch die Tür und zogen ihre Lichtschwerter. Noch während sie losliefen, begann eine Alarmsirene zu heulen. Pilot musste neben seinem Bett einen Alarmknopf haben.

Sie hörten donnernde Schritte hinter sich. Lunasa musste halb angezogen geschlafen haben. Sie trug eine Tunika und Stiefel, hatte aber ihre Beinkleider abgelegt. Ihre Haare waren vom Liegen zerzaust und standen in wilden Büscheln zu allen Seiten ab. Eine kleine Rakete zischte auf die beiden Jedi zu und eine halbe Sekunde später zuckten Blasterblitze durch die Luft. Qui-Gon hackte die Rakete entzwei, während Adi das Blasterfeuer ablenkte.

Von der anderen Seite des Korridors stürmte jetzt Gorm the Dissolver auf sie zu und feuerte aus Blastern in beiden Händen. Adi und Qui-Gon drehten sich unablässig im Kreis. Pilot war jetzt aus seiner Kabine gekommen und mischte im Tumult mit.

„Irgendwelche Vorschläge?", murmelte Adi, als sie umherwirbelte und das Feuer ablenkte. Der Korridor war voller Rauch.

„Ich schätze, jetzt wäre der richtige Moment für eine Flucht", sagte Qui-Gon. „Wie wäre es mit der Rettungskapsel?"

Ein bedrohliches Klacken drang an ihre Ohren, eine Sekunde später rollten Droidekas in den Korridor und entfalteten sich zu ihrer vollen, tödlichen Größe.

„Rettungskapsel klingt gut", gab Adi zurück.

Qui-Gon und Adi schoben sich in Richtung der Bucht, in der die Kapsel geparkt war.

Qui-Gon machte einen Schritt nach links und versuchte so, Gorm zwischen sich und die Droidekas zu bekommen. Doch die beiden Maschinen hatten hervorragend eingestellte Abtaster und bewegten sich entsprechend. Gorm wurde nicht langsamer, kam immer näher und feuerte dabei unablässig mit einem Schnellfeuer-Blastergewehr.

Qui-Gon war klar, dass er dieser Sache ein Ende machen musste. Jetzt, wo die Droidekas und die Kopfgeldjäger sie in die Zange genommen hatten, bestand höchste Gefahr, dass sie verletzt oder gefangen genommen werden würden.

Er machte einen Satz nach vorn und schnitt einem Droideka ein Bein ab; beinahe wäre er dabei vom feindlichen Laserfeuer niedergemäht worden. Der Droideka verlor das Gleichgewicht und drehte sich um seine eigene Achse. Er schleuderte ziellos Blasterfeuer um sich herum und traf beinahe Lunasa. Sie schrie auf und warf sich zu Boden, hörte aber nicht auf, auf die Jedi zu schießen. Raptor kam ihr beinahe in die Quere, und er musste einen Satz über sie hinweg machen, genau zwischen Gorm und die Jedi.

All das passierte in weniger als einer Sekunde.

Qui-Gon und Adi sprangen durch die Tür zur Rettungskapsel. Sie öffneten die Einstiegsluke und purzelten hinein. Die Kopfgeldjäger rannten hinter ihnen her.

„Die Schleuse!“, schrie Adi.

Qui-Gon drückte auf den Schließtaster und aktivierte in aller Eile die Sequenz zur Startvorbereitung. Die Tür dröhnte unter den Treffern aus den Blastern der Kopfgeldjäger.

„Keine Granate, du Idiot!“, rief Lunasa. „Du könntest Schaden an …“

Sie erfuhren niemals, wer der Idiot gewesen war, aber die Granate explodierte. Die Rettungskapsel schoss im gleichen Augenblick ins All hinaus, von der Druckwelle der Granatenexplosion erschüttert. Sie hörten, wie Splitter gegen die Hülle der Kapsel prasselten, doch die Systeme wurden nicht beschädigt.

Qui-Gon übernahm die manuelle Steuerung und ging auf Höchstgeschwindigkeit.

„Das war knapp“, sagte Adi.

Sie waren entkommen. Aber wohin waren sie jetzt unterwegs?

Kapitel 12

Als sich das Schiff im Hyperraum befand, konnten sich Obi-Wan und Siri zum ersten Mal seit Tagen entspannen. Taly hatte sich auf einem Kissen im Cockpit zusammengekauert und war eingeschlafen. Er war vollkommen erschöpft.

„Wenigstens hat der Kopfgeldjäger eine gut ausgestattete Kombüse", sagte Siri leise „Wenn Taly aufwacht, können wir etwas Anständiges zum Essen zubereiten."

„Wir sollten uns auch ein wenig ausruhen", sagte Obi-Wan.

Siri kam zu ihm und setzte sich neben ihn in den gepolsterten Cockpitsitz. Sie verschränkte eine Minute die Arme, die Ellbogen in einer für sie untypischen Geste der Nervosität umklammert.

„Obi-Wan. Ich möchte mich bedanken."

„Bedanken? Wofür?"

„Ich habe wahrscheinlich Magus auf uns aufmerksam gemacht, als ich meinen Kristall verkauft habe. Ohne diese Aktion hätte er nicht gewusst, dass wir noch am Leben sind oder uns in der Nähe von Siedlung Fünf befinden."

„Das wissen wir nicht."

„Ich spüre es. Und ich hätte es nicht tun sollen. Doch danke, dass du mich nicht darauf hingewiesen hast."

„Ich bewundere dich für das, was du getan hast", sagte Obi-Wan. „Für Taly war es wichtig zu wissen, dass du dich um ihn kümmern würdest. Er begann, seine Hoffnung zu verlieren, und ich hatte es nicht bemerkt. Du schon. Es war nur logisch, dass Magus zur Siedlung Fünf geht und den Einstieg in den Frachter beobachtet. Er wäre auch dort gewesen, wenn er den Händler nicht gefunden hätte."

Siri sah ihn voller Wärme an – und voller Vergnügen. „Du bist ein furchtbar schlechter Lügner, Obi-Wan Kenobi. Das ist einer der Gründe, warum ich dich so mag."

„Ah, du magst mich also", sagte Obi-Wan unbeschwert. „Ich dachte, du hättest deine gute Meinung über mich geändert."

Sie lehnte sich kurz gegen ihn, gab ihm einen kleinen Stoß und zog sich dann wieder zurück. „Denk doch nicht so viel nach."

Siris Lächeln war jetzt so frei von jeder Anspannung, dass es ihr Gesicht veränderte. Es war beinahe so, als würde er kurz eine andere Siri sehen – eine Siri ohne die Maschine, die sie antrieb, das Bedürfnis, sich auszuzeichnen, ohne die Dickköpfigkeit und die Disziplin. Es gab eine Siri in dieser Siri, die er nicht sonderlich gut kannte.

Obi-Wan spürte, wie seine Wangen erröteten. Er sah zu seiner Hand hinunter, die neben der ihren auf dem Polster lag. Er kannte die Form ihrer Finger, die Textur ihrer Haut beinahe so gut wie seine eigene. Er musste gegen das Bedürfnis ankämpfen, seine Hand auf ihre zu legen und seine Finger zwischen ihre zu schieben.

Obi-Wan stand schnell auf. Er wandte sich ab, um seine roten Wangen zu verbergen.

Siri streckte sich auf der gepolsterten Bank aus. Sie schloss die Augen. Obi-Wan wusste, dass sie nicht schlief. Hatte er ihre Gefühle verletzt, weil er so abrupt aufgestanden war?

Obi-Wan hatte sich in Siris Gegenwart noch nie Gedanken über solche Dinge gemacht. Weshalb tat er es jetzt auf einmal? Weshalb nahm er sie jetzt so anders wahr?

Ihm gefiel dieses Gefühl nicht. Aber andererseits doch. Gründlich verwirrt wie er war, ging Obi-Wan zur Nav-Konsole und starrte, ohne wirklich etwas zu sehen, auf den Schirm. So musste er wenigstens Siri nicht ansehen.

Einen Tag später näherten sie sich den Koordinaten für den Rücksprung aus dem Hyperraum. Sie waren in der Nähe von Coruscant.

„Wenn die Nacht anbricht, sitzen wir schon im Tempel", sagte Obi-Wan zufrieden. Er würde froh sein, wieder zu Hause zu sein. Froh, dass er Taly in Sicherheit brachte. Froh, die Mission hinter sich zu haben.

Siri arbeitete am Nav-Computer. „Koordinaten für Rücksprung aus dem Hyperraum außerhalb des Luftraums von Coruscant gesetzt."

Obi-Wan begann, ein paar Schalter umzulegen. Er runzelte die Stirn.

„Alles in Ordnung?"

„Ich bekomme eine eigenartige Anzeige von einem der Systemsensoren. So eine habe ich noch nie gesehen."

Obi-Wan schaltete auf manuellen Sicherheits-Scan um und ging die angezeigten Daten durch. Er spürte, wie ihm das Blut aus dem Kopf sackte.

Taly ging zu ihm. Siri wirbelte in ihrem Stuhl herum. „Was ist denn?"

Obi-Wans Kehle fühlte sich trocken an. „Es ist eine Anti-Diebstahleinrichtung. Magus hat eine Überraschung für uns. Das Schiff ist darauf programmiert, sich beim Rücksprung aus dem Hyperraum selbst zu zerstören." Er wandte sich an Siri und Taly. „Wir können den Hyperraum nicht verlassen, ohne uns in die Luft zu sprengen."

Kapitel 13

Obi-Wan sah zu Siri auf. „Wie viel Treibstoff haben wir?" Siri zögerte. Sie sah Taly an.

„Sag es", sagte Taly. „Ich muss es auch wissen."

„Zwei Stunden. Wir hatten kaum genug, um bis nach Coruscant zu kommen."

„Rücksprung aus dem Hyperraum abbrechen", sagte Obi-Wan. „Wir müssen das Gerät außer Betrieb setzen."

„Lasst mich mal nachsehen", sagte Taly eifrig. Obi-Wan winkte ihn herüber und zeigte ihm die Schaltpläne des Schiffes auf dem Datenschirm. „Es gibt zwei Stellen, an denen man es außer Kraft setzen kann: am Sensor oder an der Quelle. Das einzige Problem ist ..."

„... wenn man einen falschen Schritt macht, vernichtet man das Schiff", sagte Taly und nickte.

Siri beugte sich über den Datenschirm. Als sie sich umdrehte, um etwas zu sagen, war sie sehr dicht an Obi-Wans Gesicht. Sie zog sich schnell zurück. „Diese Dinge sind nicht gerade meine Stärke", sagte sie. „Ich kenne mich mit Maschinen nicht so aus wie du, Obi-Wan."

Obi-Wan kannte sich damit auch nicht sonderlich gut aus, er beschloss jedoch, das für sich zu behalten. Er konnte wie jeder andere Jedi Probleme diagnostizieren, selbst wenn der Bordcomputer eines Schiffes nicht mehr funktionierte. Er wusste, wie man Systeme überbrücken konnte und wie man an einem Unterlicht-Antrieb herumspielte. Aber das hier war zu hoch für ihn.

„Ich kann versuchen, den Anschlusspunkt für das Gerät zu finden“, sagte er. „Wenn ich nur den Tempel kontaktieren könnte, damit mir jemand Anweisungen gibt.“

Doch im Hyperraum gab es keine funktionierende Kommunikation.

„Wir können ein Notfallsignal an den Tempel schicken“, sagte Siri. „Zumindest das sollten wir tun, damit sie wissen, dass wir in Schwierigkeiten stecken.“

Auch wenn sie uns nicht helfen können. Obi-Wan dachte das, was Siri nicht aussprechen wollte.

Sie beugte sich über die Kommunikationskonsole und schickte das Notfallsignal.

Taly sah die Diagramme auf dem Schirm an. „Lasst mich erst einmal in Ruhe die Schaltpläne studieren“, sagte er.

Er beugte sich weiter vor und konzentrierte sich einen Augenblick. Dann drehte er sich wieder um. „Äh, Leute, würde es euch etwas ausmachen, nicht so hinter mir zu hängen? Das hilft mir nicht gerade, mich zu konzentrieren.“

Obi-Wan ging zu einem anderen Datenschirm. Gemeinsam mit Siri ging er dieselben Daten wie Taly durch.

„Ich weiß nicht, was ich tun soll“, gab Obi-Wan zu. „Ich könnte diese Schaltpläne tausendmal durchsehen, ohne irgendetwas herauszufinden.“

„Es wird dir schon etwas einfallen“, sagte Siri. „Oder mir, oder Taly.“

„Uns bleiben weniger als zwei Stunden“, gab Obi-Wan zu bedenken.

Die Zeit schien zu kriechen, doch plötzlich war eine Stunde vergangen. Obi-Wan versuchte, den Chrono auf dem Instrumentenpult nicht zu beachten, doch die Sekunden tickten auch in seinem Kopf. Taly stützte seinen Kopf mit den Händen.

„Es gibt etwas, das wir versuchen könnten", sagte Taly schließlich. „Den Umkehrungsprozess im letzten Zyklus unterbrechen und erneut umkehren. Dann weitermachen, doch dieses Mal auf den Hilfsantrieb umschalten."

„Mit anderen Worten: Die Zündung der Explosion einleiten, sie dann abbrechen und hoffen, dass sie nicht rechtzeitig erneut ausgelöst wird", sagte Obi-Wan.

„Aber wir haben keine Ahnung, wie schnell sie sich wieder scharf machen wird", warf Siri ein. „Wir könnten uns selbst in die Luft sprengen."

„Darin liegt das Risiko", räumte Taly ein.

Obi-Wan und Siri warfen sich einen Blick zu.

„Mit Talys Plan haben wir wenigstens eine Chance", sagte Obi-Wan.

Taly ballte seine Hände zu Fäusten. „Ich müsste diese Sache eigentlich lösen können! Ich müsste die Explosion außer Kraft setzen können!"

Obi-Wan legte ihm eine Hand auf die Schulter. „Taly, es ist in Ordnung. Das Gerät ist sehr kompliziert. Sehr durchdacht. Niemand von uns kann es außer Kraft setzen."

„Lasst uns bis zum letzten möglichen Augenblick warten, damit uns vielleicht noch etwas anderes einfällt", schlug Siri vor. „Dann können wir es immer noch so machen. Einverstanden?"

„Einverstanden", sagte Obi-Wan.

Taly nickte mit bleichem Gesicht.

Ihnen war klar, dass dies ein Spiel war, das sie mit ihrem Leben bezahlen könnten.

Doch sie hatten keine andere Wahl.

Taly saß auf der anderen Seite des Cockpits. Er hatte die Holokarte geöffnet, blätterte einfach durch die Raumquadranten, einen nach dem anderen, und sah sich die blitzenden Lichter an, die die Planeten und Monde darstellten.

Siri war aus dem Cockpit verschwunden. Bisher hatte sie den Datenschirm angestarrt. Sie war in die Maschinenbucht geklettert. Sie hatte Bedienungsanleitungen durchgesehen. Doch nichts davon hatte etwas ergeben. Obi-Wan wusste, dass sie ebenso hilflos war wie er selbst. Sie waren es nicht gewohnt, so zu fühlen.

Er machte sich auf die Suche nach ihr. Sie lag im Frachtraum auf dem Boden, in eine Decke gehüllt. Sie hob die Decke ohne ein Wort, sodass Obi-Wan sich neben sie legen konnte. Es war kalt, und die Situation erinnerte an die frühen Morgenstunden, die sie in der Höhle zugebracht und während der sie den Sonnenaufgang beobachtet hatten.

„Ich glaube, wir sind in einer unlösbaren Lage“, sagte sie. „Das hätte eigentlich nicht passieren dürfen.“

„Yoda würde sagen, dass auch Jedi nicht unfehlbar sind. Wir sind nur gut vorbereitet.“

„Gut vorbereitet wir sind“, sagte Siri in Yoda-Sprache. „Unfehlbar wir sind nicht.“

Sie lachten leise.

„Wenn der Augenblick kommt, werden wir zusammen sein“, sagte Obi-Wan.

Er streckte sie Hand aus. Siri nahm sie. Und als sie ihn berührte, floss etwas zwischen ihnen – eine Spannung, die sich lebendig anfühlte.

Endlich spürte er, wie es war, sie zu berühren. Ihm wurde schlagartig klar, dass er seit Tagen darüber nachgedacht hatte. Vielleicht schon seit Jahren. Sie schob ihre Finger zwischen seine, stark, aber sanft, genau so, wie er sie kannte. In ihrer Handfläche spürte er einen Ansatz von Schwielen vom Lichtschwerttraining, doch die Haut ihrer Finger war weich. Weichheit und Stärke. Er hatte gewusst, dass er das spüren würde.

Etwas in ihm löste sich. Er spürte, wie ihn ein Gefühl erfüllte, das er nicht benennen konnte. Er wagte es nicht, ihm einen Namen zu geben. Und doch war es plötzlich realer als alles andere in seinem Leben. Realer als die Gefahr, in der sie sich befanden. Realer als die Jedi.

„Siri ..."

Ihre Stimme war nur ein Flüstern. „Ich habe es auch gespürt."

Sie sah ihn an. Tränen standen in ihren Augen. Sie lachte halb und weinte halb. „Ist das nicht komisch? Ist das nicht furchtbar seltsam?"

„Nein", gab Obi-Wan zurück. „Es war schon immer da. Ich wollte es nur noch nie sehen. Seitdem ich zum ersten Mal mit dir gesprochen habe, als du so wütend auf mich warst, weil ich die Jedi verlassen hatte. Du hast damals eine Frucht gegessen, gekaut und einfach durch mich hindurch gesehen."

Siri lachte. „Ich erinnere mich. Ich wollte dich ärgern. Ich wollte dich wütend machen."

„Du hast mich furchtbar wütend gemacht. Du wusstest schon immer, wie das geht."

„Ich weiß. Und du hattest immer Recht. Du warst immer so *anständig*. Du hast mich auch wütend gemacht. Oft."

„Und dann wurden wir Freunde."

„Gute Freunde."

„Und jetzt", sagte Obi-Wan, der sich kaum noch zu atmen traute, „was sind wir jetzt?"

„Auf einem dem Untergang geweihten Schiff", sagte Siri. „Also sollte die Frage wohl eher lauten, was wir gewesen *wären*."

Sie umfasste seine Hand fester, kam näher und drückte sanft ihre Lippen an seine Wange. Sie küsste ihn nicht. Sie blieb in dieser Haltung liegen. In diesem Augenblick spürte Obi-Wan etwas: Eine Bindung, die er für immer mit ihr haben würde, ganz gleich, was auch geschehen würde. Siri. Er wollte ihren Namen laut aussprechen. Er wollte niemals wieder von diesem kalten Boden aufstehen. Er wollte die Spitzen ihrer seidigen Haare berühren und den Duft ihrer Haut einatmen.

„Was auch immer geschieht", flüsterte sie sanft an seiner Wange, mit ihren warmen, weichen Lippen, weicher, als er es sich jemals hätte vorstellen können, „diesen Augenblick werde ich niemals vergessen."

Kapitel 14

Qui-Gon flog die Kapsel zum nächstmöglichen Landeplatz, einem Raumhafen, der sehr treffend Haven hieß. Die Kopfgeldjäger hatten versucht, sie zu verfolgen, waren jedoch nicht sonderlich entschlossen gewesen und es war schnell deutlich geworden, dass sie die Jedi nicht als große Bedrohung ansahen. Sie mussten sich wohl um etwas kümmern, das um einiges wichtiger war. Kopfgeldjäger machten sich immer nur Gedanken darüber, wie sie einen Auftrag schnellstmöglich erledigen und ihre Entlohnung einstreichen konnten.

Qui-Gon und Adi saßen an einem Tisch in einer armseligen Kneipe namens The Landing Lights. Sie hatten versucht, den Tempel zu kontaktieren, doch ein Meteoritensturm in den oberen Atmosphärenschichten über dem Raumhafen hatte vorübergehend jegliche HoloNet-Kommunikation unmöglich gemacht und sämtliche Schiffe an den Boden gefesselt. Sie hatten einen schnellen Raumkreuzer mit einem Piloten chartern können, der liebend gerne alles für die Jedi tun wollte. Das Schiff war betankt und stand zum Abflug bereit. Das einzige Problem war nur, dass sie keine Ahnung hatten, wohin sie gehen sollten. Wenn alles gut gegangen war, hatten Obi-Wan und Siri den Frachter erreicht und befanden sich mit Taly auf dem Weg nach Coruscant. Ihre Padawane könnten sogar schon darauf warten, dass sich ihre Meister bei ihnen meldeten.

„Viel haben wir ja nicht an Bord des Schiffes erfahren", sagte Adi. „War es die Sache wert?"

„Wir haben wenigstens eine winzige Information erhalten", gab Qui-Gon zurück. „Und mit dieser letzten Information könnten wir das Puzzle vielleicht vervollständigen."

„T r f n", sagte Adi. „Ein Treffen."

„Genau. Also können wir wohl davon ausgehen, dass alle zwanzig Zielpersonen anwesend sein werden."

„Zwanzig Planeten-Regenten bei einem Treffen", grübelte Adi. „Das könnte jeder Tag im Senat sein. Wie sollen wir nur den genauen Anlass herausfinden?"

„Ich glaube nicht, dass das Treffen im Senat stattfindet", sagte Qui-Gon. „Vergesst nicht, was Raptor sagte: Wenn er die Mission absagen würde, würde er zum Kern *zurückkehren*. Das ergäbe keinen Sinn, wenn die Mission auf Coruscant stattfände." Qui-Gon warf einen Blick auf den Anzeigeschirm über ihm. „Die Störungen haben sich gelegt. Wir kontaktieren den Tempel."

Er griff nach seinem Comlink. „Lasst uns herausfinden, was Jocasta Nu zu sagen hat." Qui-Gon nahm schnell Kontakt mit ihr auf. Sie begrüßte ihn nur wenige Sekunden später mit ihrem bekannt schneidenden Tonfall.

„Qui-Gon, es ist auch langsam an der Zeit, dass Ihr Kontakt mit dem Tempel aufnehmt." Jocasta schaffte es immer wieder, dass Qui-Gon sich wie ein ungehorsamer Schüler fühlte. „Seid Ihr Euch darüber im Klaren, dass Euer Padawan einen Notruf aus den Tiefen des Raumes gesandt hat?"

„Nein." Qui-Gon tauschte einen besorgten Blick mit Adi aus. „Von wo aus?"

„Es ist nicht meine Angelegenheit, Notrufe zu interpretieren", sagte Madame Nu schroff. „Soweit ich es allerdings mitbekommen habe, wurde das Signal aus dem Hyperraum geschickt. Wir waren nicht in der Lage herauszufinden, von welchem Schiff es kam. Es ist nicht registriert."

„Sie sind nicht an Bord des Frachters", sagte Qui-Gon voller Sorge zu Adi.

„Und jetzt schlage ich vor, Ihr sagt mir, weshalb Ihr mich kontaktiert."

„Adi Gallia und ich sind einem Team von Kopfgeldjägern auf der Spur, die von einem Mann namens Magus angeführt werden. Sie wurden darauf angesetzt, zwanzig Regenten während eines Treffens zu ermorden."

„Zwanzig! Das ist aber recht ehrgeizig."

„Es handelt sich um fünf sehr fähige Killer. Habt Ihr irgendwelche Hintergrundinformationen über einen Magus?"

„Magus ... der Name kommt mir bekannt vor. Einen Augenblick." Qui-Gon wartete. Er wusste, dass Madame Nu jetzt auf ihr unendliches Wissen zugriff. Alle Jedi hatten Zugriff auf das Archiv, doch Jocasta Nu hatte das Talent, Fakten zu interpretieren, die auf den ersten Blick nichts miteinander gemein hatten. Außerdem besaß sie ein unglaubliches Namensgedächtnis. Wenn sie einmal einen Namen gehört hatte, vergaß sie ihn nie wieder. „Ja, Magus erledigte in der Vergangenheit schon Aufträge für die Handelsallianz. Nichts Illegales, aber wir haben ihn in Verdacht, ein Auftragskiller zu sein. Wenn Ihr das bestätigen könntet, wären wir in der Lage, ihn auf die galaktische Suchliste zu setzen."

Die Handelsallianz! Natürlich. Mit dem dubiosen Passel Argente als Allianz-Magistrat hatte sich diese Organisation gewandelt: Von einer, die gute Geschäftsbeziehungen förderte, zu einer, die betrog und unterdrückte, um ihren Machtbereich auszudehnen. Aber weshalb sollten sie so weit gehen, ein Mordkomplott zu schmieden?

„Wir müssten das bald bestätigen können. Könnt Ihr bitte prüfen, welche interplanetarischen Treffen innerhalb der nächsten fünf Tage stattfinden?"

„Meister Qui-Gon Jinn", sagte Jocasta Nu in ihrem strengsten Tonfall. „Seid Ihr Euch eigentlich im Klaren darüber, wie viele interplanetarische Treffen jeden Tag in der Galaxis abgehalten werden? Hunderte! Mindestens! Allein auf Coruscant ..."

„Ihr könnt Coruscant ausschließen. Und alle Planeten im Galaktischen Kern. Lasst uns mit allen Treffen beginnen, bei denen es um die Handelsallianz geht. Und ... ich schätze, dass sie an irgendeinem Ort mit den höchsten Sicherheitsvorkehrungen stattfindet. An einem Ort, der so sicher ist, dass die Anführer ihre üblichen Sicherheitsvorkehrungen außer Acht lassen."

„Also gut. Das hilft. Zumindest ein wenig." Qui-Gon konnte sich Madame Nus spitze Miene geradezu bildlich vorstellen. „Am besten mit der Vertrags-Datenbank beginnen ... ja. Hmmm. Nein, das ist nicht ... vielleicht ... nein. Nein, nein. Das vielleicht? Lasst mich das noch versuchen ... Augenblick ... das wäre auch noch eine Möglichkeit. Ja. Ja! Ich glaube, das ist auf jeden Fall ein guter Ansatz. Es ist kein offizielles Treffen – zumindest nicht dokumentiert –, aber wir bekommen hier und da immer wieder etwas mit. Es ist sehr schwer, ein hochrangiges Treffen vollkommen geheim zu halten. Zwanzig planetare Regenten, allesamt Anführer der größten Welten ihrer Systeme. Sie hegen alle einen Groll gegen die Handelsallianz und denken über ein entsprechendes Embargo nach, an dem sich alle zwanzig Systeme beteiligen sollen. Ich nehme an, sie wollen Passel Argente unter Druck setzen."

„Das würde ihm nicht gefallen", sagte Qui-Gon.

„Nein, in der Tat nicht. Er ist ein Tyrann, und Tyrannen können bei solchen Dingen unangenehm werden. Es würde die Macht der Allianz in einem recht großen Sektor ernsthaft beschneiden. Ganz zu schweigen davon, dass es für andere Systeme, die sich gegen Argentes eisernen Griff zu wehren versuchen, ein Exempel dafür wäre, dass man etwas unternehmen kann. Ihr müsst wissen, dass der Senat es nicht geschafft hat, diese Gruppierungen – wie die Handelsgilde oder die Technologie-Union – unter Kontrolle zu bringen. Wir hatten in letzter Zeit eine Menge Probleme mit ihnen und …"

„Ja, ich verstehe", unterbrach Qui-Gon die Ausführungen der Jedi-Archivarin. Er hatte keine Zeit für Madame Nus Zusammenfassung der bürokratischen Probleme des Senats, so aufschlussreich sie auch sein mochten. „Wo soll das Treffen stattfinden?"

„In einem Konferenzzentrum auf Rondai-2. Das Ulta-Center – ein Hotel und Tagungszentrum mit ultimativem Luxus und ultimativen Sicherheitsvorkehrungen. Braucht Ihr ein zweites Jedi-Team, Qui-Gon? Ich würde Meister Yoda gerne diese Anforderungen überbringen, obwohl das nicht ganz in meinen Zuständigkeitsbereich fällt."

„Ich werde mich mit Adi beraten und wieder melden. Vielen Dank, Madame Nu."

Qui-Gon beendete die Übertragung und wandte sich an Adi. „Passel Argente. Er steckt hinter all dem. Er ist nicht nur ein Tyrann, er ist durchtrieben. Er weiß, dass er jeglichen Widerstand im Keim ersticken muss. Er muss hart zuschlagen, um alle anderen einzuschüchtern, die sich mit dem Gedanken tragen, ihn zu hintergehen. Das ist genau seine Art vorzugehen."

„Das wisst Ihr nicht mit Sicherheit", gab Adi zu bedenken.

„Ich kann es fühlen."

„Gefühle sein kein Beweis, und überdies an sich unlogisch."

Qui-Gon sah sie an. „Fühlt ihr es nicht auch?"

Nach einer kurzen Pause senkte Adi würdevoll den Kopf. „Ja, das tue ich."

Adi hatte während Qui-Gons Gespräch Rondai-2 schon auf ihrem Datapad ausfindig gemacht. Sie zeigte ihm das Display.

„Wir haben Glück. Zwei Tagesreisen. Wir werden es rechtzeitig schaffen." Sie hob ihren besorgten Blick und sah Qui-Gon an. „Aber was ist mit unseren Padawanen?"

Qui-Gon sah zur Unendlichkeit des Raumes hinauf, zu den Wolken aus Sternen. Er empfand diese Leere in seinem Innern, das gähnende Gefühl, das er immer hatte, wenn Obi-Wan in Schwierigkeiten war und er ihn nicht erreichen konnte. Einen winzigen Augenblick dachte er darüber nach, wie es wäre, sowohl Tahl als auch Obi-Wan zu verlieren. Die Größe dieses Verlustes ließ die Unendlichkeit über ihm geradezu winzig erscheinen.

„Wir können nichts tun. Sie werden sich selbst um sich kümmern müssen."

Kapitel 15

Taly stürzte plötzlich in den Frachtraum. „Mir ist etwas eingefallen."

Obi-Wan und Siri sprangen auf. „Eine Möglichkeit, um aus dem Hyperraum zu kommen?"

„Nein, nein. Das nicht. Aber ich habe gerade durch alle möglichen Sternensysteme geblättert und diesen Planeten namens Rondai-2 gefunden. Kennt ihr das, wenn es im Kopf ‚klick' macht? Bei mir hat es geklickt. Ich glaubte, ich hätte gehört, wie der Kopfgeldjäger über ein Rendezvous sprach. Dabei sagte er ‚Rondai-Zwo'!"

„Rondai-Zwo? Bist du sicher?"

„Ich bin mir sicher. Er sagte ‚auf Rendezvous', was komisch klang, weil niemand ‚auf Rendezvous' sagt. Er meinte einen Planeten."

„Also haben sie dort ihren Auftrag", sagte Obi-Wan. „Aber wir können nicht hinfliegen." Er machte sich auf den Weg ins Cockpit. „Wir können aber eines tun: Diese Information in der Überlebensbox hinterlassen. Wenn irgendein Teil dieses Schiffes die Explosion übersteht, dann ist es die Box. Und die Information wäre bald im Tempel." Er öffnete schnell den Sicherheitsbehälter und tippte die Informationen in das darin liegende Datapad. „Wir müssen die Box in die Rettungskapsel bringen."

Siri und Taly sahen ihn bedrückt an. Sie würden vielleicht nicht überleben, aber so gab es die Hoffnung, dass diese Information jemanden erreichte.

„Jetzt muss ich nur doch die Tatsache programmieren, das die Box überhaupt Informationen enthält", sagte Obi-Wan. „Wir können nur hoffen, dass, wer immer die Box findet, er sie zum Tempel oder Senat bringen wird. Wenn sie in die Hände von Piraten gerät, ist sie für immer verloren ... und um Coruscant treiben sich immer Piraten herum."

Obi-Wans Worte hallten in seinen eigenen Ohren. „Das ist die Lösung", sagte er.

„Was?", wollte Taly wissen.

„Wir können im Hyperraum den Kurs nicht ändern. Aber wir können noch einen Notruf senden. Dieses Mal einen generellen, der an alle Schiffe im Bereich unseres Rücksprungs aus dem Hyperraum geht. Wir würden das Signal offen halten und so könnten alle, die es empfangen, uns anpeilen."

„Aber wer empfängt es?"

„Niemand", sagte Obi-Wan. „Noch nicht. Aber Raumpiraten lauschen immer nach Notrufen. Sie machen sich gerne über sterbende Schiffe her."

„Das verstehe ich nicht", sagte Taly.

Obi-Wan wirbelte mit seinem Stuhl herum. „Das Schiff wird beim Rücksprung hochgehen. Aber was wäre, wenn wir gegen unseren Willen aus dem Hyperraum *geholt* werden?"

„Ein Interdictor-Feld", keuchte Siri. „Wenn wir eines durchqueren, werden wir in den Normalraum zurückgezogen. Aber wir werden dann auf dem Präsentierteller landen. Das Schiff hat beinahe keine Energie mehr. Wenn wir angegriffen werden, werden wir keine Manövrierfähigkeit mehr haben."

„Aber wenigstens können wir dann noch kämpfen", sagte Obi-

Wan. „Ich lege mich lieber mit Raumpiraten an, als in die Luft zu fliegen."

Siri grinste. „Also wenn du es so sagst …"

Taly schluckte. „Wenn sie mich gefangen nehmen …"

„Das werden wir nicht zulassen", sagte Obi-Wan. „Wir werden bis zum Letzten für dich kämpfen." Er dachte einen Augenblick nach. Taly sah ängstlich und unsicher drein. Doch Obi-Wan wusste, wie er ihn ermutigen konnte. Er würde ihn wie einen gleichberechtigten Partner behandeln.

„Du kannst mit abstimmen, Taly", sagte er. „Wenn einer von uns dagegen ist, werden wir es nicht tun. Dann bleiben wir bei unserem ursprünglichen Plan."

Taly biss sich auf die Unterlippe. „Nein, mit deinem Plan haben wir mehr Chancen. Lasst es uns so machen." Während er sprach, richtete er sich wieder auf. Farbe kehrte auf seine Wangen zurück. „Ich bin bereit."

Obi-Wan sendete das Notrufsignal und ließ es laufen. Jetzt war die Sache ins Rollen gekommen. Sie konnten nichts weiter tun, als abwarten. Er sah zu, wie der Energievorrat des Schiffes immer weiter zur Neige ging und versuchte, nicht an das zu denken, was jetzt alles geschehen konnte. Siri trat neben seinen Sitz. Er stand auf und stellte sich neben sie. Sie hielten sich die Hand.

Taly stand in die Nähe der Sichtscheibe, so als könnte er sehen, was auf sie zukam.

„Obi-Wan, was auch immer geschieht", murmelte Siri, „ich möchte, dass du weißt …"

Er sah ihr in die Augen. „Ich weiß es bereits."

Dann wurde das Schiff wurde von einem heftigen Stoß erschüttert. Sie wussten nicht, ob es der Anfang des Zusammenbruchs war, oder ob sie sich schon im Griff eines Feldes befanden.

„Tatsächlich", sagte Siri, als sie sich sicher war. „Ein Interdictor-Feld. Es holt uns zurück."

Das Schiff ächzte und zitterte. Alle Sterne schienen sich um eine Achse zu drehen und zusammenzustoßen, als der Frachter wieder in den Normalraum eintrat. Das Schiff machte einen Satz und schien gegen eine Wand zu knallen. Doch es explodierte nicht.

Das Piratenschiff wartete.

Laserkanonen donnerten. Obi-Wan sprang an die Steuerkonsole. „Ich kann nicht manövrieren. Wir haben keine Feuerkraft."

„Sie werden uns entern", sagte Siri. „Die Rettungskapsel?"

„Sie würden uns einfach abschießen", erwiderte Obi-Wan.

Er stand auf und zog sein Lichtschwert. Siri zog ihres. „Bleib hinter uns, Taly", sagte Obi-Wan. „Bleib immer hinter uns. Versuche nicht, mitzukämpfen."

Sie spürten den Ruck, als das Enterfahrzeug der Piraten an der Laderampe andockte. Sie hörten das Poltern von Stiefeln. Von vielen, vielen Stiefeln. Sie hörten das Klacken von Droiden-Füßen. Obi-Wan warf Siri einen Blick zu. Er sah, dass sie dasselbe dachte. Sie mussten sie nicht sehen, um zu wissen, dass es zu viele waren.

Dann stürmten sie los. Das Überraschungsmoment war ihre einzige Chance. Sie stürmten durch die Tür nach hinten und landeten mitten in mehreren Reihen schwer bewaffneter Piraten. Es war eine bunt gewürfelte Gruppe von allerhand Spezies und Größen. Doch sie hatten eines gemeinsam: Waffen und Habgier. Ihre Gesichter waren in grellen Farben bemalt und an vielen Gürteln hingen Trophäen von früheren Gefangenen. Obi-Wan hatte noch nie eine solche Ansammlung von wilden, räudigen und hässlichen Wesen gesehen.

Der Korridor füllte sich mit Rauch, als Kleinraketen Löcher in die

Wände rissen und in den Boden schlugen. Metall schälte sich wie Durafolie zur Seite.

Obi-Wan nahm an, dass es nur Warnschüsse waren, denn keiner der Piraten rührte sich.

Dann kam ein stämmiges, stark gebautes Wesen nach vorn. Seine schwarzen Haare reichten ihm bis zur Hüfte.

„Was haben wir denn hier? Jedi? Ha! Was für ein Glück! Wisst ihr, dass ein Kopfgeld auf dich ausgesetzt wurde?"

Dabei sah er aber nicht Siri oder Obi-Wan an, sondern Taly.

Im gleichen Augenblick machte Siri einen Satz nach vorn. Sie war pure Energie, wie ein pulsierender Lichtstrahl. Die Piraten eröffneten das Feuer aus Blastern und Blastergewehren, schossen mit Raketen und Pfeilen. Das Feuer versengte Siris Tunika, doch sie ließ sich nicht aufhalten. Sie kämpfte mit ihrem Lichtschwert, schlug wieder und wieder zu, sprang umher und rollte sich ab. Obi-Wan spürte, wie sein Rücken feucht vom Schweiß wurde, als er kämpfte, einen Droiden nach dem anderen niedermähte, dem Piratenfeuer auswich und sich dabei unablässig zwischen den angreifenden Truppen und Taly hielt.

Noch wurde er nicht müde, doch er erkannte, dass ihre Situation aussichtslos war. Aber er hatte Taly versprochen, nicht aufzugeben, also würde er es auch nicht tun.

Und dann hörte er plötzlich über das Donnern der Raketen und das Zischen des Blasterfeuers hinweg einen Schrei.

„Nein! Nehmt mich!" Taly rannte mitten durch die Feuergewalt. Erstaunlicherweise wurde er nicht getroffen. „Nehmt mich, ihr Feiglinge!", hustete er in der verrauchten Luft.

„Taly, nein!", schrie Siri.

„Ich kann euch nicht für mich sterben lassen!", rief Taly ihnen zu, als ein Pirat ihn packte und hochriss. Die Piraten brüllten vor

Vergnügen, als sie sich Taly wie ein Spielzeug zuwarfen, immer weiter nach hinten in ihren Reihen. Der letzte Pirat, der Taly fing, lief los, während die anderen ihr stetiges Sperrfeuer gegen Siri und Obi-Wan aufrecht hielten.

Ohne mit dem Angriff nachzulassen, zogen sich die Piraten langsam zurück. Siri und Obi-Wan konnten Taly nicht erreichen. Die letzten Piraten sprangen an Bord ihres Enterschiffs und flogen mit Taly davon, während Siri und Obi-Wan an Bord eines qualmenden, sterbenden Schiffs zurückblieben.

Kapitel 16

„Wir brauchen einen Ort, an dem wir landen können, und zwar schnell", sagte Siri. Ihre Haare waren vom Schweiß verklebt. Sie sah mit wildem Blick in die Galaxis hinaus, so als wollte sie sie herausfordern, es mit ihr aufzunehmen. So als müsste das All verpflichtet sein, das sterbende Schiff festzuhalten.

Die Energievorräte gingen so schnell zur Neige, dass bald alle Systeme davon betroffen sein würden. Dann würden sie keinen Kurs mehr einschlagen oder das Schiff zur Landung bringen können. An der Backbordseite quoll Rauch aus einer Öffnung. Die Piraten hatten ihre Treffer sorgsam angebracht, so viel war klar. Die Bucht der Rettungskapsel war eine Masse aus geschmolzenem Metall. Ein weiterer Backbordtreffer hatte alle Waffensysteme unschädlich gemacht, und das Schiff hatte einen Drall in eine Richtung, sodass es in ständiger Gefahr war, endgültig außer Kontrolle zu geraten.

„Tankstation auf einem Satelliten", sagte Obi-Wan. „Da ist auch ein großer Raumhafen mit jeder Menge Landeplattformen. Zehn Minuten entfernt. Hält das Schiff noch so lange durch?"

Siri fletschte die Zähne. „Dieses Schiff wird tun, was ich ihm sage."

Obi-Wan setzte sich in den Copilotensitz, wenn er auch kaum mehr tun konnte, als zusehen, wie Siri mit der Steuerung kämpfte. Das Schiff auf Kurs zu halten, erforderte winzige Korrekturen und einen permanenten Blick auf die Instrumente.

„Adi legte eine kontrollierte Bruchlandung hin", sagte Siri. „Aber das hier ist etwas anderes, Obi-Wan. Wenn wir uns einmal im Landeanflug befinden, verliere ich vielleicht die Kontrolle."

Er wusste, was sie ihm sagen wollte. Sie würden den Aufprall vielleicht nicht überleben.

„Ich verstehe", sagte er. „Ich vertraue dir."

Sie warf ihm einen schnellen Blick zu, der so voller Tapferkeit war, dass er sich nur wundern konnte, wie stark Siri war.

„Wir nähern uns dem Raumhafen", sagte er.

Der Raumhafen lag am Rand eines tiefroten Nebels, der zu pulsieren schien. Für Obi-Wans Augen war das ein unglaublicher Anblick, so als würde er eine blühende Blume im Weltall sehen. Sie würden mitten in das Zentrum dieser Blume fliegen müssen.

„Jetzt geht's los", murmelte Siri.

Und dann ragte der Raumhafen vor ihnen auf. Er kam viel zu schnell näher.

„Ich kann nicht abbremsen", sagte Siri mit Panik in der Stimme.

Mit dieser Geschwindigkeit würde sich das Schiff beim Aufprall auf dem betonharten Boden geradezu auflösen. Obi-Wan hatte jetzt nicht mehr das Gefühl, in eine Blume zu springen. Jegliche Poesie entwich seiner Seele und er sah nur noch Durabeton und Metall – harte Materialien, die dieses Schiff wie ein Spielzeug pulverisieren würden.

„Energiezufuhr abschalten!", rief er Siri zu.

Sie sah ihn erschrocken an. „Aber dann kann ich nicht mehr lenken!"

„In der Hydraulik wird noch ein paar Sekunden genügend Energie sein. Danach ist es ohnehin vorbei."

Sie griff nach der Taste für die Energiezufuhr und schlug dagegen. Das Schiff torkelte jetzt nicht mehr so stark, aber es befand sich im freien Fall, und unten am Boden konnte sie schon sehen, wie sich Wesen auf dem Raumhafen in Sicherheit brachten. Irgendjemand hob wütend die Faust in die Luft.

„Los geht's!", schrie Siri und benutzte die manuelle Steuerung, um das Schiff von den anderen Kreuzern und einem großen Frachter wegzulenken. Sie hatten gerade noch genügend Energie für die Hydraulik, um das sterbende Schiff in den leeren Teil der Plattform zu bringen und etwas hochzuziehen, damit sie nicht mit der Nase zuerst aufschlagen würden.

Obi-Wan hatte noch Zeit für einen kurzen Blick auf das Flugfeld, und dann war das Schiff unten. Ein grauenhafter Ruck durchfuhr die Hülle, bevor der Kreuzer kreischend und qualmend über den Boden rutschte. Obi-Wan spürte, wie er die Zähne zusammenbiss. Er wurde hochgehoben. Als er wieder fiel, griff er nach der Ecke einer Konsole, doch seine Beine wurden hochgerissen und er musste wieder loslassen. Er knallte erst gegen die Decke und dann gegen den Boden. Noch nie zuvor hatte er sich so hilflos gefühlt. Er hatte nicht gewusst, dass seine Gliedmaßen in so viele Richtungen gleichzeitig fliegen konnten. Schmerz durchfuhr ihn. Er spürte, dass das Schiff auf dem Bauch über das Durabeton-Flugfeld kratzte. Er roch Feuer.

Siri. Siri. Ihr Name erklang wie ein Herzschlag in seinem Innern. Während er umhergeschleudert wurde, suchte er sie im Rauch.

Jedi konnten die Zeit verlangsamen. Bedeutete das, dass sein Tod und der von Siri ewig dauern würden?

Dann sah er durch den Rauch kurz ihre Haare. Sie lag auf dem Boden.

Nein!

Er kämpfte sich den Weg zu ihr frei, während das brennende Schiff immer noch weiterrutschte.

„Siri!"

Er legte die Finger an ihren Hals und fühlte ihren Puls. Ihr Herz schlug.

Entschlossenheit überkam ihn. Sie lebte noch. Er lebte noch. Er würde sie retten.

Irgendwie schaffte er es, sein Lichtschwert in die Hand zu nehmen. Er legte einen Arm um Siri und zerrte sie zum Cockpit. Das Schiff, das noch immer führerlos über den Boden raste, wurde von der Reibung der Hülle auf dem Beton erhitzt. Der Metallboden war bereits heiß. Er würde bald schmelzen und sich schälen. Obi-Wan zwang sich zur Kontrolle über seinen Körper. Er griff nach der Macht. Für diese Aktion würde er alles brauchen, was er an Kräften hatte.

Er kroch halb und rutschte halb über den Boden. Siri begann sich zu regen. Als sie die Augen öffnete, machte sie sich bemerkbar, indem sie ihn wegdrückte. Sie nahm niemals Hilfe in Anspruch, wenn sie etwas selbst tun konnte. Und sie würde ihren Körper zwingen, ihr Folge zu leisten.

Er sah, wie sie vor Schmerz zuckend nach ihrem Lichtschwert griff. Sie kroch mit ihm zusammen weiter bis zur Hülle des Schiffes. Es war noch immer außer Kontrolle, der Absturz dauerte jetzt erst drei, vielleicht vier Sekunden.

Er hatte Zeit, es zu schaffen. Das Schiff würde durchhalten. Obi-Wan aktivierte sein Lichtschwert und begann, ein Loch in die Schiffshülle zu schneiden. Siri tat es ihm nach. Schweiß lief durch den Schmutz auf ihrem Gesicht. Es war unerträglich heiß.

Sie husteten, als sie ihre Lichtschwerter in dem heißen Metall versenkten, bis es sich nach hinten bog. Als Obi-Wan den vorbeirasenden Himmel sah, schob er Siri durch die Öffnung hinaus. Er selbst stand auf Zehenspitzen, als Siri wieder hinein griff und ihn mit erstaunlicher Kraft ebenfalls hinaus auf die Hülle zog.

Einen Augenblick hielten sie so das Gleichgewicht auf der Außenhaut des dahinrutschenden Schiffes. Sie sahen sich tief in die Augen. Als sie die Geschwindigkeit abschätzten, wurde ihnen klar, dass die Landung hart werden würde. Sie ließen die Macht fließen und sprangen.

Die Macht half ihnen. Sie hatten den Sprung hoch und weit angelegt, damit sie ihren Fall bremsen konnten. Dennoch fuhr ihnen der Schock des Aufpralls in die Knie, und sie rollten sich rasend schnell ab, als sie so viel Abstand wie möglich zwischen sich und das Schiff brachten.

Dann explodierte das Raumfahrzeug.

Obi-Wan und Siri wandten sich von der Explosion ab und bedeckten ihre Köpfe. Geschmolzenes Metall regnete vom Himmel. Obi-Wan spürte, wie ein Stück davon seine Schulter schmerzhaft verletzte.

Die beiden Padawane hingen kraftlos aneinander. Sie konnten es kaum glauben, dass sie noch lebten.

Ein großes Wesen mit Armen, die fast bis zum Boden reichten, kam zu ihnen. Obi-Wan erkannte den Mann: Er war derjenige gewesen, der ihnen mit der Faust gedroht hatte. „Was glaubt ihr eigentlich, was ihr hier macht?“, schrie er wütend.

Siri und Obi-Wan starrten den Mann fassungslos an.

„Überleben?“, sagte Siri.

Sie kicherte. Obi-Wan hatte sie noch nie zuvor so kichern hören. Erleichterung überkam ihn. Sie lebten noch. Er begann zu lachen. Sie lachten und lachten und nahmen sich in die Arme, während sie noch auf dem Durabeton des Flugfelds lagen.

„Dafür wird jemand bezahlen", sagte der Aufseher des Raumhafens, und sie lachten nur noch lauter.

Obi-Wan wartete im Hangar auf Siri. Sie hatten sich getrennt, um sich frisch zu machen. Er hatte dem wütenden Mann Magus' Namen genannt und er zweifelte nicht daran, dass der Aufseher ihn irgendwie aufspüren und eine Bezahlung des Schadens fordern würde.

Siri kam mit nassen Haaren, die sie hinter die Ohren geschoben hatte, zu ihm herüber. „Und was jetzt?", fragte sie.

„Ich habe eine Pilotin gefunden, die uns nach Rondai-2 bringt", gab Obi-Wan zurück. „Sie sagte, dass jeder, der einen solchen Absturz überlebte, Hilfe verdient hätte. Es ist ein Unterlicht-Kreuzer. Wir brechen in ein paar Minuten auf und könnten schon am Mittag da sein."

Siri nickte. „Schön, endlich mal gute Nachrichten zu bekommen."

„Wir müssen Taly finden."

Siris Blick verschleierte sich. „Wenn er noch lebt. Diese Piraten werden ihn für die Belohnung an die Kopfgeldjäger übergeben."

„Ich spüre, dass er noch lebt. Wir haben es selbst kaum geschafft."

„Ich weiß."

„Aber jetzt haben wir ..."

Einen Moment schwiegen sie beide. Der Hangar um sie war voller Arbeiter. Doch für Siri und Obi-Wan war es, als wären sie allein. Sie sahen sich nur an und dachten an das, was sie sich im Schiff gestanden hatten. Sie prüften ihre Gefühle. Hatte es nur daran gelegen, dass sie dem Tod so nahe gewesen waren?

Nein. Es war echt. Es war noch immer zwischen ihnen.

„Was sollen wir jetzt tun?", fragte Siri. „Was wir fühlen ist … verboten."

„Aber wir können es nicht einfach abschalten", gab Obi-Wan zurück. „Wir sind beinahe ums Leben gekommen. Das könnte jederzeit, auf jeder Mission geschehen. Ich verstehe es. Ich akzeptiere es. Aber ich werde nicht akzeptieren weiterzuleben, ohne mit dir zusammen zu sein."

Siri schluckte. „Was sagst du da, Obi-Wan? Wir sind Jedi. Wir können nicht zusammen sein. Bindungen einzugehen, ist nicht unser Weg."

„Warum nicht?", stieß Obi-Wan ungehalten hervor. „Es muss doch nicht so sein. Regeln können sich ändern. Der Rat kann die Regeln ändern. Sie können einen Weg für uns finden. Wir können Jedi bleiben und einander …"

„… dennoch lieben", schloss Siri sanft. „Lass es uns sagen, wie es ist. Lass uns einfach aussprechen, was wir wissen."

Sie streckte die Hand aus und griff nach dem Ärmel seiner Tunika. „Wir wissen beide, dass sie den Jedi-Kodex für uns nicht ändern werden. So funktioniert der Jedi-Orden nicht. Es gibt Gründe, warum diese Regeln da sind, und diese Gründe sind tausende von Jahren alt."

„Ein Grund mehr, sie zu ändern", erwiderte Obi-Wan. „Wir könnten ein paar Jahre warten, bis wir Meister sind. Dann könnten wir ein Team sein. Wir könnten zusammen auf Missionen gehen!"

Siris Augen funkelten. „Wir wären ein großartiges Team." Dann trübte sich ihr Blick. „Sie werden es nicht zulassen. Und ich werde nicht zulassen, dass du die Jedi verlässt. Ich weiß, was es dich das letzte Mal gekostet hat."

„Ich will die Jedi nicht verlassen. Und ich weiß, dass du das auch nicht könntest."

„Es bedeutet mir alles", sagte Siri. „Es ist ein Teil von mir. Es ist mein Zuhause." Sie senkte den Kopf und fügte leise hinzu: „Doch das bist du auch."

„Wir könnten es geheim halten." Doch noch als er es sagte, spürte Obi-Wan, wie ihm kalt ums Herz wurde. Es vor Qui-Gon geheim halten? Konnte er das tun?

Er hatte auch Geheimnisse vor mir.

Doch er war sein Meister. Er hatte das Recht dazu gehabt. Obi-Wan wischte den Gedanken beiseite. Er wusste, dass er nur so dachte, weil etwas zwischen ihm und einer Sache stand, die er haben wollte. Es war nicht fair, Qui-Gon die Schuld dafür zu geben.

Diese Bedenken konnte er schnell zerstreuen. Was er allerdings nicht ignorieren konnte, war die furchtbare Vorstellung, seine Gefühle vor Qui-Gon verbergen zu müssen.

„Das wäre schwierig."

Siris Blick war verhangen. „Es wäre die einzige Möglichkeit. Oder wir müssen uns entscheiden, es zu vergessen."

Vergessen? Obi-Wan ertrug es kaum, als sie seinen Ärmel losließ. Erst vor wenigen Stunden hatte er erkannt, dass Siri für ihn so wichtig war wie die Luft zum Atmen. Sie war ein Teil von ihm. Sie war sein Herz, seine Lungen und ein Teil dessen, was ihn am Leben erhielt.

Er schluckte. „Ich kann es nicht vergessen. Ich kann dich nicht gehen lassen."

Tränen füllten Siris Augen, und das war das Schlimmste von allem.

„Dann behalten wir es für uns? Wir treffen uns, wann und wo immer wir können."

Obi-Wan wurde schwindelig. So voller Erleichterung, noch am Leben zu sein. So dankbar, dass Siri neben ihm stand. So voller

Freude, dass sie ihn liebte. Doch wenn er in die Zukunft blickte, sah er nur Täuschung und Unehrlichkeit. Konnte er diesen Weg gehen?

„Zuerst müssen wir Taly finden“, sagte Siri. „Die Mission zu Ende bringen. Dann können wir immer noch entscheiden, was wir tun.“

„Taly ist jetzt das Wichtigste“, stimmte Obi-Wan zu.

Obwohl sich alles gegen sie gewandt zu haben schien, war Obi-Wan eigenartig hoffnungsvoll. Sie würden einen Weg finden.

Kapitel 17

Der Pilot ließ Adi und Qui-Gon auf dem Haupt-Raumhafen von Rondai-2 aussteigen. Er sagte noch, dass die Jedi „einfach eine erstaunliche Nova von einer Gruppe wären", und dass er ihnen jederzeit gerne behilflich sein würde.

Es war kurz vor Morgengrauen. Der Himmel war noch dunkel, hellte sich aber bereits auf. Qui-Gon und Adi verloren keine Zeit und machten sich gleich zum Tagungszentrum auf. Ihre zweitägige Reise hatte ihnen genügend Zeit zum Planen gelassen. Das Ulta-Center war eine exklusive Tagungsstätte, die speziell für hochrangige Geschäftstreffen und diplomatische Gipfel gebaut worden war.

Es war ein großer Gebäudekomplex in der Stadt Dal. Qui-Gon und Adi hatten während der Reise ein paar Nachforschungen angestellt. Das Zentrum war mit den besten Sicherheitseinrichtungen ausgestattet, damit auch die Treffen und Tagungen mit der höchsten Geheimhaltungsstufe hier abgehalten werden konnten. Es hatte eine eigene Landeplattform auf dem Dach, sodass Gäste unerkannt an- und abreisen konnten. Der Zutritt war absolut niemandem außer den Teilnehmern eines Treffens gestattet. Man musste Zimmer und Konferenzräume Monate im Voraus buchen, und Gäste verschiedener Gruppen sahen einander nicht, da es für jede Tagung einen anderen Gebäudeflügel gab. Jeder Gast musste sich einem gründlichen Sicherheits-Check unterziehen. Qui-Gon und Adi konnten unmöglich einfach so hineinspazieren.

„Irgendwelche Vorschläge?", fragte Adi. „Wir müssen einen Weg hinein finden, um den Angriffsplan ermitteln zu können. Wir sollten aber nicht damit hausieren gehen, dass wir Jedi sind. Es ist besser, wenn die Kopfgeldjäger nicht wissen, dass wir sie bis hierher verfolgt haben."

Qui-Gon sah sich um. „Das Café dort drüben öffnet gerade. Es ist ein schöner Morgen, um draußen zu sitzen."

Adi sah ihn verärgert an. „Wir haben wohl besseres zu tun." Sie sah sich einen Augenblick die Umgebung an. „Oh, ich verstehe. Wir können von hier aus ein paar Beobachtungen anstellen. War es das, was Ihr vorhattet?"

„Genau", gab Qui-Gon zurück. „Und ich habe Durst."

Adi hob eine Augenbraue, anstatt zu lächeln, doch das war Qui-Gon gewöhnt.

Sie bestellten eine Kanne Tarine-Tee und setzten sich an einen Tisch vor dem Café. Die Luft erwärmte sich, als die Sonne aufging. Die Rondaianer kamen aus ihren Häusern und gingen zur Arbeit. Sie gingen an den Jedi vorüber, ein paar von ihnen etwas resoluter, ein paar von ihnen eher so, als wollten sie den Morgen genießen. Nicht wenige machten in dem Café einen Zwischenstopp. Es schien ein beliebter Ort zu sein. Qui-Gon war dankbar für die Gesellschaft – sie würde ihnen eine gewisse Tarnung bieten. Rondai-2 war eine kosmopolitische Welt mit vielen Besuchern. Niemand schenkte ihnen einen Blick.

Hier war alles mild – das Klima, das niemals wirklich kalt wurde; die Landschaft, in der es keine hohen Berge, sondern nur sanfte Hügel gab; und das Tempo in den Städten, das zwar geschäftig, aber nicht hektisch war. Alles an dem Konferenzzentrum war so gestaltet, dass es die enormen Sicherheitsmaßnahmen verbarg und sich in die angenehme Umgebung einfügte.

Eine Sicherheitsmauer zog sich in weitem Bogen um das Konferenzzentrum. Zwei Sicherheitsleute bewachten den Eingang. Die Mauer war mit Brunnen verziert, die aus unsichtbaren Quellen von der Oberseite gespeist wurden und die sich in einem kontinuierlichen, musikalisch untermalten Strom in ein Becken ergossen, das als eine Art Burggraben diente. Farbige Unterwasserleuchten erzeugten ein sich ständig wechselndes Muster aus Blau- und Violetttönen. Vor dem Graben wuchsen blühende Büsche in denselben Farben, bis hin zu dunklem Violett und Tiefblau.

Das Konferenzzentrum hinter der Mauer hatte einen strahlenförmigen Grundriss. Die einzelnen Flügel erstreckten sich von der zentralen Lobby wie Arme nach außen. Die Fassade war in blauem Durastahl gefasst. Im Sonnenlicht, so dachte Qui-Gon, würde es farblich mit dem Himmel verschmelzen. Das Zentrum war ein Gebäude, das sich so unsichtbar wie möglich zu machen versuchte.

Luftgleiter und Taxis flogen vorüber. Das allgemeine Tempo erhöhte sich. Dabei waren dies erst die Arbeiter, die früh begannen – die sich auf den Weg machten, wenn der Himmel noch dunkel war.

„Sicherheitssperren in der Mauer", murmelte Adi. „Bewegungssensoren im Tor. Retina-Scans für Gäste. Es ist nicht einfach, hier einen Anschlag zu verüben."

„Deshalb wird er genau hier stattfinden", sagte Qui-Gon. „Hier fühlen sich die Regenten sicher. Warum sonst sollte Argente fünf Kopfgeldjäger anheuern? Er weiß, dass er das Unmögliche verlangt."

„Also dann", sagte Adi, „Wie werden sie das Unmögliche möglich machen?"

„Jeder Kopfgeldjäger hat andere Fähigkeiten", erklärte Qui-

Gon. „Gorm ist pure Kraft. Lunasa ist eine Verkleidungskünstlerin. Raptor ist der effektive Killer. Pilot ist der Beste, wenn es um Fluchtplanung geht."

„Und Magus?"

„Er ist das Superhirn. Er dachte sich den Plan aus. Wenn wir die einzelnen Puzzleteile zusammenfügen können, kennen wir den Plan, bevor der Anschlag stattfindet."

„Mit anderen Worten", sagte Adi, „wir müssen selbst Superhirne sein." Sie warf ihm plötzlich einen stechenden Blick zu. „Ihr wartet auf etwas. Auf was?"

Qui-Gon nahm gemächlich einen Schluck von seinem Tee. „Hotels wie diese rühmen sich im Allgemeinen damit, keine Droiden für das Reinigen der Räume oder für den Zimmerservice einzusetzen. Nicht einmal Protokoll-Droiden. Sie arbeiten nur mit lebenden Wesen. Sie sagen, das würde dem Service eine persönliche Note geben. Lebende Wesen können Bedürfnisse voraussehen und es jemandem behaglich machen – viel besser als Droiden."

„Und?"

Qui-Gon hob die Schultern. „Zimmer müssen gereinigt werden." Er schwenkte seine Teetasse. „Ist Euch nicht aufgefallen, wie Lunasa auf dem Schiff während des Kampfes aussah?"

„Mir fielen die Waffen auf, die sie auf mich richtete", sagte Adi. „Könnt Ihr bitte auf den Punkt kommen?"

„Ihr Haar war anders."

Die vertraute Falte, die ihre Ungeduld verdeutlichte, erschien zwischen Adis Augenbrauen. „Ich achte nicht auf Frisuren, Qui-Gon."

„Als wir sie zum ersten Mal sagen, war sie blond. Und sie trug Zöpfe. Während des Kampfes waren ihre Haare kurz und dunkel." Qui-Gon bemerkte Adis Ungeduld, zwang sich aber dazu, nicht zu lachen. Adi verbrachte nicht viel Zeit damit, sich mit der lebendigen Macht abzugeben. „Ist Euch noch nicht aufgefallen, dass alle Eingeborenen von Rondai-2 dunkelhaarig sind?"

Adi presste die Lippen zusammen. Sie wusste, dass Qui-Gon auf etwas Bestimmtes hinaus wollte. Er führte sie dorthin. Doch Adi mochte es nicht, wenn man sie führte.

„Ah, hier kommt das Servicepersonal", sagte Qui-Gon.

Auf der anderen Seite der Straße flog ein Schwebebus herbei und hielt an. Eine Gruppe von Rondaianern stieg aus. Sie trugen enge, schwarze Uniformen und gingen zum Sicherheitsbüro. Der Mann dort gähnte und winkt sie durch.

„Kein Sicherheits-Check", stellte Adi keuchend fest,

„Sie kommen jeden Tag. Wachen langweilt das. Sie werden nachlässig. Deshalb ist auch jedes Sicherheitssystem fehlbar." Qui-Gon nahm noch einen Schluck von seinem Tee. „Seht Ihr jemanden, den Ihr kennt?"

Adi atmete scharf ein. „Sie ist es! Lunasa. Sie geht einfach hinein! Lasst uns gehen!"

„Augenblick. Die anderen werden auch noch kommen. Ich habe das Gefühl, dass der Anschlag noch heute früh stattfinden soll."

„Qui-Gon." Adis Tonfall war drängend. „Der Wolkenwagen dort drüben. Seht!"

Qui-Gon sah in die Richtung, die Adi andeutete. Pilot und Raptor saßen in einem Gleiter und fuhren vorüber. Zwischen ihnen saß Taly. Der Junge sah sie nicht. Er starrte geradeaus. Er versuchte offensichtlich, nicht so verängstigt auszusehen, wie er sich fühlte.

„Sie haben Taly", sagte Qui-Gon. „Wo sind Obi-Wan und Siri?"

Adi schüttelte den Kopf. In ihren dunklen Augen zeichnete sich Sorge ab.

„Weshalb haben sie ihn am Leben gelassen?", fragte sie.

„Und wie lange noch?", fügte Qui-Gon hinzu.

Kapitel 18

Qui-Gon und Adi verließen das Café, um kein Aufsehen zu erregen. Sie gingen die Straße entlang und drehten irgendwann um, um sich im Foyer eines Gebäudes zu verstecken, während weiterhin Rondaianer vorübergingen.

„Sie wird die anderen hineinlassen", sagte Qui-Gon. „Jeden einzelnen. Sie haben es so geplant. Oder einer von ihnen ist bereits drinnen. Sie sind schon seit zwei Tagen hier. Wir können es einfach nicht wissen."

„Außer Pilot und Raptor", gab Adi zu bedenken. „Und irgendjemand muss auf Taly aufpassen, wenn sie ... wenn sie ihn nicht umbringen."

„Wenn sie das vorhätten, wäre es schon längst geschehen. Pilot wird auf Taly aufpassen. Er ist für die Flucht zuständig. Doch Raptor muss noch in das Gebäude kommen, das wissen wir mit Sicherheit. Er könnte das letzte Puzzlestück sein. Wenn er hineingeht, läuft der Plan ab."

„Wir sollten die Sicherheitskräfte verständigen."

Qui-Gon schüttelte den Kopf. „Noch nicht. Wenn Alarm ausgelöst wird, kommen wir vielleicht selbst nicht mehr hinein – vorausgesetzt, sie glauben uns überhaupt. Diese Kopfgeldjäger kennen sich mit Sicherheitsleuten aus. Sie werden sie in kürzester Zeit einfach niedermähen. Die Wachen sind uns keine Hilfe, und sie werden nur ihr Leben verlieren. Ich glaube, wir sollten das hier selbst regeln."

Adi dachte kurz nach. „Einverstanden." So sehr es Adi auch hasste, von jemand anderem Anweisungen zu bekommen, so wenig ließ sie doch ihr Urteilsvermögen davon beeinflussen.

Sie sah nachdenklich zu dem Konferenzzentrum hinüber. „Das Becken", sagte sie. „Wir wissen, dass jeder Flügel sein eigenes Becken hat. Aber sie müssen alle von einer zentralen Quelle aus befüllt werden. Und diese Quelle muss sehr leistungsfähig sein."

„Raptor", sagte Qui-Gon. „Er hat Kiemen."

„Genau das dachte ich gerade."

Im gleichen Augenblick fuhr ein großer Repulsorlift-Transporter die Straße entlang, geriet aus seiner Spur und stieß gegen einen Gleiterbus. Der Fahrer winkte wütend mit den Armen, so als wäre der Gleiterfahrer Schuld. Die beiden Jedi erkannten in dem Fahrer des Transporters sofort den verkleideten Pilot. Beide Sicherheitsleute am Eingang des Zentrums drehten ihre Köpfe.

„Und da ist auch schon das Ablenkungsmanöver", sagte Qui-Gon. „Kommt."

Sie rannten die Straße entlang, weit genug von dem Transporter entfernt, um Pilot nicht auf sich aufmerksam zu machen. Da sahen sie plötzlich, wie Raptor aus den blühenden Büschen stieg und in das glitzernde Becken sprang. Er verschwand unter der Wasseroberfläche.

Qui-Gon und Adi waren nur wenige Meter von ihm entfernt. Sie legten im Laufen ihre Atemmasken an und machten einen Satz in das Becken. Das Wasser war kalt und überraschend tief. Sie schwammen so schnell sie konnten durch das ständig von Blau nach Lila wechselnde Licht. Adi stieß Qui-Gon an. Ein Schatten bewegte sich vor ihnen. Er schwamm auf die Mauer zu. Sie folgten der Gestalt.

Doch dann war der Schatten schlagartig verschwunden. Gerade war er noch da gewesen und jetzt war nichts mehr zu sehen. Qui-Gon trieb sich mit kräftigen Beinschlägen vorwärts und kam vor der kahlen Mauer an.

Adi deutete auf den Boden des Beckens. Dort waren reflektierende Platten angebracht, die das farbige Licht in verschiedenen Winkeln zurückwarfen, um den Effekt zu verstärken. Sie hatten nicht Raptors Schatten gesehen, sondern dessen Reflexion. Unter Wasser war es unmöglich, den Unterschied festzustellen. Qui-Gon wollte laut aufstöhnen, doch dann hätte er seine Atemmaske verloren.

Jetzt hatten sie wertvolle Sekunden verloren. Sie mussten schnell die verschiedenen Reflexionswinkel herausfinden. Das Becken war zu groß, um jeden Zentimeter abzusuchen. Sie hatten keine Zeit dafür. Adi schwamm nach unten auf die Reflektoren zu. Qui-Gon folgte ihr und dachte über die Winkel der Platten nach. Wo war Obi-Wan, wenn er ihn brauchte? Dies war genau das, was sein Schüler gut konnte. Obi-Wans Gehirn war für logische Fragestellungen vernetzt.

Doch das war Adis Hirn auch. Sie zeigte auf eine Stelle und begann, mit kraftvollen Zügen loszuschwimmen. Qui-Gon folgte ihr. Die Jedi-Ritterin fand schnell ein dickes Zuflussrohr mitten in einem Gewirr aus kleineren Röhren. Der Kanal war groß genug, um hindurchzuschwimmen. Qui-Gon sah Adis Schatten an der Wand an genau dem gleichen Ort, an dem Raptor verschwunden war. Sie zog an einem Hebel und eine Schleuse zu dem Rohr öffnete sich. Sie schwamm hinein.

Qui-Gon folgte ihr. Hier, in der Enge des Rohres, konnte er seine Arme nicht benutzen. Er trieb sich nur mit den Beinen an. Vor sich sah er Adis Füße und die Luftblasen, die sie erzeugte.

Die Röhre endete in einem weiteren Becken. Das Licht war hier anders, und sie erkannten schnell, dass dieses Becken teilweise an der frischen Luft lag. Adi schwamm zur Oberfläche hoch.

Sie tauchten lautlos auf. Auf der anderen Seite des Beckens hatte sich Raptor bereits vor einer breiten Stahlglas-Tür mit Lunasa, Magus und Gorm getroffen. Alle Kopfgeldjäger waren schwer bewaffnet. Lunasa hatte jetzt Blaster und Raketenkatapulte an die Hüften und Arme geschnallt. Gorm trug einen Waffengürtel. Ein Schnellfeuerblaster hing auf Raptors Rücken. Magus trug eine Weste aus Panzergewebe mit vielen Taschen und hatte zwei Blaster an den Hüften hängen.

Die vier Kopfgeldjäger gingen durch die Tür und trennten sich. Sie hatten die Jedi, die ihnen jetzt lautlos folgten, noch immer nicht gesehen. Magus machte sich auf den Weg zum Dach, während Lunasa einem Korridor folgte. Raptor nahm einen zweiten Korridor, und Gorm schlich durch eine Tür. Adi und Qui-Gon mussten überrascht einen Augenblick Halt machen, um sich zu beraten.

„Ich nehme Lunasa", sagte Adi. Lunasa war am Ende des Korridors gerade noch in Sichtweite.

Qui-Gon blieb nur der Bruchteil einer Sekunde, um sich zu entscheiden. Raptor. Er war am Nächsten. Je schneller sie die Kopfgeldjäger ausschalten konnten, desto besser.

Es waren vier. Fünf, wenn Pilot irgendwie einen Weg herein gefunden hatte. Doch daran zweifelte Qui-Gon. Er wettete, dass der große Transporter draußen einen Kreuzer geladen hatte, der durch das Dach des Laderaums brechen und davonfliegen konnte. Taly befand sich zweifelsohne ebenfalls in dem Transporter.

Vier Kopfgeldjäger. Zwei für jeden Jedi. Kein Problem, sagte sich Qui-Gon, doch er wusste auch, dass die Jedi im Nachteil waren. Die Kopfgeldjäger hatten die Pläne des Konferenzzentrums wahrscheinlich wochenlang studiert. Wenn sie ihre Arbeit gut gemacht hatten – und daran zweifelte er nicht – kannten sie jeden Gang, jeden Servicelift und jede Wartungsklappe.

Er wusste auch, dass die Zeit gegen ihn arbeitete. Auch wenn nur einer der Kopfgeldjäger durchkam, würde das reichen, um genügend Unheil anzurichten.

Jetzt sah Raptor, dass Qui-Gon ihm auf den Fersen war. Er nahm Reißaus. Dabei schoss er noch mit seinem Blaster hinter sich in der Hoffnung, den Jedi aufzuhalten, doch Qui-Gon behielt sein Tempo bei und lenkte im Laufen mit dem Lichtschwert die Schüsse ab.

Er folgte Raptor in einen riesigen Raum voller dampfender Röhren – die Wäscherei. Die Hitze und der Dampf schlugen ihm ins Gesicht. Die Dampfwolken trübten seine Sicht. Er blieb stehen und horchte nach Schritten. Nichts. Stille.

Dann drang das Zischen eines Raketenwerfers an seine Ohren. Er machte sich bereit, das Projektil abzuwehren oder auszuweichen, doch es schlug mindestens einen Meter entfernt von ihm ein.

Schlechter Schütze, dachte er gerade noch etwas verdutzt, als das Rohr neben ihm platzte und mit einem kraftvollen Strahl siedendes Wasser herausspritzte.

Qui-Gon nutzte die Macht, um einen Satz von dem kochenden Wasser weg zu machen. Jetzt sah er Raptor, dessen Zähne in seinem schmierigen Gesicht blitzten, als er grinsend die nächste Rakete bereit machte. Als sie in der Luft war, machte er einen Satz auf Qui-Gon zu.

Qui-Gon duckte sich und rollte sich von der Rakete weg, die ihm aber auf den Fersen blieb. Er griff nach der Macht und sprang über Raptor hinweg. Die Rakete, die mit diesem Zug nicht mithalten konnte, knallte in eine große Waschmaschine und explodierte. Wasser spritzte in alle Richtungen und abgeplatzte Schläuche wanden sich wie tödliche Schlangen in der Luft.

Qui-Gon wich zurück und stieß gegen eine Tonne mit Bettlaken, die von einem Förderband gefallen war. Die zusammengelegten Tücher flogen wie riesige, tollpatschige Vögel in die Luft und fielen zu Boden, wo sie einen Hindernisparcours aus großen, weichen Stoffbahnen bildeten.

Qui-Gon sah, dass er neben mehreren hoch über ihm verlaufenden Förderbändern gelandet war. Auf den Bändern fuhren große Tonnen mit Bettlaken, Decken und Handtüchern. Er sah mit einem Blick, dass die Decken, nachdem sie von Droiden zusammengefaltet wurden, in die Tonnen gelegt wurden, die wiederum auf dem Förderband landeten. Dann wurden die Tonnen bis zu einem Ausgang transportiert, wo ihre Räder ausfuhren.

Raptor schob gerade eine weitere Rakete in den Werfer an seinem Handgelenk. Qui-Gon konnte aus der Entfernung sehen, dass es eine Merr-Sonn K21 war – ihre Sprengkraft war stark genug, um einen Swoop aus der Luft zu holen und ihn in einen Haufen geschmolzenen Metalls zu verwandeln. Er sah den kleinen Lichtpunkt, der anzeigte, dass das Laser-Zielsuchsystem der Rakete aktiviert war. Er zweifelte nicht daran, dass es auf ihn gerichtet war.

Er ließ die Macht fließen und konzentrierte sie auf die Tonnen. Das Förderband fuhr jetzt schnell. Die Tonnen stießen gegeneinander und fielen herunter.

Genau in dem Augenblick, in dem Raptor die Rakete abfeuerte, fielen die Tonnen durch die Flugbahn. Die Decken wickelten sich um das Geschoss und blockierten die Zielsucheinrichtung. Die Rakete verlangsamte, wie von Qui-Gon berechnet, ihren Flug, weil sie ihr Ziel nicht mehr im Visier hatte. Raptor machte im gleichen Moment einen Satz nach vorn, so wie er es beim Abschuss der anderen Raketen getan hatte. Er flog geradewegs in die von Tüchern umhüllte Rakete, die ihn sofort für das Ziel hielt und beim Aufprall explodierte. Qui-Gon wandte sich von der Explosion ab. Raptor war für niemanden mehr eine Gefahr.

Qui-Gon rannte los, in die entgegengesetzte Richtung, zurück zu der Tür, durch die er hereingekommen war. Er wollte sich nicht im Labyrinth der Korridore verlaufen. Er musste auf dem selben Weg zurückgehen.

Auf dem Weg durch den Korridor kam ihm Adi entgegen. „Lunasa steht unter Bewachung der Sicherheitskräfte", sagte sie. „Sie ist entwaffnet. Aber ich kann die anderen nicht finden. Es wurde Alarm ausgelöst, aber ein stiller. Sie wollen die Gäste nicht beunruhigen."

„Wenn wir Gorm und Magus nicht finden, wird es eine Menge beunruhigter Gäste geben", sagte Qui-Gon. „Wir müssen diesen Flügel komplett durchkämmen. Habt Ihr herausgefunden, wo das Treffen stattfindet?"

„Hier entlang – in der Constellation-Suite. Die Sicherheitskräfte sind unterwegs dorthin. Sie versicherten mir, dass sie die Situation in den Griff bekämen."

„Lasst uns gehen", sagte Qui-Gon.

Ihr Weg führte sie an der Stelle vorbei, an der Lunasa in Gewahrsam sein sollte. Vier tote Sicherheitswachen lagen auf dem Boden.

„Ich hätte sie nicht allein lassen dürfen", sagte Adi.

„Ihr hattet keine Wahl. Los." Qui-Gon rannte weiter. Er machte sich ernste Sorgen. Jetzt hätten sie Obi-Wan und Siri gut gebrauchen können. Die Kopfgeldjäger waren ausgeschwärmt. Sie würden nicht gehen, bevor sie ihren Auftrag erledigt hatten. Sie würden sich irgendwann wieder treffen, doch bis dahin würde jeder, der sich ihnen in den Weg stellte, sterben.

Sie fanden die Constellation-Suite. Ein Trio von Wachen stand vor der Tür.

„Niemand geht da hinein", sagte der Anführer der Männer. „Und niemand kommt raus. Wir haben alles abgeriegelt."

„Sie werden einen Weg hinein finden", sagte Qui-Gon. „Ihr müsst uns gestatten, die Suite zu durchsuchen."

„Wir haben alles im Griff", gab der Mann eisig zurück.

„Hört mal", sagte Adi. „Vier Eurer Freunde liegen tot am Ende des Korridors. Vielleicht solltet Ihr unsere Hilfe annehmen."

„Ist irgendwas mit Euren Ohren nicht in Ordnung? Ich sagte, wir haben ..."

Da wurden die Augen des Mannes mitten im Satz glasig und er fiel zu Boden. Qui-Gon beugte sich zu ihm hinunter und fand einen Pfeil, der in seinem Nacken steckte. Als er sich wieder aufrichtete, war Adi schon losgerannt.

„Magus!", rief sie Qui-Gon zu.

Die übrigen Wachen setzten entschlossene Mienen auf und nahmen die Blaster in den Anschlag, warfen aber immer wieder einen nervösen Blick auf ihren gefallenen Kameraden. Qui-Gon verließ sich darauf, dass sie nicht auf ihn schießen würden, machte einen Schritt zwischen ihnen hindurch und schnitt mit seinem Lichtschwert ein Loch in die Tür der Suite. Als es groß genug war, sprang er hindurch.

Zwanzig Planeten-Regenten saßen an einem großen Besprechungstisch. Besorgnis wandelte sich in Panik, als sie sahen, dass Qui-Gon mit leuchtendem Lichtschwert hereinkam.

„Ich bin hier, um Euch zu helfen", sagte er.

Da knallten Stiefel gegen die Außenscheibe. Lunasa hatte ihren Seilkatapulten benutzt, um sich vom Dach abzuseilen. Im gleichen Augenblick schnitt sie einhändig ein Loch in die Stahlglas-Scheibe und warf mit der anderen eine Granate herein.

„Deckung!", schrie Qui-Gon.

Die Explosion erschütterte den Raum. Qui-Gon riss so viele der Anwesenden mit sich unter den Tisch, wie er konnte. Trümmer regneten herab. Einer der Regenten war verwundet. Ein anderer lag reglos da. Qui-Gon wartete nicht, bis der Staub sich gelegt hatte. Er sprang mit drei Sätzen zu Lunasa, die bereits nach dem Blastergewehr auf ihrem Rücken griff. Er warf sich gegen sie und schleuderte sie geradewegs aus dem Fenster. Sie flogen beide hinaus und zehn Stockwerke tief durch die Luft, bis sie mit einem gewaltigen Schlag im Wasserbecken am Fuße des Gebäudeflügels landeten.

Lunasa tauchte hustend auf. Sie versuchte, wegzuschwimmen, doch Qui-Gon packte sie bei den Beinen, drehte sie um und zerrte sie aus dem Wasser. Als die Sicherheitsleute des Zentrums herbeirannten, lag sie keuchend auf dem Durabeton.

„Ihr lasst sie nicht einmal den kleinen Finger rühren", sagte Qui-Gon.

Er sah Adi auf dem Dach. Magus schoss mit einem Schnellfeuer-Blaster, dessen Feuerkraft selbst mit einem Lichtschwert nur schwer abzulenken war. Qui-Gon rannte zur Mauer. Wo war Gorm? Einmal mehr wünschte er sich, die beiden Padawane wären hier.

Er aktivierte seinen Seilkatapult und ließ sich durch die Luft zischend nach oben ziehen. Als er angekommen war, ging er sofort mit wirbelndem Lichtschwert auf Magus los.

Doch Magus überraschte ihn – er ließ sich nicht auf den Kampf ein, sondern lief davon.

Qui-Gon und Adi machten einen Satz und folgten Magus, als der plötzlich die Richtung änderte und vom Dach sprang. Er landete ein paar Stockwerke tiefer auf einem anderen Dach, wo er durch ein Oberlicht brach.

Sie hatten die Regenten schutzlos zurückgelassen und Gorm war noch immer auf freiem Fuß. Doch sie waren Magus so dicht auf den Fersen. Was sollten sie tun? Adi und Qui-Gon landeten leichtfüßig auf dem Dach und sahen sich an.

„Wir haben ihn!"

Es war Obi-Wans Stimme. Er kam mit Siri über das Dach gerannt. Sie sprangen beide mit erhobenen Lichtschwertern in das zerbrochene Dachfenster hinein.

Qui-Gon und Adi aktivierten ohne ein weiteres Wort ihre Seilkatapulte und seilten sich wieder zum Konferenzraum ab. Die Regenten hatten mittlerweile den Tisch umgekippt und sich dahinter verkrochen. Vom Korridor schlug eine wahre Flammenhölle in den Raum. Gorm hatte einen Flammenwerfer.

Die Hitze war enorm. Qui-Gon spürte, wie seine Haut versengte. Der Tisch ging in Flammen auf und die Regenten krochen rückwärts davon weg. Dann steckte Gorm seinen Flammenwerfer in das Halfter zurück und eröffnete das Feuer mit einem Blaster. Qui-Gon und Adi sprangen vor den glimmenden Tisch. Ihre Lichtschwerter waren nur noch verwischte Lichtblitze, so schnell bewegten sie sich. Sie trieben Gorm zurück. Doch halb Wesen und halb Maschine, war er widerstandsfähiger als die meisten anderen Gegner. Seine Rüstung war schon schwarz vom Feuer, doch er bewegte sich mit unverminderter Vehemenz.

Qui-Gon wollte dieser Sache ein Ende bereiten. Die Wesen hinter ihnen bangten um ihr Leben, und er wollte sie sowohl retten als auch ihr Leiden beenden. Jedi kämpften nicht im Zorn, doch Kopfgeldjäger hatten Qui-Gon schon immer geärgert. Zu töten, war verabscheuungswürdig. Doch für Geld zu töten, war noch schlimmer. Er würde niemals die Mentalität eines Wesens verstehen, das sich als Killer verdingte. Erst recht nicht, wenn es um zehnjährige Jungs ging.

Er kämpfte sich vorwärts. Gorms Nachteil war sein Vertrauen in seine Unbesiegbarkeit. Er hielt sich selbst für eine Festung. Er glaubte, er wäre unschlagbar.

Bis jetzt, dachte Qui-Gon. *Bis jetzt.*

Gorms Panzerung war hervorragend, doch er hatte es noch nicht mit einem Lichtschwert zu tun gehabt. Qui-Gon bewegte sich seitwärts. Gorm folgte ihm. Er hob den Arm, um sich auf Qui-Gon zu werfen – ganz zweifellos in dem Glauben, dass er schneller und stärker war. Qui-Gon duckte sich, damit er nur einen Streifhieb abbekam. Die Wucht des Faustschlags reichte aus, um ihn in die Knie zu zwingen, doch damit hatte er gerechnet. Er hatte es eingeplant. Mit einem rückhändigen Aufwärtshieb zielte er auf Gorms Helm.

In Gorms Helm saß auch die Steuerzentrale. Von dort sprach sein Zielerfassungssystem mit den Servomotoren, dort war der Motivator, der die in seinen Händen eingebauten Blaster steuerte.

Gorm schüttelte den Kopf. Rauch quoll seitlich aus seinem Helm. Er holte erneut aus. Adi, die erkannt hatte, was Qui-Gon vorhatte, war seitlich herangekommen. Sie landeten gleichzeitige Hiebe gegen den Helm.

Der Helm kippte nach hinten und verschmolz mit Gorms Hals.

Einen Moment sah es so aus, als wäre Gorm überrascht. Dann wurden seine Augen rot vor Wut. Er schlug mit einem Aufschrei auf Qui-Gon ein und versuchte gleichzeitig, Adi wegzustoßen. Doch die Lichtschwerter hatten ihre Arbeit getan. Signale kollidierten, Servomotoren funktionierten nicht mehr korrekt, und Gorm kippte vornüber.

Qui-Gon beugte sich über ihn. Er war nicht tot, aber auf jeden Fall außer Gefecht.

Der Jedi sah auf. Magus stand starr vor Schreck am Ende des Korridors. Mit einem Blick sah er die Jedi und das regungslose Monster von einem Kopfgeldjäger auf dem Boden liegen. Er sah Qui-Gon genau in die Augen, so als wollte er sagen: *Was soll's, das hat wohl nicht so gut geklappt. Zeit, zu verschwinden.*

Er sprang in den Turbolift.

Obi-Wan und Siri kamen mit wütenden Gesichtern um die Ecke. „Wir haben ihn verloren."

„Auf zum Dach", sagte Qui-Gon.

Sie benutzten wieder ihre Seilkatapulte. Als sie auf dem Dach ankamen, sahen sie, dass Pilot einen kleinen Luftgleiter dort gelandet hatte. Magus rannte darauf zu. Im Cockpit sahen sie Taly sitzen.

Magus blieb stehen und richtete seinen Blaster auf Talys Kopf. Die Jedi hielten inne.

Der Kopfgeldjäger sah sie vergnügt an.

„Ihr wollt wahrscheinlich den Jungen haben", sagte er.

„Das wisst Ihr genau", gab Qui-Gon zurück.

„Pilot, bring ihn heraus."

„Er weiß unsere Namen und kennt unsere Gesichter!", schrie Pilot.

„Sie auch, du Trottel. Los, mach schon."

Pilot schnappte sich knurrend Taly, dessen Hände und Füße gefesselt waren.

„Pilot wird ihn vom Dach stoßen, wenn Ihr uns an der Flucht hindert“, sagte Magus vollkommen ruhig.

Pilot balancierte auf dem Dach des Luftgleiters. Taly sah zu den Jedi hinüber. Er war so lange tapfer gewesen. Doch jetzt rührte die Angst in seinem Blick Qui-Gons Herz.

„Ihr könnt gehen“, sagte er zu Magus.

Magus sprang in den Gleiter und gab Vollgas. Pilot flog vom Dach und ließ Taly mit einem Schrei fallen. Siri machte sofort einen Satz und fing Taly mit den Beinen auf. Sie wurden von Siris Seilkatapult aufgefangen, den sie gerade noch im Fallen in die Dachkante hatte einhängen können.

Pilot stürzte vom Dach. Sie hörten seinen Todesschrei und ein dumpfes Aufprallgeräusch.

Und Magus flog ungehindert davon.

Kapitel 19

Zwei der Regenten waren schwer verwundet worden, doch alle hatten überlebt. Raptor und Pilot waren tot. Gorm und Lunasa befanden sich in Gewahrsam. Es war gut zu wissen, dass die Galaxis eine Zeit lang Ruhe vor ihnen hatte.

Taly wurde von einem Medi-Droiden untersucht. Der Junge hatte ein paar Kratzer abbekommen, war ansonsten aber unversehrt. Qui-Gon ging neben ihm in die Hocke, als der Droide Bacta auf eine Wunde an seinem Bein brachte.

„Wie hast du das geschafft?“, fragte der Jedi. „Wie bist du am Leben geblieben?“

Taly grinste, zuckte aber zusammen, als der Droide einen weiteren Kratzer behandelte. „Ich sagte ihnen, ich hätte noch eine Kopie der Aufzeichnung gemacht. Und dass ich wüsste, wer sie beauftragt hat und dass diese Information ebenfalls auf dem Aufzeichnungsstab wäre. Ich sagte, er wäre an einem Ort versteckt, von dem er automatisch an den Senat ginge, wenn mir etwas zustoßen würde. Es stellte sich heraus, dass sie mehr Angst vor ihrem Auftraggeber hatten als vor allem anderen. Es muss jemand Mächtiges sein, der sie zu Grunde richten kann oder zumindest andere Kopfgeldjäger beauftragen würde, die sie aufspüren und umbringen würden. Sie waren zu beschäftigt, um zu versuchen, mich zum Reden zu bringen. Ich glaube, sie wollten sich nach dem

Anschlag um mich kümmern. Aber ich wusste, dass Ihr Jedi auftauchen würdet."

„Und weiß du wirklich, wer die Kopfgeldjäger beauftragt hat?", fragte Qui-Gon.

„Ich bin mir nicht sicher. Es wurde so viel geredet, dass ich durcheinander war."

„Das glaube ich nicht. Ich glaube, wenn ich dir den Namen ihres Auftraggebers sage, würdest du dich genau erinnern."

Taly schwieg. Qui-Gon war klar, dass der Junge es ihm nicht sagen würde. Er würde es vielleicht nicht einmal dem Senat sagen. Eine zu große Last lag auf den Schultern dieses Jungen, und er hatte in sehr kurzer Zeit gelernt, wie man kämpfen musste. Er hatte eine Lektion in Sachen Wissen, Einfluss und Macht erhalten, und er besaß vielleicht das wichtigste Stück des Puzzles.

„Ich würde es an deiner Stelle dem Senat sagen", riet Qui-Gon ihm. „Wissen ist Macht, aber es ist auch Gefahr."

„Mit der Gefahr kann ich umgehen."

„Du wirst es im Leben noch weit bringen, Taly", sagte Qui-Gon mit einem Seufzer und erhob sich.

„Wann können wir nach Coruscant aufbrechen?"

„Bald. Der Inhaber des Zentrums schickt seinen eigenen Kreuzer, um uns zurückzubringen. Der dürfte recht luxuriös sein."

Talys Miene hellte sich auf. „Und meine Eltern? Können wir versuchen, sie zu kontaktieren?"

„Ja. Das werden wir ebenfalls tun."

Qui-Gon drehte sich um. Obi-Wan und Siri standen allein neben dem Wasserbecken. In ihm erklang ein Alarm.

Sie sahen einander an. Sie machten keine Scherze, sie waren nicht etwa mit ihren Gürteltaschen oder Lichtschwertern beschäftigt. Sie redeten einfach nur miteinander.

Qui-Gon spürte, wie ihn kalte Furcht überkam. Zwischen den beiden war etwas geschehen. Er sah, dass Obi-Wan lächelte und Siris Unterlippe berührte, an der sie eine kleine Wunde hatte. Er hatte schon jedes von Obi-Wans Lächeln gesehen – doch dieses noch nie.

„Wir haben keine Beweise", sagte Adi, die zu ihm gekommen war.

Einen Augenblick war Qui-Gon verwirrt. Hatte Adi gesehen, was er gesehen hatte?

„Nichts, was auf Passel Argente hinweisen würde. Er wird mit dieser Sache davonkommen. Die Kopfgeldjäger werden natürlich nicht aussagen. Wir können die Handelsallianz verdächtigen, aber ich glaube nicht, dass wir etwas werden beweisen können." Adi seufzte. Sie sah dieselbe Szene, der er auch sah: Zwei Padawane neben einem Becken. Ihr fiel jedoch nicht das Geringste auf. „Also ist es nur ein kleiner Sieg."

„Zwanzig Wesen sind noch am Leben", sagte Qui-Gon. „Zwanzig Welten haben ihre Regenten nicht verloren. Zwanzig Familien haben ihre Liebsten nicht verloren. Ich würde das nicht nur als kleinen Sieg bezeichnen."

Adi hob beide Augenbrauen und gab Qui-Gon damit zu verstehen, wie verärgert sie war. „Ich will das keineswegs herunterspielen, Qui-Gon. Ich will nur sagen, dass … ach, ich weiß auch nicht." Dieser Ausbruch war für Adi äußerst untypisch. „In letzter Zeit scheint es nur noch so zu sein, dass wir Missionen abschließen und sogar erfolgreich sind, aber immer noch etwas zu tun übrig bleibt. Wir bekommen immer nur etwas Kleines in die Hand, aber nie das große Ganze. Oh, wie hasse ich es, so unpräzise zu sein!"

„Ich weiß", sagte Qui-Gon. „Viele von uns haben dieses Gefühl. Der Senat wird mit jedem Tag zerrissener. Gruppierungen wie die Handelsallianz werden mit ihren Betrügereien immer dreister. Ich habe Visionen von einem Tag, an dem wir keine Friedenshüter mehr sind, sondern Krieger."

Adi sah ihn besorgt an. „Visionen kommen und gehen."

„Diese bleibt."

„Ich hoffe, Ihr täuscht Euch."

„Das hoffe ich auch." Qui-Gons Blick ruhte noch immer auf Obi-Wan und Siri. „Das hoffe ich auch."

Talys Augen weiteten sich, als das Senatsgebäude auftauchte. „Ich wusste, dass es groß ist, aber das ... Es ist wunderschön! Und wie kann man in diesen Flugstraßen überhaupt zurecht kommen?"

„Man findet sich im Laufe der Zeit zurecht", sagte Obi-Wan. „Da ist die Landeplattform."

Der Pilot brachte den Kreuzer sanft auf den Boden. Taly warf noch einen bedauernden Blick in die luxuriöse Kabine des Schiffes. „Das ist wahrscheinlich das erstaunlichste Schiff, mit dem ich jemals fliegen werde."

„Das bezweifle ich irgendwie", sagte Qui-Gon.

Sie begleiteten Taly persönlich zur Versammlung des Senatskomitees. Sie sahen, wie er in den Versammlungsraum ging. Er konnte seine Nervosität gut verbergen.

„Ich hoffe, er sagt ihnen alles, was er weiß", meinte Adi.

Qui-Gon warf einen Seitenblick auf Obi-Wan und erklärte: „Niemand sagt alles, was er weiß."

Als die Jedi wieder im Tempel waren, ging jeder in seine Unterkunft, um sich etwas auszuruhen. Qui-Gon aber winkte Obi-Wan zu sich heran.

„Lass uns ein Stück spazieren gehen", sagte er. Er sah das Erstaunen in Obi-Wans Gesicht. Ein Spaziergang nach einer schweren Mission und drei Tagen ohne Schlaf? Obi-Wans Erschöpfung war nicht zu übersehen, doch er drehte sich ohne ein Wort um und ging neben Qui-Gon her.

Der Jedi-Meister führte sie in den Saal der Tausend Quellen, wo sie immer ihre wichtigsten Gespräche geführt hatten. Der kühle Sprühnebel der Quellen belebte sie, als sie auf den verschlungenen Pfaden durch die Landschaft gingen.

„Eine schwierige Mission für dich", sagte Qui-Gon. „Du musst an Bord dieses Schiffes die schlimmsten Gedanken gehabt haben."

„Wir haben nicht gedacht, dass wir überleben würden", gab Obi-Wan zurück.

„Und was fühltest du?"

Obi-Wan schüttelte den Kopf. „Eine Menge Gefühle. Ich hatte natürlich Angst. Und ich spürte Bedauern."

„Bedauern?"

„Bedauern, dass ich ein paar Dinge nicht getan habe", sagte Obi-Wan. „Bedauern, dass ich nicht früher erkannte ... dass ich nicht früher in der Lage war ..." Er rang offensichtlich mit sich und verstummte.

„Siri", versetzte Qui-Gon.

Obi-Wan blieb stehen. „Ihr wisst es?"

„Ich habe es zwischen euch gesehen." Qui-Gon ging weiter und Obi-Wan folgte ihm. „Manchmal geschieht so etwas zwischen Padawanen. Vor allem in extremen Situationen ..."

Obi-Wan blieb wieder stehen. Qui-Gon sah, dass er wütend war.

„Tut das nicht", sagte sein Schüler. „Ich weiß, was ich gleich von Euch zu hören bekomme. Aber spielt es nicht herunter."

Er sprach wie ein Mann. *Er* ist *ein Mann, du Narr*, dachte Qui-Gon. *Und er hat Recht. Wer bist du, dass du seine Liebe schmälern dürftest?*

„Entschuldige, Obi-Wan“, sagte Qui-Gon. „Komm, lass uns weitergehen. Du weißt also, was ich sagen will, oder nicht?“

„Dass Bindungen verboten sind. Dass ich diesen Weg gewählt habe und dass ich ihn beschreiten muss. Dass es im Jedi-Orden keinen Platz für eine solch persönliche Hingabe gibt. Dass jeder von uns von persönlichen Bindungen frei sein muss, weil wir sonst unsere Arbeit nicht tun können. Dass unsere Verbindung mit der Macht etwas ist, das wir nicht nur in unseren Herzen, sondern auch mit unseren Entscheidungen ehren müssen.“

„Du sagst diese Dinge, als hätten sie keine Bedeutung.“

„Manchmal bricht einem alles weg, wenn man erkennt, dass man jemanden liebt.“

Und was hätte Qui-Gon darauf erwidern können, außer *Ich weiß?*

„Wir sind jetzt seit vielen Jahren zusammen unterwegs, Padawan“, sagte Qui-Gon stattdessen. „Ich glaube, wir haben unser gegenseitiges Vertrauen und unseren Respekt verdient. Es verletzt mich, dass du in einer solch wichtigen Angelegenheit meinen Rat nicht hören möchtest.“

In Obi-Wans Gesicht stand der innere Kampf geschrieben, den er ausfocht. „Ich möchte Euren Rat nicht hören, weil es mir das Herz brechen würde, ihn nicht zu befolgen“, sagte er schließlich.

„Also fragst du mich auch nicht danach.“

„Natürlich will ich wissen, was Ihr denkt, Meister“, sagte Obi-Wan. „Ich möchte Euch nicht verletzen. Und doch sieht es so aus, als wäre es unvermeidlich, dass jemand verletzt wird.“

„Aha“, sagte Qui-Gon. „Und damit hast du die erste Lektion gelernt, warum Liebe zwischen den Jedi verboten ist.“

Obi-Wan sagte nichts. Es war nichts zu hören außer ihren leisen Schritten und dem sanften, beruhigenden Plätschern der Quellen.

„Ich rate dir, sie aufzugeben", sagte Qui-Gon so einfühlsam er konnte. „Und das begründe ich nicht einmal so sehr mit den Jedi-Regeln als vielmehr damit, dass ich dich kenne. Oder euch beide. Obi-Wan, du bist ein talentierter Jedi. Der Weg der Jedi ist tief in deinem Herzen verwurzelt. In deinem ganzen Wesen. Wenn du diesen Weg verlässt, würde etwas in dir sterben. Und bei Siri habe ich das gleiche Gefühl."

„Aber ich werde die Jedi nicht verlassen", sagte Obi-Wan. „Der Orden könnte seine Regeln ändern."

„Eines musst du wissen, Padawan", sagte Qui-Gon. „Der Orden könnte seine Regeln nicht ändern."

„Aber ..."

„Sie werden ihre Grundsätze nicht ändern. Nicht bevor sich die gesamte Galaxis verändert, bevor sich der ganze Orden verändert, bevor ein Umsturz erfolgt, der alles verändert. Vielleicht werden sich dann auch die Regeln ändern. Aber mit diesem Jedi-Rat? Auf keinen Fall. Entscheide dich. Aber tu es mit offenen Augen."

„Ihr verlangt von mir, dass ich mein Herz entzwei reiße."

„Ja", sagte Qui-Gon vorsichtig. „Das tue ich. Mein Rat basiert darauf, dass ich sowohl mit Siri als auch mit dir fühle. Der Schmerz, den anderen zu verlieren, wird im Laufe der Zeit nachlassen. Du wirst ihn niemals vergessen, er wird immer ein Teil von dir bleiben, aber er wird nachlassen. Verlasst ihr jedoch den Jedi-Orden, so werdet ihr das für immer bedauern. Das wird niemals vergehen. Es wird auf ewig zwischen euch stehen und ein Teil von euch sein. Einander zu verlieren – etwas, das so furchtbar zu sein scheint, so schmerzhaft – wird letztlich leichter zu ertragen sein."

„Ich kann es nicht tun." Obi-Wan sah seinen Meister mit gequältem Blick an. „Zwingt mich nicht dazu."

„Ich kann dich zu gar nichts zwingen, mein Padawan. Du musst wählen. Du musst mit Yoda reden."

Obi-Wan sah erstaunt aus. „Mit Yoda?"

„Ich habe ihn deswegen kontaktiert. Ich musste es tun. Er wird es für sich behalten. Er war immer, neben mir, dein bester Ratgeber, Obi-Wan. Er betrachtet dich nicht aus der Sicht eines Ratsmitglieds, sondern aus der eines Beistandes und Freundes." Qui-Gon machte eine kurze Pause. „Und wenn du ihm nicht gegenübertreten kannst", fügte er dann milde hinzu, „bist du auch nicht bereit, dem Rat gegenüberzutreten."

Sie bogen um eine Kurve, und da saß Yoda, mitten im Weg auf seinen Stock gestützt.

Beim Anblick des alten Meisters schien in Obi-Wan etwas zu zerbrechen. Qui-Gon konnte es sehen. Yoda musste kein Wort sagen. Doch in dieser kleinen Kreatur steckten all die Größe und all die Weisheit, die Obi-Wan selbst anstrebte. Er war das Beste, was der Weg der Jedi als Ziel zu bieten hatte.

„Opfer der Orden verlangt", sagte Yoda. „Auch keinen Lohn für dich es gibt, Obi-Wan. Dich unterstützen wir werden. Die Regeln für dich wir werden nicht ändern."

Obi-Wan ließ sich schwerfällig auf eine Bank sinken. Er legte das Gesicht in die Hände. Qui-Gon sah, wie seine Schultern bebten.

Er hatte nicht geglaubt, dass sein Herz noch mehr brechen konnte, als es schon gebrochen war. Doch das musste es sein: Das Schlimmste, was er in seinem Leben ertragen musste. Dem Jungen, den er wie einen Sohn liebte, den gleichen Schmerz ertragen zu lassen, den er selbst fühlte. Ihn ihm zu übergeben, obwohl er genau wusste, was er seinem Herzen antun würde.

Es dauerte lange, bis Obi-Wan wieder die Kontrolle über sich erlangt hatte. Qui-Gon und Yoda warteten schweigend ab. Irgendwann hob Obi-Wan den Kopf. „Und was ist mit Euch?“, fragte er Qui-Gon leise.

Qui-Gon zuckte zusammen. Er wusste natürlich, was Obi-Wan meinte. Tahl. Er hatte allerdings nicht damit gerechnet, darauf angesprochen zu werden. Er hatte nicht damit gerechnet, überhaupt darüber sprechen zu müssen.

Aber warum nicht? Obi-Wan hatte absolut das Recht, diese Frage aufzuwerfen.

„Ihr habt Tahl geliebt“, sagte Obi-Wan. „Ihr habt die Regeln übertreten. Und jetzt verlangt Ihr von mir, dass ich etwas aufgebe, was Ihr Euch selbst genommen habt. Was dachten Tahl und Ihr eigentlich, als Ihr Euch Eure Liebe gestanden habt?“

„Ja, Qui-Gon“, sagte Yoda. „Auch an einer Antwort ich interessiert bin.“

Qui-Gon dachte nach, bevor er antwortete. Er wollte die Frage nicht beantworten. Sie berührte sein tiefstes Inneres. Würde er zerbrechen, wenn er ihren Namen laut aussprach?

„Es war eine Zeit voller Wirren“, sagte er schließlich. „Wir hatten kaum Gelegenheit, uns über unsere Gefühle im Klaren zu werden, bevor sie entführt wurde.“

„Eine Antwort das nicht ist“, erwiderte Yoda.

„Was wir uns dachten?“ Qui-Gon legte eine Hand auf die Stirn. „Dass wir einen Weg finden würden. Dass wir Jedi waren und dass wir viel getrennt sein würden. Und doch wollten wir das Gefühl nicht verleugnen.“

„Ihr wolltet die Regeln brechen“, sagte Obi-Wan. „Ihr hättet es geheim gehalten.“

Qui-Gon schüttelte den Kopf. „Nein, ich glaube, keiner von uns beiden wollte das. Ich glaube, wir dachten, dass es irgendwie funktionieren würde.“

„Dasselbe, was ich jetzt auch fühle!", rief Obi-Wan.

Qui-Gon setzte sich zu ihm auf die Bank. „Aber es gibt doch einen Unterschied zwischen dir und mir. Ich hatte keine Gelegenheit, über meine Entscheidung nachzudenken. Ihr Für und Wider zu untersuchen. Ich weiß nicht, was geschehen wäre, wenn Tahl weitergelebt hätte. Vielleicht hätten wir beschlossen, unsere große Liebe beiseite zu schieben. Oder wir hätten den Jedi-Orden verlassen. Ich weiß es nicht. Ich werde es niemals erfahren. Und ich lebe mit dem Schmerz, sie verloren zu haben. Aber ich bin am Leben, Obi-Wan. Ich gehe den Pfad der Jedi weiter. Was ich dir sagen will, ist, dass wir immer wieder im Leben die Gelegenheit bekommen, unseren Weg zu betrachten und eine Entscheidung zu fällen, die uns neu definieren wird. Auch du hast diese Wahl. Sie liegt vor dir. Triff sie nicht übereilt. Benutze deinen Verstand ebenso wie dein Herz. Und vergiss dabei nicht, dass du ein Leben gewählt hast, das gewisse Opfer verlangt. Und dies ist das größte Opfer, das du bringen kannst."

„Nur dies ich noch hinzufügen möchte", sagte Yoda. „Einige von uns fühlen, dass große Unruhen vor uns liegen. Wir können sie nicht sehen und wissen nicht, welcher Natur sie sind, aber das Gefühl wir haben, dass sie auf uns warten. Dich brauchen wir werden, Obi-Wan."

„Und wie wirst du dich fühlen", fragte Qui-Gon, „wenn diese Unruhen kommen und du nicht an unserer Seite bist?"

„Ich weiß nicht, was richtig ist." Obi-Wan schien sich zu diesen Worten zwingen zu müssen. „Ich weiß nicht, was ich tun soll."

Da tauchte Siri am Ende des Weges auf. Sie eilte zu ihnen herbei, das Gesicht voller Sorge.

„Magus hat zugeschlagen", sagte sie. „Talys Eltern wurden ermordet."

Kapitel 20

„Rachsucht“, sagte Qui-Gon schwermütig. „Sie ist die Quelle des schlimmsten Bösen.“

Yoda erhob sich. „Wir müssen sehen, was für Taly wir tun können.“

„Er teilte dem Komitee seine Informationen über die Kopfgeldjäger mit, doch falls er weiß, wer ihr Auftraggeber ist, behielt er es für sich“, sagte Siri.

„Wir werden die Antwort niemals erfahren“, sagte Qui-Gon.

„Die Dunkle Seite immer stärker wird“, sagte Yoda. Er sah Obi-Wan und Siri an.

Dann gingen Qui-Gon und Yoda davon. Siri sah ihnen hinterher.

„Es ist fast so, als wüsste Yoda über uns Bescheid“, sagte sie.

„Es weiß es.“

Obi-Wan genoss ihren Anblick. Ihre klare Schönheit, die Art, wie sie dastand und sprach. Das Mitgefühl für Taly in ihren Augen. Obi-Wan war so dicht davor gewesen, sie in seinem Leben zu haben, Dinge mit ihr zu teilen, die er mit niemandem sonst teilen konnte. So dicht davor, sie am besten von allen zu kennen. Sie am meisten zu lieben.

„Sieh mich nicht so an“, sagte Siri. Ihre Stimme war fast nur noch ein Flüstern. „Du siehst aus, als wolltest du dich verabschieden.“

Obi-Wan schwieg.

Siris Hand flog an ihren Mund. „Was haben sie dir gesagt?"

„Sie sagten mir, was ich schon wusste. Was du schon weißt. Die Regeln werden sich nicht ändern. Und wenn wir beide die Jedi verlassen, werden wir diese Entscheidung ewig bereuen. Jeden einzelnen Tag. Und früher oder später würde das zwischen uns liegen und größer als unsere Liebe sein."

Sie wandte sich wütend ab. „Ich will nicht so weit in die Zukunft sehen. Ich glaube nicht, dass man voraussehen kann, was geschehen wird. Alles ist möglich!"

„Was willst du tun?" Er legte eine Hand auf ihre Schulter. Zunächst zog sie sie weg, doch dann entspannte sie sich. Sie lehnte sich mit dem Rücken an seine Brust. Er legte seine Arme um ihre Taille. Er konnte nicht anders. *Ich werde dich aufgeben, Siri. Aber noch nicht. Schenk mir diesen letzten Augenblick, Qui-Gon. Lass mich ihren Hals mit meinen Mund spüren. Lass mich spüren, wie sie zittert.*

„Ich wollte mich nicht entscheiden", sagte Siri. „Ist das nicht schwach von mir? Ich wollte, dass du die Entscheidung triffst. Ich hatte so viel Angst vor dem, was vor mir lag, dass ich meinen eigenen Willen verloren habe." Sie schüttelte den Kopf, und er spürte ihre Haare an seiner Wange. „Ist das Liebe? Dann bin ich vielleicht doch nicht dafür geschaffen."

Ihr reuevoller Tonfall brachte ihn zum Lächeln, wenn ihm auch das Herz brach. Er versuchte, sie zu sich zu drehen, doch sie wehrte sich.

„Nein. Ich kann dich nicht ansehen. Bitte ... beweg dich einfach nicht." Ihre Stimme war jetzt nur noch ein Murmeln, und er konnte die Tränen darin hören.

„Ich weiß, dass wir einander gehen lassen müssen", sagte sie langsam. „Ich kann mir nicht vorstellen, dass wir diesen Saal verlassen, ohne zusammen zu sein, aber es muss sein."

„Du weißt, dass die Jedi unseren Dienst brauchen", sagte Obi-Wan.

Siri seufzte. „Oh, Obi-Wan. Versuch jetzt nur nicht, nobel zu sein." Sie drehte sich aus seinen Armen und sah ihn mit schelmischen Augen an. „Das ist eine Eigenschaft, die ich dir austreiben würde, wenn ich die Gelegenheit hätte."

„Dessen bin ich mir sicher. Und ich würde dir deine Ungeduld gegenüber Regeln austreiben."

„Ja, du warst immer besser als ich, wenn es darum ging, sich in etwas zu fügen."

Ihre Worte blieben im Raum stehen, und ihr Blick verfinsterte sich wieder. „Sogar jetzt noch", sagte sie. „Auch jetzt, wo ich es nicht hören möchte, bringst du mir noch bei, wie ich mich mit etwas abfinden muss."

„Siri ..."

„Warte." Sie zog sich von ihm zurück und ging einen Schritt rückwärts. „Es gibt noch etwas, das du über mich wissen musst – ich mag es nicht, wenn sich Dinge hinziehen. Also lass uns einen Pakt schließen. Es gibt nur eine Möglichkeit, wie es funktionieren kann: Wir vergessen, dass es jemals vorgefallen ist."

„Vergessen?" Obi-Wan sah sie ungläubig an. „Ich kann das nicht vergessen!"

„Das wirst du aber müssen", sagte Siri beharrlich. „Du musst es unterdrücken. Du musst es vergraben. Ich will ja nicht behaupten, dass es einfach ist. Aber ich werde es tun. Ich werde nicht über dich nachdenken oder mich immerzu fragen, ob wir das Richtige getan haben. Es werden keine besonderen Blicke ausgetauscht, wenn wir uns sehen. Du wirst niemals wieder erwähnen, was zwischen uns geschehen ist. Wir werden Freunde sein, wenn wir uns treffen. Nur Freunde. Und ich werde *nicht* zurückblicken. Kein einziges Mal." Sie stampfte mit dem Fuß, so als wollte sie die Erinnerung in den Boden stampfen. Obi-Wan zuckte bei dem Geräusch zusammen, so als hätte sie ihn geschlagen. Sie war jetzt wieder eine Kriegerin, die ihren Körper und ihren Geist bezwingen wollte.

„Und du wirst mich niemals mehr daran erinnern", fuhr sie fort. „Mit keinem Wort und keinem Blick. Versprich es mir."

„Siri, ich ..."

„Versprich es mir!"

Obi-Wan schluckte. „Ich verspreche es dir."

Ihr Gesicht entspannte sich einen Augenblick. Der letzte Augenblick, wie ihm jetzt klar wurde, in dem sie ihn so ansehen würde. „Und ich hoffe", sagte sie mit leicht brüchiger Stimme, „dass wir uns für eine lange, lange Zeit nicht mehr sehen."

Jetzt, wo der Augenblick gekommen war, sah Obi-Wan klarer denn je, was vor ihm lag. Ein Abgrund der Sehnsucht tat sich in ihm auf, der sich niemals, niemals schließen würde. Ein Verlust, den er niemals akzeptieren würde.

Ich kann das nicht tun, dachte er und machte einen Schritt auf sie zu. Er musste sie noch ein einziges Mal berühren. Vielleicht würde das alles ändern.

„Nein." Sie wich zurück. „Es beginnt jetzt. Möge die Macht mit dir sein."

Sie drehte sich um und rannte den Weg zurück. Er streckte blind die Hände nach ihr aus. Er spürte die Leere an der Stelle, an der sie gerade noch gestanden hatte. Die Wasserfälle verbreiteten weiter ihren Dunst in der Luft, und er spürte die Feuchtigkeit auf seinen Wangen. Sie schmeckte nach Salz. Nach Tränen.

Teil zwei

Zwanzig Jahre später

Kapitel 21

„Das Problem ist", sagte Mace Windu zum Rat der Jedi, „dass Count Dooku Jahre Zeit hatte, um den Aufstieg der Separatisten zu planen. Wir befinden uns immer noch im Hintertreffen. Wir erringen kleine Siege, doch der Gegner wird täglich stärker. Wir müssen einen großen Treffer landen. Etwas, das das Blatt wendet und die unentschlossenen Welten auf unsere Seite bringt."

„Eine Schlacht?", fragte Anakin Skywalker.

„Nein." Mace legte seine Fingerspitzen aneinander. „Etwas anderes." Er wandte sich an Obi-Wan. „Sagt Euch der Name Talesan Fry noch etwas?"

Obi-Wan zuckte innerlich zusammen. Die Wahrheit war, dass er den Namen tief vergraben hatte. Obi-Wan hatte eine Mission nach der anderen darüber gestapelt. Wenn er an den Jungen dachte, kam ihm etwas anderes in den Sinn. Er hatte den Namen des Planeten vergessen, von dem Taly kam, hatte die Erinnerung an das Schiff mit dem Selbstzerstörungsmechanismus vergessen und niemals mehr an die Höhle gedacht, in der er eine Woche lang so dicht an dicht bei ihm geschlafen hatte.

Und doch fiel ihm jetzt jedes noch so kleine Detail wieder ein, noch bevor Mace den Namen zu Ende ausgesprochen hatte.

„Natürlich."

„Den jungen Taly im Auge behalten wir haben", sagte Yoda.

„Eine Verantwortung wir hatten, ihn besser zu schützen als seine Eltern wir beschützt hatten."

Obi-Wan wandte sich an seinen Padawan. „Taly hatte sich einverstanden erklärt gegen einige Kopfgeldjäger auszusagen, die einen Anschlag auf ein Treffen von zwanzig Planeten-Regenten verüben wollten. Wir konnten den Anschlag vereiteln und Taly sagte aus, doch einer der Kopfgeldjäger rächte sich und brachte seine Eltern um."

„Wer steckte hinter dem Anschlag?", fragte Anakin.

„Den Verdacht wir hatten, dass Passel Argente es war", sagte Yoda. „Beweisen nie wir es konnten."

„Taly tauchte unter", sagte Ki-Adi Mundi. „Er nahm eine andere Identität an. Doch irgendwann tauchte er wieder unter seinem richtigen Namen auf. Er ist jetzt erwachsen. Er verbrachte seine Jahre im Untergrund damit, sich enorme Kenntnisse in Überwachungs- und Abhörtechnologien anzueignen. Er wurde seinen Talenten gerecht und entwickelte sich zum führenden Spezialisten der Galaxis. Er ist der beste Erfinder, was Abhörtaktiken und –ausrüstung betrifft. Er hat sich ein wahres Firmenimperium aufgebaut. Außerdem ist er ein Einsiedler."

„Das kann man ihm kaum verübeln", murmelte Obi-Wan.

„Er verbarrikadiert sich hinter den Sicherheitseinrichtungen, die er selbst entwickelt. Alle Arbeiter müssen sich bereit erklären, in dem Gebäudekomplex der Firma zu leben. Talesan hat ein paar vertrauenswürdige Partner, die sich um das Geschäftliche kümmern, wie Kundenbesuche und dergleichen. Er selbst hat keinen Kontakt zur Außenwelt. Er hat keine Freunde, keine Familie, keine gesellschaftlichen Verpflichtungen. Sein einziger Onkel starb vor ein paar Jahren. Und er hat es geschafft, in den Klonkriegen eine neutrale Position zu behalten."

Das klingt genau nach Taly, dachte Obi-Wan.

„Aber jetzt hat er uns kontaktiert. Im Rahmen der Entwicklung neuer Anti-Abhörtechnologien machte er eine erstaunliche Erfindung." Mace lehnte sich leicht nach vorn. „Einen narrensicheren Code-Entschlüsseler."

„Nichts ist narrensicher", sagte Anakin,

„Wir haben die Tests gesehen", fuhr Mace fort. „Diese Technologie könnte es der Republik ermöglichen, den Code der Separatisten zu entschlüsseln. Und das immer wieder, ganz gleich, wie oft sie ihn ändern."

„Gibt uns Taly den Codebrecher?", fragte Obi-Wan.

Ki-Adi verzog das Gesicht. „Ich wünschte, es wäre so einfach. Taly hat das Gefühl, den Jedi etwas schuldig zu sein, weil wir ihm das Leben gerettet haben. Er ist bereit, dem Senat die Technologie zuerst anzubieten – wenn der Preis stimmt. Taly sagte aber auch sehr deutlich, das er ebenso bereit wäre, dem Senat den Rücken zu kehren und das Produkt den Separatisten anzubieten. Also müssen sich die Jedi zu seiner Firma begeben, den Code-Entschlüsseler übernehmen und zum Raumhafen von Azure bringen. Der Senat ließ ein Team von Technikexperten zusammenstellen, die das Gerät untersuchen und einsetzen werden. Wir wissen, dass ein Angriff der Separatisten bevorsteht. Wir müssen herausfinden, wo er stattfinden wird."

„Und wer wird zu Talys Firma gehen?", fragte Obi-Wan.

„Ihr und Anakin", sagte Mace. „Taly bat persönlich um Euer Kommen, Obi-Wan. In Absprache mit dem Obersten Kanzler Palpatine wird auch der Senat eine Repräsentantin schicken. Senatorin Amidala von Naboo. Sie hat sich schon mehrfach als fähige Unterhändlerin erwiesen, wenn es um Angelegenheiten der Republik ging."

Obi-Wan bemerkte, dass Anakin zusammenzuckte. Er wusste, dass Anakin und Padmé eine Freundschaft verband. Obwohl er Padmé kannte und wusste, dass sie für die Mission nur dienlich war, wünschte er, der Kanzler hätte einen anderen Senator gewählt. Es war nicht gut für Anakin, wenn er zu viel in ihrer Nähe war.

„Ich muss Einspruch erheben", sagte Anakin.

Mace hob die Augenbrauen. Er war immer überrascht, wenn ihm jemand widersprach. Und kaum ein Wesen tat das.

„Diese Mission könnte gefährlich werden", fuhr Anakin fort. „Wir wissen, dass mehrere Mordanschläge auf Senatorin Amidala geplant waren. Wir sollten sie nicht in Gefahr bringen."

„Ich habe nicht den Eindruck, dass die Senatorin Gefahren scheut, wenn sie Handlungsbedarf erkennt", sagte Mace.

„Und wir könnten auch die Opposition aufmerksam machen. Sie beobachten zweifelsohne jeden ihrer Schritte."

„Ich habe keinen Zweifel, dass wir die Geheimhaltung aufrecht erhalten können", sagte Mace trocken. „Vielen Dank für die Erinnerung, Anakin."

„Ich denke lediglich, dass es eine bessere Wahl geben muss", sagte Anakin. Obi-Wan wollte ihm einen Hinweis geben, dass er jetzt lieber den Mund halten sollte, er glaubte jedoch nicht, dass das etwas nutzen würde. „Zum Beispiel Senator Bail Organa von Alderaan ..."

„Das ist die Entscheidung des Kanzlers. Nicht die der Jedi. Wir können ihr nicht verbieten, an der Mission teilzunehmen." Mace hielt kurz inne, bevor er mit schneidender Stimme hinzufügte: „Vor allem nicht, da wir ihre Hilfe zu schätzen wissen."

Sollte die Zurechtweisung bei Anakin angekommen sein, so ließ er es sich nicht anmerken. Als er den Kopf neigte, zeigte er keine Zustimmung, lediglich zurückhaltende Einwilligung.

Die Leidenschaft in der Stimme seines Padawans beunruhigte Obi-Wan. Sie wühlte Erinnerungen in ihm auf. Was für ein Gefühl war es gewesen, sich mit einer Frau zu verbinden, sie schützen zu wollen?

Er zwang die Erinnerung daran wieder in die Tiefen seines Verstands zurück.

Ich werde nicht *zurückblicken. Kein einziges Mal.*

Genau in diesem Augenblick öffneten sich die Türen des Ratssaals und Siri trat ein. Nachdem ihr Padawan Ferus Olin die Jedi vor Jahren verlassen hatte, hatte sie nie wieder einen neuen Schüler angenommen.

„Wie ich sehe, ist nicht einmal die Tatsache, dass wir uns im Krieg befinden, Eurer Pünktlichkeit zuträglich", sagte Mace ernst.

„Nein", gab Siri unumwunden zu. „Meine Unpünktlichkeit wurde nur noch schlimmer. Es gibt so viel zu tun. Aber vielleicht sind meine Entschuldigungen besser geworden."

Mace runzelte die Stirn. Er mochte keine Leichtfertigkeit im Ratssaal. „Ich habe Obi-Wan und Anakin bereits über die Mission informiert. Sie dreht sich um jemanden, an den Ihr Euch vielleicht erinnert: Talesan Fry."

Siris Gesicht war keine Reaktion zu entnehmen. Keine unfreiwillige Bewegung ihres Körpers. Ihr Blick änderte sich nicht, ihr Kinn blieb erhoben. Sie sah Obi-Wan nicht an.

Ki-Adi-Mundi fuhr damit fort, die Mission zu beschreiben. Siri hörte ihm ungeduldig zu.

Es war, als hätte sie keinerlei Erinnerung an das, was geschehen war. Als hätte sie sie einfach ausgelöscht.

Sie hatte ihre Erinnerungen offensichtlich besser vergraben als Obi-Wan. Er würde sich an ihr ein Beispiel nehmen.

Kapitel 22

Anakin lief auf dem Gehweg auf das Senatsgebäude zu. Ein Gleiter wäre besser gewesen, doch er musste den Tritt seiner Stiefel auf dem Durabeton spüren und er hoffte, dass die Luft seine Laune abkühlte. Bisher war sie mit jedem Schritt nur schlechter geworden.

Er hätte Mace nicht widersprechen dürfen. Das wusste er. Doch als Mace ihm gesagt hatte, Padmé würde auf die Mission mitkommen, war er so überrascht gewesen, dass er ohne nachzudenken das Wort ergriffen hatte. Weshalb hatte Padmé zugestimmt, ohne ihm etwas davon zu sagen? Weshalb hatte sie überhaupt zugestimmt?

Anakin war der Meinung, ein paar sinnvolle Gegenargumente vorgebracht zu haben, dabei hatte Mace nicht einmal zugehört. So als wäre Anakin noch ein Schüler. Mace hatte nicht einmal in Erwägung gezogen, dass er Recht damit haben könnte, wenn er vorbrachte, dass es eine schlechte Idee wäre, eine Senatorin in Gefahr zu bringen. Ihre Unterstützung im Senat brach mit jedem Tag weiter zusammen. Weshalb sollten sie das Risiko eingehen, eine solch wichtige Verbündete zu verlieren?

Seine Einwände gegen Padmés Beteiligung an der Misison waren natürlich viel persönlicher. Sie war schon mehrmals beinahe von Killern getötet worden. Weshalb sollte sie jetzt absichtlich ihre

Sicherheit riskieren? Anakin schüttelte den Kopf. Er verstand seine Frau nicht. Er wusste nur, dass er sie liebte. Sich nach ihr sehnte. Sie brauchte. Und er konnte nicht zulassen, dass ihr etwas zustieß.

Er hatte noch eine letzte Chance. Kanzler Palpatine hatte ihm angeboten, dass er mit jedem Problem zu ihm kommen könnte, ganz gleich wie winzig es auch sein mochte. Anakin wusste, dass Maces Ärger sich in Wut wandeln würde, wenn er erfuhr, dass Anakin ihn hinterging. Doch das konnte er auch nicht ändern. Palpatine war der Einzige, der Padmé befehlen konnte, nicht zu gehen.

Die beiden Mitglieder der Blauen Garde nahmen Haltung an, als Anakin eintrat. Sly Moore kam zu ihm und ihre Schattenrobe wehte hinter ihr her. Sie drückte einen Knopf an der Wand. „Ihr könnt hineingehen“, sagte sie zu Anakin.

Manche Senatoren mussten Tage warten, bis Palpatine ein Treffen in seinen übervollen Terminplan einschieben konnte. Doch Sly Moore hatte er die Anweisung gegeben, Anakin immer sofort zu ihm zu lassen, wenn er etwas wollte.

Der Oberste Kanzler erhob sich, als Anakin hereinkam.

„Etwas ist nicht in Ordnung, mein Freund“, sagte er und ging mit besorgter Miene um seinen Schreibtisch herum. „Was kann ich für dich tun?“

„Ihr wisst von unserer Mission zu Talesan Frys Hauptquartier?“, fragte Anakin.

„Natürlich. Sie könnte das Ende der Separatisten bedeuten. Sie könnte zum Frieden führen. Sie ist extrem wichtig.“

„Wie ich höre, habt Ihr Senatorin Amidala als Begleitung für die Jedi ausgewählt“, sagte Anakin. „Ich ließ Meister Windu meine Einwände dagegen wissen.“

„Dann lass sie mich ebenfalls wissen“, sagte Palpatine. „Ich bin begierig darauf, sie zu hören. Ich respektiere deine Meinung immer, Anakin, das weißt du. Du besitzt größere Weisheit als irgendjemand sonst. Du kannst weiter vorausschauen als der Rat der Jedi."

Anakin war meistens mulmig zumute, wenn Palpatine solche Dinge sagte. Doch manchmal war es auch so, dass er sie selbst glaubte.

„Wer auch immer auf diese Mission geht, begibt sich in Gefahr", sagte er. „Senatorin Amidala überlebte mehrere Mordanschläge, aber es könnten noch immer Killer hinter ihr her sein. Wir gefährden unsere und ihre Sicherheit, wenn wir sie mitnehmen."

„Das ist alles richtig", sagte Palpatine. „Darüber hatte ich nicht nachgedacht." Er knetete seine Hände, die so bleich waren, dass sich Anakin fragte, ob überhaupt Blut in Palpatines Adern floss. „Anakin, ich wünschte, ich könnte dir helfen. Vor allem angesichts deiner exzellenten Argumente. Aber ich habe Padmé nicht befohlen, zu gehen. Sie hat es selbst gewünscht. Wie kann ich eine Anweisung zurücknehmen, die ich nicht gegeben habe?"

Anakin, der damit nicht gerechnet hatte, wusste nicht, was er noch sagen sollte. Doch Palpatine hatte ihm wie immer den Weg gezeigt. Er musste direkt mit Padmé reden. Palpatine konnte ihr nicht befehlen, dazubleiben. Aber Anakin konnte es.

Padmé lachte herzlich, als sie sah, wie ernst er war.

„Du *befiehlst* es mir?"

„Ja. Ich habe das Recht dazu. Ich habe mehr Erfahrung als du. Ich bin ein Jedi und weiß, was alles passieren könnte. Und ich bin ein Offizier der Armee der Republik."

„Aber ich nicht." Padmé legte weiter eine Robe zusammen und verstaute sie in einer kleinen Tasche zu ihren Füßen. „Danke nein, *Commander.*"

„Es ist gefährlich und unnötig, dass du mitkommst. Ich werde es nicht zulassen."

Padmé sah ihn offen an. Sie war kühl und beherrscht. Das machte ihn immer wütend.

„Ich glaube, du weißt genau, wie sehr mich deine Einstellung verärgert und aufregt. Ich nehme keine Befehle entgegen. Ich bin eine Senatorin. Ich muss eine Pflicht erfüllen. Also komme ich mit."

„Padmé, bitte." Er wollte sich ihrer Weichheit hingeben, doch sie stand vor ihm wie ein Brett. Sie trug keine zeremonielle Robe, sondern einen Umhang aus weichem Tuch, der ihr bis zu den Fesseln reichte, doch sie hätte genauso gut eine Rüstung tragen können.

Er ließ sich rücklings auf ihr Bett fallen. „Ich weiß nicht, warum es so schwer ist, mit dir zu reden."

„Weil du nicht mit mir redest. Du *befiehlst* mir."

„Ich versuche nur, deine Sicherheit zu gewährleisten."

„So macht man das nicht."

Er sah auf. Sie lächelte ihn an, kam zu ihm und setzte sich neben ihn.

„Ich weiß, dass du dir Sorgen über meine Sicherheit machst", sagte sie in dem sanften Tonfall, den er so liebte. „Und ich mir um deine. Wir leben in gefährlichen Zeiten, Anakin. Wir befinden uns im Krieg. Ich bin in Gefahr, wo auch immer ich mich bewege. Wir schweben beide in Gefahr seit dem Augenblick, an dem du auftauchtest, um mich zu beschützen."

„Das stimmt. Aber musst du *freiwillig* gehen?"

Sie nahm seine Hand und schob ihre Finger zwischen die seinen. „Ich habe angeboten mitzukommen, weil ich wusste, dass ich sicher sein werde. Ich wusste, dass der beste Jedi des Ordens dabei sein würde, um mich zu beschützen."

Er stöhnte. „Jetzt fang nicht auch noch an, mir zu schmeicheln."

Sie grinste. „Ich meinte Obi-Wan."

Er warf ihr ein Kissen an den Kopf und sie schrie überrascht auf. Dann warf sie das Kissen zurück, doch er hielt es mit der Macht auf und ließ es in der Luft schweben.

„Versuchst du immer noch diesen Trick bei mir?"

„Früher hat er funktioniert."

Sie legte sich neben ihn. Beide drehten sich auf die Seite, sodass sie fast Nase an Nase lagen.

„Ich werde vorsichtig sein", sagte sie.

„Ich werde nicht von deiner Seite weichen", sagte er.

„Tu es nicht", sagte sie und zog ihn zu sich. „Ich möchte nicht, dass du es tust."

Kapitel 23

Der Planet Genian hatte es bis jetzt geschafft, im Klonkrieg eine neutrale Stellung zu behalten. Diese Leistung war weniger ein Resultat erfahrener Diplomatie – obwohl die Genianer tatsächlich genau dafür bekannt waren – sondern vielmehr eine Notwendigkeit aufgrund der riesigen Konzerne, die auf dem Planeten ihre Niederlassungen hatten, der Forschungslaboratorien und der Schätze, die in den sicheren Banken lagerten. Vielleicht würde Genian eines Tages fallen, aber der Planet befand sich in keiner strategisch wichtigen Lage. Außerdem fanden es viele Senatoren, sowohl der Separatisten als auch der Republik, beruhigend, dass sie hier einfach kommen und gehen und sich davon überzeugen konnten, dass ihre Reichtümer noch in Sicherheit waren.

Taly war nicht der Einzige, der sich die vorteilhaften Gesetze und die große, gut ausgebildete Arbeiterschar von Genian zunutze machte. Auf Genian blühten viele Firmen, vor allem im technologischen und wissenschaftlichen Sektor. Es gab mehrere große, wohlhabende Städte, Taly jedoch hatte es vorgezogen, seinen Firmenkomplex draußen in der großen Wüste vor der Stadt Bruit zu bauen. Die Wüste war von einer Bergkette umgeben, und die Landschaft war so rau, dass es im Umkreis von hunderten von Kilometern keinerlei Dörfer oder Siedlungen gab.

Taly sorgte für seine Mitarbeiter, indem er ihnen eine kleine

Stadt gebaut hatte, einschließlich Unterhaltungs- und Freizeiteinrichtungen. Die Häuser waren außerdem so luxuriös, dass sie sich in der Stadt keiner der Arbeiter hätte leisten können. Das Einzige, was Taly nicht zuließ, waren Familien. Alle Mitarbeiter mussten allein stehend und kinderlos sein. Er begründete es damit, dass das mit der Arbeitsweise unvereinbar wäre, doch Obi-Wan fragte sich, ob es da nicht einen anderen, tiefer wurzelnden Grund gab.

Die Jedi und Padmé waren mit einem schnellen Kreuzer der Republik unterwegs. Die Reise hatte nicht länger als einen Tag gedauert. Anakin flog tiefer über die Wüste hinweg, als es Obi-Wan recht war. Er machte Sätze über umherliegende Felsblöcke, von denen manche über fünfzig oder einhundert Meter hoch waren, und tauchte dann immer wieder bis knapp über den Boden ab.

„Das ist kein Podrenner", sagte Obi-Wan.

Siri grinste und Padmé lächelte.

„Er tut mir das absichtlich an", brummte Obi-Wan.

„Ich sehe die Landeplattform nicht", sagte Padmé. „Ich sehe nicht einmal das Gebäude."

„Es liegt hinter einem holografischen Portal", erklärte Anakin. Die Jedi waren umfassend über Talys Sicherheitseinrichtungen informiert worden. „Das Hologramm imitiert die Landschaft. Es ist sehr schwer auszumachen."

Padmé kam nach vorn und beugte sich über Anakins Schulter. „Kannst du es sehen?"

Obi-Wan beobachtete die beiden dabei. Padmés schwarze Haare berührten Anakins Schulter. Sie gingen so unbeschwert miteinander um. Er fragte sich, ob das enge Freundschaft war … oder mehr.

„Wenn ich die Macht benutze, sehe ich es. Siehst du das Schillern da drüben bei dem großen Felsen?"

Ein schroffer Felsen von mindestens einhundert Metern Höhe überragte alles andere.

„Nein", sagte Padmé halb lachend und schüttelte den Kopf. „Ich sehe nur einen großen Felsen."

Anakin flog als Reaktion darauf direkt auf den Felsen zu. Padmé spannte sich an. Obi-Wan saß ruhig da und sah weiter zur Sichtscheibe hinaus. Er würde Anakin nicht schon wieder ermahnen. Sollte er doch seinen Spaß haben.

Anakin nahm das Tempo nicht zurück. Der Felsen kam immer näher und näher. Doch in dem Augenblick, in dem sie eigentlich auf den Felsen hätten aufprallen müssen, flogen sie einfach hindurch. Es war, als stießen sie ein Loch in das Bild aus Stein, Sand und Himmel.

Jetzt lag die Landeplattform vor ihnen. Es war eine kleine, runde Fläche vor einem großen Hangar. Dahinter erhob sich Talys Firma, mehrere miteinander verbundene Bauwerke aus einer Steinsorte, die genau zur Farbe des Wüstensandes passte.

Anakin setzte das Schiff butterweich auf. Ein Mann mittleren Alters stand da und erwartete sie. Obi-Wan erkannte die violette Hautfarbe eines eingeborenen Genianers. Die Jedi und Padmé sammelten ihre Ausrüstung zusammen und verließen das Schiff über die Rampe.

Als Obi-Wan alle vorgestellt hatte, nickte der Genianer. „Man erwartet Euch", sagte er. „Ich bin Dellard Tranc, verantwortlich für die Sicherheit des Gebäudes. Bitte folgt mir."

Sie folgten ihm durch den Hangar. Anakin stieß einen leisen Pfiff aus, als er die modernen Kreuzer sah, die in den Landebuchten aufgereiht waren.

„Sehr nett", murmelte er zu Obi-Wan. „Er kommt auf jeden Fall schnell überall hin, so viel ist sicher."

Die Hangartüren öffneten den Weg in einen langen Korridor.

„Wir befinden uns jetzt im Hauptgebäude", sagte Dellard Tranc. „Ich werde Euch zur Zentrale bringen."

Durch den Naturstein wirkte alles wie eine natürlich gewachsene Höhle. Es war kühl und nicht so hell. Obi-Wan war es eher gewohnt, dass Geschäftsgebäude aus Durastahl und Stahlglas bestanden, da die meisten Firmen ihre Offenheit durch die Verwendung durchsichtiger Baustoffe verdeutlichen wollten. Er empfand die natürlichen Materialien in diesem Gebäude erfrischend.

Sie betraten ein großes Büro, in dem Tranc sie nach einer Verneigung zurückließ. In der Mitte des Büros standen zwei weitere Personen, die sie schon erwarteten. Eine zierliche Frau, vielleicht in Obi-Wans Alter, kam ihnen entgegen. Ihre Haut hatte die Farbe von Lavendel und ihre Haare waren weiß. „Willkommen", sagte sie. „Ich bin Helina Dow. Ich bin Talesan Frys Leiterin für die Produktion und den Vertrieb." Sie lächelte kurz. „Mit anderen Worten: seine Stellvertreterin."

Der andere Genianer nickte ihnen zu. „Und ich bin Moro Y'Arano. Leiter der Abteilung Geschäftsbeziehungen. Talesan bat mich, bei dem Treffen anwesend zu sein."

Dies waren also die vertrauenswürdigen Berater, von denen Mace gesprochen hatte. Die Leute, die Talys Verbindung zur Außenwelt aufrecht erhielten. Obi-Wan stellte wieder alle Anwesenden vor. Helina verneigte sich. „Es ist mir eine Ehre, solch angesehene Jedi und Offiziere der Armee der Republik begrüßen zu dürfen. Senatorin Amidala, Euer Ruf ist Euch vorausgeeilt. Vielen Dank für Euer Kommen. Bitte folgt uns."

Eine Doppeltür zu Talys Büro schwenkte auf. Hier stand, im Kontrast zu den unaufdringlichen Farben der Wände und des Bodens, ein großer, goldfarbener Stein, der als Tisch diente. Zwei Lampen hinter dem Tisch leuchteten in orangefarbenem Licht. Auf einer Seite des Büros gab es einen Sitzbereich mit einem langen, mit Kissen bedeckten Sofa und einem niedrigen Tisch aus dem gleichen goldfarbenen Stein.

Taly saß mit gefalteten Händen an seinem Schreibtisch. Obi-Wan war überrascht, den erwachsenen Taly zu sehen, aber er konnte nicht genau sagen, warum er so fühlte. Er erkannte die wache Intelligenz in seinen Augen wieder, die schmalen Züge, den rostfarbenen Haarschopf. Taly war weder großartig in die Höhe noch in die Breite geschossen. Er war schlank, strahlte aber eine Intensität aus, an die Obi-Wan sich sehr lebhaft erinnern konnte. Und doch fehlte etwas …

Genau, dachte Obi-Wan. Der Eifer in Talys Blick. Der Wunsch, gemocht zu werden. Das alles war verschwunden. Natürlich. Taly war jetzt ein Mann und kein Junge mehr. Ein enorm wohlhabender Mann. Obi-Wan konnte sich nicht vorstellen, wie viel Schneid und List nötig gewesen war, um ein solches Vermögen anzuhäufen – um in einem Halsabschneider-Gewerbe wie der Überwachungstechnik Erfolg zu haben.

„Obi-Wan Kenobi und Siri Tachi." Taly erhob sich und kam zu ihnen herüber. Er stand vor ihnen und betrachtete sie genau. „Ihr seid älter geworden."

„Das war nicht zu vermeiden", gab Siri zurück.

Einen Moment hatte Obi-Wan das Gefühl, ins Schwanken zu geraten. Siri und Taly so zusammen stehen zu sehen, weckte wieder die Erinnerung an eine Nacht in einer Höhle. An eine Thermodecke, die über zwei Paar Schultern lag, an leise Stimmen, an Gelächter. An den kalten, harten Boden eines Frachtraums, an eine Kälte, die er nicht gespürt hatte.

Erinnerungen, die er jedes Mal unterdrückt hatte, wenn sie in ihm hochgestiegen waren.

Er versuchte es wieder, doch die Erinnerungen gehorchten ihm nicht. Sie kamen wieder hoch, höher und höher. Siris Lächeln. Ihre Lippen an seiner Wange.

Was auch immer geschieht, diesen Augenblick werde ich niemals vergessen.

Sie sah ihn an. Und er sah die Erinnerung in ihren Augen. Oder etwa nicht? Dann erlosch ein Licht. Etwas verschloss sich. Sie hatte sich abgewandt.

„Bitte setzt Euch", sagte Helina. Es war offensichtlich ihre Aufgabe, die formelle Seite des Treffens zu leiten. „Ich werde eine Erfrischung kommen lassen."

Taly ging zum Sitzbereich voraus. Ein paar Sekunden später kamen auch schon Speisen und Getränke.

Taly lehnte sich mit ernster Miene nach vorn. „Politik interessiert mich nicht. Ich habe schon vor langer Zeit genug von Coruscant und dem Senat abbekommen. Aber als ich diese Entdeckung machte, war mir sofort klar, wie wertvoll sie ist. Die Politik hatte mich wiedergefunden, zum zweiten Mal in meinem Leben. Und ich bin jetzt genauso unglücklich wie damals."

„Politik ist heutzutage nur noch ein anderes Wort für Gier und Korruption", sagte Padmé. „Aber wir dürfen nicht vergessen, dass es bei Politik auch um Mitgefühl und Gerechtigkeit geht."

Taly runzelte einen Moment die Stirn und sah sie an, so als würde er ihre Sprache nicht verstehen. „Ich musste mich zwischen den beiden Parteien entscheiden. Zwischen der Republik und den Separatisten. Also habe ich mich mit beiden Seiten beschäftigt. Vieles spricht für die Separatisten. Sie haben die Gilden und die Handelsvereinigungen. Sie besitzen große Reichtümer und haben viel Einfluss im Senat. Und das Wichtigste: Sie sind rücksichtslos. Es gibt nichts, was sie für mehr Einfluss nicht tun würden. Aber Ihr – die Jedi – bringt die Waagschale zum Kippen. Tausende von Euch sind bereit, für die Republik zu kämpfen. Ich habe gesehen, wozu eine Hand voll Jedi imstande sind. Ich habe beschlossen, auf Euch zu setzen. Weil ich möchte, und das könnt Ihr mir glauben, dass ich auf der Seite der Sieger bin."

„Danke", sagte Obi-Wan. „Aber wir sehen diesen Kampf als eine gerechte Sache und nicht als Spiel, auf das es zu setzen gilt."

Taly winkte ab. „Gerechtigkeit, natürlich. In Ordnung. Es geht nur um Folgendes: Ich möchte, dass Ihr wisst, dass ich den Codebrecher den Separatisten übergeben werde, wenn wir uns nicht einig werden. Ich biete zunächst Euch die Gelegenheit, weil ich Euch erstens etwas schuldig bin und zweitens, weil ich glaube, dass Ihr gewinnt – wenn Ihr mein Gerät habt."

„Wir haben die Vollmacht zu verhandeln", sagte Padmé. „Wie lauten Eure Bedingungen?"

Taly nannte einen Preis. Obi-Wan holte tief Luft, doch Padmé ließ sich nichts anmerken.

„Das ist machbar", sagte sie. „Ihr müsstet aber eine Bezahlung in zwei Teilen akzeptieren. Den ersten Teil sofort und den zweiten, wenn sich der Codebrecher in unseren Händen befindet und als funktionsfähig erwiesen hat. Sind wir uns einig?"

„Moment Mal, nicht so schnell, Senatorin", sagte Taly. „Ich bin noch nicht fertig. Ich möchte auch einen exklusiven Vertrag mit der Republik. Ihr benutzt während des Krieges ausschließlich Überwachungs- und Kommunikationstechnik von Fry Industries."

„Aber das würde bedeuten, dass wir die Systeme, die wir bereits benutzen, ausmustern und Millionen in Technologien investieren, die wir nicht benötigen", sagte Padmé.

Taly zuckte mit den Schultern.

Obi-Wan konnte es nicht glauben. Der geniale, verletzliche Junge, den er einst gekannt hatte, hatte sich in einen Kriegsgewinnler verwandelt.

„In Ordnung", sagte Padmé. „Wir erklären uns einverstanden, wenn Ihr uns sechs Monate gebt, um den Übergang zu bewerkstelligen. Und Bedingung ist natürlich, dass Euer System funktioniert. Wir müssen Stück für Stück umsteigen. Wir können unsere Truppen nicht nur um Eures Profits Willen gefährden."

„In Ordnung", sagte Taly. „Ich möchte nicht, dass irgendjemand meinetwegen umkommt. Ich möchte lediglich das Geschäft abschließen. Der Handel ist besiegelt. Helina, könnt Ihr die Verträge fertig machen?"

Helina erhob sich und ging fort.

„Und Moro, könnt Ihr mir die simulierten Szenarien für den Einsatz des Codebrechers bringen? Wir sollten sie jetzt unseren neuen Freunden zeigen."

„Natürlich." Moro stand ebenfalls auf und ging.

Obi-Wan fiel auf, dass Taly wartete, bis sich die Tür hinter Moro und Helina geschlossen hatte. Dann aktivierte er ein kleines Gerät, das er in seiner Handfläche versteckt hatte.

„Was ...", begann Siri zu sagen, doch Taly hob einen Finger.

Er gab einen Code in das Gerät ein und wartete, bis ein grünes Licht aufflammte.

„Wir werden abgehört", sagte er schließlich. „Ich bin kürzlich dahinter gekommen, dass es in meiner Organisation einen Spion gibt. Jemand, der eine Übernahme des Geschäfts plant. Ich kann umgehen, belauscht zu werden, aber immer nur für kurze Zeit. Ich will nicht, dass derjenige weiß, dass ich ihm auf der Spur bin."

„Habt Ihr einen Verdacht?, fragte Obi-Wan. „Habt Ihr Helina und Moro deshalb aus dem Raum geschickt?"

„Ich verdächtige sie nicht mehr und nicht weniger als alle meine anderen Geschäftsführer", gab Taly zurück. „Alle, die Zutritt zu meinen Büros haben. Das sind nur eine Hand voll Leute."

„Glaubt Ihr, dass die Separatisten von dem Codebrecher wissen?", fragte Padmé.

„Sämtliche Kommunikation mit oder von diesem Komplex wird überwacht", sagte Taly. „So ist das eben, wenn man für eine Überwachungsfirma arbeitet – ich mache es den Leuten unmöglich, mich auszuspionieren. Ich kontrolliere jeglichen Zugang zu allen Kommunikationseinrichtungen. Ich überwache alle ausgehenden Nachrichten."

„Genau wie auf Quadrant Sieben", sagte Siri.

„Ich lerne aus Erfahrungen", gab Taly zurück. „Also nein, Senatorin. Ich glaube nicht, dass die Information weitergegeben wurde. Noch nicht. Doch das bringt mich zur dritten Bedingung für diesen Handel."

„Wir haben das Geschäft bereits abgeschlossen", sagte Padmé.

„Noch nicht ganz. Ihr müsst für mich herausfinden, wer der Spion ist. Und Ihr müsst es in den nächsten vierundzwanzig Stunden tun. Erst dann werde ich Euch den Codebrecher geben."

Anakin sah Taly unnachgiebig an. „Die Jedi sind keine Detektive."

Taly stand auf. „Ab jetzt sind sie es. Dieser Punkt ist nicht verhandelbar."

Die Jedi und Padmé tauschten Blicke aus. Dann wandte sich Padmé wieder Taly zu.

„Wir akzeptieren", sagte sie.

Kapitel 24

„Das ist ja lächerlich“, sagte Anakin, kaum dass sie allein in ihrer Unterkunft waren. Sie hatten die Räume bereits gründlich durchsucht, um sicherzugehen, dass sie nicht abgehört wurden. „Er hält uns wie Geiseln fest und erwartet von uns, dass wir seine geschäftlichen Probleme lösen.“

„Das stimmt“, sagte Obi-Wan.

„Wir verlieren Zeit“, sagte Siri, die ebenso ungeduldig wie Anakin klang. „Ich hasse es, Zeit zu vergeuden. Er nutzt uns aus und er ist sich dessen auch bewusst.“

„Der Codebrecher könnte für die Republik alles entscheiden“, erinnerte Padmé die Jedi. „Es ist lebenswichtig, dass wir ihn bekommen. Ist das nicht ein wenig Schnüffelei wert?“

Siri warf ihr Survival-Pack mit einer gereizten Geste weg. Der Beutel fiel mit einem dumpfen Schlag auf den Boden. Obi-Wan sah sie fragend an. Er hatte Siri schon zuvor ungeduldig erlebt – eigentlich schon oft – aber jetzt lag etwas in ihrer Laune, das er nicht genau benennen konnte.

„Na ja, dann sollten wir lieber gleich beginnen“, sagte Anakin. „Taly sagte, er würde uns eine Liste mit den Namen der leitenden Angestellten zukommen lassen, die Zutritt zu seinen Büros haben. Bis dahin werde ich mich etwas umsehen, um einen Eindruck von diesem Ort zu bekommen.“

„Ich komme mit", sagte Padmé. „Vielleicht finden wir etwas, das uns weiter bringt."

Die Tür schloss sich zischend hinter ihnen. Siris Survival-Pack hatte sich an einem Tischbein verhakt, und als sie daran zog, fiel ein Teil des Inhalts auf den Boden. Sie versetzte der ungehorsamen Tasche einen kleinen Tritt.

Obi-Wan bückte sich und wickelte den Trageriemen sanft von dem Tischbein ab. „Bist du wütend auf den Tisch oder auf die Tasche? Oder auf mich?"

Siri setzte sich auf den Boden und sah ihn an. „Ich dachte nicht, dass wir hier bleiben müssten."

„Nur einen Tag."

„Ein Tag kann zu lange sein", knurrte Siri. „Was weiß ich schon über Firmenintrigen? Ich bin nicht die richtige Jedi für diesen Job."

„Du bist die richtige Jedi für jeden Job." Obi-Wan setzte sich neben sie auf den Boden. „Was ist denn los?"

„Ich habe es dir gerade gesagt."

„Nein, hast du nicht."

Sie sah ihn mit erhobenem Kinn an. Abwehrend, provozierend, gereizt. Dann ließ sie den Atem entweichen und schüttelte reumütig den Kopf.

„Erinnerst du dich noch", sagte sie, „als ich ihm in der Höhle bei der Flucht helfen wollte?"

Obi-Wan spürte, wie ihm der Atem stockte. Sie hatten seit fast zwanzig Jahren nicht mehr über dieses Thema gesprochen. Die damalige Mission mit Taly war zu eng mit dem verbunden, was zwischen ihnen geschehen war.

Er achtete darauf, dass seiner Stimme nichts anzumerken war. „Einer unserer vielen Streitpunkte."

„Was hat es schon gebracht, dass er aussagte?", fragte sie. „Die Allianz einiger Kopfgeldjäger wurde zerbrochen. Ein paar von ihnen kamen auf Gefängniswelten. Ich habe mich nicht mehr darum gekümmert, doch ich wette, dass die meisten schon wieder auf freiem Fuß sind. Talys Eltern wurden ermordet, und jetzt sieh ihn dir an. Sieh an, was aus diesem Jungen geworden ist. Ein labiler, misstrauischer, verbitterter Mann, der sich um nichts anderes Sorgen macht als um Wohlstand und Macht. Doch in ihm steckt noch immer der kleine Junge, das spüre ich. Und er hat Angst. Fiel dir das in seinem Büro nicht auch auf? Der Tisch, die Lampen? Woran erinnerte dich das alles?"

Obi-Wan schüttelte verwirrt den Kopf.

„Zwei orangefarbene Leuchten", sagte Siri leise. „Der goldfarbene Tisch."

Obi-Wan atmete hörbar aus. „Cirrus. Die beiden Sonnen, das goldene Meer."

„Er hat nie vergessen, was er verloren hat", sagte Siri. „Keine Sekunde lang. Was wäre gewesen, wenn wir ihn hätten gehen lassen? Wenn er mit einer liebevollen Familie aufgewachsen wäre?"

„Jedi fragen nicht ‚was wäre wenn'."

Siri schüttelte verärgert den Kopf. „Obi-Wan, bei allen Sternen, du kannst mich mehr aufregen als jeder andere. Jedi werden auch keine Generäle in galaxisweiten Kriegen. Die Dinge haben sich verändert. Ist dir das schon aufgefallen?"

„Ja", gab Obi-Wan leise zurück. „Es ist mir schon aufgefallen. Aber ich glaube noch immer nicht, dass es hilfreich oder sinnvoll ist, Entscheidungen zu hinterfragen, die du vor zwanzig Jahren getroffen hast."

„Früher gab es für mich gar keine Fragen", sagte Siri. „Nur Antworten." Ihre hellblauen Augen wurden immer dunkler, je mehr sich ihre Stimmung änderte. Obi-Wan hatte vergessen, dass das bei ihr so war; dass die Farbe ihrer Augen ihrem Gemütszustand folgte. „Ich habe mich verändert. Und jetzt stelle ich alles in Frage. Ich habe so viel gesehen und fürchte mich zu sehr vor dem, was aus der Galaxis wird." Sie sah ihn offen an. „Blickst du niemals zurück und fragst dich, ob du eine richtige Entscheidung getroffen hast? Ob du etwas anders hättest machen können?"

„Solche Überlegungen sind gefährlich für einen Jedi", sagte Obi-Wan. „Wir tun, was wir tun, wie Qui-Gon zu sagen pflegte."

„Qui-Gon lebte in einer anderen Zeit", erwiderte Siri. Sie lehnte sich an die Wand. „Als Ferus noch bei mir war, hatten wir eine Mission auf Quas Killam, ganz am Rand des Mid-Rim. Wir sollten Friedensverhandlungen zwischen zwei Regierungsfraktionen überwachen, die eine Koalition bilden wollten. Die eine Seite war ein Kartell, das den größten Teil der Trinium-Vorkommen des Planeten kontrollierte, ein Mineral für die Herstellung von Waffensystemen. Es ist extrem wichtig und machte die Killamer sehr reich. Wir waren bei den Gesprächen anwesend und beobachteten, wie die Koalition gebildet wurde. Eine sehr erfolgreiche Mission. Doch Ferus sagte damals zu mir: ‚Hier stimmt etwas nicht. Das Kartell macht zu viele Zugeständnisse. Es ist, als wüssten sie etwas, das wir nicht wissen.' Und ich sagte: ‚Was können wir schon tun? Unsere Mission ist erledigt. Jedi mischen sich nicht in die Politik der Welten ein. Und wir haben noch eine Menge zu erledigen.' Ich bin mir sicher, dass du dasselbe auch schon zu Anakin gesagt hast." Siri machte eine Pause und seufzte. „Als dann die Klonkriege ausbrachen, arbeitete die Handelsgilde mit dem Vorstand dieses Kartells zusammen, um die Macht auf Quas Killam zu übernehmen. Jetzt gehören ihnen alle Fabriken und sämtliche Trinium-Minen. Die meisten Killamer, die nicht dem Kartell angehörten, wurden umgebracht. Die anderen wurden zur Arbeit in den Fabriken gezwungen."

„Ich habe von Quas Killam gehört", sagte Obi-Wan. „Willst du damit sagen, dass du das alles hättest verhindern können?"

„Das weiß ich nicht", grübelte Siri. „Aber was wäre gewesen, wenn wir dageblieben wären? Was, wenn wir ein wenig genauer hingesehen hätten, etwas kritischer gewesen wären? Wir wissen, dass die Separatisten und Count Dooku schon lange ihre Saat ausgestreut haben. Sie sind bereit, Jahre auf die Ernte zu warten. Sie haben sich auf diese Sache vorbereitet, während wir auf Friedensmissionen waren. Was wäre geschehen, wenn wir besser zugehört hätten – und zwar vor Jahren, als es noch etwas gebracht hätte?"

Obi-Wan schüttelte den Kopf. „Siri, du verlangst zu viel von dir. Von uns allen."

„Du hast meine Frage nicht beantwortet."

„Welche Frage?"

„Blickst du manchmal zurück?"

Tat er das? Natürlich. Die ganze Zeit. Meistens wenn es um Anakin ging. Jetzt, in einer Zeit, in der sie sich am nächsten stehen sollten, waren sie weiter voneinander entfernt als je zuvor. Was hätte er anders machen können? Hatte er sich von etwas abgewandt, das er nicht sehen wollte? Anakin war noch sein Padawan, doch Obi-Wan war kaum noch Anakins Meister. Sein Padawan hatte sich an einen Ort begeben, an dem Obi-Wan ihn nicht erreichen konnte. Er erschien wie eine Kreatur, die von Zügeln gehalten wurde, die schon längst abgenutzt waren. Eines Tages würde Anakin ausbrechen ... Das war ein Gedanke, der Obi-Wan frösteln ließ. Doch er hatte beschlossen, diese Gedanken zu ignorieren. Aus Freundschaft.

Doch all das wollte er Siri nicht erzählen. Was hatte sie vor so vielen Jahren gesagt? *Wir werden Freunde sein.* Nicht die *besten Freunde.* Sie war nicht die Person, der er sich anvertrauen konnte. Wenn er ihr sein Herz ausschüttete, wo würde er aufhören?

„Ich blicke zurück", sagte er schließlich auf der Suche nach den passenden Worten. „Aber ich sage mir, dass die Galaxis durch Taten zu einem sicheren Ort wird und nicht durch Bedauern."

Aus irgendeinem Grund machte diese Antwort Siri traurig. Er konnte es an ihren Augen sehen. „Ja", sagte sie. „Ich halte mich an meinen Pflichten fest. Das hat mich immer gerettet."

Sie sprang auf die Beine. Ihre Stimmung hatte sich von einem Moment zum nächsten geändert und sie war wieder die entschlossene Jedi, die er kannte. „Wenn wir schon davon sprechen: Uns bleiben 24 Stunden. Wir sollten uns lieber an die Arbeit machen."

Kapitel 25

Durch den Zugang zu Talys Aufzeichnungen und nach einer schnellen Führung durch den Gebäudekomplex kamen die Jedi bald zu dem Schluss, dass Talys Problem nicht einfach zu lösen war.

„Alle seine Angestellten werden gut bezahlt", sagte Anakin. „Sie haben sogar Anteile an der Firma. Es wäre sinnlos für sie, alles durcheinander zu bringen."

„Nicht nur das", fügte Padmé hinzu. „Die Firma wird ohne Taly nicht mehr profitabel sein. Jede einzelne Entwicklung, jeder technische Durchbruch kam von ihm. Es gibt keinen anderen Erfinder mit seinen Qualitäten in seiner Mannschaft."

„Dem stimme ich zu", sagte Obi-Wan. „Es ergibt für niemanden Sinn, die Firma übernehmen zu wollen."

„Ist Taly also paranoid?", fragte Siri. „*Glaubt* er nur, dass es seine Angestellten auf ihn abgesehen haben, sie aber tatsächlich absolut loyal sind?"

Obi-Wan schüttelte den Kopf. „Taly mag vielleicht unter Verfolgungswahn leiden, aber er ist sehr intelligent. Und ich bezweifle, dass er sich selbst ein derartiges Komplott ausdenken würde. Und seine Büros werden tatsächlich überwacht, das haben auch unsere Geräte angezeigt. Also ist das alles keine Einbildung. Ich glaube aber trotz allem nicht, dass hier jemand eine Übernahme plant."

„Aber Ihr sagtet doch selbst gerade, dass er kein Komplott ausgedacht hat", versetzte Padmé.

„Es gibt kein Komplott für eine Übernahme", erklärte Obi-Wan. „Aber es gibt einen Spion. Irgendjemand ist darauf aus, den Codebrecher zu stehlen. Und ich glaube, dass die Separatisten hinter der Sache stecken."

„Taly sagte, es hätte keine unbeobachtete Kommunikation seit der Entwicklung des Codebrechers gegeben", sagte Siri. „Wir haben uns das gesamte Kommunikations-Überwachungssystem angesehen und es ist absolut wasserdicht."

„Das glauben wir, weil wir wie Jedi denken", sagte Obi-Wan zu Siri. „Wie denken die Separatisten? Jemand sehr Weises sagte erst kürzlich zu mir, dass sie ihre Saat ausstreuen und bereit sind, Jahre auf die Ernte zu warten." Obi-Wan deutete auf die Hologramme, die um sie herum in der Luft hingen. „Die Akten aller Mitarbeiter sehen absolut makellos aus, weil sie so aussehen *sollen*."

„Einer von ihnen ist ein Maulwurf", sagte Siri langsam und drehte sich um, um noch einmal alle Dateien zu anzusehen. „Irgendjemand wurde schon vor Jahren hier eingeschleust, weil die Separatisten wussten, dass Taly ein brillanter Erfinder ist und eines Tages eine bahnbrechende Entwicklung machen würde, die sie stehlen konnten."

„Also wollen sie gar nicht die Firma", sagte Padmé. „Sie wollen nur den Codebrecher. Sie wissen nur nicht, dass es ein Codebrecher ist. Noch nicht."

„Es muss jemand aus Talys engstem Kreis sein", sagte Anakin. „Jemand, dem er vertraut. Helina Dow? Moro Y'Arano? Dellard Tranc, der Sicherheitschef?"

„Ich weiß es nicht", gab Obi-Wan zurück. „Aber wir müssen es auch nicht wissen. Alles, was wir tun müssen, ist eine Falle stellen."

Sie hatten eine Tatsache auf ihrer Seite: Da Taly die Überwachung der Büros umgangen hatte, wusste der Maulwurf nicht, dass Taly Bescheid wusste. Also konnten sie Informationen ausstreuen und die Falle aufstellen.

Sie erklärten Taly ihren Plan und er willigte ein. Dann versammelten sie sich in seinem Büro.

„Ich bin froh, dass wir uns einig wurden“, sagte Taly. „Ich würde sagen, wir sollten den Codebrecher in Anbetracht seiner brisanten Natur schnellstmöglich aus dem Gebäude schaffen.“

„Wir können noch heute Abend aufbrechen“, sagte Obi-Wan. „Könnt Ihr dafür sorgen, dass die Sicherheitsvorkehrungen entsprechend herabgestuft werden?“

„Ich werde mich selbst um die Sicherheit kümmern“, sagte Taly. „Ich werde meiner Mannschaft erst mitteilen, dass der Codebrecher weg ist, wenn Ihr aufgebrochen seid. Niemand außer mir muss wissen, dass das Gerät das Gebäude verlässt, bis es auch tatsächlich weg ist. Hier.“

Taly gab Obi-Wan den Codebrecher. Es war ein schwarzes Metallgehäuse von der Größe eines kleinen Koffers. Er schob ihn in einen Tragebehälter.

„Wenn Ihr ihn öffnet, erscheint eine holografische Datei, die Euch die Anwendung erklärt“, sagte Taly.

„Wir werden bei Sonnenuntergang aufbrechen“, sagte Siri.

Der Abend kam und die Jedi machten sich zusammen mit Padmé auf den Weg zum Hangar. Obi-Wan trug den Codebrecher. Er hatte ein gutes Gefühl – zumindest fühlte er sich so gut, wie er es sich selbst gestattete. Es bestand eine große Chance, dass der Maulwurf nicht wusste, dass die Jedi Bescheid wussten. Und drei Jedi gegen einen Angreifer bedeutete eine sichere Übermacht.

Auch Padmé war im Umgang mit dem Blaster recht geübt geworden. Obi-Wan hatte sie in einem Kampf immer gerne an seiner Seite. Merkwürdig, dachte Obi-Wan, wo er sie doch bei ihrer ersten Begegnung abgelehnt hatte. Sie war so jung gewesen und hatte sich als die Assistentin der Königin ausgegeben. Er hatte in ihr jemanden gesehen, den er beschützen musste, und nicht die feste, entschlossene Verbündete, als die sie sich letztlich erwiesen hatte. Qui-Gon war derjenige gewesen, der ihre Stärke erkannt hatte. Obi-Wan vermisste Qui-Gon mit einer Intensität, die in all den Jahren seit dessen Tod nicht abgenommen hatte. Es gab noch so viel, was er von seinem ehemaligen Meister hätte lernen können.

Anakin hob eine Hand. Sie hörten sich nähernde Schritte. Es war Helina Dow, die plötzlich hinter einer Ecke erschien. Sie lächelte, als sie sich der Gruppe näherte.

„Taly sagte, ich sollte mich davon überzeugen, dass Ihr gut zu Eurem Schiff kommt. Ich soll Euch mitteilen, dass die Sicherheitsvorkehrungen für Euch herabgestuft wurden."

Stimmte das? Obi-Wan bezweifelte es. Und doch war er überrascht, dass Helina der Spion sein sollte. Sie war von Anfang an bei Taly gewesen. Sie hatte die Firma mit ihm zusammen aufgebaut. Obi-Wan fand es merkwürdig, dass sie alles hinter sich lassen würde, was sie sich erarbeitet hatte.

„Wir sind da." Helina blieb vor dem Eingang zum Hangar stehen. Sie verneigte sich. „Ich wünsche Euch eine gute Reise."

Obi-Wan drehte sich überrascht halb um und sah ihr hinterher, als sie tatsächlich im Korridor verschwand. Er sah Anakin mit einer erhobenen Augenbraue an, aber der zuckte nur mit den Schultern.

Doch als die Jedi durch die Hangartür gingen, spannte sich Anakin an.

Sie befanden sich nicht im Hangar, sondern in einem kleinen, fensterlosen Raum. Die Tür schloss sich scheppernd hinter ihnen.

„Sie hat uns hereingelegt", sagte Siri. „Wir sind soeben durch ein holografisches Portal gegangen."

Kapitel 26

Drei Lichtschwerter erwachten blitzend zum Leben. Innerhalb weniger Sekunden hatten die Jedi ein Loch in die Tür geschnitten und waren auf den Korridor hinausgestürmt.

Er hatte sich vollkommen verändert. Anstatt der Doppeltür zu ihrer Linken und einem weiteren Korridor, der nach rechts abging, gab es jetzt Türen entlang des gesamten Ganges. Ein lächelnder Taly stand am Ende des Korridors.

„Was geht hier vor?", rief Padmé.

„Es ist ein Hologramm", sagte Anakin.

„Das ist Helina Dows Werk", sagte Siri. „Hier muss alles voller Hologramme sein. Sie benutzen sie aus Sicherheitsgründen."

„Sie will uns verwirren", sagte Obi-Wan. „Aber wie will sie an den Codebrecher kommen?"

„Vielleicht will sie uns nur davon abhalten, damit zu verschwinden", sagte Padmé.

„Na ja, das ist jetzt auch unwichtig. Wir wissen, wer der Spion ist. Wir sollten Taly informieren." Obi-Wan nahm seinen Comlink in die Hand und wollte Taly informieren. Doch er bekam keine Verbindung. „Sie muss die Kommunikation blockiert haben. Aber das ergibt keinen Sinn. Was will sie damit erreichen?"

„Obi-Wan, vielleicht solltet Ihr den Codebrecher überprüfen", sagte Padmé.

Eine beklemmende Vorahnung beschlich Obi-Wan, als er das Gehäuse öffnete. Kein Hologramm erschien. Er durchsuchte den Speicher. Keine Dateien.

„Sie hat ihn irgendwie ausgetauscht", sagte Siri.

„Oder Taly war es", bemerkte Obi-Wan.

Siri und Obi-Wan warfen sich einen Blick zu. Sie wussten, dass Taly den Codebrecher nicht ausgetauscht hatte. Sie glaubten an ihn, auch noch nach all diesen Jahren. Sie erinnerten sich an den Jungen, der in eine Gruppe von Piraten gerannt war, um ihnen das Leben zu retten. Sie wussten beide, dass dieser Junge in Taly noch existierte.

„Wir müssen es zum Hangar schaffen", sagte Anakin.

Das Dämmerlicht erschwerte es herauszufinden, welche der Türen holografischen Portale waren. Sie konnten unmöglich aus dem Gedächtnis den Weg zum Hangar finden. Die Jedi rannten mit Padmé im Schlepptau den Gang entlang und ließen die Macht fließen, um herauszufinden, welche Türen Hologramme und welche echt waren.

Irgendwann fanden sie den Zugang zum Hangar und liefen hindurch. Dort vor ihnen rannte Helina zu einem Kreuzer, den Codebrecher unter dem Arm.

Obi-Wan und Anakin machten gleichzeitig einen Satz nach vorn, während Siri Helina mit Hilfe der Macht einen Stoß versetzte, der sie der Länge nach auf den Boden warf. Der Codebrecher fiel auf den polierten Boden.

Obi-Wans und Anakins Stiefel kamen mit einem dumpfen Schlag neben Helinas Kopf auf dem Boden auf. Sie sah sie mit weit aufgerissenen Augen an. „Es ist nur ein Geschäft", sagte sie. „Tötet mich nicht."

„Wir werden Euch nicht töten", sagte Anakin. „Wer ist Euer Auftraggeber?"

Sie setzte sich zitternd auf und stützte sich auf die Ellbogen. „Passel Argente heuerte mich vor fünf Jahren für einen Auftrag an. Ich sollte alle Informationen, die ich hier bekommen konnte, an die Separatisten weitergeben. Und wenn etwas Großes entwickelt werden würde, sollte ich es stehlen."

„Wissen sie von dem Code-Entschlüssler?"

„Sie wissen, dass ich ihnen eine große Sache bringe. Das ist alles. Ich kann keine Kommunikation aufbauen, also schickte ich eine verschlüsselte Nachricht in einer von Talys geschäftlichen Nachrichten. Es ist ein Lieferant, mit dem wir seit Jahren arbeiten und Argente hat dort jemanden sitzen, der alle Informationen weiterleitet."

In diesem Augenblick erhellten die Blitze von Blasterschüssen die Luft und eine Nebelgranate explodierte. Padmé hechtete sich hustend auf den Boden. Anakin lief zu ihr. Obi-Wan robbte sich auf den Codebrecher zu.

Hier war noch jemand. Irgendjemand schoss in einer solch hohen Frequenz, dass es sich nur um einen Schnellfeuerblaster handeln konnte.

Das Hangartor war offen, und die kühle Nachtluft begann, den dichten grauen Rauch zu lichten. Als die Sicht frei war, sah Obi-Wan einen rotschwarzen Raumjäger. Irgendjemand lehnte sich aus der Seitentür. Er sah, dass ein Arm nach unten griff und den Codebrecher schnappte.

Er rannte los. Seine Augen tränten von dem Rauch. Der Feind trug eine Rüstung und eine Hose aus Panzergewebe sowie einen Helm und eine Atemmaske, doch Obi-Wan erkannte ihn sofort.

Es war Magus.

Taly rannte plötzlich in den Hangar. Magus drehte sich um und sah ihn. Obi-Wan konnte sein Gesicht nicht sehen, doch er spürte die Befriedigung, die Magus erfüllte, als er das Blastergewehr anhob und gleichzeitig in sein Schiff zurücksprang.

Obi-Wan machte einen Satz in die Luft und schwenkte sein Lichtschwert, als das intensive Blasterfeuer durch die Luft schoss. Er hörte, wie Siri hinter ihm auf dem Boden landete, damit sie Taly decken konnte. Anakin hatte sich vor Padmé gestellt.

Magus drehte sich zur Seite und feuerte noch eine Salve ab. Sie traf Helina, die immer noch regungslos auf dem Durabeton-Boden gelegen hatte. Sie starb sofort. Sie war den Separatisten nicht mehr von Nutzen und war daher nur noch ein Risiko.

Magus flog davon. Obi-Wan wusste, dass eine Verfolgung sinnlos war. Magus würde schon längst in den oberen Atmosphärenschichten sein, wenn sie ihren Kreuzer erreicht hatten.

Er drehte sich um, lief zu Helina und ging neben ihr in die Hocke. Er gab sich einen Augenblick, um ein verlorenes Leben zu betrauern.

„Ich kann nicht glauben, dass Helina es war", sagte Taly mit leerer Stimme.

„Magus hat den Codebrecher", sagte Siri.

Taly schüttelte den Kopf. „Helina dachte nur, das Gerät zu haben. Wir haben zwei Prototypen gebaut. Sie nahm einen davon, doch der war fehlerhaft. Ich bin der Einzige, der weiß, welcher der richtige ist."

„Magus bringt ihn zweifellos zu den Separatisten", sagte Siri.

„Wir müssen den Codebrecher der Republik bringen, bevor die Separatisten herausfinden, dass sie den falschen haben", sagte Obi-Wan. „Wir müssen ihre Kommunikation abhören."

„Bringt ihn uns", sagte Padmé zu Taly. Sie klang jetzt wie die Königin, die sie einst gewesen war.

„Ich habe ihn bei mir", sagte Taly und öffnete seine Tunika, um den Codebrecher zu zeigen, der um seine Brust geschnallt war. „Und ich komme mit Euch. Wenn Magus wieder hinter mir her ist, möchte ich Eure persönliche Garantie für meine Sicherheit während der Klonkriege. Das ist eine Bedingung für den Verkauf des Codebrechers an Euch."

Padmé bedachte ihn mit einem kühlen Blick. „Ihr hört niemals auf zu handeln, stimmt's?"

„Ich will nur haben, was ich haben will."

„Das ist die letzte Bedingung", sagte sie zu ihm. „Und Ihr garantiert uns, dass dies wirklich der echte Codebrecher ist."

Als Taly grinste, sah Obi-Wan, dass der Junge in ihm wieder aufgetaucht war. „Er ist es."

Kapitel 27

Sie machten sich schnell auf den Flug zum Raumhafen von Azure. Die besten Technikexperten der Republik warteten schon darauf, den Code-Entschlüsseler in die Finger zu bekommen.

Obi-Wan sprach mit Anakin. „Ich schlage vor, dass du dich auf der Reise etwas ausruhst. Auch Padmé scheint erschöpft zu sein. Wenn du sie davon überzeugen könntest, dass sie Ruhe braucht, wäre das nur zu ihrem Besten."

Anakins Blick war undurchsichtig.

Ich weiß wirklich kaum noch, was er überhaupt denkt, dachte Obi-Wan.

„Ja, Meister", sagte Anakin.

Er gehorcht noch, aber er scheint es widerwillig zu tun.

Obi-Wan beobachtete, wie Anakin leise mit Padmé sprach. Sie nickte und beide gingen aus dem Cockpit.

Also waren nur noch Siri, Taly und Obi-Wan da. Siri behielt die Instrumente im Blick, obwohl Obi-Wan den Kurs schon einprogrammiert hatte und es für sie nicht mehr viel zu tun gab. Die Szenerie kam ihm so vertraut vor: Sie zu dritt, auf der Flucht vor Gefahr und höchstwahrscheinlich auf dem Weg in noch größere Gefahren.

„Erklär mir bitte etwas, Taly", sagte Obi-Wan, als er sich mit seinem Stuhl zu ihm drehte. „Passel Argente schleuste Helina Dow in deine Mannschaft ein. Sie wartete ihren Einsatz ab, doch Argente wollte dich immer vernichten. Weshalb deckst du ihn immer noch?"

„Ihn decken?"

„Er war der Auftraggeber dieser Kopfgeldjäger und du hast es dem Senat nie gesagt."

„Es war mein letztes Faustpfand."

„Aber er heuerte auch Magus an und der brachte deine Eltern um."

„Magus tat es nur aus Rache. Ich gebe Argente nicht die Schuld für ihren Tod. Magus ist Schuld." Talys Züge verhärteten sich.

„Weshalb hast du niemals gegen Argente ausgesagt?"

„Ich wusste, dass ich von vorn würde beginnen müssen", sagte Taly. „Ich wusste, dass ich einen Förderer brauchte. Ich wartete, bis ich älter war und kontaktierte ihn, als ich bereit war, meinen Namen wieder anzunehmen und meine Firma aufzubauen. Wer glaubt ihr, gab mir den ersten Kredit für die Firma?"

Obi-Wan schüttelte enttäuscht den Kopf. Also hatte Qui-Gon recht gehabt. Taly hatte die ganze Zeit von Argente gewusst und diese Information zu seinem Vorteil eingesetzt. Es musste ihn ziemlich viel Nerven gekostet haben, Passel Argente zu kontaktieren und Schweigegeld zu fordern.

„Ich habe Argente benutzt, aber ich habe ihm nie vertraut. Er hat mich letztlich auf eine Art verraten, die ich niemals erwartet hatte. Aber wenn ich jetzt vor den Senat treten und einer Kommission von dem zwanzig Jahre alten Komplott erzählen würde, würde man mich auslachen. Sie haben genug andere Probleme. Alles hat sich verändert, oder etwa nicht? Meine größte Rache an Argente wäre, Euch zum Sieg in den Klonkriegen zu verhelfen."

„Nun, das wäre zumindest etwas, wofür wir dir dankbar wären", sagte Siri. Sie schien eher amüsiert als verärgert zu sein.

Taly ging zu ihr. „Ich habe etwas für dich." Er hielt ihr die Hand hin. Dort lag Siris alter wärmender Kristall. Er leuchtete noch immer in seinem dunklen Blau.

Sie nahm den Kristall verwundert an. „Aber wie ..."

„Ich bin zur Siedlung Fünf zu dem Händler zurückgegangen, dem du ihn verkauft hast", sagte er. „Ich konnte ihn aufspüren. Ich wollte ihn dir immer eines Tages zurückgeben."

„Vielen Dank, Taly", sagte Siri. Sie schloss ihre Finger um den Kristall und sofort erschien ein Ausdruck des Wohlbefindens in ihrem Gesicht.

„Ihr glaubt, dass ich mich nicht mehr daran erinnere", sagte er zu den beiden Jedi. „Ich erinnere mich daran, wie ihr für mich gekämpft habt. Ich weiß noch alles."

Er ging aus dem Cockpit. Obi-Wan warf einen schnellen Blick zu Siri hinüber.

Und du, Siri? Erinnerst du dich auch an alles?

Sie hatte ihr Gesicht abgewandt. Sie hatten ihre Gefühle so lange vergraben. Aber wie konnten sie noch immer vergessen, wenn das, was sie daran erinnerte, so real war?

„Ich habe dir einmal versprochen, dich niemals daran zu erinnern", sagte Obi-Wan.

„Aber du bist ja nicht derjenige, der mich erinnert, nicht wahr?" Ein Lächeln kam über ihre Lippen. „So viel Zeit ist vergangen."

„Und doch so wenig."

„Und wir haben uns so sehr verändert."

„Ja. Du bist schöner geworden." Obi-Wan sprach die Worte, bevor er sie zurückhalten konnte. „Und klüger. Stärker."

„Und du", sagte Siri, „bist trauriger geworden."

„Das kannst du sehen?"

„Vergib mir, wenn ich glaube, dass ich dich immer noch besser kenne als irgendwer sonst."

„Das tust du."

„Ich bedaure unsere Entscheidung nicht", sagte Siri. „Ich würde nicht zurückgehen und sie ändern wollen. Du etwa?"

„Nein", sagte Obi-Wan. „Sie war richtig. Aber ..."

„Ich weiß", sagte Siri. „Das ändert nichts daran, dass man sie bereut. Aber es ist eine Reue, mit der man leben kann. Es hat mich einige Zeit gekostet, aber ich erkannte, dass Yoda und Qui-Gon Recht hatten. Ich hätte es jeden Tag meines Lebens bereut, wenn ich den Jedi-Orden verlassen hätte. Und ein solches Leben wollte ich nicht leben. Ich lebe das Leben, das ich immer haben wollte."

„Dann bin ich froh." Obi-Wan fühlte dasselbe. Aber war es für ihn so einfach? Er war sich nicht sicher. Irgendwie begriff er auf dieser Reise – warum auch immer – wie viel Reue doch in ihm steckte. Und wie viele Geheimnisse er hatte.

„Was ich bereue", sagte er, „ist weniger die Entscheidung, die wir trafen, sondern was danach mit uns geschah. Als wir die Entscheidung trafen, uns zu trennen, wurde aus unserer Freundschaft etwas anderes. Etwas, das nicht einmal im Ansatz an das herankam, was es hätte sein sollen."

„Freunde. Aber nicht die besten Freunde", sagte Siri.

Er nickte. Seine anderen tiefen Freundschaften – mit Garen und Bant – waren anders. Zwischen ihnen gab es keine Barrieren. Zwischen Siri und ihm gab es immer eine Barriere. Er dachte nicht daran und sprach auch nicht darüber, aber sie war doch immer da. Er wünschte, es wäre anders. Irgendwie, er konnte nicht genau definieren warum, hatte er das Gefühl, sie zweimal verloren zu haben.

„Na ja, es ist noch nicht zu spät, oder?", fragte Siri. „Es hat uns beinahe zwanzig Jahre gekostet, miteinander über die Vergangenheit zu sprechen. Vielleicht können wir jetzt die Freunde sein, die wir immer hätten sein sollen. Das würde mir gefallen. Ich bin es Leid, immerzu die Vergangenheit zu verdrängen."

„Also dann: beste Freunde."

Siri lächelte und die Jahre fielen von ihr ab. Doch Obi-Wan spürte den Schmerz in seinem Herzen, den er zusammen mit den Erinnerungen vergraben hatte. Er war so lebhaft wie Siris Grinsen.

„Beste Freunde", sagte sie.

Kapitel 28

„Du wirst mir wieder sagen, dass ich in der Gegenwart leben soll", sagte Padmé zu Anakin. „Aber ich kann nicht anders. Wir haben den Codebrecher. Wir haben jetzt eine Chance, allem ein Ende zu setzen. Eine echte Chance!"

Sie waren in Pademés Kabine, in der größten und komfortabelsten. Die Jedi hatten darauf bestanden, dass Padmé sie bekam. Sie hatte sich natürlich zu wehren versucht. Sie konnte auch in einem Frachtraum oder auf einem Stuhl schlafen, es war ihr vollkommen gleichgültig. Sie wussten, dass es stimmte, doch irgendetwas an Padmé veranlasste alle Wesen, ihr etwas geben zu wollen.

Anakin wollte ihr alles geben, doch das wollte sie natürlich nicht. Die Ehe mit Padmé war manchmal wie der Gang durch ein vollkommen dunkles Zimmer, dachte Anakin. Er hatte an ihrem Hochzeitstag geglaubt, die Liebe würde ihnen über alle Schwierigkeiten hinweg helfen. Dass das, was sie füreinander empfanden, so gewaltig war, dass es alle Hindernisse überwinden würde.

Er glaubte noch immer mit Leib und Seele daran. Doch am Tag seiner Hochzeit hatte er sich nicht vorstellen können, dass ein Teil dieser Hindernisse in seiner Frau selbst lagen. Er hatte sich niemals vorstellen können, dass sie in der Lage sein würde, ihn davon abzubringen, sie von Gefahren fern zu halten. Insgeheim hatte er gehofft, dass sie irgendwann ihren Posten im Senat aufgeben würde. Dass sie im Laufe des Krieges lernen würde, wie sinnlos es war, Planeten vom Ausstieg aus etwas zu überzeugen, das ihnen Einfluss und Wohlstand brachte.

Jetzt war ihm klar, wie naiv er gewesen war. Sie würde den Senat niemals aufgeben. Sie würde noch mit ihrem letzten Atemzug von Gerechtigkeit sprechen. Sie glaubte, dass Worte alles bewegen konnten.

Das akzeptierte er. Er war sogar stolz auf ihren Ruf als scharfzüngige Rednerin. Im Senat, der irgendwie durch Palpatines Macht zusammengehalten wurde, hatte sie sich Feinde gemacht. Anakin hatte Angst um sie. Es war eine namenlose Furcht, die ihn manchmal bei der Kehle packte und ihm die Luft aus den Lungen zu quetschen schien.

„Wir sind noch nicht auf Azure", sagte er. „Und es wird nicht lange dauern, bis sich die Separatisten an unsere Fersen heften. Hast du gesehen, wie Magus auf Taly gezielt hat? Sie wissen jetzt, dass Taly uns kontaktiert hat, und das bedeutet, dass er nicht am Leben bleiben darf. Wenn er sein Wissen der Republik zukommen lässt, werden sie alles tun, um ihn auszuschalten. Sein Leben ist nicht sicher, bis die Klonkriege vorüber sind."

„Das hatte ich nicht bedacht", sagte Padmé. „Aber es stimmt natürlich."

„Die Jedi müssen auf Azure bleiben, um sicherzustellen, dass sich die Technikexperten in Ruhe in den Codebrecher einarbeiten können. Dann müssen wir die Experten an einen anderen sicheren Ort bringen. Zumindest am Anfang müssen wir immer in Bewegung bleiben. Deshalb musst du unbedingt sofort mit Taly nach Coruscant zurückkehren."

Ihre Züge verhärteten sich. „Das klingt wieder nach einem Befehl."

„Nein. Es ist ein notwendiger Schritt, um Taly und dich zu beschützen. Und das weißt du genau. Es ist eine Bitte", fügte er noch mit sanfter Stimme hinzu. Er nahm erleichtert ihr langsames Nicken zur Kenntnis.

„In Ordnung."

„Padmé." Er nahm ihre Hand. Er brauchte die Sicherheit, die er empfand, wenn er sie berührte. „Dein Platz ist im Senat. Mein Platz ist auf dem Schlachtfeld. Bis dieser Krieg vorüber ist, wird es so sein müssen."

„Ich hasse diese Trennungen."

„Nicht mehr als ich."

„Wir haben dieses Leben selbst gewählt", sagte sie. „Aber es ist schwer, so zu leben."

„Das Wissen, dass du mein bist, ist es wert. Aber wenn dir etwas zustieße, wüsste ich nicht, wie ich das überleben sollte. Ich darf ... ich darf dich nicht verlieren."

„Ich fühle dasselbe."

Sie stand auf und zog ihre kühlen Finger von seiner Hand zurück. Sie begann, auf und ab zu gehen. „Aber diese Geheimnistuerei zerreißt mich. Ich habe immer Angst, uns mit einem Blick oder einem Wort zu verraten. Manchmal frage ich mich ..."

„Was?", fragte er. Wäre sie nicht so aufgewühlt gewesen, hätte sie die Warnung in seiner Stimme bemerkt.

Sie wirbelte zu ihm herum. „Haben wir das Richtige getan? Nicht mit unserer Liebe, denn dafür konnten wir nichts, aber mit der Heirat? Ich habe einen Keil zwischen dich und die Jedi getrieben."

„Nein, das hast du nicht."

„Aber deine Loyalität gilt immer erst mir", sagte sie. „Das macht deinen Weg verworren. Ich weiß genug über die Jedi, um zu wissen, wie falsch das ist."

„Sie sind es, die sich irren", sagte Anakin beharrlich. „Ich bin stark genug für beides und sie erkennen es nicht."

Die Comm-Einheit knisterte und sie wichen instinktiv voneinander zurück. Obi-Wans Stimme drang aus dem Gerät. „Anakin, bist du da? Komm sofort ins Cockpit."

Sie rannten den Korridor entlang zum Cockpit. Taly stand bei dem Codebrecher. Eine Mischung aus Erstaunen und Beklemmung stand Obi-Wan ins Gesicht geschrieben.

„Er funktioniert", sagte er. „Wir haben gerade verschlüsselte Kommunikationen der Separatisten abgehört. Er funktioniert wirklich."

„Hier gibt es aber noch zu viele Störungen aus dem Weltraum", sagte Taly. „Wir müssen zu dem Raumhafen gelangen. Dort haben wir Möglichkeiten, das Signal zu bereinigen, aber immerhin konnten wir etwas verstehen."

„Was habt Ihr gehört?", fragte Anakin.

„Sie verlegen Schiffe und Truppen", sagte Obi-Wan. „Ein massiver Angriff ist geplant. Aber wir können den Ort nicht feststellen. Ursprünglich war wohl ein Angriff auf Nativum geplant, was wir schon vermutet hatten. Doch das Ziel wurde erst jüngst verlegt."

„Wenn wir das neue Ziel rechtzeitig ermitteln, könnten wir einen großen Sieg erlangen", sagte Padmé.

Obi-Wan nickte. „Wir könnten den größten Teil ihrer Flotte zerstören."

Padmé stützte sich auf eine Konsole. „Wenn General Grievous dabei ist, könnten wir den Krieg gewinnen", sagte sie.

Kapitel 29

Azure war ein winziger Planet ohne jede strategische Bedeutung. Er war ein kleiner blauer Punkt, der allein und ohne Satelliten in den endlosen Weiten des Alls stand. Der Planet rühmte sich für einen Raumhafen, der den größten Teil seiner Oberfläche einnahm. Azure war ein günstig gelegener Zwischenstopp für alle, die sich auf dem Weg zum Mid-Rim befanden, aber an sich nicht wichtig. Der Planet besaß keinerlei Industrie, keine Mineralien und war nicht sonderlich wohlhabend.

Mit anderen Worten: Es gab nichts, an dem die Separatisten hätten interessiert sein können und deshalb war Azure eine perfekte Geheimbasis für die Republik – eine von vielen in der Galaxis.

Die Jedi landeten ohne Zwischenfälle. Es schien geradezu unmöglich gewesen zu sein, dass sie so weit gekommen waren, dass sie die Reise ohne Schwierigkeiten hinter sich gebracht hatten. Das Gerät, das das Blatt des Krieges wenden konnte, befand sich in den Händen der Republik.

Taly übergab den Codebrecher ohne jedes Bedauern an die Techniker. „Es ist meine größte Erfindung", sagte er. „Jetzt muss ich das Leben eines Flüchtlings führen."

Die Gruppe von Technikern brachte das Gerät eilig zur Kommandostation. General Solomahal war ihnen dabei immer auf den Fersen. Der erst jüngst beförderte Lutrillianer konnte seine Befriedigung angesichts dieser Errungenschaft kaum verbergen. Gleich nach der Ankunft des Codebrechers auf seiner Basis hatte er den Jedi versichert, dass der Name Azure in den Chroniken des Krieges verewigt werden würde.

„Heute ist der Tag, an dem wir den Krieg gewinnen", sagte er, wobei sich die Furchen in seiner Stirn noch vertieften.

Anakin gefielen solche Reden nicht. Der Krieg war noch nicht gewonnen. Selbst wenn sie herausfanden, wohin die Flotte der Separatisten unterwegs war, blieb noch abzuwarten, ob die Republik genügend Schiffe für einen Überraschungsangriff mobilisieren konnte. Die gesamte Flotte befand sich im Alarmzustand und war zum Angriff bereit.

Anakin fiel es aufgrund von Padmés Aufbruch schwer, sich auf die Ereignisse zu konzentrieren. Er versuchte, eine Situation herbeizuführen, in der er sich allein von ihr verabschieden konnte, doch das hätte zu viel Aufmerksamkeit erregt. Sie würden sich dieses Mal in aller Öffentlichkeit voneinander verabschieden müssen. Er hasste das. Und sie sagte ihm mit ihrem Blick, dass sie es ebenfalls hasste.

„Auf Wiedersehen, Senatorin Amidala", sagte Obi-Wan mit einer Verbeugung. „Ich wünsche Euch eine sichere Reise und möge die Macht mit Euch sein."

Er blieb regungslos stehen und wartete darauf, dass sich Anakin ebenfalls verabschiedete. Anakin schluckte seine Wut hinunter. Es war nicht die Schuld seines Meisters, dass er keinen Augenblick mit seiner Frau allein hatte.

Anakin verneigte sich ebenfalls. Als er sich wieder erhob, ließ er sie mit seinem Blick wissen, wie sehr sie ihm fehlen würde. „Eine sichere Reise, Senatorin. Ich bin mir sicher, dass wir uns bald wiedersehen."

„Dessen bin ich mir auch sicher." *Bald*, deutete sie mit den Lippen an.

„Taly, du hast der Galaxis einen großen Dienst erwiesen", sagte Obi-Wan.

„Wir sind dir sehr dankbar", fügte Siri hinzu.

„Ich hoffe, der Krieg ist bald zu Ende", gab Taly zurück. „Auch wenn er dem Geschäft zuträglich ist."

Seine Augen funkelten schelmisch, als er die Worte sagte. War er wirklich so zynisch, wie es schien? Anakin glaubte es nicht.

Padmé drückte unter dem Schutz ihrer Robe einen Moment Anakins Hand und ließ sie dann wieder los. Die Berührung war so kurz, dass er sie kaum wahrnahm.

Sie hatte von Reue gesprochen. Und er hatte keine Gelegenheit gehabt, sie zu fragen, was sie damit gemeint hatte. Jetzt verließ sie ihn und er wusste nicht, wann er sie das nächste Mal sehen würde.

Padmé ging die Rampe zu dem wartenden Kreuzer hoch. General Solomahal konnte keinen Piloten entbehren und so musste Padmé das Schiff selbst nach Coruscant fliegen. Zu ihrem Schutz war eine kleine Gruppe Klonkrieger mit an Bord. Sie saß dicht an der Cockpitscheibe, sodass sie Anakin sehen konnte. Sie hob zwar keine Hand und lächelte nicht, als sie die Triebwerke startete, ließ ihren Blick aber nicht von Anakin ab. Dann hob das silberfarbene Schiff ab und verschwand am Himmel.

Anakin sah dem Kreuzer hinterher. War das sein Schicksal, fragte er sich? Zu wissen, dass etwas ihm gehörte, das er aber niemals wirklich besitzen konnte?

Hinter ihm hörte er das Poltern von Stiefeln, doch er wandte sich nicht um. Er wollte dem silberfarbenen Schiff hinterherblicken.

„Wir haben ein Problem." Es war General Solomahals donnernde Stimme.

Anakin drehte sich zögernd um.

„In dem Codebrecher befand sich ein Peilsender", sagte der General.

„Helina Dow", sagte Siri. „Sie muss in beide Prototypen einen eingebaut haben."

„Also könnten die Separatisten wissen, dass sich das Gerät hier auf Azure befindet", sagte Obi-Wan.

„Ich glaube, davon kann man ausgehen", gab General Solomahal zurück. „Ihr konntet noch kein Ziel für den Angriff feststellen, weil es noch kein Ziel gab. Noch nicht. Sie warteten darauf, wo der Codebrecher hingebracht werden würde." Der General hielt kurz inne. „Das Ziel ist hier. Die Separatisten-Flotte befindet sich auf dem Weg zum Raumhafen auf Azure."

Kapitel 30

Die Jedi machten sich eilig auf den Weg in die Kommandozentrale. Es waren bereits Gegenmaßnahmen eingeleitet worden. Jedes verfügbare Schiff der Republik war schon unterwegs nach Azure.

Aber alle waren noch Stunden entfernt.

„Wie viele Kampfkreuzer habt Ihr auf diesem Raumhafen?“, fragte Anakin den General.

„Nicht genug“, gab Solomahal grimmig zurück. „Eine kleine Flotte. Hier.“ Er rief eine Liste auf den Datenschirm auf. Anakin beugte sich nach vorn, um sich die Spezifikationen anzusehen.

„Lasst uns die Flotte in zwei Divisionen teilen“, sagte Anakin entschieden. „Haltet eine davon zur Verteidigung des Raumhafens zurück. Ich werde die andere anführen, um einen Teil der Separatisten-Flotte wegzulocken. Unsere einzige Chance besteht darin, sie zu beschäftigen, bis die Schiffe der Republik hier ankommen. Ich brauche Eure besten Piloten.“

Der General blinzelte Anakin fassungslos an, so als brauchte er Zeit, um zu verarbeiten, dass ein einfacher Commander dem befehlshabenden General Anweisungen gab. Glücklicherweise war Solomahal aber ein Soldat der praktisch veranlagten Sorte, den es nicht scherte, woher die besten taktischen Ideen kamen – so lange sie nur kamen.

„Leutnant Banno“, sagte General Solomahal und wandte sich

an Banno, der neben ihm stand. „Bringt Jedi-Commander Skywalker zur Flotte. Er hat das Kommando."

Der Leutnant nickte. Anakin machte sich auf den Weg, doch Obi-Wan hielt ihn kurz am Arm fest. „Anakin, sei vorsichtig. Möge die Macht mit dir sein."

Anakin nickte, doch Obi-Wan erkannte, dass die Gedanken seines Schülers schon bei dem vor ihm liegenden Kampf waren. Sie konnten für diese Luftschlacht keinen besseren Anführer haben als Anakin.

Der Leutnant und Anakin machten sich davon. Obi-Wan und Siri wandten sich dem großen, zylindrischen Monitor in der Mitte der Kommandozentrale zu. Die Separatisten-Flotte war jetzt nahe genug für die Abtaster.

Obi-Wan erkannte angesichts der Größe der feindlichen Flotte sofort, wie verwundbar der Raumhafen war. Siri betrachtete den Monitor ebenfalls mit düsterer Miene.

„Hier", sagte sie und nahm einen Laserpointer. „Und da. An diesen Stellen sind sie verwundbar. Wenn es Anakin gelingt, sie im Rücken ..."

Obi-Wan nickte. „Wir müssen sie nicht besiegen. Es reicht, wenn wir sie aufhalten."

„Sie wissen nicht, dass wir den Codebrecher in Betrieb haben, also könnten sie davon ausgehen, einen Überraschungsangriff zu landen", sagte Siri. „Das könnte ein Vorteil für uns sein. Siehst du den kleinen Nebel? Wenn Anakin mit seinen Schiffen dort bis zur letzten Sekunde lauern könnte, bis die Flotte an ihm vorüber wäre ..."

Obi-Wan drückte bereits den Knopf für das Comm-System und gab Anakin schnell die Koordinaten des Nebels durch. „Siehst du ihn?"

„Ich habe ihn", gab Anakin zurück. „Ziemlich starke atmosphärische Störungen in diesem Nebel. Könnte sein, dass die Kommunikation vorübergehend abbricht."

„Das Risiko müssen wir eingehen. Wenn du dich dann entlang der Flanke bis nach hinten manövrieren könntest ..., dort sitzen die großen Schlachtschiffe."

„Verstanden."

Sie beobachteten auf dem Monitor, wie der Lichtpunkt von Anakins Schiff abdrehte und der Rest der kleinen Flotte ihm folgte.

Obi-Wan wandte sich an General Solomahal. „Ihr müsst den Gegenangriff der Artillerie so abstimmen, dass er stattfindet, wenn Anakin den Rücken der Flotte angreift. Das wird sie verwirren. Ich würde versuchen, das Führungsschiff zu treffen."

Der General nickte grimmig. „Wir werden unser Bestes geben, Commander."

„Sie nähern sich der äußeren Atmosphäre von Azure", sagte Siri. „Ein paar zivile Schiffe sind gerade unterwegs in den Weltraum ..." Einer der Lichtpunkte flammte kurz auf und verschwand. „Sie schießen auf Zivilschiffe!"

Obi-Wan wurde flau zumute. „Wo sind Padmé und Taly? Sind sie schon außer Reichweite?"

Siri wurde bleich. „Sie befinden sich an der rechten Flanke der feindlichen Flotte."

Obi-Wan griff nach seinem Comlink, doch im gleichen Augenblick erklang Padmés Stimme in der Kommandozentrale. „Bitte kommen, General! Wir werden beschossen ... Wir können das Schiff nicht mehr halten ..."

„Evakuieren!", rief Obi-Wan ihr zu.

„Anakin!", schrie Padmé.

Der Lichtpunkt blitzte auf und erlosch.

„Sie ist verschwunden", sagte Siri. „Padmé ist verschwunden."

Kapitel 31

„Nein", sagte Obi-Wan. „Sie haben es in eine Rettungskapsel geschafft. Sieh hin." Er zeigte auf den Monitor. Ein kleiner Lichtpunkt kroch von der Stelle weg, an der sich das Schiff gerade noch befunden hatte. Es hätten auch Trümmer sein können, doch Obi-Wan wusste, dass es Padmé war. Er konnte es spüren.

„Sie wird außerhalb des Raumhafens landen", sagte Siri. „Wir müssen ihnen helfen."

„Im Hangar stehen betankte Raumjäger bereit", sagte der General. „Wir haben den Codebrecher in Betrieb und hören die Feindkommunikation ab. Bleibt immer auf Empfang, ich gebe Euch Informationen durch."

Obi-Wan und Siri rannten zum Hangar und sprangen in zwei Raumjäger am Ende der Reihe. Piloten rannten ebenfalls zu ihren Schiffen. Anakin war mittlerweile aus dem Nebel gekommen und traf die feindliche Flotte mit seinem kleinen Schiffsverband in den Rücken. Die Schlacht hatte begonnen.

Obi-Wan und Siri hoben in Formation ab und flogen davon.

„Ich habe einen Notruf von der Planetenoberfläche empfangen", sagte General Solomahal und gab ihnen die Koordinaten durch. „Er kommt von dem Bereich, in dem die Überlebenssysteme des Planeten liegen – Wasservorräte, Treibstofftanks, Fusionsgeneratoren. Achtet auf Eure Flanke – die Flotte plant eine Drehung um 80 Grad."

Obi-Wan und Siri führten eine halbe Wende aus, um der feindlichen Flotte auszuweichen. Obi-Wan konnte den Sprechverkehr der Piloten auf dem Comm-System hören. Anakin flog absolut gekonnte Manöver. Er wagte Dinge, die die Piloten kaum fassen konnten, und animierte sie damit zu ähnlichen Wagnissen.

Am Ende der Klonkriege wird er eine Legende sein, dachte Obi-Wan.

Da wurde plötzlich die Luft um das Schiff erhellt. Obi-Wan spürte die Vibrationen von Kanonenfeuer.

„Zu deiner Linken!", rief Siri.

Er wendete und ging in den Sturzflug. Siri folgte ihm.

„Zwei feindliche Raumjäger wurden abgezogen, um Euch zu folgen", bellte General Solomahal in das Comm-System. „Sie sollen Euch abschießen." Er gab Obi-Wan und Siri schnell den Angriffswinkel durch.

Sie konnten im letzten Augenblick wenden und ihre Angreifer überraschen. Das Feuer von Laserkanonen blitzte auf und die beiden feindlichen Schiffe torkelten rauchend und in ziellosen Spiralen dem Boden entgegen.

Obi-Wan und Siri gingen wieder auf Kurs zu ihrem Ziel. Aus dieser Position konnten sie einen guten Blick auf die Schlacht werfen.

Obi-Wan verließ aller Mut. Er vertraute Anakin. Er glaubte an die Stärke und den Willen der Piloten der Republik. Aber er wusste auch, wie lange es noch dauern würde, bis die Verstärkung ankommen würde. Die Schlacht war bereits verloren.

Schweren Herzens kontaktierte er General Solomahal. „General, ich schlage vor, Ihr gebt den Codebrecher Eurem besten Piloten und schickt ihn vom Raumhafen weg. Wir müssen es riskieren. Wir dürfen den Codebrecher nicht in die Hände der Separatisten fallen lassen."

„Seid Ihr geisteskrank, General Kenobi?" Der General klang wütend. „Der Codebrecher ist unser einziger Schutz gegen die Katastrophe!"

„Ich stimme General Kenobi zu", sagte Siri. „Es ist absolut lebensnotwendig, dass der Codebrecher in Sicherheit kommt. Wir haben von hier draußen einen guten Blick auf die Schlacht. Wir können sie keinesfalls gewinnen. Ich schlage außerdem vor, dass Ihr die Basis evakuiert. Wir müssen so viele Piloten und Schiffe wie möglich retten."

„Es ist ein wenig verfrüht für eine Kapitulation."

„Das stimmt", sagte Obi-Wan. „Wir können noch ein paar Treffer landen. Aber die Niederlage ist nicht mehr aufzuhalten."

„Ihr seid zu vorsichtig, General Kenobi. Ich glaube, dass wir gewinnen können."

„General, wir sehen die Dinge von hier oben etwas klarer!", sagte Siri.

„Ich habe hier ebenfalls einen Monitor, Commander Tachi. Und ich habe keine Zeit für diese Diskussion. Rettet die Senatorin und Euren Wissenschaftler und kommt zurück, um zu kämpfen!"

Kanonenfeuer donnerte durch das All und die Steuerung in Obi-Wans Händen erbebte. Er und Siri waren mitten in den Kampf zwischen Schiffen der Galaktischen Republik und einem Angriffsschiff der Separatisten geraten. Die Kampfjäger der Republik versuchten, den Feind außer Gefecht zu setzen. Obi-Wan sah, wie das Kanonenfeuer in die Hülle seines Schiffes fuhr. Aus Siris Jäger quoll Rauch. Sie zogen schnell hoch und wichen dem Kampfschauplatz aus. Als sie aus der schlimmsten Feuerzone heraus waren, nahmen sie ihren Kurs zur Oberfläche des Planeten wieder auf.

Obi-Wan hörte, wie seine Comm-Einheit knisterte. Er musste sich mit dem Treffer auch einen Schaden eingefangen haben.

Sie sahen, dass die Rettungskapsel in einem Industriegebiet lag. Padmé hatte die Kapsel sicher zwischen riesigen Treibstofftanks zur Landung gebracht. Obi-Wan stieß einen leisen Pfiff aus, als er behutsam daneben landete. Man musste Nerven aus Stahl haben, um zwischen diesen Tanks zu landen. Und Rettungskapseln waren nicht gerade für ihre Manövrierfähigkeit bekannt.

Siri landete ganz in der Nähe und lief zu Padmé, die ein Blastergewehr an ihrer Seite hielt. Ihre Klontruppen-Eskorte musste anderswo gelandet sein, ihre Kapsel war groß genug gewesen, damit Taly mit ihr hatte fliegen können.

„Freut mich, Euch zu sehen“, sagte Padmé, obwohl ihr Gesicht etwas anderes zu sagen schien. Sie sah ... enttäuscht aus. Sie hatte auf etwas anderes gehofft, dachte Obi-Wan. Die Antwort kam ihm sofort in den Sinn. *Anakin.*

„Anakin hat im Augenblick das Kommando über den Luftkampf“, sagte er zu ihr.

Sie lächelte kurz. „Wie weit ist die Flotte der Republik noch entfernt?“

„Noch Stunden“, gab Siri zurück.

„Nicht einmal ein Codebrecher kann diese Schlacht noch für uns gewinnen“, sagte Taly scharfsinnig.

Obi-Wan beschloss, diese Aussage nicht zu kommentieren. So sehr er auch selbst an einem Sieg zweifelte, er wollte es vor niemandem außer dem kommandierenden General aussprechen.

Doch auch Padmé war klug genug, um die Niederlage zu erkennen. Sie warf einen Blick nach oben. „Wir sollten den Codebrecher vom Planeten schaffen.“

„Zuerst müssen wir Taly und Euch in Sicherheit bringen“, sagte Siri. „Ich glaube, einer von uns sollte Euch von hier ausfliegen.“

„Wir könnten zur Kommandozentrale zurückkehren", schlug Padmé vor.

Obi-Wan schüttelte den Kopf. „Die ist nicht sicher. Wir müssen Euch durch die feindlichen Linie zum nächsten sicheren Raumhafen bringen." Aber wer von ihnen sollte das tun? Er sah zu Siri hinüber. Sie wollten beide bleiben, um an dem Kampf teilzunehmen, doch sie wusste, dass es für ihn schlimmer sein würde, seinen Padawan zurückzulassen.

In diesem Augenblick spürte er ein Aufbäumen der Dunklen Seite. Die Warnung war so deutlich, dass sie ihm wie ein lauter Schrei erschien. Ein Raumjäger schoss auf sie zu. Obi-Wan erkannte das rot-silberne Schiff von Magus. Er wurde von fünf Droiden-Tri-Jägern flankiert.

„Deckung!", schrie Obi-Wan.

Das Feuer aus den Laserkanonen riss den Boden auf, als sie auseinander liefen.

„Wir können uns nicht zwischen diesen Treibstofftanks verstecken", sagte Siri. „Das ist Wahnsinn. Wir werden in die Luft fliegen."

Magus hatte bereits gewendet und befand sich zum zweiten Mal im Anflug. Dieses Mal traf das Feuer einen Treibstofftank, der sofort explodierte. Die Druckwelle schleuderte die Jedi, Padmé und Taly durch die Luft. Die Hitze der Explosion traf Obi-Wan wie ein Faustschlag. Er spürte, wie er fiel, und es war, als würde er durch pures Feuer fallen.

Sie landeten zerkratzt und durchgerüttelt, aber ansonsten unverletzt. Magus und die Tri-Jäger schossen davon, bereit zum nächsten Angriff.

Kapitel 32

Siri und Padmé waren Siris Schiff am nächsten. Sie liefen durch den dichten schwarzen Rauch und brennendes Feuer darauf zu. Obi-Wan griff Taly und schleppte ihn zu seinem Raumjäger.

Dieses Mal flog Magus an Siri und Padmé vorbei und schoss geradewegs auf Taly zu.

Obi-Wan bemerkte, dass ein Arbeiter ganz in der Nähe ein Servo-Werkzeugset liegen gelassen hatte. Er streckte die Hand aus, und ein Fusionsschneidbrenner flog ihm zu. Es war einer von der großen Sorte, mit einem voluminösen Tank für ganz bestimmte Aufgaben. Obi-Wan fing das Werkzeug auf und schätzte seine Reaktionszeit ab. Dann, im letztmöglichen Augenblick, aktivierte er den Fusionsschneider und warf ihn genau in den ausgelaufenen Treibstoff. Die Flüssigkeit fing sofort Feuer und die Flammen lodert auf, als Magus in den Sturzflug für den nächsten Angriff ging.

Er musste sofort hochziehen, um dem Feuer auszuweichen. Der Rauch bot der kleinen Gruppe eine hervorragende Deckung. Obi-Wan und Taly sprangen in den ARC170-Raumjäger und hefteten sich an Siris Fersen.

„Er ist hinter dir her", sagte Obi-Wan.

„Wer hätte das gedacht", gab Taly zurück.

Siri flog dichter heran und machte eine Geste mit der Hand an der Kehle. Obi-Wan tat dasselbe.

„Was bedeutet das?"

„Unsere Comm-Einheiten funktionieren nicht", sagte Obi-Wan. „Sie wurden beide beschädigt. Wir sind auf uns gestellt."

„Noch mehr gute Neuigkeiten ..."

Siri machte noch eine Geste. Obi-Wan nickte.

„Ihr beide sprecht dieselbe Sprache, ohne miteinander zu reden", sagte Taly. „Es hat sich nicht viel verändert. Wie lautet der Plan?"

„Wir versuchen, euch beide in Sicherheit zu bringen und dann zurückzukehren, um diese Schlacht zu beenden", erklärte Obi-Wan.

„Die Schlacht beenden? Wenn man bedenkt, dass ihr verlieren werdet, klingt das nach keiner sonderlich klugen Idee."

„Ich kann meinen Padawan nicht zurücklassen. Festhalten!"

Sie gingen in einen scharfen Steigflug. Doch Magus klebte ihnen mit seinen fünf Jägern im Nacken und hielt dabei ein permanentes Sperrfeuer aufrecht. Das Schiff erbebte. Siri ging kurz in den Sturzflug, kam unter Magus und schoss. Sie verfehlte ihn nur um wenige Zentimeter. Er flog wieder davon.

Sie spielten Katz und Maus. Jedes Mal wenn sie einen Vorsprung herausgearbeitet hatten, holte der Kopfgeldjäger wieder auf. Siri schoss einen der Tri-Jäger ab und Obi-Wan landete einen direkten Treffer bei einem anderen. Dann nahmen sie zwei der feindlichen Maschinen in die Zange und schossen sie zu Raumschrott.

Magus musste die Separatisten-Flotte um Hilfe gebeten haben, denn von der großen Schlacht lösten sich plötzlich zwei riesige Angriffsraketen und kamen näher.

„Das sieht nicht gut aus", sagte Taly.

Nein. Es war auch nicht gut.

Obi-Wan lenkte seinen Jäger zu Siri hinüber. Als er in Sichtweite war, gab er ihr mit dem Kinn zu verstehen, was sie seiner Meinung nach tun sollten. Sie nickte. Er spürte die Verbindung zwischen ihnen. Sie war wie ein Energiebogen. Dies war mehr als die Macht. Es war ein Teil der Macht, aber auch ein Teil ihrer selbst, ein Teil des Verständnisses, das jetzt so frei zwischen ihnen floss. Jetzt waren alle Barrieren gefallen und sie sahen jeden Gedanken des anderen.

Sie befanden sich über den tiefen Kanälen, in denen die Energie der beiden gewaltigen Fusionsreaktoren floss, die den Raumhafen versorgten. Siri tauchte in einen der Gräben ab und Obi-Wan folgte ihr. Jetzt waren sie wenigstens an einem Ort, zu dem ihnen die Angriffsraketen nicht folgen konnten. Und wenn sie Glück hatten, konnten sie Magus in dem Labyrinth abschütteln.

Die Schlacht war verloren. Anakin konnte es sehen. So sehr er auch an seine Fähigkeiten glaubte, so sehr er an die Piloten um sich glaubte – er erkannte, dass sie einer absoluten Übermacht gegenüberstanden. Und General Solomahal zufolge war die Verstärkung von Seiten der Republik noch über eine Stunde entfernt.

Zuerst hatte er noch Hoffnung gehabt. Die Informationen, die der General seinen Piloten hatte geben können, hatten ihnen einen enormen Vorteil verschafft. Sie hatten einen feindlichen Jäger nach dem anderen abschießen und ein Landungsschiff außer Gefecht setzen können. Doch sie konnten es nicht mit der ganzen Flotte aufnehmen.

Anakin hatte Obi-Wan und Siri aus den Augen verloren. Doch wenigstens war Padmé in Sicherheit.

„… Statusbericht“, erklang es gerade aus der Comm-Einheit. „Bitte melden, Anführer Eins.“

Seine Kommunikationseinheit knisterte. Noch etwas, das schief ging. „Fünf weitere Raumjäger ausgeschaltet“, berichtete Anakin. „Ich versuche gerade, das zweite Landungsschiff auszubremsen. Bislang kein eigenes Schiff verloren.“

„Zwei unserer Abwehrjäger abgeschossen, plus drei Zivilschiffe und der Kreuzer der Republik ...“

Durch die Störungen brachen die Worte immer wieder weg. „Was?“, bellte Anakin. „Welcher Kreuzer?“

„Senatorin Amidala ... unter Beschuss ... Notruf ...“

„Wiederholen“, sagte Anakin scharf. „Wiederholen! Überlebende?“

„Keine Überlebenden.“

Anakin hatte das Gefühl, die gesamte Galaxis würde in sich zusammenstürzen. Auf einmal konnte er weder sehen, noch denken, noch fühlen.

„Jedi ... auf die Suche gemacht ... möglich ... Rettungskapsel gesichtet ...“

Anakin zwang sein Schiff in einen Sturzflug, der ihn beinahe aus seinem Sitz gegen die Decke schleuderte. Er würde sie finden. Sie war am Leben. Sie *musste* einfach am Leben sein.

Obi-Wan wünschte sich, Anakin würde dieses Schiff fliegen. Er brauchte Anakins Nerven, sein perfektes Timing, seinen Instinkt, wie weit man mit einem Raumschiff gehen konnte.

Die Angriffsschiffe schwebten über ihm. Der letzte der Droiden-Tri-Jäger war gegen eine Wand gerast und verglüht. Doch Magus hing ihnen immer noch im Nacken und bedeckte sie gnadenlos mit seinem Sperrfeuer. Der Graben war mal schmaler und mal weiter, aber sehr gefährliches Terrain. Teilweise ragten riesige Röhren quer in die Flugbahn, unter denen man hindurchtauchen oder die man umfliegen musste.

Da verringerte Siri vor ihm plötzlich das Tempo. Obi-Wan blieb auf Kurs, doch sie folgte ihm nicht mehr, sondern flog fast bis an den Rand des Grabens hoch.

Siri, was tust du? Obi-Wan verspürte plötzlich einen Stich. *Was auch immer es ist, tu es nicht!*

„Siri, tut das nicht", sagte Padmé. „Es besteht immer noch die Chance ..."

„Das *ist* unsere Chance", ging Siri dazwischen. „Könnt Ihr den Jäger stabil halten."

Padmé nickte.

„Wenn ich es Euch sage, bremst Ihr ab."

„Ihr werdet herunterfallen ..."

Siri grinste. „Nein, werde ich nicht. Ich werde springen."

„Nein!"

Doch Siri öffnete bereits die Luke und kletterte hinaus. Der Jäger hatte Platz für einen Astromech-Droiden. Dieser Platz war frei. Der Wind peitschte Siri durch die Haare. Ganz in der Nähe sah sie Obi-Wans Schiff. Er würde sich sicher fragen, was sie vorhatte.

Sie wusste, dass dies der blanke Wahnsinn war, doch es könnte klappen.

Magus tauchte unter den letzten Röhren hinweg. Sie erkannte den genauen Augenblick, in dem ihm klar wurde, dass Siris Jäger abbremsen würde. Er bremste ebenfalls ab, um nicht mit ihr zusammenzustoßen. Er wollte auch nicht vor sie geraten, denn dann wäre er genau in ihrer Schusslinie.

„Abbremsen!", schrie Siri. Sie spürte, wie das Schiff langsamer wurde und schließlich fast in der Luft stehen blieb.

Magus schoss unter den Jäger und bremste noch mehr ab, um nicht vor das Jedi-Schiff zu geraten. Siri ließ die Macht fließen und sprang.

Die Raumjäger hatten abgebremst, bewegten sich aber immer noch. Der Sprung von einem zum anderen war alles andere als einfach. Und das war noch untertrieben. Siri nutzte die Macht, um ihr Zeitempfinden zu verlangsamen. Noch nie hatte sie sich so im Einklang mit der Macht gefühlt. Sie spürte, wie ihr Körper sich drehte – aber nicht vom Tempo ihres Sturzes oder der Turbulenzen getrieben, sondern genau so, wie sie es wollte.

Sie landete auf dem gegnerischen Schiff. Ihre Knie knickten ein und ihre Hände klatschten gegen die Hülle des Jägers. Der Aufprall hatte ihr den Atem aus den Lungen getrieben, und einen Augenblick war sie zu nichts weiter imstande, als sich an dem Schiff festzuhalten. Sie hängte ein Seil von ihrem Gürtel in der Außenhülle ein.

Magus wusste noch nicht, dass sie da war. Sie war leicht genug und er flog jetzt wieder schneller. Er hatte das Feuer auf Padmé eröffnet, die ebenfalls das Tempo angezogen hatte. Magus hörte und spürte Siri nicht.

Zeit, ihn wissen zu lassen, dass er einen blinden Passagier hatte.

Siri aktivierte ihr Lichtschwert und begann, sich durch die Hülle des Jägers zu schneiden.

Die Maschine machte einen heftigen Satz nach links.

Siri verzog das Gesicht und hielt sich eisern fest.

Magus wusste, dass sie da war.

Obi-Wan erkannte zu spät, dass der Graben eine Sackgasse war. Er hätte in einen der Seitenarme abbiegen müssen, doch Siris Anblick auf dem Rücken des Raumjägers hatte ihn abgelenkt. Sie musste wahnsinnig sein. Was sie tat, war ein Ding der Unmöglichkeit. Und doch tat sie es.

Er würde in einer Minute hochziehen müssen. Und dann würden die Angriffsschiffe auf ihn warten, um ihn wegzupusten. Er musste irgendwie umkehren. Aber hier gab es kaum genügend Platz zum Manövrieren, ganz zu schweigen von einer Wende.

Magus flog hinter ihm im Zickzack-Kurs. Er schlug Haken von der einen Grabenwand zur anderen, um Siri abzuschütteln. Obi-Wan konnte fast nicht glauben, dass sie es tatsächlich schaffte, sich mit dem Lichtschwert weiter durch die Hülle zu arbeiten, während sie immer wieder gegen das Metall geschleudert wurde.

Er musste etwas unternehmen.

„Irgendwelche Ideen?", fragte Taly.

„Ja. Festhalten", gab Obi-Wan zurück, als er das Schiff um 180 Grad um die Querachse kippte.

Er hatte dieses Manöver schon von Anakin gesehen: Rückwärts und auf dem Rücken fliegen. *Ich würde das aber niemandem empfehlen*, hatte Anakin damals mit einem Grinsen gesagt.

Obi-Wan flog geradewegs auf Magus zu. Padmé wich ihm schnell aus und geriet einen Augenblick oben aus dem Graben. Sie schaffte es, dem feindlichen Feuer auszuweichen, Magus zu überholen und vor ihm wieder in den Graben abzutauchen. *Guter Zug, Padmé.*

Obi-Wan stellte im Kopf ein paar Berechnungen an. Seine Finger tanzten über die Kontrollen der Waffensysteme. Es war nicht leicht, das zu tun und gleichzeitig zu fliegen.

„Was tust du da?", fragte Taly.

„Eine Schock-Rakete um die Hälfte entschärfen."

„Lass mich das machen", sagte Taly und machte sich sofort über die Tastatur her. „Erledigt."

Obi-Wan bremste leicht ab. Er wollte nicht zu nahe herangehen – er musste weit genug vom zentralen Wirkungskreis der Rakete entfernt sein, wenn er sein Schiff nicht ernsthaft beschädigen wollte. Er brauchte nur die Schockwellen. Die, und Siris Beherrschung der Macht, um vor Magus zu erkennen, was auf den feindlichen Jäger zukam.

Er schoss die Rakete ab. Das Projektil flog ein Stück durch den Graben und explodierte.

Die Schockwelle traf Siri schwer, doch sie fing sich schnell wieder.

Obi-Wan sah, wie Magus aus seinem Sitz gerissen wurde. Im gleichen Augenblick ließ sich Siri durch das Loch fallen, das sie geschaffen hatte. Das Schiff schoss jetzt führerlos in wilden Bahnen durch den Graben. Siri versuchte, es unter Kontrolle zu bringen. Obi-Wan richtete seinen Jäger wieder auf. Er glaubte, eine Bewegung in Magus' Cockpit zu sehen.

„Sie kämpfen", sagte Taly.

Das Schiff kippte auf die Seite. Dann geriet es außer Kontrolle und schlug gegen eines der riesigen Rohre. Aus den Triebwerken quoll Rauch.

„Die Hydraulik fällt aus", sagte Taly aufgeregt.

Obi-Wan hängte sich an das sterbende Schiff. Er holte das letzte aus seinen Triebwerken, musste aber voller Schrecken mit ansehen, wie Magus' Jäger auf dem Boden des Grabens aufschlug. Funken so groß wie Feuerbälle flogen in die Luft, als das Schiff noch einmal abprallte, gegen die Wand knallte und schließlich liegen blieb. Etwas flog aus dem Loch in der Hülle, schlug auf dem Boden auf und blieb reglos liegen. Es war Magus.

Obi-Wan raste auf den Grund des Grabens hinab. Er aktivierte den Öffner für das Kabinendach und sprang hinaus. Magus rührte sich nicht, doch er war nicht tot. Obi-Wan kletterte auf den Kreuzer und sprang hinein.

War dies die Gegenwart, oder war es neunzehn Jahre früher?

Sie lag im Cockpit eines abgestürzten Schiffes auf dem Boden. Ihr Kopf mit den blonden Haaren lag auf ihren Armen.

Obi-Wan landete auf den Knien an ihrer Seite.

Er berührte ihre Haare. Er wagte nicht, ihren Puls zu fühlen. Er würde es nicht ertragen, wenn er dort kein Leben spürte.

„Siri."

„Blastertreffer." Sie stöhnte und drehte sich ein wenig, damit sie ihn ansehen konnte. „Magus."

Obi-Wan sah zum Cockpitfenster hinaus, wo Padmé mittlerweile stand, das Blastergewehr auf den bewusstlosen Magus gerichtet. Sie ging kein Risiko mehr ein. Taly stand neben ihr, ebenfalls einen Blaster auf Magus gerichtet. Obi-Wan sah in seinem Gesicht, dass etwas an ihm nagte. Die Versuchung, zu schießen. Das Wesen, das seine Eltern getötet hatte, lag vor ihm.

Da tauchte am Himmel über ihnen Anakin auf und bedeckte die Angriffsschiffe mit Blasterfeuer.

„Padmé hält Magus in Schach. Im Augenblick sind wir sicher."

„Alles ist so grau."

„Das war ein sehr riskantes Manöver", sagte Obi-Wan.

„Es hat funktioniert, oder nicht?"

Die Erleichterung, die er bei ihrem scharfen Tonfall verspürte, war sofort dahin, als er sah, wie sie zusammenzuckte. Sie hatte offenbar große Schmerzen.

„Ich werde Bacta holen ..."

„Lass mich nicht allein", sagte Siri und legte ihre Hand auf die seine. „Ich wollte sagen ..."

„Siri, ich muss das Med-Kit holen."

„Um der Sterne Willen, Obi-Wan, ich sterbe! Musst du mich denn jetzt unterbrechen?"

Tränen füllten seine Augen. „Du stirbst nicht."

Sie zupfte mit ihren Fingern an ihrem Gürtel. „Ich kann ihn nicht ... hol ihn für mich heraus."

Was holen? Er wollte schon fragen, doch dann verstand er, was sie meinte. Er holte den Kristall aus ihrer Gürteltasche und legte ihn ihr in die Hand.

„Nein. Er gehört dir." Sie ließ den Kristall in seine Handfläche fallen. „Jetzt werde ich dich niemals mehr verlassen."

„Du wirst mich niemals verlassen", wiederholte er.

Sie berührte seine Wange, doch dann fiel ihre Hand zu Boden. „Mach dir nicht so viele Gedanken", sagte sie.

Dann schloss sie die Augen und verstummte für immer.

Er legte seinen Kopf auf den Boden des Cockpits und hielt ihre Hand. In diesem Augenblick wusste er nicht mehr, wofür er überhaupt noch lebte, wenn er diesen Schmerz ertragen musste.

Anakin war fast verrückt geworden vor Verzweiflung, als er sie gesucht hatte. Er hatte die Schiffe immer wieder und wieder angegriffen, denn er war entschlossen gewesen durchzubrechen.

Als er gesehen hatte, dass das Schiff abgestürzt war, hatte er angenommen, dass Padmé tot war, und sein Herz hatte sich in einen Stein verwandelt.

Rache war das Einzige gewesen, was er noch gewollt hatte.

Und dann hatte er sie während des Sturzflugs gesehen, mit einem Blastergewehr in der Hand und das Gesicht ihm zugewandt.

Nur ein paar Sekunden später war er bei ihr gewesen.

„Ich fürchte um Siri", flüsterte sie.

Obi-Wan kletterte aus dem zerstörten Schiff. Er kam zu ihnen herüber. Etwas an seinem Gesicht und an seinem Gang hatte sich verändert.

„Sie wurde eins mit der Macht." Er sagte die Worte zu ihnen, sah aber zu Magus hinab. Der Kopfgeldjäger begann, sich zu rühren. Taly umfasste seinen Blaster fester. Anakin sah die Anspannung und die Seelenqual in Obi-Wans Gesicht.

Er will schießen, dachte Anakin.

Und nicht nur das. Zum ersten Mal, seitdem er Obi-Wan Kenobi kannte, hatte Anakin Angst um seinen Meister. Er sah, wie er Magus anschaute. Seine Augen waren wie tot, so als läge dort nicht ein lebendes Wesen zu seinen Füßen, sondern nur Haut, Haare und Kleider.

Obi-Wan aktivierte sein Lichtschwert.

Padmé warf Anakin einen Blick aus geweiteten Augen zu. *Sag etwas*, stand ihr ins Gesicht geschrieben. *Halte ihn auf.*

Anakin war klar, dass hier etwas vor sich ging, das er nicht aufhalten konnte.

Taly hielt die Luft an. Er nahm den Blick nicht von Obi-Wan.

Obi-Wan ging in die Knie und hielt die glühende Lichtschwert-Klinge an Magus' Hals. Er sah ihm tief in die Augen. Anakin sah, wie Angst im Blick des Kopfgeldjägers aufflammte.

„Ihr tötet, ohne nachzudenken oder etwas zu fühlen", sagte Obi-Wan. „Ich nicht."

Er erhob sich.

„Bringt ihn an Bord", sagte Obi-Wan. „Er ist jetzt ein Kriegsgefangener."

Kapitel 33

Der Codebrecher ging in der Schlacht um den Raumhafen von Azure verloren. Der Fusionsreaktor war hochgegangen. Die Explosion war so stark gewesen, dass sie fast den ganzen Raumhafen dem Boden gleich gemacht hätte. Die gewaltige Rauchwolke hatte wenigstens als Deckung für den Rückzug der Schiffe der Republik gedient. General Solomahal war vom Feind abgefangen worden, als er versucht hatte, mit dem Codebrecher zu fliehen. Doch anstatt das Gerät dem Feind zu übergeben, hatte er es in die Luft gesprengt. Zwei Tage später hatte er glücklicherweise fliehen können, und jetzt hatte er bereits wieder ein neues Kommando.

Die Streitkräfte der Separatisten hatten Talys Firmenkomplex bombardiert. Alle seine Aufzeichnungen und Notizen waren dabei verloren gegangen. Es würde Jahre dauern, bis er wieder erfinden würde, was er entdeckt hatte – wenn er es überhaupt jemals schaffte. Er war unter strengster Geheimhaltung zu einem Außenposten der Republik gebracht worden.

Auf Coruscant standen Anakin und Padmé kurz vor Sonnenaufgang auf Padmés Veranda. Zu dieser Zeit trafen sie sich am liebsten: wenn die Dunkelheit ihnen noch Deckung bot, aber die Morgenfrische schon in der Luft lag. Selbst in den dunkelsten Zeiten gab ihnen das ein Gefühl der Hoffnung.

„Ich werde wieder weggeschickt", sagte er zu ihr. „Obi-Wan und ich brechen noch heute Morgen auf."

„Ich muss einer Abstimmung beiwohnen", sagte Padmé. „Also müssen wir hier Abschied voneinander nehmen."

„Ist eine Abstimmung so wichtig?"

„Sie sind jetzt alle wichtig. Senator Organa braucht meine Unterstützung."

Anakin machte eine ungeduldige Geste, doch er wollte nicht mit ihr diskutieren. Der Schrecken, sie beinahe verloren zu haben, steckte ihm noch in dem Knochen. Doch er verstand den Sinn all dieser Abstimmungen nicht, wo in einem Krieg doch nur wichtig war, welche Schlachten gewonnen wurden.

„Ich werde auf deine Rückkehr warten", sagte Padmé. „Ich werde warten, so lange es sein muss."

Anakin hob dem Blick zum Jedi-Tempel. Was wussten Yoda, Obi-Wan und Mace schon von diesen Dingen? Von diesen Augenblicken des Schmerzes, von seiner Frau weggerissen zu werden. Er kämpfte für sie und neben ihnen, doch ihre Herzen und das seine waren nicht mehr eins. Sie verstanden ihn nicht mehr.

Auf Azure hatte er einen Moment lang geglaubt, Obi-Wan hätte Siri geliebt. Er hatte gedacht, es nach ihrem Tod in den Augen seines Meisters gesehen zu haben. Doch Obi-Wan hatte neben dem Mann gestanden, der sie getötet hatte und ihn verschont. Wie hatte er das tun können, wenn er Siri wirklich geliebt hatte? Natürlich war es das gewesen, was man von einem Jedi erwartete. Doch die Art, wie Obi-Wan gesprochen hatte, war so beherrscht gewesen. Mit einem Temperament wie diesem konnte man unmöglich lieben, dessen war sich Anakin sicher.

Mit Padmé verband ihn Leidenschaft und er fühlte sich vollkommen. Die Sterne am Himmel begannen zu verblassen, und eine dünne rote Linie kündigte den Sonnenaufgang an. Sie würden den Schutz der Dunkelheit verlieren. Sie würden wieder Jedi und Senatorin werden.

Und wieder würde es ihn zerreißen.

Obi-Wan hatte jetzt schon mehrere Nächte nicht mehr geschlafen.

Wieder legte er sich auf seine Liege. Er schloss die Augen. Er hoffte, zu träumen. Doch er konnte nicht.

Also ging er spazieren. Durch den Tempel, dessen Korridore in einem sanften Blau beleuchtet waren. Er suchte nicht die Orte, die ihn an Siri erinnerten. Das konnte er nicht. Noch nicht.

Seltsamerweise musste er während dieser Spaziergänge an Qui-Gon denken. Ihm fiel wieder ein – so intensiv wie schon seit Jahren nicht mehr – dass er damals von Qui-Gons nächtlichen Spaziergängen durch den Tempel gewusst hatte. Er hatte ihm Sapir-Tee gebracht. Auch das fiel ihm wieder ein. Er hatte versucht, seinen Meister zu trösten, obwohl klar gewesen war, dass es keinen Trost geben konnte.

Wenn Anakin von Obi-Wans Trauer wusste, so sagte er nichts. Er war ebenfalls früh aufgestanden – Obi-Wan hatte gesehen, wie er zum Ausgang gegangen war. Anakin war schon immer rastlos gewesen, er hatte immer den Tempel verlassen müssen, um nachzudenken. Zwischen Padmé und ihm war etwas. Obi-Wan wollte ihn aber nicht danach fragen. Irgendwie war er sogar neidisch. Aber Anakin sollte seine eigenen Entscheidungen treffen.

Er fand es außergewöhnlich, dass er jetzt, in der Zeit seiner Trauer, da er Siri für immer verloren hatte, nicht in Frage stellte, ob ihre Trennung vor zwanzig Jahren die richtige Entscheidung gewesen war. Er sah das jetzt klarer. Viel klarer als jemals zuvor. Liebe unterschied sich von Besitz. Er hatte sie geliebt. Das war genug.

Ich lebe mit dem Schmerz, sie verloren zu haben. Aber ich bin am Leben, Obi-Wan. Ich gehe den Pfad der Jedi weiter.

Das war es, was er gelernt hatte. Die Jedi hatten ihn von ihr fern gehalten. Aber die Jedi hatten ihn auch gelehrt, wie er damit leben konnte, sie verloren zu haben.

Obi-Wan stand am Fenster. Die Blau- und Grautöne draußen waren zauberhaft. Orangefarbene Streifen erhellten den Himmel. Die Luftfahrtstraßen begannen, sich mit silbernen Blitzen zu füllen. Ein neuer Tag. Eine neue Mission.

Er war bereit. Er hatte etwas anderes gelernt, etwas Wichtiges. Einst hatte er geglaubt, er müsste Erinnerungen an die Liebe vergraben. Jetzt fürchtete er sie nicht mehr. Er konnte mit ihnen leben. Er konnte seine Traurigkeit atmen und sich an seine Freuden erinnern.

Endlich hatte er das Geheimnis gelernt, das Qui-Gon ihm beizubringen versucht hatte. Jahre des Verlustes waren nötig gewesen, um es zu lernen. Ein Tod, der ihn auf die Knie gezwungen hatte, war nötig gewesen. Doch er hatte letztlich gelernt. Er hatte gelernt, mit offenem Herzen zu leben.

STAR WARS™

DER LETZTE MEISTER

Jude Watson

Manchmal sprach er in Gedanken mit ihm. Streitgespräche noch verbissener als jene, die sie in Wirklichkeit geführt hatten. Gespräche, in denen er seinem Padawan erklärte, warum er so gehandelt hatte. Einfache Worte, die auf einfache Weise alles zu sagen vermochten, das er sagen wollte – nur deutlicher, als er es jemals hatte sagen können. In diesen Gesprächen hörte Anakin ihm zu und verstand ihn auch.

Natürlich sprach er nur mit einem Geist. Anakin Skywalker war tot.

Obi-Wan Kenobi schloss die Tür seiner Behausung auf Tatooine und zog seinen Mantel hoch über Nase und Mund, um den heranwehenden Sand abzuhalten. Dann machte er sich auf den Weg über die leeren Sanddünen. Obwohl die beiden Sonnen gerade aufgingen, hing in der Luft immer noch die Kühle der Nacht.

Die Galaxis war in den Händen eines Sith. Die Jedi waren

vollkommen ausgelöscht. Immer wieder sagte er sich diese Dinge, doch es gab Momente, da erschien ihm alles immer noch unwirklich, obwohl er mittendrin gewesen war. Er war nicht nur selbst Zeuge der Ereignisse geworden, sondern hatte sie auch von anderen gehört. Es war so, als schlüge man ihn mit der Faust ins Gesicht.

In Obi-Wans Gedanken war Anakin immer noch am Leben. Obi-Wan beschäftigte sich so intensiv mit ihm, dass er jeden Augenblick davon ausging, Anakin könne über eine dieser Wanderdünen kommen und ihn angrinsen. Oder auch nur finster anblicken. Obi-Wan würde beides akzeptieren, egal welche Stimmung oder Aufmüpfigkeit auch immer. Er würde es mit Freuden hinnehmen, wenn er Anakin nur wiedersehen durfte.

Jeden Tag und jede Nacht missachtete er jedes Prinzip, das ihm die Jedi beigebracht hatten. Als Jedi lernte man, in der Gegenwart zu bleiben und alles hinzunehmen. Doch Obi-Wan ließ jeden einzelnen Streit Revue passieren, jedes Gespräch, um vielleicht den Schlüssel zu finden, den er hätte verwenden müssen, um die Geheimnisse in Anakins Herz zu finden.

Wieso hatte Anakin sich der Dunklen Seite zugewandt? Der Anakin, den er gekannt und geliebt hatte, wäre dazu niemals fähig gewesen. Etwas in ihm hatte sich verändert, und das hatte Palpatine irgendwie ausgenutzt. Obi-Wan wusste, dass diese Gewissheit nichts ändern würde, und doch konnte er nicht anders, als die Ereignisse immer wieder und wieder zu durchdenken. Die Chancen, die er verpasst hatte, die Dinge, die er gesehen hatte – und jene, die er nicht gesehen hatte.

Obi-Wan erreichte den Kamm der Dünen und begann in die Salzebene hinunter zu steigen. Er hatte sich mittlerweile an den Boden gewöhnt, der ständig unter seinen Füßen wanderte. Er hatte gelernt, voranzukommen, obwohl der Boden dagegen arbeitete.

Anakin hatte Sand immer gehasst. Es war eines der vielen Dinge an seinem Padawan, die Obi-Wan, jetzt nachdem Anakin tot war, besser verstand. Das war das Furchtbare daran, wenn man jemanden verlor: Das Verständnis kam zu spät.

Als kleiner Junge hatte Anakin durch einen Sturm aus Hagelkörnern laufen können, die so scharfkantig waren, dass sie ihm in die Haut schnitten. Er hatte Kilometer um Kilometer im Lodern dreier Sonnen marschieren können. Er hatte in einen See voller Eisschollen springen können ohne zu murren – sich aber immer bitterlich beschwert, wenn Sand in seine Stiefel geraten war.

Obi-Wan mochte den Sand auch nicht, aber er war dankbar dafür, dass die Landschaft hier nicht voller Farben war. Er fand den Planeten nicht sonderlich schön, aber so empfand er wenigstens kein Gefühl des Verlustes, wenn er unterwegs war. Einst hatte er das lebhafte Grün von Wäldern geliebt, das tiefe Blau von Seen und Meeren. Aber hier war alles wie aus einem Stück: Felsplateaus, Klippen, Hügel, Straßen. Es gab keinerlei Vegetation, die den Blick erfrischte, keine plötzlichen Explosionen aus Blüten, die einen immer wieder erneut das Leben zu schätzen wissen ließen. Obi-Wan wollte gar nichts mehr zu schätzen wissen. Er wollte einen Ort ohne jegliche Farben. Gleichförmiges Licht, dunkle Schatten. Das passte nun zu ihm.

Bei jedem Sonnenaufgang und bei jedem Sonnenuntergang ging er zum Gehöft der Lars'. Sie sahen ihn nicht, und wenn doch, dann nahmen sie keine Notiz von ihm. Obi-Wan ging einmal außen herum und stellte sicher, dass alles in Ordnung war.

Er hatte jetzt nur noch eine Aufgabe.

Luke war ein Baby, in einer Korbwiege aus Stroh. Der Kleine lachte, während Beru, die ihn sich mit einer Schlinge vor die Brust gebunden hatte, ihren Arbeiten nachging. Es war nur schwer vorstellbar, dass dieses glückliche Baby zur neuen Hoffnung der Galaxis heranwachsen sollte. Doch Obi-Wan wusste, dass er Yoda vertrauen musste.

Er wartete auf Qui-Gon. Yoda hatte ihm gesagt, dass sein ehemaliger Meister so mächtig, so erfahren im Umgang mit der Macht geworden war, wie noch nie jemand zuvor. Und nicht nur das. Qui-Gon besaß jetzt die Fähigkeit, sich über den Tod hinwegzusetzen. Er hatte sie von den alten Whills gelernt, und jetzt würde er Obi-Wan ausbilden.

Aber Qui-Gon hatte bislang noch nicht zu ihm gesprochen. Hier war nichts zu hören außer dem Geräusch des Windes.

Obi-Wan griff mit der Macht hinaus, um nach seinem alten Meister zu suchen, doch er fand nichts als das fast unmerkliche Hintergrundrauschen einer trostlosen Welt. Es war seltsam, jetzt in einer Galaxis zu leben, in der es keine Jedi mehr gab. Ihm war nicht klar gewesen, dass er einst eine lebhafte Gegenwart verspürt hatte, die von den Machtfähigkeiten der anderen Jedi genährt worden war. Diese Gegenwart hatte auch ihn genährt, und er hatte es nicht einmal gewusst.

Obi-Wan erklomm eine Felsklippe, von der aus er den Blick über das gesamte Gehöft der Lars' hatte. Er kannte den Tagesablauf der beiden; sie würden das erste Tageslicht abwarten und dann nach den Evaporatoren sehen. Owen und Beru – die Luke sicher an ihre Seite gebunden hatte – gingen immer gemeinsam hinaus. Er überprüfte die Evaporatoren, welche die äußere Begrenzung des Farmgeländes bildeten und sie sammelte die Pilze, die durch die Feuchtigkeit an den Geräten wuchsen. Auf Tatooine gab es nur wenig frische Nahrung, und Pilze waren sehr teuer.

Beru wäre natürlich problemlos in der Lage gewesen, die Pilze auch allein zu sammeln, doch Obi-Wan wusste, weshalb Owen darauf bestand, mitzukommen. Es war bei einer solchen frühmorgendlichen Pilzsuche gewesen, als Anakins Mutter Shmi Skywalker von einer Bande Tusken-Räuber entführt worden war. Nachdem man sie einen Monat lang in Gefangenschaft gefoltert hatte, war Shmi in Anakins Armen gestorben. Das war alles, was er wusste.

Obi-Wan legte sich auf den Bauch – weit genug weg, dass ihn Owen mit seinen guten Augen nicht ausmachen konnte, aber doch nahe genug, um die Familie schnell erreichen zu können, falls es einen Überfall der Tusken geben sollte. Obi-Wan ging trotz des Blastergewehrs, das über Owens Schulter hing, kein Risiko ein, wenn es um die Tusken-Räuber ging. Sie waren Stämme ohne Gnade und Skrupel. Sie stahlen, was sie zum Überleben brauchten und ergötzten sich an ihrer eigenen Brutalität.

Obi-Wan spürte noch vor Owen, dass etwas nicht in Ordnung war. Er griff nach dem Fernglas an seinem Gürtel und suchte damit die weiten Ebenen aus Sand und Salz ab. Irgendetwas fehlte …

Die Evaporatoren. Das Fernglas zuckte in Obi-Wans Händen am Horizont entlang. Er riss es von einem Punkt zum nächsten, sah aber nur Sandhaufen und eine Reihe verschlungener Bantha-Spuren. Die Tusken-Räuber bewegten sich in einer Reihe, um ihre Verfolger zu täuschen.

Owen und Beru standen Schulter an Schulter da und starrten an die Stellen, an denen die Evaporatoren hätten stehen müssen. Die Geräte verschafften ihnen Wasser – genug, um die Farm zu betreiben und etwas zu verkaufen, damit sie überleben konnten. Der Verlust war ein harter Schlag.

Obi-Wan verwarf sein selbst gegebenes Versprechen, sich nicht einzumischen und machte einen Satz den Abhang hinunter. Die letzten Meter bis zu Owens und Berus Standort ging er in langsamem Schritt.

Er bemerkte, wie Beru ein wenig dichter an Owen heranrückte und sich leicht drehte, um das Baby vor Obi-Wan abzuschirmen. Es war zwar nicht so, dass sie ihm misstraute, denn er hatte Luke ja zu ihr gebracht, hatte ihr das Baby in die Arme gelegt. Aber vielleicht ließ ja die Kostbarkeit dieses Geschenks einen möglichen Verlust in ihrer Vorstellung umso wahrscheinlicher erscheinen.

„Sie sind wieder da“, sagte Owen. „Sie sind es.“

Owen sprach ihren Namen nicht aus, doch Obi-Wan wusste, dass er die Sandleute meinte.

„Wie viele Evaporatoren habt ihr verloren?", fragte Obi-Wan. Seine Stimme krächzte wie ein ausgetrocknetes Flussbett. Er hatte schon seit Monaten mit niemandem mehr gesprochen.

„Vielleicht zwanzig", gab Owen zurück.

„Oh, Owen", keuchte Beru. „Was sollen wir jetzt nur tun?"

Owen sah mit zusammengekniffenen Augen in die Ferne. „Sie zurückholen."

„Nein", erwiderte Beru. „Wir lassen sie ziehen."

„Ohne die Evaporatoren überleben wir kein Jahr", gab Owen zurück. „Willst du, dass wir verhungern?"

„Wir werden einen Weg finden", sagte Beru. „Wie kannst du nur daran denken, den Sandleuten nachzugehen, nach allem was sie deiner Stiefmutter und deinem Vater angetan haben? Ich will dich nicht auch noch verlieren!"

Cliegg Lars hatte bei dem Angriff, der Shmi hätte retten sollen, ein Bein verloren. Obi-Wan wusste, dass er letztendlich seinen Verletzungen erlegen war – später, während der Klonkriege.

„Was soll ich dann deiner Meinung nach tun?", stieß Owen hervor. In seiner Stimme schwangen Wut und Frustration mit, und Obi-Wan hörte auch eine Spur von Panik heraus.

Beru nahm ihn beim Arm. „Vergiss es einfach", flehte sie ihn an. „Sie haben sie wahrscheinlich schon zerlegt und die Teile als Schrott an die Jawas verkauft."

„Und jetzt soll ich mir meine eigenen Evaporatoren zurückkaufen?" Owens Mund war nur noch eine schmale Linie der Entschlossenheit. „Ich werde mit den anderen Farmern reden.

Sie wissen, dass wir alle in Gefahr sind, wenn es einen von uns trifft. Ich werde noch heute alle Farmen besuchen. Wir brechen morgen beim ersten Tageslicht auf."

„Du wirst einen Krieg anzetteln."

„Einen Krieg, den sie begonnen haben."

Obi-Wan sah den Schmerz in Berus Zügen. Sie wusste, dass Owen es trotz seines Mutes und seines Erfindungsreichtums nicht mit den Tusken aufnehmen konnte. Obi-Wan wurde von den Lektionen übermannt, die ihm Qui-Gon beigebracht hatte. Wie man sich mit der Lebendigen Macht verband, wie man jemandes Gefühle lesen konnte.

Sieh dir ihre Augen an, ihre Hände, und die Art, wie sie dastehen. Höre auf das, was sie nicht sagen wollen. Spüre die Vibration in der Macht und lies sie.

Sie waren verzweifelt und verängstigt. Jung und unerfahren. Cliegg war tot, und er war das Bollwerk zwischen ihnen und der Härte des Lebens gewesen. Sie hatten noch nicht ihren Rhythmus ohne ihn gefunden. Beru entsprang dreier Generationen von Feuchtfarmern. Sie kannte dieses Leben und liebte es. Owen musste stark für sie sein. Einen Verlust der Farm durfte er nicht riskieren. In seiner Wut und seiner Entschlossenheit würde er zu weit gehen.

„Ich kann euch helfen", sagte Obi-Wan.

„Bei allem Respekt, Ben", sagte Owen, „aber ich kann mir selbst helfen."

Beru nahm Owens Hand, und gemeinsam machten sie sich auf den Weg zurück zum Gehöft.

Und wenn Owen ums Leben kommt, fragte sich Obi-Wan, *was wird dann aus dem Baby?*

Yoda hatte ihm keine direkten Anweisungen dafür gegeben. Nur, dass er das Kind beschützen sollte. Sicherstellen, dass es behütet aufwächst.

Die Tusken-Räuber konnten nicht weit gekommen sein. Ihm blieb ein Tag zum Handeln.

Er würde die Evaporatoren selbst zurückholen.

Sandleute waren nicht leicht auszuspüren. Sie bewegten sich hintereinander in einer einzelnen Reihe und kehrten gelegentlich um, bogen falsch ab oder gingen in mutmaßliche Sackgassen, nur um eventuelle Verfolger in die Irre zu führen. Und obwohl Obi-Wan ihre Tricks kannte, hatte er Probleme, ihrer Spur zu folgen. Immer wieder verlor er sie und musste umkehren.

Es sind nicht die Tusken-Räuber, die dich bremsen. Es ist deine mangelnde Konzentration.

Das hätte Qui-Gon ihm gesagt, und er hätte damit recht gehabt.

Obi-Wan kam an einen Canyon, der von einer Reihe ausgetrockneter Flussbetten durchzogen war. Während sein Blick den Boden nach Zeichen verschobener Steine oder teils ausgewischten Bantha-Spuren absuchte, driftete er im Geist in die Vergangenheit ab.

Genau das hier hatte Anakin getan. Er hatte erfolgreich die Bande von Tusken aufgespürt, die seine Mutter entführt hatten.

Und er hatte es getan, obwohl Shmi schon so lange weg gewesen war. Anakin hatte sie zwar gefunden, doch es war zu spät gewesen. Er hatte nur noch ihren Leichnam zurück zum Gehöft der Lars gebracht.

Was hatte er im Lager der Tusken noch getan? Obi-Wan wusste es nicht. Er wusste nur, dass von diesem Tag an ein Schatten Anakin umhüllt hatte. Es war etwas gewesen, das Obi-Wan nicht hatte durchdringen können. Er hatte versucht, mit Anakin darüber zu sprechen, aber sein Padawan war seinen Fragen barsch ausgewichen. Erst jetzt war Obi-Wan klar, dass Anakin begonnen hatte, sich stattdessen Padmé anzuvertrauen. Sie hatten heimlich geheiratet, und diese Ehe war auch ein Teil des Grundes für die innere Abkehr seines Padawan gewesen, die Obi-Wan verspürt hatte. Hätte Anakin ihm von der Heirat erzählt, so hätte er verstanden. Er hätte sie nicht gutgeheißen, aber er hätte verstanden.

Auch er war einst in Versuchung gewesen. Auch er hatte einst geliebt. Hätte sich Anakin ihm doch nur anvertraut.

Hätte er doch nur …

Und wieso hatte Anakin es nicht getan? Weil Obi-Wan ihn enttäuscht hatte. Hätte er, Obi-Wan, mehr von Qui-Gons Freundlichkeit und Weisheit besessen … dann wäre Anakin vielleicht auf ihn zugegangen, hätte sich frei gefühlt, ihm alles zu sagen was er dachte und fühlte …

Wenn …

Sie waren zusammen geflogen, Flügelspitze an Flügelspitze. Sie hatten sich aufeinander verlassen. Wenn Anakin bei ihm gewesen war, hatte er mehr gewagt. Anakin hatte ihm beigebracht, Risiken einzugehen.

Doch am Ende hatte er alles verloren.

Ich hasse Euch!, hatte Anakin ihn am Vulkanhang angebrüllt. Er hatte sich voller Schmerzen im schwarzen Sand gewälzt, während der Lavafluss unter ihnen lodernd gebrannt hatte.

Dorthin kehrte Obi-Wan immer wieder zurück. Zu dieser Vision des Hasses. Denn wie sehr Palpatine Anakin auch korrumpiert, wie sehr die dunkle Seite ihn auch eingenommen, welche Entscheidungen auch immer Anakin in der Hitze seines Zornes getroffen hatte – er war Obi-Wans Schüler gewesen und er hatte am Ende seinen Meister gehasst. Das war das Versagen eines Meisters.

Die Landschaft verschwamm vor Obi-Wans Augen und er sah die schwarze Asche Mustafars. Er schmeckte sie in seinem Mund und fühlte das Feuer in seinen Lungen.

Auf all seinen Missionen und bei all seinen Reisen hatte er niemals erwartet, ein solch einschneidendes Versagen, solch tiefen Trauerschmerz spüren zu müssen.

Obi-Wan sah die Monde aufsteigen. Er wusste, dass er nahe dran war, doch jetzt wurde es für die Spurensuche zu dunkel. Er blieb stehen und sah frustriert zum ersten Stern hoch. In diesem Augenblick hörte er es – ein leises, hohes Geräusch. Es waren schreiende Kinder.

Er ließ sich auf die Knie sinken und suchte hinter einem Felsen Deckung. Es waren Kinder der Sandleute, die Uli-ahs, und

Obi-Wan hörte, wie sie mit Stöcken in den Händen umher rannten. Sie taten so, als wären die Stöcke Gaderffi, die Lanzen, welche die Tusken als Waffen benutzten. Das eine Ende war eine tödliche, in Gift getauchte Spitze, das andere eine gezackte Keule. Die Kinder benutzten den Felsen, hinter dem Obi-Wan Deckung gesucht hatte, als Übungsziel. Er spürte die Erschütterung ihrer Hiebe durch den massiven Felsen hindurch. Ihm war klar, warum die Sandleute solch gute Kämpfer waren. Sie trainierten das Töten von Kindesbeinen an.

Obi-Wan folgte den Uli-ah in sicherer Entfernung, und nachdem er eine Düne überquert hatte, sah er das Lager. Die Urtya-Zelte aus Tierhäuten und Stöcken bildeten einen Kreis. Etwas seitlich davon waren Banthas an Stöcke aus Schrottmetall gebunden.

Die Sandleute waren für ihre Fähigkeiten als Wächter bekannt. Sie wussten es sofort, wenn sich jemand ihrem Lager näherte. Niemand wusste, ob es ihr Geruchssinn war, ihre guten Augen, eine Fähigkeit, Änderungen in Luftströmen wahrzunehmen oder irgendwelche übersinnliche Fähigkeiten. Doch ein Jedi wusste, wie man unbemerkt durch die Welt ging, wie man sich in der Luft und am Boden bewegte, ohne Spuren zu hinterlassen. Obi-Wan war nichts weiter als ein Schatten in der Dämmerung.

Die Gerüche und Geräusche der Vorbereitung eines Abendmahls drangen zu ihm herüber. Gut. Sie waren also abgelenkt. Die Sandleute waren nicht sonderlich gesellig, auch nicht untereinander. Jede Familie zog sich in ihr eigenes Zelt zurück. Dort aßen sie dann ihr Mahl und legten sich zur Ruhe.

Von den Sandleuten hatte Obi-Wan gleich nach seiner Ankunft auf Tatooine gehört. Die Männer kämpften. Die Frauen hüteten das Lager. Sie luden einander nicht in die Familienzelte ein, denn ihr Bedarf nach Verborgenheit grenzte an Manie. Wenn ein Tusken-Räuber nackte Haut zeigte, wurde er verbannt oder getötet. Um diese Zeit würden sie also nicht umherstreifen. Die Familien würden unter sich sein.

Obi-Wan ging leichtfüßig von Zelt zu Zelt. Wenn die Evaporatoren immer noch intakt waren, dann hoffte er auf sein Glück – vielleicht waren sie unbewacht hier draußen im Freien.

Aber er hatte kein Glück. Vor einem der Zelte erspähte er einen Wachtposten.

Obi-Wan drückte sich gegen die Zeltwand und aktivierte sein Lichtschwert. Er spürte das Summen und den vertrauten Griff in seiner Hand. Dann schnitt er ein Loch in die hintere Zeltwand und ging hinein.

Überall im Zelt waren die Spuren von Raubzügen verteilt: Stoffbündel, Metall und ein halb zerlegter, als Ersatzteillager missbrauchter Droide. Die Evaporatoren waren in der Mitte des Zeltes aufgestapelt. Obi-Wan stieß langsam den Atem aus. Sie hatten sie nicht zerlegt. Er hatte Glück.

Er wollte nicht kämpfen. Ihm ging es nur darum, die Evaporatoren von hier weg zu bekommen. Für den Transport brauchte er jedoch einen Bantha. Das Dumme an Banthas war nur, dass man sich nicht darauf verlassen konnte, dass sie das Maul hielten.

Doch dieses Risiko musste er eingehen.

Die Banthas waren in zwanzig Metern Entfernung angebunden. Obi-Wan schlüpfte durch die Dunkelheit und näherte sich ihnen. Er beobachtete sie einen Moment lang und ließ die Macht wirken. Er suchte sich einen Bantha aus und legte ihm die Hand auf die Seite. Er spürte, wie das Tier erst erschauderte und sich dann entspannte. Er schob die Hand in die Tasche, holte die Flechten heraus, die er unterwegs gepflückt hatte und verfütterte sie an das Tier.

Dann führte er es zum Zelt. Eigentlich sollten alle Evaporatoren auf ein Tier passen. Glücklicherweise konnten Banthas enorme Lasten tragen.

Wagemut. Das hätte Anakin gefallen.

Obi-Wan machte schnell und transportiere immer vier Evaporatoren gleichzeitig und packte sie in die Satteltaschen des Bantha. Er machte nicht das leiseste Geräusch. Der Bantha blieb still, und Obi-Wan verfütterte ihm noch mehr von den Flechten aus seiner Tasche.

Er war fast fertig, als ihn die Macht mit einer Erschütterung warnte. Hinter ihm rührte sich ein Gaderffi. Die gezackte Keule sauste auf seinen Kopf zu. Obi-Wan machte einen Satz zur Seite, das aktivierte Lichtschwert in einer Hand. Er traf den Gaderffi-Stock und verwandelte ihn in Splitter aus rauchendem Horn und Metall. Der Tusken-Räuber stieß ein wütendes Heulen aus, eine eindeutige Kampfansage.

Die anderen hörten den Schrei.

Jetzt kamen die Männer aus ihren Zelten gerannt. Obi-Wan drehte sich langsam um. Sie hoben die Gaderffi über die Köpfe und stießen den furchtbaren Schrei aus, der jedem Unglücklichen in Hörweite das Blut in den Adern gefrieren lassen konnte.

Obi-Wan konnte ihre Zuversicht an ihrer identischen Körperhaltung ablesen. Sie hatten keine Eile. Er war eine einsame Gestalt gegen viele. Sie hatten ihn. Dies würde ihnen Spaß machen.

Und dann griffen sie ihn mit erstaunlicher Schnelligkeit an. Die Gaderffi-Stöcke wirbelten durch die Luft. Obi-Wan sprang und drehte sich. Sein Lichtschwert schlug in einem Bogen von Licht immer wieder und wieder zu. Er schlug einen Halbsalto und traf einen der Tusken mit dem Stiefel. Die Kreatur kippte hinten über und stieß einen erstickten Wutschrei aus. Obi-Wan schnappte sich bei der Landung den Gaderffi-Stock.

Er war zwar ein härterer Gegner, als sie angenommen hatten, aber dennoch ließen sie sich nicht einschüchtern. Er konnte ihren Blutdurst riechen. Er machte sie nur noch wütender.

Obi-Wans Kampfstil war in erster Linie immer auf Ausweichen und Tarnung aufgebaut. Er hatte seine erfolgreichsten Schlachten mit seiner Fähigkeit geschlagen, Angriffe abzuwehren und seinen Gegner zu überraschen. Er hatte für den Sieg selten auf nackte Gewalt zurückgegriffen.

Doch Anakin hatte ihm etwas über Aggression gelehrt.

Er wusste, dass die Tusken-Räuber sie verstehen würden. Sie begriffen Notwendigkeiten, ja lebten danach. Sie betrieben keine Farmen, oder produzierten oder kauften etwas. Sie griffen an und stahlen, und sie überlebten.

Die Zeit verlangsamte sich. Obi-Wan sah ihnen in die Gesichter, die hinter den absichtlich Furcht erregenden Kopfbedeckungen verborgen waren. Runde, dunkle Löcher als Augen, Münder aus Metallsplittern, die über einer klaffenden Öffnung angeordnet waren. Nicht der geringste Hautfleck zu sehen. Das hätte sie zu weich erscheinen, zu sehr wie Menschen aussehen lassen. Es hätte sie irgendwie mit den Lebensformen um sie verbunden. Sie wollten anders sein. Sie wollten wie der lebende Tod aussehen.

Die Abscheu ließ Obi-Wan würgen. Die Sandleute stellten nichts her und gaben auch nichts zurück. Sie bereicherten sich lediglich an den Armen. Die Feuchtfarmer, die sich tagsüber abrackerten, wurden oft auf Raubzügen angegriffen, die wiederum in Tod und kompletter Zerstörung endeten. Der Diebstahl der Evaporatoren von Owens und Berus Farm würde furchtbares Elend bringen.

Sie hatten Anakins Mutter einen Monat lang gefoltert, nur um ihre Widerstandskraft zu testen. War es überhaupt ein Wunder, dass in Anakin eine solch tiefe, schwärende Wunde zurückgeblieben war?

Dies konnte er für Anakin tun. Sein Padawan war tot, sein Bruder, sein Sohn, sein Freund. Er konnte ihm dies schenken. Einen furchtbaren Zorn freilassen. Rache. Rache an den Wesen, in denen so viel Dunkelheit herrschte, dass ihnen das Leben nichts bedeutete. Sie schluckten jedes Leben und jede Hoffnung. Auf solche Wesen bauten die Sith.

Sie hatten die Galaxis übernommen. Sie hatten gewonnen.

Aber nicht hier. Nicht heute.

Er hielt inne. Seine Regungslosigkeit gab ihnen zu denken. Er hielt sein Lichtschwert auf eine Art, die jedem Jedi den Beginn von Aggression signalisiert hätte. Er zweifelte nicht im Geringsten daran, dass er sie alle auslöschen konnte, dass er dieses Lager und jeden Hauch von Leben darin ausmerzen konnte.

Obi-Wan spürte, wie sein Hass wuchs. Und er genoss es. Der Zorn wuchs in seinem Innern und löschte alles andere aus. Obi-Wan wollte davon übermannt werden. Er wollte nicht vorsichtig sein. Er wollte nur die Gluthitze der Befriedigung sein.

Werde nicht zu deinem eigenen Feind.

Qui-Gons Stimme war wie ein störendes Rauschen in seinem Hirn. Er wollte sie nicht hören. Er wollte sich jetzt nicht an ihn erinnern.

Doch die Erinnerung war zu stark.

Qui-Gons Mitgefühl war unendlich groß gewesen. Natürlich hatte sein Meister auch ungeduldig sein können. Oder barsch. Aber seine Verbindung zur lebendigen Macht war nie ins Wanken geraten. Er hatte niemals jemandem das Leben genommen, wenn es einen anderen Weg gegeben hatte.

Einen anderen Weg.

Was hatte Qui-Gon immer gesagt? *Wenn man die Schwäche seines Feindes kennt, dann kann man ihn besiegen. Enthülle das, was ihn ausmacht.*

Der Zorn war immer noch da, doch jetzt wandte sich Obi-Wan davon ab. Er griff nach dem, was er wusste und wertschätzte – nach der Macht. Sie war hier, sogar an diesem Ort der Dunkelheit und des klammernden Bösen. Obi-Wan segelte in einem Satz über die Köpfe der Tusken-Räuber hinweg, was diese noch wütender machte. Sie schlugen nach ihm mit ihren Gaderffi und verfehlten ihn nur um wenige Zentimeter.

Er griff nach der Macht. Sie begann ihn zu umfließen und trug ihn über die Zelte hinweg. Noch in der Luft schlug er mit dem Lichtschwert dreimal nach unten, landete, und machte einen erneuten Satz. Die Zelte brachen in einem Windstoß und mit dem Geräusch klappernder Stangen in sich zusammen.

Frauen und Kinder waren zu sehen. Manche der Frauen trugen ihre Gesichtsmasken und Handschuhe nicht. Sie kreischten auf und begann im Sand zu wühlen, um sich einzugraben. Manche warfen Decken über ihre Kinder. Sie stöhnten und heulten ob der Beschämung der Demaskierung.

Obi-Wan landete. Er nutzte die überraschte Lähmung der Männer aus. Er nahm den Gaderffi-Stock, den er einem der Tusken-Räuber abgenommen hatte, griff an und schlug nach Gürteltaschen und Gesichtsmasken. In seinen Händen wurde der Stock zu einem Instrument mit derselben Eleganz und Präzision des Skalpells eine Medi-Droiden. Sandmäntel wurden weggerissen, nackte Schädel entblößt, Finger, Gliedmaßen.

Jetzt konnten sie nicht mehr kämpfen. Die Jahrhunderte alten Regeln überlagerten ihr Verlangen nach dem Gegenschlag. Entblößung bedeutete Tod. Die Männer liefen zu ihren Zelten, um ihre Frauen zu beschützen und um Deckung zu finden.

Obi-Wan wusste, dass er jetzt mehr war als ein Gegner, der es gewagt hatte, in ihr Lager einzudringen. Er war zu etwas Übernatürlichem geworden, zu einem Geist, das die gelobte

Verkleidung weggeweht hatte, schärfer als der Wind. Er zweifelte nicht daran, dass sich diese Geschichte unter den Stämmen verbreiten würde. Vielleicht würde sie ihm einen Mystizismus verleihen, der ihm einen gewissen Schutz bot. Jetzt würden sie sich vor ihm in Acht nehmen. Er sprang auf den Bantha und zwang das Tier in den Galopp. Die Wut- und Schmerzensschreie der Entblößten hallten ihm nach.

Noch in derselben Nacht brachte er Lars und Beru die Evaporatoren zurück.

Er hatte zwar nichts erwartet, doch die Kälte in Owens Reaktion überraschte ihn. Das Gesicht des Farmers beim Blick auf die Evaporatoren war wie aus Stein. Beru blieb im Haus. Obi-Wan konnte im Licht der offenen Farmhaustür den Kampf der Gefühle in ihrem Gesicht sehen. Sie war erleichtert, dass Owen nicht würde kämpfen müssen, aber sie wollte auch Ben Kenobi keinen Gefallen schulden.

„Ich hatte Euch gebeten, Euch herauszuhalten", sagte Owen.

„Das war eine Sache, die ich für Euch tun konnte", gab Obi-Wan zurück.

„Es ist ja nicht so, dass wir nicht dankbar sind", sagte Beru. „Aber wir …"

„Wir können selbst auf unsere Farm aufpassen", vollendete Lars den Satz. „Wir sind eine Familie hier."

Sie standen dicht beieinander. Luke war zwischen ihnen, an Berus Körper geschmiegt. Obi-Wan sah plötzlich mit absoluter Klarheit die Finger des Babys. Sie waren klein und makellos.

Das Kind öffnete den Mund und machte ein Baby-Geräusch, etwas wie ein Wimmern. Es war ein Laut, den Obi-Wan nicht zu deuten wusste. Die lebendige Macht war eine Sache, aber Babys etwas ganz anderes.

Beru streckte einen Finger aus. Luke ergriff ihn und gab dieses Mal einen Laut von sich, den Obi-Wan als Zufriedenheit erkannte.

„Ich mache mich wieder auf den Weg", sagte Obi-Wan.

Owen Lars nickte steif. „Danke", sagte er brummig.

Obi-Wan wandte sich von der offenen Tür ab. Er stieg aus dem Gehöft und trottete davon. Der Sand schien nach seinen Stiefeln zu greifen. Er spürte, wie der Wind plötzlich zunahm, so wie er es von Tatooine gewöhnt war.

Sand prasselte an seine Wangen. Dies war jetzt sein Leben. Ein Baby zu beschützen, das ihn nicht kannte, vielleicht niemals kennen lernen würde. Er würde niemals mehr jemanden an seiner Seite haben. Er würde niemandes Meister sein, und sein Leben stand mit niemandem in Verbindung.

Er lebte mit Erinnerungen zusammen, mit denen er nicht leben konnte. Die Erinnerung an Anakin war wie ein loderndes Feuer in seinen Innereien.

Jeden Tag stand er auf, um zu beobachten und um zu leben, wo doch so viele gestorben waren.

Und er ging weiter.

Das Imperium beherrscht die Galaxis.
Der Jedi-Rat ist zerschlagen und die Jedi vernichtet.

STAR WARS™
DER LETZTE JEDI

Die spannende Romanreihe um die Geschehnisse
direkt im Anschluss an den Kinohit Star Wars EPISODE III

Band 10:
Die Abrechnung
ISBN 978-3-8332-1734-0

Band 9:
Der Meister der Täuschung
ISBN 978-3-8332-1733-3

Band 8:
Gegen das Imperium
ISBN 978-3-8332-1514-8

Band 7:
Die Geheimwaffe
ISBN 978-3-8332-1513-1

Band 6:
Die Rückkehr der dunklen Seite
ISBN 978-3-8332-1515-5

Band 5:
Im Netz des Bösen
ISBN 978-3-8332-1365-6

Band 4:
Tod auf Naboo
ISBN 978-3-8332-1358-8

Band 3:
Unterwelt
ISBN 978-3-8332-1357-1

Band 2:
Düstere Vorboten
ISBN 978-3-8332-1275-8

Band 1:
Auf verlorenem Posten
ISBN 978-3-8332-1274-1

LUCAS BOOKS

PANINI BOOKS
www.paninicomics.de